Fidelis Morgan est née en Angleterre dans une famille bohème qui a longtemps vécu dans une roulotte près de Stonehenge. Passionnée de théâtre depuis toujours, elle fut actrice au sein de la *Royal Shakespeare Company*. Spécialiste des muses et actrices du XVIIe siècle, elle a publié plusieurs essais sur les héroïnes charismatiques de cette période. Elle a ensuite créé le personnage de la Comtesse Ashby de la Zouche, héroïne d'une série d'enquêtes dans le Londres trivial et palpitant de l'époque. Elle est aussi scénariste de téléfilms pour la BBC.

Du même auteur

Éditions du Masque
L'alchimiste assassiné

Éditions Jean-Claude Lattès
L'alchimiste assassiné
Les reines rivales

www.lemasque.com

FIDELIS MORGAN

Les reines rivales

Une enquête de la comtesse Ashby de la Zouche

Traduit de l'anglais par Denyse Beaulieu

ÉDITIONS DU MASQUE
17, rue Jacob 75006 Paris

Titre de l'édition originale
The Rival Queens,
Artifice, Gunpowder and murder in 17th century London
publiée HarperCollins Publishers, London

ISBN : 978-2-7024-3329-4

Les Passions

Tenter, c'est appétence.
Être insouciant, c'est sensualité.
Croire en l'infériorité d'autrui, c'est fierté.
Croire en la supériorité d'autrui, c'est humilité.
Perdre son avantage en croyant à l'infériorité d'autrui, c'est vaine gloriole.
Être sous son emprise, haine.
Tourner les talons, repentir.
Retenir son souffle, espoir.
Être las, désespoir.
Tenter de surpasser son devancier, émulation.
Supplanter ou renverser, envie.
Résoudre de renverser un obstacle prévu, courage.
Le renverser d'un coup violent, colère.
Le franchir avec aisance, magnanimité.
Perdre du terrain à cause d'obstacles infimes, pusillanimité.
Tomber tout d'un coup, tendance à pleurer.
Voir autrui tomber, tendance à rire.
Voir la défaite d'autrui alors qu'on ne le souhaitait pas est pitié.
Voir quelqu'un vaincre alors qu'on ne le souhaitait pas est indignation.
Tenir à autrui est amour.
Secourir celui qui tient à soi est charité.
Se faire du tort par trop de hâte est honte.
Être constamment vaincu est misère.
Vaincre constamment son supérieur est félicité.
Et abandonner la course est mourir.

Thomas Hobbes, *De la nature humaine*

1
Terreur

Peur éprouvée sans comprendre pourquoi.
Éveillée par des objets d'aversion.
Sourcils haussés au milieu, nez et narines retroussés.
Le tout fortement marqué.
Le visage pâle, les yeux écarquillés et la bouche ouverte,
les cheveux dressés sur la tête.

« Si tu ne ralentis pas, je vais m'éclater la rate, s'écria la comtesse à sa soubrette, Alpiew, qui courait une bonne vingtaine de mètres devant elle.

– Mais la fille se dirige vers la Tour de Londres, répondit Alpiew à sa maîtresse haletante. Si je ralentis, nous allons la perdre ! »

Alpiew retroussa ses jupes et se prépara à foncer.

« Attendez à l'entrée, je vais la poursuivre. »

Soufflant lourdement tandis qu'Alpiew s'élançait, Anastasia, lady Ashby de la Zouche, comtesse de Clapham, baronne Penge, ralentit son allure jusqu'à un tout petit trot. Comment était-elle tombée aussi bas ? Une dame de son âge et de son rang devrait être tranquillement assise chez elle, se faisant servir un chocolat chaud et des biscuits, tout en lisant les derniers potins. Alors qu'elle vivait quasiment dans la misère, obligée de travailler pour vivre, traquant les scandales d'un bout à l'autre de Londres afin que d'*autres* dames les savourent dans leurs foyers douillets, engloutissant des seaux entiers du meilleur thé noir!

Soupirant, elle traversa à petits pas le pré de Tower Hill. Tout au sommet de la colline, l'affreux spectre de l'échafaud et de la potence se dressait, menaçant. Par bonheur, aujourd'hui il n'y avait pas d'exécution: elle aurait été incapable d'avancer dans la foule. Mais il y en avait eu une la veille, et le sol était toujours jonché de détritus. La comtesse enjamba une pile de coquilles d'huîtres grouillantes d'asticots pour se joindre à la file des visiteurs de la Tour de Londres. Ce matin-là, Alpiew et elle poursuivaient une fille dévoyée. Miss Phoebe Gymcrack, enfant unique d'un échevin de la City, sir John Gymcrack, s'était mis en tête de s'extraire des rangs de la City pour s'élever jusqu'à la Cour. Hélas, malgré avoir conté à droite et à gauche qu'elle était sur le point de prendre un riche lord dans ses filets, elle n'avait pas daigné prononcer le nom du lord en question. Il fallait donc le découvrir, faute de quoi l'histoire ne vaudrait rien du tout.

Longeant la palissade en planches, la comtesse marcha d'un pas décidé vers l'édifice en pierre connu sous le nom de Porte du Lion. Une fois cet article rédigé et livré à M. et Mme Cue (ses employeurs, les imprimeurs du *London Trumpet*), Alpiew et elle pourraient se prélasser le reste de la semaine.

Miss Gymcrack avait dansé dans un bal masqué jusqu'à minuit. La comtesse le savait, parce qu'elle y avait été elle aussi, pour voir si le lord-tremplin de la jolie bourgeoise se manifesterait. Mais la jeune fille n'avait pas dansé deux fois avec le même cavalier et d'après son comportement il était évident que le Prince, ou plutôt le Lord Charmant, n'avait même pas assisté à la soirée.

Lorsque la jeune fille revint chez elle au petit matin, Alpiew prit le relais pour guetter devant la porte de la demeure de l'échevin, dans la City. Le séducteur viendrait peut-être jouer la sérénade sous sa fenêtre. Mais non. Alpiew avait passé en vain une nuit infructueuse et inconfortable, pelotonnée dans une entrée.

Dès les premières lueurs du jour, la comtesse s'apprêtait à quitter son domicile de German Street dans le quartier de St James pour apporter de la nourriture à Alpiew et prendre la relève. Elle venait tout juste de grimper l'escalier pour chercher un vieux sac dans l'une des chambres délabrées de l'étage supérieur lorsqu'un fracas retentit à sa porte. Elle jeta un coup d'œil par-dessus la rampe et vit deux huissiers se diriger vers la cuisine. L'un d'eux brandissait un ordre de recouvrement de dette.

La comtesse n'avait pas la moindre envie d'apprendre combien elle devait cette fois-ci : elle n'avait pas le sou en ce moment. Elle dégringola donc l'escalier quatre à quatre et s'éclipsa. Trottinant dans les rues encore désertes, elle entra dans l'église de St James pour ressortir par la porte donnant sur Pickadilly qui (heureusement) était à cette heure encombrée d'un fouillis de charrettes, de troupeaux d'oies et de moutons en route pour le marché. De là, elle emprunta un itinéraire comportant le plus de rues populeuses et des marchés possibles, afin de se perdre dans la foule jusqu'à ce qu'elle ait semé les corpulents huissiers.

À l'instant même où la comtesse apercevait Alpiew debout à l'entrée d'une boutique, la petite Gymcrack parut sur le seuil, enveloppée d'une grande mante à capuche. Elle marchait vite, l'air sournois ; de toute évidence, l'objet de leur curiosité allait bientôt se révéler.

Elles la pourchassèrent à travers la City. La

petite Gymcrack ouvrait la marche d'un pas fier, Alpiew bondissant derrière elle, la comtesse dans son sillage, de plus en plus distancée par sa soubrette, de vingt ans plus jeune qu'elle et bien plus vigoureuse. La comtesse s'était attendue à ce que la jeune fille s'arrête à l'une des résidences seigneuriales du quartier ; elle fut d'autant plus étonnée de sa destination finale. La Tour de Londres ! Un tel lieu de rendez-vous ne permettait que deux hypothèses : soit le lord qui jouissait de ses faveurs voulait profiter de l'anonymat de la foule pour la voir en tête-à-tête, soit (et si c'était vrai – quel scoop !) il y était emprisonné.

La jeune fille marchait toujours d'un pas décidé. Elle passa devant un grand panneau en bois peint représentant un lion ou plutôt un homme déguisé en lion, annonçant : « Ici : des lions, un léopard, des aigles, des hiboux, un chien à deux pattes, un lynx, et une hyène à la voix d'homme. »

Un hallebardier se tenait à la grille pour percevoir les droits d'entrée. La comtesse plongea la main au fond de sa poche, espérant y trouver les quelques sous nécessaires. Elle paya et, jetant un coup d'œil par-dessus son épaule pour s'assurer qu'aucun huissier ne la talonnait, pénétra dans l'enceinte de la Tour. Jouant du coude dans la foule de badauds matinaux, elle se dressa sur la pointe des pieds pour tenter de repérer Alpiew. Elle devait déjà avoir traversé la douve. Serrant les mâchoires, la comtesse traversa le pont au petit trot. Elle croisait les doigts – Seigneur, faites que miss Gymcrack abatte ses cartes et nous fournisse un beau ragot bien croustillant ! Elle inspira profondément et le regretta aussitôt. Sous le soleil d'avril, l'eau des douves clapotait agréablement contre la pierre grise du mur extérieur, mais elle exhalait une odeur de croupi des plus rances.

Un groupe de hallebardiers bavardait sous une immense herse en fer. La comtesse réprima un sourire. Malgré leur air pompeux, leurs costumes rouge sang ridicules tous festonnés de galons et de passementeries, et leurs extravagants chapeaux à plumes, ils ressemblaient plutôt à un groupe de danseurs folkloriques débarquant de la campagne pour la foire de mai, qu'à d'imposants geôliers.

« Où allez-vous ? »

L'un d'entre eux lui barrait la route de sa longue hallebarde. La lame étincelait, menaçante, au soleil.

« Il me semble que c'est assez évident… »

La comtesse jeta un coup d'œil par-dessus son épaule, cherchant toujours à apercevoir Alpiew. Il répondit à son sourire mais fronça les sourcils d'un air sombre. Juste ciel ! Allait-il l'arrêter et la traîner jusqu'aux huissiers ? Elle songea un instant à tourner les talons et à rebrousser chemin au pas de course. Tout de même, les recouvreurs de dettes n'employaient pas les hallebardiers de la Tour. Non ?

« Madame, grogna l'homme en la détaillant de la tête aux pieds, portez-vous une arme quelconque – épée, dague, mousquet, et cetera, et cetera ?

— Ai-je une tête à porter une arme ? ahana la comtesse, en se demandant toujours si ce garde dans son costume de pantomime était sur le point de l'arrêter.

— Alors vous ne verrez aucun inconvénient à ce que je m'en assure. »

Le hallebardier se mit à la fouiller, parcourant les formes rebondies de la comtesse de haut en bas. Celle-ci eut la nette impression qu'il fouillait plus souvent ainsi les dames que les messieurs.

« Fichtre, monsieur ! Hâtez-vous. J'ai perdu ma soubrette. Elle est partie devant.

— Hum, soupira le hallebardier en souriant

d'un air satisfait. Une jolie petite chose bondissante avec des boucles dorées ? »

La comtesse secoua la tête avant de comprendre que l'homme parlait de leur proie, miss Gymcrack.

« Oui, c'est elle. Par où est-elle passée ?

— Comme vous pouvez le constater, madame, à cet endroit de la Tour on ne peut aller que dans deux directions : vers l'arrière ou vers l'avant. Comme vous ne l'avez pas croisée en entrant, nous devons présumer qu'elle est allée de l'avant. »

La main du garde farfouillait encore dans ses jupes. La comtesse fit un bond en arrière.

« Lâchez-moi, monsieur ! Vous êtes à deux doigts de commettre un viol sur ma personne.

— Si vous ne portiez pas des jupes aussi volumnieuses, grogna le hallebardier.

— Y a-t-il une femme en ce pays qui ne les porte pas ? dit la duchesse en rajustant sa perruque qui avait légèrement basculé vers l'arrière, donnant à son front une hauteur élisabéthaine. Au fait, vous voulez dire “volumineuse”. »

Un homme d'allure élégante les observait tout en faisant la queue. Il sourit.

« Peut-on savoir ce qui vous divertit autant, messire ? fit la comtesse d'un air courroucé.

— Si je ne m'abuse… »

L'homme avança d'un pas.

« … vous êtes Anastasia, lady Ashby de la Zouche…

— Baronne Penge, comtesse de Clapham », compléta-t-elle par automatisme, puis ses lèvres se figèrent.

Elle avait été bernée. Cet homme souriant était manifestement un huissier déguisé. Il était tout le contraire d'un huissier – petit, rasé de près, propre et d'une élégance proche de l'affectation. Et comme il était jeune ! Décidément, les forces de l'ordre rajeunissaient d'année en année. Ce garçon avait les joues roses et lisses d'un enfant.

Le hallebardier la poussa en avant.

« Passez ! lui dit-il, ravi d'en finir avec elle car une dame particulièrement séduisante s'approchait de la grille. Hallebardier Partridge ! lança-t-il à un autre habit enrubanné. Vous pouvez accompagner cette dame et ce gentleman.

— Ce n'est pas la peine, minauda la comtesse, s'écartant vivement du gentleman en question. Je n'ai pas besoin d'un guide. Je suis ici pour affaire. »

Mais le hallebardier l'entraînait déjà à l'intérieur de la Tour.

« Par ici-heu ! »

Le hallebardier Partridge parlait d'une voix pompeuse, ajoutant un « heu » superflu à la fin de chaque phrase.

« Les membres du public-heu ne sont pas autorisés à gratifier leurs désirs à l'intérieur-heu, sinon accompagnés d'un hallebardier-heu. »

Que signifiait ce charabia ? La comtesse haussa les sourcils en regardant le gentleman élégant. Il lui répondit par la même mimique. Si cela devait être, s'il allait l'arrêter, autant que ce soit fait tout de suite. Le suspense la mettait en nage. Était-il sur le point de bondir sur elle avec son satané ordre de recouvrement de dette, pour la jeter dans la prison de Fleet ? Ou n'était-il qu'un simple visiteur en excursion ?

« Et voici-heu, à notre droite-heu, la tristement célèbre Porte des Traîtres-heu. »

Le hallebardier pointa vers un plan d'eau entouré de murs, percés de portes grillagées.

« Les prisonniers royaux entraient par ces mêmes portes-heu. La plupart-heu ne revoyaient jamais la lumière du jour-heu. »

La comtesse déglutit tandis que les eaux se précipitaient en rugissant à travers les grilles, comme les flots d'une cataracte. Elle frémit involontairement et, glissant un regard vers le garçon bien mis qui l'accompagnait, suivit le hallebardier jusqu'au sommet de Tower Green.

Sans avertir, le jeune homme agrippa le coude de la comtesse. Elle bondit vers l'arrière, prête à détaler.

« Vous êtes auteur, milady, si je me souviens bien ? dit-il en se penchant vers elle.

— Cela se peut, fit la comtesse en souriant faiblement. Qui le dit ?

— Puis-je me permettre de me présenter ? dit l'homme en tendant la main. Colley Cibber, esquire. Acteur, auteur et bon vivant[1].

— Bien sûr, bien sûr... »

Soulagée, la comtesse sourit poliment. Elle n'avait jamais entendu parler de lui, mais au moins il n'était pas là pour l'arrêter.

« Je suis désolée de vous sembler peu attentive, monsieur, mais je suis ici en mission.

— Moi aussi ! chuchota Colley Cibber à son oreille. Que faites-vous ? »

La comtesse s'écarta. Elle n'avait aucune intention de partager avec lui la primeur de son enquête.

« Anne Boleyn, peut-être ? lança M. Cibber d'un air dégagé. Ou bien sir Walter Raleigh ? »

Mais que pouvait-il bien radoter là ? Ces personnages étaient tous deux morts. Comment pouvait-on écrire un article à sensation sur quelqu'un qui était mort depuis un siècle ?

« Je comprends, dit Cibber en tapotant son nez. Trop tôt pour en parler, n'est-ce pas ? Mais je suis

1. Colley Cibber (1671-1757), comédien et auteur de comédies sentimentales (*N.d.E.*).

quant à moi tout à fait disposé à vous faire part du secret de mon dernier ouvrage. »

Ils avaient atteint le sommet du raidillon et le hallebardier s'arrêta pour poursuivre son laïus.

« Devant nous-heu, s'élève l'imposant donjon-heu auquel on a donné le nom historique de Tour de Jules César-heu.

— Il doit faire très sombre là-dedans, dit Cibber en levant les yeux vers le grand donjon blanc. Car regardez, il n'y a pas la moindre fenêtre. C'est ici que l'on conserve la poudre et les armes, il me semble.

— La Tour de Londres est l'une des dernières zones libres-heu. Dans son enceinte-heu, aucun citoyen ne peut être placé en état d'arrestation-heu. »

Le hallebardier Partridge gloussa d'un air sinistre et reprit :

« Ce qui est un piètre soulagement pour ces pauvres créatures-heu, les prisonniers, que nous sommes employés à retenir en captivité-heu.

— Je dois m'asseoir, monsieur », annonça la comtesse au hallebardier, submergée de soulagement à l'idée que l'homme pimpant n'était qu'un acteur et que de toutes façons, entre ces murs elle était à l'abri de toute arrestation.

Elle espérait aussi se débarrasser du hallebardier, tout comme de l'importun acteur-auteur. Elle s'affala sur un grand canon en bronze et s'éventa. C'est alors qu'elle aperçut enfin Alpiew. Elle aussi s'était débarrassée de son cerbère en s'asseyant pour s'éventer. La comtesse réussit à accrocher son regard. Alpiew lui répondit par un haussement d'épaules. Cette rusée vipère de Phoebe était manifestement acculée. Maintenant, comme hier soir au bal, il ne restait plus qu'à attendre.

Cibber indiqua un édifice à côté de la colline qu'ils venaient de gravir.

« Voilà ce qui m'intéresse, chuchota-t-il en se penchant vers la comtesse d'un air de conspirateur. La Tour Sanglante. Bien qu'il me semble peu cohérent qu'on baptise "Sanglante" une tour où deux enfants ont été *étouffés*. »

La comtesse sourit vaguement. De quoi parlait cet homme ?

« Mon projet, ajouta-t-il comme s'il pouvait lire ses pensées. Richard et les princes ! Alors, qu'en dites-vous ? Je vais écrire une pièce sur Richard le bossu[1]. Ça, c'est un personnage qui arrache, non ?

— Déjà fait, lâcha la comtesse. Par ce plumitif élisabéthain, Shakespeare.

— Certes, madame, répliqua Cibber avec un sourire fat. Mais j'espère injecter à l'art dramatique une nouvelle moralité plus responsable. »

La comtesse réprima un bâillement. Là-bas Alpiew avait déjà entamé une conversation avec son jeune gardien. Elle se leva.

« Hallebardier Partridge ? J'ai retrouvé ma soubrette, Alpiew. Je n'aurai plus besoin de votre visite guidée.

— Vous n'avez pas le droit de rester seule ici, madame-heu. Car bien qu'il s'agisse d'un lieu de récréation, je dois vous rappeler qu'il s'agit également des geôles de Sa Majesté-heu. Vous pourriez faire partie d'un complot pour libérer l'un de nos ignobles pensionnaires-heu, qu'en sais-je ?

— Ne vous inquiétez pas pour cela, monsieur. Car je rejoins le hallebardier qui est là-bas et qui discute avec mon Alpiew. Vous êtes donc libre d'apprendre à M. Kipper tout ce qu'il souhaite savoir sur la Tour Sanglante.

— Cibber, marmonna l'acteur. Mais milady, laissez-moi vous accompagner. Je vous offre mon bras. »

1. Richard III (*N.d.T.*).

Le hallebardier Partridge fit signe au gardien d'Alpiew qu'il lui léguait ses deux visiteurs, puis redescendit la colline pour attendre le prochain groupe.

« Je l'ai rencontré, vous savez, dit Cibber, marchant dans le sillage de la comtesse. »

Elle le dévisagea.

« William Shakespeare ? Vous devez être beaucoup plus vieux qu'il ne semble.

— Non, non, dit Cibber en éclatant d'un rire gai. Le roi ! »

Manifestement, cet homme était un dément. Richard III était mort depuis des siècles.

« Je n'étais qu'un enfant, mais il était très impressionnant. Il était dans le parc de St James, avec ses chiens, en train de nourrir les canards. »

La comtesse adressa un faible sourire au jeune homme. Il devait être très atteint. Elle se demandait même si elle n'allait pas appeler à l'aide.

« En fait, vous étiez avec lui. »

La comtesse s'arrêta tout net et se retourna pour faire face au jeune acteur.

« J'ai peut-être l'air d'une harpie surannée, mais je puis vous assurer que mon arrière, arrière, arrière-grand-père n'était même pas né à l'époque de Richard le Bossu !

— Mais oui ! dit l'acteur en se tordant de rire. Tout le monde m'a dit que vous aviez de l'esprit. Maintenant, je le constate par moi-même ! »

La comtesse agrippa son éventail, prête à en frapper le jeune homme.

« Je parlais de *votre* roi, madame, dit-il en levant les mains devant lui. Ce vieux Rowley.

— Charles[1] ! »

---

1. Charles II, dont le règne (1660-1885) s'accompagna du retour à la paix civile et de la libération des mœurs : période heureuse pour la comtesse, maîtresse du roi ! (*N.d.E.*)

Immédiatement, la comtesse se radoucit, son visage afficha une expression charmeuse et son corps prit une posture coquette.

« Le cher homme. Il nous manque tellement.

— En effet, en effet, renchérit Cibber avec enthousiasme. Il possédait tant de cœur. Les gens du peuple l'adoraient.

— C'était la belle époque, monsieur Kipper... »

La comtesse prit le bras du jeune homme et accorda son pas au sien.

« Alors vous êtes acteur, dites-vous, et *aussi* auteur... »

Alpiew avait eu du mal à acculer sa proie. Miss Gymcrack possédait un laisser-passer spécial pour être directement escortée jusqu'à son bien-aimé. Le hallebardier de l'entrée avait tout particulièrement savouré la fouille d'Alpiew, le corsage tendu d'une gorge exceptionnellement généreuse. Il avait même eu le culot de demander à fouiller entre ses seins au cas où elle y aurait dissimulé quoi que ce soit. Alpiew avait dû se retenir à quatre mains pour ne pas lui décocher un soufflet. Elle se contenta d'inspirer profondément et de suivre des yeux la petite Gymcrack tandis qu'elle traversait la Porte des Traîtres pour pénétrer dans le bâtiment principal de la Tour.

Une fois confiée, avec un groupe d'étrangers enthousiastes, à son propre hallebardier, Alpiew surveilla l'accorte miss à travers la grille. Phoebe gravit la colline d'un pas alerte et prit à droite à la Tour Blanche.

Tandis que les exaspérants étrangers de son groupe assaillaient le hallebardier de questions balbutiantes sur l'entrée de la reine Élisabeth dans la Tour en tant que prisonnière, Alpiew les devança sur la colline. Le hallebardier Jones, incapable d'élucider le sens de la plupart des questions posées, décida d'entraîner les visiteurs avec lui à la poursuite d'Alpiew. Ainsi, le groupe de musulmans indiens aux costumes exotiques, soies, satins et coiffures emplumées ondulant au vent, s'élancèrent derrière lui à l'assaut de la colline.

Alpiew parvint à la Tour Jules César juste à temps pour voir miss Gymcrack disparaître dans une porte basse de l'autre côté de la pelouse, à sa gauche.

« Quel est cet endroit ? demanda Alpiew en indiquant la jeune fille.

— La Tour Beauchamp, dit le hallebardier plié en deux, le souffle court. C'est là qu'on emprisonne les nobles dévoyés. Lord Guilford Dudley, époux de lady Jane Grey, fut emprisonn...

— Assez d'histoire », trancha Alpiew au moment même où les étrangers perplexes parvenaient au sommet de la colline.

Elle partit de l'avant, leur faisant signe de la suivre.

« Qui est enfermé ici en ce moment ?

— Ah, rien qu'un jeune lord qui a vécu toute sa vie en vaurien. Le chef du gang des Tityre-tus, je crois...

— Les Tityre-tus ! »

Alpiew les connaissait bien. Une bande de riches héritiers qui s'enivraient chaque soir dans les tavernes de la piazza de Covent Garden. Rien ne les amusait autant que de bousculer les chaises à porteurs transportant des vieilles dames, d'arracher les marteaux de porte, de lancer des obscénités aux jolies femmes et de renverser les guérites des veilleurs de nuit, de préférence pendant qu'un vieux Charlie y ronflait. On ne pouvait rêver meilleur scoop.

« Qui est-il ? Son nom ?

— Rakewell, marmonna le hallebardier Jones. Lord Giles Rakewell.

— Où est tête Amber Lane ? » fit l'un des étrangers en tirant sur la manche du hallebardier.

Celui-ci gratta sa propre tête.

« Amber Lane ? Jamais entendu parler de ce type-là.

— Non, Amber Lane est femme. »

Les visiteurs haussèrent les épaules en échangeant des regards.

« Anne Boleyn ! traduisit la comtesse qui trottinait vers le groupe. Ils cherchent la tête d'Anne Boleyn. »

Elle pointa du doigt vers le pied de la colline, indiquant le hallebardier Partridge et s'exprimant avec force gestes.

« Lui vous montrera la tête d'Amber Lane… Ah, ces visiteurs ! » Elle adressa un salut de la tête au hallebardier Jones tandis que les étrangers s'éloignaient, discutant avec animation. « Tout ce qui les intéresse, ce sont les histoires sanglantes ! »

Elle frotta ses mains potelées.

« Alors, Alpiew, ce hallebardier semblait te raconter une histoire fort intéressante avant d'être si grossièrement interrompu par nos amis des Indes.

— Il est geôlier de lord Rakewell – le chef du gang des Tityre-tus.

— *Tityre tu patulae recumbans sub tegmine fagi*, dit la comtesse en hochant la tête d'un air sagace. Virgile, premier églogue. Tityre-tus aimait rôder dans la nuit obscure à la recherche de méfaits à commettre.

— Oh, bravo ! » applaudit Cibber.

La comtesse était si excitée par ce qu'elle venait de découvrir qu'elle en avait presque oublié son jeune et pimpant compagnon.

« Ah oui ! Alpiew, hallebardier Jones, permettez-moi de vous présenter monsieur… Haddock ?

Merlan… ? Comment diable vous appelez-vous donc, rappelez-moi ?

— Cibber[1]. »

L'acteur s'inclina légèrement devant Alpiew.

« J'ai été moi-même victime des plaisanteries des Tityre-tus, grimaça-t-il. Ils ont grimpé sur scène tandis que j'étais en plein soliloque pour tenter d'arracher ma culotte. Ce fut très embarrassant.

— Des vauriens dissolus, du premier au dernier, fit la comtesse en pinçant les lèvres. Mais leur chef… »

Son regard scruta le mur lugubre de la Tour Beauchamp.

« Elle lui a souvent rendu visite, la jeune miss Gymcrack ?

— Seulement deux ou trois fois, répondit Jones en suivant son regard. Elle lui apporte des friandises et des babioles. Elle est très jolie.

— Avec un titre de noblesse, le monde est à vos pieds, soupira Alpiew en haussant les épaules.

— C'est à moi que vous le dites ? acquiesça le hallebardier. Il mène une joyeuse vie là-dedans. Les plats les plus succulents lui sont envoyés de sa cuisine, il se prélasse dans les meubles les plus luxueux. Il vit mieux que moi, et moi, je n'ai pas commis de meurtre.

— Un meurtre ! s'exclama la comtesse d'un ton outragé.

— Eh oui, répondit le hallebardier. Il a occis un gentleman dans une embuscade en janvier dernier. »

Alpiew secoua la tête.

« Moi, je trouve cela dégoûtant. Un criminel notoire frayant avec la fille d'un échevin de la City… Où va le monde ?

1. Jeu de mot entre « Cibber » et « Kipper » (hareng fumé).

— Un meurtre, reprit la comtesse, scrutant toujours les murs sinistres et gris de la Tour Beauchamp. Et dans combien de temps va-t-on… ? »

Elle indiqua d'un geste une corde qu'on serre autour d'un cou.

« Ça va se passer comme les autres fois. Il sera relâché dans quelques jours, et libre de perpétrer à nouveau ses désordres nocturnes et ses atrocités. »

Le hallebardier leva les yeux vers une meurtrière en forme de flèche au premier étage.

« Ce n'est pas la première fois que nous recevons lord Rakewell ici, ni la première fois qu'il est arrêté pour meurtre. Son procès aura lieu après-demain. À Westminster Hall. Dieu sait pourquoi, les lords semblent avoir de l'affection pour ce garçon. Ils l'ont déjà relaxé deux fois après qu'il eut tailladé deux hommes en pleine rue. »

La comtesse adressa un sourire radieux à Alpiew. C'était presque trop beau. La fille nubile d'un important échevin de la City, se jetant dans les bras d'un meurtrier notoire. M. et Mme Cue seraient ravis. Pour une information aussi sensationnelle, elles pourraient même exiger une petite prime qui leur permettrait d'éponger les dettes de la comtesse et d'éloigner les huissiers.

« C'est à vous faire regretter de n'être pas né au sein douillet de ce club de parasites assoiffés de porto, n'est-ce pas ? fit Cibber en lançant à la comtesse un regard de dépit. Naître en haut lieu permet des comportements de bas étage. »

La structure effroyablement bancale de l'aphorisme fit ciller la comtesse, qui sourit néanmoins aimablement à son interlocuteur.

« M. Kipper est également auteur, Alpiew, dit-elle en prenant la main du jeune homme pour la tapoter affectueusement. Il écrit pour la scène. En ce moment même, il est en train d'améliorer l'œuvre d'un barbare élisabéthain de troisième ordre dénommé Shakespeare, pour le... »

Elle se retourna vers Cibber :

« ... pour quel théâtre, disiez-vous ?

— Mon dernier ouvrage, *Xerxès*, répondit Cibber en se dandinant d'un pied à l'autre, fut donné au Lincoln's Inn Theatre, mais j'appartiens actuellement à la compagnie de Drury Lane. »

La comtesse lui glissa un coup d'œil circonspect. *Xerxès* ! Alors c'était lui, l'auteur de ce galimatias assommant et pompeux ? Peut-être vaudrait-il mieux semer l'importun personnage.

« Je racontais précisément à votre maîtresse que je l'ai jadis aperçue à St James avec le roi Charles. Qu'elle était ravissante alors – bien sûr, elle l'est toujours... »

La comtesse se radoucit aussitôt. Mais Alpiew n'était guère impressionnée. Elle n'avait aucun goût pour le théâtre, encore moins pour les acteurs. Elle avait travaillé dans les coulisses et savait parfaitement ce qui se tramait derrière la scène.

« Alors, mesdames, fit Cibber en tapant dans ses mains. Je vois que votre journée a été prospère... Puis-je donc me permettre de vous inviter ce soir ? J'organise une conférence. Les entrées sont aussi rares que des dents de poule, mais je pourrais vous en obtenir, gratuitement.

— Quelle sorte de conférence ? » dit Alpiew, imaginant déjà deux heures de purgatoire. Comme tous les acteurs – elle le savait d'expérience – ce petit imbécile en profiterait pour parler de lui-même.

« Les Passions !

— Ah, messire, minauda la comtesse en frappant légèrement le poignet de Cibber d'un coup d'éventail. Si j'étais plus jeune, peut-être...

— Non, madame, il ne s'agit pas de ces passions-là, intervint Alpiew en jetant un coup d'œil à

Cibber pour qu'il confirme. Je crois que ce monsieur se réfère aux passions telles qu'elles sont dépeintes dans les écrits philosophiques de M. Thomas Hobbes. N'est-ce pas ?

— Je ne suis pas positivement certain…, répondit Cibber en se tortillant de gêne. La conférence est donnée par le Signior Ruggiero Lampone. On dit qu'elle a trait à la physiognomonie, la philosophie, la peinture, le jeu théâtral et ainsi de suite.

— Ne croyez-vous pas, monsieur Cibber, que le système des Passions remplacera celui des Humeurs ? fit Alpiew, prête à se lancer dans la discussion séance tenante. Il s'agit de codifier la naissance interne des mouvements involontaires, à ce qu'il me semble ? »

La comtesse dévisagea Alpiew, bouche bée. Où avait-elle été prendre cela ?

« Ma soubrette est un peu excentrique. Elle aime parcourir les gros ouvrages de philosophie qui jonchent ma demeure. »

« Joncher » n'était pas utilisé au sens figuré. Car à Anglesey House, cadeau de feu le roi Charles à son ancienne maîtresse lorsque celle-ci avait été abandonnée par son mari, les livres ne vivaient pas dans les rayons des bibliothèques, mais sous les pieds de tables et les têtes de lit, afin de les caler. Alpiew adorait dévorer ces ouvrages apparemment indigestes, quitte à garder les meubles bancals.

« Si vous avez envie de philosophie, inutile de chercher plus loin ! »

La silhouette replète d'un prêtre se dressait devant elles.

« Monsieur Cibber, votre serviteur. Et vous, mesdames, devez être des actrices aussi, je présume ? »

La comtesse le prit pour un compliment. Pas Alpiew.

« Permettez-moi de me présenter, dit le prêtre

avec un soupçon d'accent irlandais. Je suis le révérend Patrick Farquhar. Exilé des rives émeraude d'Erin et meilleur danseur de gigue biscaïenne de ce côté de la mer d'Irlande. »

Le prêtre tendit la main. La comtesse ne savait pas si elle devait la serrer, baiser l'anneau ou se lancer dans un quadrille. Elle opta pour la poignée de main. Le prêtre agrippa la comtesse par l'avant-bras et pressa l'intérieur de son coude de son pouce. Elle crut qu'il entamait les préliminaires d'un match de catch, et sourit faiblement. Il la relâcha et se tourna vers Alpiew.

« Ces deux charmantes dames sont de nouvelles amies, révérend Farquhar. Le révérend est le chapelain de la chapelle royale, ici, dans la Tour.

— Là-bas, là-bas, dit le prêtre en pointant vers un édifice revêtu de briques rugueuses. J'ai sous ma garde les ossements de trois reines – Jane Grey, Katherine Howard et Anne Boleyn – et de deux héros, Devereux comte d'Essex et Walter Raleigh. Quoique, pour ce dernier, il ne s'agisse que des os du torse. Le crâne est ailleurs.

— Comment cela ? frémit la comtesse.

— La veuve était un tantinet excentrique. Elle conserva la tête de son mari après qu'elle eut été séparée du tronc, et la transportait avec elle dans un sac en cuir rouge.

— Ce charmant chapelain va me montrer les recoins secrets de la tour, où même les gardes hallebardiers n'osent pénétrer, mesdames, dit Cibber en se frottant les mains. Vous plairait-il de vous joindre à nous ? »

La comtesse hocha la tête avec enthousiasme, tandis qu'Alpiew lui tirait la manche.

« Nous aurions beaucoup aimé nous joindre à vous, mais nous avons du travail, madame, rappelez-vous.

— Vous assisterez à la conférence ? »

La comtesse n'imaginait pas pire façon de passer la soirée.

« Le chapelain y sera-t-il aussi ?

— Le devoir, madame. La Cérémonie des Clés, sourit gaîment le prêtre. Mais Colley donnera un bon spectacle, j'en suis sûr. Je vous envie furieusement.

— Les plus grands acteurs des deux troupes y seront, fit Cibber pour les convaincre. Et les auteurs – Congreve, Vanbrugh, même Dryden[1] si sa santé le permet… »

Alpiew s'intéressait à la philosophie, la comtesse aimait rencontrer les gens célèbres : toutes deux acceptèrent avec empressement.

« Alors nous devons nous quitter jusqu'à ce soir, mesdames. La conférence commence à huit heures précises, dans la salle de concert de York Buildings. »

Le hallebardier parut ravi de les raccompagner jusqu'à la sortie. Il connaissait son petit laïus par cœur et préférait s'en tenir aux histoires sanguinaires ordinairement réclamées par les visiteurs.

Tandis que la comtesse et Alpiew s'élançaient devant lui en bas de la colline et à travers la grille qui passait sous la Tour Sanglante, Alpiew informa sa maîtresse des méfaits meurtriers de lord Rakewell.

« Il a tué pour la première fois l'an dernier, alors qu'il n'avait que quinze ans. »

La comtesse frotta l'une contre l'autre ses mains dodues. Quelle histoire juteuse !

« Quinze ans ! Ce n'est qu'un enfant !

— Si fait, milady, il a embroché un homme

1. William Congreve (1670-1729), John Dryden (1631-1700), John Vanbrugh (1664-1726) : les trois plus grands dramaturges d'alors, inventeurs d'un nouveau genre, les comédies libertines pleines d'esprit et de verve. (*N.d.E.*)

devant une taverne en plein jour. Une blessure profonde de douze pouces. »

Tandis qu'elles contournaient la Porte des Traîtres, Alpiew jeta un coup d'œil par-dessus son épaule pour apercevoir M. Cibber s'éloigner avec le prêtre irlandais.

« Je ne voulais pas en parler devant ce gandin d'acteur, mais la première victime de milord Rakewell était un comédien.

— Un comédien ? Connu ?

— Non, un jeune. Un apprenti. »

La comtesse resta silencieuse jusqu'à ce que le hallebardier les ait laissées à la herse.

« Halte, Alpiew. »

Depuis leur poste sur le pont-levis, la comtesse distinguait nettement la silhouette de l'huissier de ce matin, debout sur la pelouse en face de l'entrée principale.

« Ce matin, nous avons eu un visiteur, dit-elle en le désignant d'un signe de tête. Il a dû me suivre jusqu'ici. »

Alpiew reconnut instantanément la dégaine de l'huissier. Après tout, elle avait passé pratiquement toute sa vie d'adulte à les éviter.

« Sur la pelouse, madame ! Qu'allons-nous faire ?

— Mon guide m'a dit que nous étions à l'abri de toute arrestation tant que nous demeurions à l'intérieur des murs de la Tour. Alors nous n'avons pas le choix, dit la comtesse en reniflant l'air fétide provenant de l'entrée de la Ménagerie royale. Pouah ! Nous allons passer un moment agréable, bien qu'odorant, à rendre visite aux bêtes sauvages. »

Elle pointa vers l'affiche en ajoutant :

« J'ai toujours rêvé de voir un lynx.

— Moi aussi, dit Alpiew en fouillant sa poche pour trouver de quoi payer l'entrée. On dit que ce sont des créatures fort belles. Et les hiboux, à ce qu'on raconte, ont des yeux aussi grands que les verres d'une lampe convexe.

— Je suis désolée, Alpiew, fit la comtesse en lui prenant le bras. J'espère que nous n'aurons pas à y demeurer longtemps.

— J'avoue, madame, qu'il y règne une odeur de fauve, glousse Alpiew. Mais dès que nous verrons un groupe nombreux se dirigeant vers la sortie, nous pourrons nous mêler à eux. Vous porterez ma cape. Nous effectuerons notre évasion de la Tour, à l'instar de plus d'un noble prisonnier avant nous... »

*
* *

Carrosses et chaises à porteurs arrivant du Strand encombraient l'accès nord des York Buildings. D'autres personnes, venues par le fleuve, gravissaient les marches de l'embarcadère.

Alpiew et sa maîtresse se tenaient devant l'entrée de la salle de concert, près de la porte d'écluse. Elles avaient réussi à s'évader de la Tour, cachées au sein d'un groupe nombreux. Elles étaient parvenues à l'église de Tous les Saints lorsque l'huissier les aperçut. Il se lança à leurs trousses. Mais elles l'avaient semé en se faufilant d'une ruelle à l'autre pour se réfugier dans une petite auberge faisant table d'hôte, pleine de matelots. C'est là qu'elles avaient dépensé leur dernier shilling : un repas simple mais roboratif, composé de tourte aux huîtres et de sabayon. Doublement reconnaissantes à Cibber de son invitation – cela leur permettrait d'attendre bien au chaud le moment de rentrer à la maison, longtemps après la tombée du jour – elles déambulèrent au bord de l'eau, traversant les quais bourdonnants d'activité de Billingsgate, du marché aux poissons et de Queen's Hythe avant de se risquer dans les rues de la ville. Le crépuscule tombait lorsqu'elles parvinrent aux York Buildings.

« Dis-moi si tu reconnais quelque célébrité, Alpiew. Mes yeux ne sont plus ce qu'ils étaient dans ma jeunesse. »

Bien qu'il soit presque huit heures du soir, l'entrée était aussi éclairée qu'en plein jour, illuminée par des douzaines de lanternes et de flambeaux brandis par les domestiques, porteurs de flambeau et postillons.

« Je suis folle de joie, Alpiew, fit la comtesse en se dressant sur la pointe des pieds pour voir au-dessus des têtes de la foule. Me retrouver à nouveau dans le beau monde ! »

Alpiew ne prit pas la peine de signaler que ce beau monde était vêtu à la dernière mode, tandis que la comtesse arborait des nippes âgées d'un quart de siècle ; ou que le beau monde venait en équipage, alors qu'elles étaient arrivées à pied – qui plus est, en fuyant les assiduités d'un huissier d'aspect particulièrement intraitable.

« Nous devons garder l'œil ouvert, milady. Qui sait, nous trouverons peut-être ici même le sujet de l'article de la semaine prochaine ! »

Alpiew croisa les doigts. Si elles rendaient deux articles en même temps, Mme Cue leur paierait peut-être les deux semaines à l'avance. Elles pourraient apurer les dettes de la comtesse, même si elles étaient importantes… Mais si le petit acteur qu'elles avaient rencontré ce matin à la Tour de Londres ne tenait pas parole, s'il ne leur offrait pas des entrées gratuites ? Et s'il arrivait avec deux entrées, pour en réclamer deux guinées pièce ? Quelle humiliation pour madame la comtesse, et quelle déception pour elle ! Cette conférence sur les passions l'avait mise en appétit, elle serait déçue de la rater.

Quelques jours auparavant, tandis que la comtesse faisait une sieste au coin du feu de la cuisine, Alpiew avait retiré le *Léviathan* de Hobbes d'une pile de livres soutenant la table. C'était un ouvrage fascinant. À partir des notions de Bien et de Mal, Hobbes avait mis au point un système de définition des émotions, de l'Espoir et du Désespoir jusqu'à l'Émulation et l'Envie. L'Amour, expliquait-il, se transforme en Jalousie lorsqu'il y a crainte que cet amour ne soit pas réciproque. L'appétit doublé d'une conviction d'arriver à ses fins s'appelle l'Espoir, tandis que sans cette conviction cela devient du Désespoir. Alpiew éprouvait une telle curiosité pour le sujet qu'elle fut tout particulièrement enchantée de constater qu'Hobbes tenait précisément la curiosité pour ce qui distinguait l'homme de la bête.

« Penche-toi ! siffla la comtesse entre ses dents, se retournant pour plonger la tête vers la poitrine d'Alpiew.

— Où est-il, madame ? fit Alpiew en s'apprêtant à détaler. De quel côté ?

— Il ? »

La comtesse secoua la tête.

« Non, pas l'huissier ! C'est cette vieille mégère d'Honoria Bustle. J'étais à l'école avec elle. Comme tu le sais, on m'a baptisée Anastasia. Cette chère Honoria convainquit tout le monde de me surnommer “Nasty Ass” — Vilaine Bourrique ! J'abhorre cette femme. Viens, Alpiew, allons dans l'autre direction. »

La comtesse tourna le dos à la foule grouillante et trottina vers les ombres près de la berge.

« Mais la conférence, madame ! protesta Alpiew en courant derrière elle. La conférence est par là ! »

Déchirée, la comtesse se tourna à nouveau vers la foule scintillante.

« Tu as raison. Alors dis-moi lorsqu'elle sera

bien entrée dans la salle. Je ne supporterais pas de tomber sur cette harpie grisonnante.

— Il est bien chaud ! Bien chaud et fumant ! »

Un jeune homme, éclairé par la lueur orangée de son brasero, vendait du pain d'épices près de la porte d'écluse.

« Pain d'épices bien chaud ! Un demi-penny la tranche.

— Pourquoi n'attendez-vous pas ici, milady, pendant que je pars à la recherche de ce Cibber et de ses billets ? »

La comtesse acquiesça et acheta ostensiblement une tranche de pain d'épices bien chaud à un demi-penny, afin que l'on comprenne que c'était pour cela qu'elle s'était éloignée de la foule.

Alpiew se fraya un chemin dans la bousculade. Au vu des écussons blasonnés sur les portes des carrosses, elle pouvait constater que la haute noblesse était venue se mêler aux célébrités du monde théâtral. Tout cela se saluait avec force démonstrations, exclamations et rires affectés. Ce que Hobbes appelait « la grimace de la Gloire Soudaine »...

Lady Bustle était en vue. La mine dédaigneuse, elle avança d'un pas de sénateur jusqu'au foyer de la salle de concert, où elle fut cordialement accueillie par un grand et gros homme à l'allure de gentleman-farmer.

Un attroupement d'allure modeste s'était massé à l'entrée ; certains tendaient la main au passage des acteurs pour toucher leurs jupes ou leurs vestes. D'autres leur offraient de petits bouquets ou des lettres. Une femme alla jusqu'à se jeter au cou d'un acteur pour lui planter un baiser sur la joue. Celui-ci se contenta de sourire et, saluant la foule d'un petit geste de la main, entra dans le hall où Alpiew remarqua qu'il essuyait vigoureusement sa joue de son mouchoir.

Quelle adoration sur le visage de ces gens ! Alpiew n'en revenait pas. Certains d'entre eux n'avaient visiblement pas les moyens de s'offrir une paire de chaussures neuves ou même de manger à leur faim. Et pourtant, ils perdaient leur temps à se prosterner devant ces créatures vaniteuses et prétentieuses qu'on appelait des acteurs...

Une poussée de la foule la fit avancer de quelques pieds.

« J'ai cru que vous m'aviez laissé tomber », dit doucement un homme derrière elle.

Alpiew se retourna pour se trouver nez à nez avec Cibber, qui lui tendait deux billets.

« Votre partenaire d'écriture vous accompagne, j'espère ?

— Elle a été séduite par l'arôme du pain d'épices chaud, dit Alpiew en prenant les billets. Elle nous rejoindra bientôt.

— Regardez ! hurla un fanatique près d'eux. C'est Messire Nouvelle Mode ! »

La foule tourbillonna autour de Cibber en l'acclamant. Il plongea la main dans une poche profonde et en retira une poignée de bonbons qu'il distribua à la cohue enthousiaste.

Un homme prit le bonbon et le relança vers Cibber, le frappant au visage.

« Pour Anne, s'écria l'homme. Anne la gaie ! Mon amour ! »

Un sourire collé aux lèvres, Cibber guida Alpiew loin de la populace et jusqu'aux marches menant aux York Buildings.

« Qui est Anne ?

— Une camarade de scène, dit Cibber en la poussant jusqu'au foyer de la salle de concert. Elle jouera ce soir, je l'espère.

— Et Messire Nouvelle Mode ? »

Alpiew se dégagea de la griffe de Cibber.

« C'est un rôle que j'ai interprété la saison dernière. Un joli succès, ma foi. D'ailleurs, je l'ai écrit moi-même.

— Et les bonbons ? »

Alpiew était intriguée. On aurait dit que Cibber était arrivé préparé au harcèlement des fanatiques de théâtre.

« C'est le public qui paie mes gages. Je fais donc de mon mieux pour me le concilier, fit Cibber en luttant pour résister à la pression de la foule. Nous devrions attendre à l'intérieur si nous voulons échapper à ces créatures désespérées. »

Alpiew jeta un coup d'œil discret autour d'elle et aperçut le gros postérieur de lady Bustle se frayant un passage à l'intérieur de la salle de concert.

« Entrez, vous, dit-elle en se retournant pour héler la comtesse. Je dois attendre ma maîtresse. »

La comtesse arriva en se dandinant.

« Monsieur Saumon ! s'écria-t-elle en s'adressant à Cibber. Quelle joie de vous revoir !

— Cibber ! »

Il baisa la main de la comtesse.

« Tout le plaisir est pour moi. Vous êtes radieuse ce soir, milady. »

Alpiew contempla la comtesse, dont le masque de blanc de céruse vénitien était parcouru de fissures et piqueté de points noirs par les cendres du brasero de l'homme au pain d'épices. L'un de ses sourcils peints, à demi effacé, se fronçait sur l'œil gauche. Sa perruque, de guingois sur son crâne, lui cachait la moitié du front.

Cibber était trop souriant, trop obséquieux pour être honnête. Alpiew se demanda ce qu'il pouvait bien leur vouloir.

« Alors, avez-vous trouvé ce que vous recherchiez à la Tour de Londres, monsieur ? »

La comtesse, bousculée par quelqu'un qui

essayait d'entrer, fut précipitée dans les bras de Cibber. Celui-ci hocha vigoureusement la tête.

« Oui, oui, j'ai vu le lieu même où l'on a exhumé les ossements de deux garçons. Il n'y a que quelques années qu'on les a retrouvés, vous savez. J'avais trois ans à l'époque. »

Il tira de sa poche une grosse montre de gousset et la consulta.

« Plus que quelques minutes. Venez, milady, je vais vous indiquer vos places, puis je vous reverrai durant l'entracte. J'ai réservé une bouteille de sherry à notre usage personnel.

— Ne vous gênez pas pour nous, protesta la comtesse, toujours désireuse d'éviter une rencontre avec la redoutable lady Bustle. Nous attendrons que tout le monde soit entré. »

Cibber se tourna soudain vers une jeune femme brune qui venait d'arriver, flanquée d'une petite bonne à l'air sournois.

« Rebecca ! Tu entres ? »

La jeune femme lança un regard hargneux à Cibber.

« Anne Lucas était censée le faire. »

D'un geste impatient, elle déploya son éventail.

« Mais cette misérable créature n'a pas daigné paraître ! Par sa faute, j'ai passé la dernière heure avec cet odieux Français, à apprendre ses sornettes ridicules.

— Tu feras la démonstration ? » dit Cibber, avec une curieuse expression d'inquiétude et de soulagement mêlés.

« Son haleine empeste plus que l'assa-fœtida, et la graisse dont il enduit ses moustaches pue comme une civette en chaleur. Franchement, Colley, j'en ai assez. »

Brusquement, Alpiew sentit qu'on agrippait ses jupes. Un curieux petit chien tenait l'étoffe entre ses dents et tirait dessus de toutes ses forces. Elle lui décocha discrètement un coup de pied. Le chien poussa un glapissement aigu.

Le visage de Rebecca s'assombrit. Elle lança un regard noir à Alpiew, tout en prenant le chien dans ses bras.

« Prenez garde, miss. Mon chien est une bête de pedigree de la race des épagneuls papillons, la préférée des altesses royales de toutes les cours d'Europe. »

Elle roucoula au chien des paroles consolantes, auxquelles l'animal répondit en lui léchant le cou. La comtesse lui tendit un doigt dodu.

« Mais c'est un papillon ! Louis XIV en possédait, ainsi que les dames de sa Cour. Charmant. Tu vois, Alpiew, le petit bonhomme s'appelle un papillon à cause du tomber de ses oreilles soyeuses. N'est-ce pas, madame Montagu ?

— Je l'appelle Red, sourit Rebecca. C'est plus court que Red Admiral, son vrai nom.

— Ne devrions-nous pas entrer dans la salle, monsieur Cibber ? s'enquit Alpiew, constatant que le foyer était vide et souhaitant s'éloigner au plus vite de l'actrice et de son compagnon canin. Nous ne voudrions pas rater le début. »

Un muscle du cou de Cibber se mit à tressauter.

« Jusqu'à ce que Rebecca soit disposée à monter sur scène, il n'y aura pas de conférence. À moins qu'Anne n'arrive. Car l'une d'entre elles doit exécuter les expressions décrites par le Signior Lampone. Qui, soit dit en passant, Rebecca, est Italien.

— J'attends de commencer, monsieur Cibber. »

Un homme de haute taille s'avança vers eux, tête rejetée en arrière, tortillant la pointe d'une grande moustache en croc entre deux longs doigts d'artiste. Mais le plus frappant, dans cette figure hors du commun, était sans conteste le nez d'argent qui l'ornait.

« Vite ! Je dois donner ma conférence sur les expressions des Passions pendant que je me sens encore inspiré ! »

Une bousculade dans la rue attira tous les regards vers la porte. Une femme très agitée déboula de la chaise à porteurs qui venait de se ranger devant l'entrée.

« Encore saoule, j'imagine, s'exclama Rebecca, assez fort pour être entendue de tout le monde. La gueuse a toujours eu un faible pour l'eau-de-vie. Pas vrai, mon chéri ? ajouta-t-elle en grattouillant son chien sous le menton.

— *Ridiculoso!* s'écria l'Italien en lançant ses papiers dans les airs. Je suis un grand maestro. Je ne travaille pas avec les ivrognesses ! »

Anne Lucas, échevelée mais sobre, se fraya un chemin jusqu'au foyer à travers la foule de fanatiques.

« Signior Lampone, *mia apologia. Ho molti problemi in casa...* »

Elle se tourna vers Rebecca et traduisit froidement :

« J'ai d'énormes soucis à la maison. »

Elle salua Cibber d'un baiser sur la joue, puis s'agenouilla par terre devant l'artiste :

« *Perdona mia,* Signior Lampone. *Lavoriamo.* Allez, au travail !

— Un instant, monsieur. »

Rebecca remit son chien à sa bonne et s'avança.

« Je viens de perdre un précieux après-midi de printemps à répéter vos sornettes. Dois-je comprendre que je ne serai pas rémunérée pour mes efforts ? »

Le peintre se tourna vers Cibber, qui fixa le parquet.

« Je peux vous offrir une entrée gratuite... ?

— Une entrée gratuite ? Vous plaisantez, j'espère ! »

Rebecca posa les mains sur les hanches, renversa la tête et éclata de rire.

« J'ai perdu une heure entière de mon temps à exercer mon métier, et pour cela, je *serai* payée. »

Un sourcil haussé, les narines palpitantes, les commissures de la bouche tirées vers le bas, elle foudroya Cibber du regard tout en tapant du pied.

« Voyez ! s'écria l'Italien en pointant vers Rebecca. Cette femme est parfaite ! Une grande actrice ! Elle vient de démontrer l'Incrédulité, instantanément suivie du Dédain. *Magnifico !* »

Alpiew glissa un regard vers la comtesse. Ce bizarre incident fournirait un excellent potin.

« Alors dis-moi, Colley. Veux-tu de cette actrice de deuxième ordre pour démontrer les Passions ? »

Rebecca Montagu était manifestement décidée à tirer le plus grand parti de la situation.

« Là : voyez son visage... La Jalousie est subtilement gravée sur ses traits... »

Brusquement, Rebecca se tourna vers Anne et lui asséna une bonne gifle.

« Et voilà... Douleur Physique suivie de Stupéfaction... »

Elle recula d'un pas.

« Que verrons-nous ensuite ? Soit les Pleurs, soit la Colère, je parie ! »

Anne Lucas couvrit son visage de ses mains et disparut en courant dans l'auditorium.

« Maintenant, messire, dit Rebecca en souriant au Signior Lampone, allez vite délivrer votre ennuyeux discours. »

Elle passa son bras sous celui de Cibber.

« Je crois que je vais accepter ta proposition,

Colley. Je ne raterais cette débâcle pour rien au monde. »

Elle se tourna vers sa bonne, qui s'était tenue en retrait durant toute la tirade :

« Sarah, tu peux rentrer et préparer mon souper. »

La bonne fit la révérence et s'éloigna d'un pas rapide.

L'Italien leva les bras au ciel, marmonna quelques jurons inintelligibles et suivit Anne Lucas dans l'allée.

« T'ai-je présenté mes nouvelles amies, Rebecca ? dit Cibber avec un sourire espiègle. Voici lady Anastasia Ashby de la Zouche…

— Baronne Penge, comtesse de…, marmonna la comtesse.

— Et sa…

— Bonne, oui, fit Rebecca sans même les regarder. Allons-nous entrer ?

— Non, Rebecca. J'allais dire sa partenaire de plume, Alpiew, dit Cibber en souriant affablement. Lady Ashby de la Zouche et miss Alpiew rédigent la rubrique mondaine du *London Trumpet*. »

Alpiew observa avec ravissement le visage de Rebecca, luttant pour réprimer un tourbillon de Passions, principalement l'Horreur et la Rage, tout en affichant un sourire crispé. Manifestement, elle n'avait pas l'habitude d'exhiber ses passions d'aussi près devant les membres de la presse.

L'auditorium, éclairé aux chandelles, était bondé d'une foule jacassante. Les seuls sièges libres, au dernier rang, étaient affublés de cartons « réservé ». Cibber y installa les trois femmes au moment où la musique se tut et que les musiciens saluaient. L'acteur resta debout près de la porte au bout de l'allée.

Quand le Signior Lampone et Anne Lucas montèrent sur scène, les applaudissements fusèrent. Lampone leva les mains pour réclamer le silence.

« Mesdames et messieurs, je suis ici ce soir pour vous entretenir du thème de l'Expression. Cette science chimérique constitue une étude nécessaire à tous les artistes, qu'ils soient peintres comme moi ou acteurs, comme mon estimée amie Anne Lucas, qui a gracieusement accepté ce soir de démontrer les aspects fondamentaux de ma théorie. »

On applaudit encore, brièvement.

« Vous constaterez également que ma philosophie est un instrument utile dans la vie quotidienne. Ainsi, mesdames et messieurs, j'expliquerai d'abord qu'une Passion est le mouvement de la composante sensitive de l'âme. Elle consiste en plusieurs éléments – principalement des mouvements internes, comme dans le cas de la Haine où le pouls s'accélère ou du Désir où le cœur bat plus vite ; mais aussi en mouvements externes, comme le poing serré de la Colère ou la fuite occasionnée par la Peur. »

Rebecca s'agita sur son siège en marmonnant tout bas :

« Ou le bâillement occasionné par un ennui abject. »

La comtesse gloussa. Elle n'aurait pas mieux dit.

« Mais la partie du corps qui exprime le mieux les Passions est, bien entendu, le visage. Le visage, qui reçoit le plus rapidement et le plus intensément les signaux du cerveau. »

La comtesse réprima elle aussi un bâillement. Supporter plus d'une heure ces balivernes ? Elle parcourut la salle du regard à la recherche d'un quelconque soutien moral, mais Rebecca et elle semblaient les deux seules spectatrices à ne pas être captivées.

« Maintenant, je vais vous montrer un exercice simple, dit Lampone en se retournant vers Anne Lucas. Je vous en prie, madame Lucas, videz votre visage de toute expression. »

Anne s'avança vers le centre de la scène et Lampone se plaça derrière elle.

« Front plissé vers le bas, sourcils froncés. »

Anne baissa les sourcils.

« L'œil étincelant, la pupille regardant de côté, constamment enflammée. »

Anne Lucas assuma l'expression demandée.

« Narines ouvertes et dilatées, bouche fermée, commissures tirées vers l'arrière et le bas, dents serrées. »

Anne dilata les narines et serra les lèvres.

« Maintenant, puis-je demander à un membre du public de me dire ce qu'il perçoit ?

— Une mauvaise actrice constipée », marmonna Rebecca.

La comtesse étouffa un rire.

« Laquelle des Passions, mesdames et messieurs, voyez-vous devant vous ? »

Il pointa du doigt vers un gentleman en perruque brune luisante.

« La jalousie ? » suggéra l'homme.

Lampone haussa les épaules d'un air avantageux et Anne détendit ses traits. Applaudissements.

« Maintenant, Anne, les sourcils plus haut au milieu du front, baissés sur les côtés, paupières baissées. »

Alpiew observa que plusieurs spectateurs suivaient également les indications.

« Bouche entrouverte, commissures baissées. Tête négligemment penchée sur l'épaule. »

Il s'adressa à nouveau au public.

« Et maintenant ? Madame ? »

Il désignait Rebecca.

« Puis-je me permettre d'affirmer, Signior Lampone, que vous êtes un génie... »

Il y eut quelques applaudissements dispersés. Les muscles du visage d'Anne Lucas s'étaient mis à trembler.

« Je dirais que l'expression de Mme Lucas exprime le chagrin qu'elle éprouve à l'idée que je sois meilleure actrice qu'elle ! »

Quelques spectateurs rirent, d'autres se tortillèrent d'embarras sur leurs sièges. Anne Lucas demeura un moment figée, puis éclata en sanglots et quitta l'estrade par une petite porte au fond de la scène.

Lampone semblait se demander s'il valait mieux se lancer à la poursuite de l'actrice en pleurs dans les coulisses, ou poursuivre tout seul sa démonstration. Il continua à parler pendant quelques minutes, tentant de traduire ses propos en grimaces appropriées. Enfin, il leva les bras au ciel.

« *E un disastro ! Un fiasco !* »

Le public commençait à s'agiter.

« Mesdames et messieurs, fit Cibber en remontant l'allée centrale pour monter sur scène, puis-je vous proposer un bref entracte ? Dans dix minutes, j'en suis sûr, le Signior Lampone sera ravi de reprendre son discours. »

Il se tourna vers la porte des coulisses, restée entrebâillée. Deux têtes s'y penchèrent.

« Messieurs les musiciens ? Pourriez-vous rejouer ? »

Cibber leva les yeux vers l'endroit où Rebecca ricanait et lui fit signe de monter sur scène avec lui.

La comtesse et Alpiew sortirent avec les autres spectateurs et décidèrent de faire quelques pas sur la terrasse au pied de la porte d'écluse, afin d'échanger leurs impressions.

« Quel coup de théâtre ! dit la comtesse en s'enveloppant dans sa cape.

— Je suis franchement désolée de l'intervention de Rebecca, répliqua Alpiew. Cette conférence m'intéressait. »

La comtesse la dévisagea, stupéfaite.

« Tu plaisantes ? Le mouvement des écluses m'aurait semblé plus divertissant ! »

Quelques canots oscillaient doucement à quelques yards de là, au milieu du courant. La longue plage noire s'étendait devant elles. L'un des bateliers pointa vers la terrasse, faisant remarquer la présence de gens dehors, donc de clients potentiels. Il retourna ses avirons et rama vers la berge.

« Nous avons presque assez de munitions pour un mois, dit Alpiew en comptant sur ses doigts. D'abord la petite Gymcrack et son amant meurtrier, ensuite la querelle entre les deux actrices, enfin cette soirée désastreuse... »

À cet instant précis, les traits de la comtesse s'assombrirent.

« Nasty ? Ne me dites pas que c'est Nasty Ass, la Vilaine Bourrique ! »

Lady Bustle fonçait droit sur elles.

« Tu ne t'es pas arrangée, ma chère. Où as-tu déniché cette antiquité de robe ? Elle serait plutôt à sa place dans un musée, assurément. »

La comtesse battit des mâchoires, muette. Lady Bustle éclata de rire.

« Eh bien ! Voici une nouvelle Passion pour M. Lampone. Comment l'appellera-t-on, "Vilaine Bourrique" ? L'"Ahurissement Sénile" ?

— Cela s'appelle, intervint Alpiew, la Dignité face à une Dégoûtante Grossièreté. »

Ce fut au tour de lady Bustle de se trouver sans voix.

« Écoute, ma fille, je ne tolérerai aucune insolence de la part d'une simple servante. Si j'étais toi, je fermerais mon clapet.

— Si vous étiez moi, madame, vous seriez d'abord beaucoup plus jolie, et vous sauriez que la fortune ne justifie pas le manque de courtoisie. »

Le cheval d'un fiacre renâcla, comme pour ponctuer la réplique d'Alpiew d'un « pfuit ! » de dérision. Offusquée, lady Bustle tituba de la porte d'écluse vers les marches conduisant à l'embarcadère.

« Batelier ! lança-t-elle. Je pars. Je n'ai jamais été aussi insultée de ma vie ! »

Alpiew enlaça la comtesse, dont le menton tremblait dangereusement, et l'accompagna jusqu'à un banc en pierre, de l'autre côté de la porte d'écluse.

« C'est comme si j'étais de retour à l'école. Après tant d'années...

— Écoutez, madame ! »

Elles tendirent le cou vers le canot ; la silhouette sombre de lady Bustle, face au batelier, se pressait contre celle d'un autre passager, sans doute son ami fermier. Le batelier, dans une tirade d'injures qui faisait honneur à sa profession, traitait lady Bustle de tous les noms d'oiseau.

« Je t'ai dit de faire gaffe en embarquant, morue surannée ! Ton poids nous a embourbés dans la vase. À t'entendre, je n'aurais jamais deviné que tu étais un tel baquet de lard ! Tu as plus de graisse que tout un banc de baleines !

— Les bateliers, madame, dit Alpiew en pressant le bras de la comtesse, vengent de toutes les insultes.

— La conférence reprendra dans quelques minutes, mesdames et messieurs, annonça Cibber, surgissant dans la rue avec une cloche à la main. Je vous en prie, regagnez vos places ! »

La comtesse contempla le fleuve. Dans un

grand bruit de succion de rames, le canot s'arracha enfin à la berge, engloutissant lady Bustle dans l'obscurité.

« Vous voulez rentrer à la maison ? » dit Alpiew.

La comtesse secoua la tête.

« Avec cet affreux huissier qui attend de m'appréhender ? Je te rejoindrai dans quelques minutes. Laisse-les entrer d'abord. »

Alpiew regarda autour d'elle. Les rues étaient désertes et le fleuve, d'un noir d'encre. L'endroit n'était pas sûr.

« Je ne puis vous laisser ici, milady.

— Pourquoi pas ? Va devant. Ces histoires ne me passionnent pas autant que toi.

— Vous en êtes sûre ? »

La comtesse fit signe à Alpiew de s'en aller.

Une fois tous les spectateurs entrés, la comtesse fit quelques pas en direction de Buckingham Street. Il faisait très sombre. Maintenant que les visages célèbres avaient quitté les lieux, les fanatiques s'étaient évanouis dans la nuit. Le vendeur de pain d'épices avait lui aussi disparu, abandonnant son brasero brûlant. La comtesse soupira. Elle avait espéré s'offrir une autre tranche. Elle contourna l'édifice et s'accouda à la balustrade.

Au-dessus d'elle, une fenêtre à guillotine s'ouvrit et une vieille tête dégarnie en sortit.

« Que qui se passe-t-il ? »

La comtesse se réfugia dans l'ombre. Elle reconnaissait cet homme, mais n'arrivait plus à se rappeler où elle l'avait rencontré. En tous cas, il y avait très, très longtemps.

« Mary ? fit l'homme en rentrant dans sa chambre. Tu as entendu ? »

Il se pencha à nouveau. Une autre fenêtre s'ouvrit à l'étage supérieur et une tête féminine apparut.

« Vous, s'écria l'homme en pointant du doigt

vers la comtesse. Vous dans l'ombre ! Vous avez entendu ? Un cri comme celui de l'albatros ou du vent dans les voiles quand il souffle de l'ouest ! »

La comtesse s'avança, relevant la tête pour détailler celle du chauve. N'était-ce pas ce vieil officier de marine, qui avait travaillé pour le roi Charles ? Celui qui portait un nom idiot, Chirp, Toots, quelque chose dans le genre…

« Il y a eu un incident au théâtre, monsieur. Voilà tout.

— Non, non, grogna l'homme en frappant du poing l'embrasure de la fenêtre. Je l'ai distinctement entendu. Attendez un instant… »

Il se pencha un peu plus.

« Ne vous connaîtrais-je pas ? N'étiez-vous pas actrice ?

— Prenez garde, monsieur, ou vous allez tomber ! s'écria la femme de l'étage supérieur avant de rentrer.

— Grotesque ! Bâtir une salle de concert au pas de ma porte ! Je me suis retiré ici pour avoir la paix. Depuis, c'est pire qu'un asile de fous !

— Allez, monsieur Pepys, dit la femme, qui était apparue aux côtés du vieillard. Vous allez prendre froid, et vous savez à quel point vous détestez être malade. »

Pepys ! Voilà ! L'homme du ministère en personne. Samuel Pepys[1]. Toujours à essayer de vous peloter les jambes sous la table, profitant de la moindre occasion pour vous toucher les seins ; aucun autre sujet de conversation que le prix de la toile à voiles et le nombre de barils de goudron

1. Samuel Pepys (1633-1703), ancien secrétaire de l'Amirauté (ministre de la Marine), mais avant tout l'un des plus grands mémorialistes anglais, souvent comparé à La Rochefoucauld. (*N.d.E.*)

nécessaires à un voyage jusqu'à Flushing – autant dire au diable !

« Mais je connais cette femme, protesta Pepys en écartant la gouvernante et en pointant du doigt vers la comtesse. N'est-ce pas ? Je vous connais. Voudriez-vous entrer, pour partager un plat de tripes ?

— Oui, Samuel. »

La perspective d'un plat de tripes était bien plus appétissante que celle de passer une heure à regarder des grimaces.

« Bien sûr que vous me connaissez. Ashby de la Zouche. La vieille amie de Charles.

— Tu vois ! triompha Pepys en se tournant vers sa gouvernante. Je t'avais bien dit que je la connaissais. C'est lady Ashby de la Zouche. »

Il lui fit signe de la main.

« Allez, montez !

— Je dois dire à ma soubrette où je me trouve, Samuel. Elle m'attend dans la salle de concert. J'en ai pour deux minutes. »

Hochant gaîment la tête, Pepys disparut, aidé par sa gouvernante, et la fenêtre se referma.

La comtesse traversait la ruelle en trottinant lorsqu'un grand cri de guerre retentit derrière elle, suivi d'un bruit de cavalcade. En se retournant pour voir ce qui se passait, la comtesse trébucha contre un mur. Une bande de jeunes garçons déboula en hurlant à pleine gorge. Deux d'entre eux portaient des flambeaux. Tandis qu'elle se pressait contre le mur pour les éviter, un beau brun lui arracha sa perruque et s'enfuit avec. Plaquant les mains sur son crâne nu, la comtesse s'effondra contre une porte, alors que le garçon lançait la perruque à un ami, qui la lança à un autre, qui fit de même, comme s'ils jouaient au ballon.

« Bande de fils de putes ! hurla la comtesse. Rendez-moi mon chignon !

— Un chignon! s'écria l'un d'entre eux. Ceci n'est pas un chignon! Assurément, c'est un rat mort.»

Sur ces mots, il poussa un cri en lançant la perruque si haut contre le mur qu'elle atterrit directement sur l'embrasure de la fenêtre où Pepys venait de se pencher. Hurlant de rire, les garçons détalèrent dans la nuit en scandant ces vers:

Braves gens, vous ne connaîtrez pas le sommeil,
Tant que les Tityre-tus veillent!

La comtesse attendit que les voix se soient éloignées avant d'oser respirer. Puis sanglotant tout à la fois de soulagement qu'ils ne l'aient pas blessée et de honte d'avoir perdu sa perruque, elle se blottit dans l'entrée. Elle ferma les yeux, se laissa glisser jusqu'à terre et demeura blottie sur le pas de la porte.

Quelques instants plus tard elle entendit des pas, puis la voix d'un homme à quelques pieds de là.

«Holà? Tout va bien?»

Quelqu'un marchait lentement vers elle.

«Je suis le vendeur de pain d'épices. Ces porcs ont renversé mon brasero. Vous ont-il fait mal? demanda-t-il en tendant doucement les mains vers elle. Ah, les jeunes, de nos jours!

— Ils ont pris ma perruque, expliqua la comtesse en désignant la fenêtre de Pepys. Elle est là-haut.

— Je vais aller trouver le veilleur de nuit. Il pourra l'attraper pour vous avec son long bâton.»

La comtesse regarda le bonnet en laine de l'homme.

«Pourrais-je...?»

Sans dire un mot, l'homme retira son bonnet et le remit à la comtesse, qui le tira sur ses oreilles.

«Merci.»

Elle craignait que Pepys ne se penchât de nouveau à sa fenêtre pour l'attendre.

« Je ne puis rester ici. On me prendrait pour une vagabonde et je serais arrêtée par la garde. »

Le vendeur de pain d'épices l'aida à se relever.

« Je ne serai pas long. »

Il disparut dans la nuit.

« J'attendrai là-bas, s'écria-t-elle. Dans la salle de concert. »

La comtesse marcha d'un pas vif jusqu'au foyer, jetant un rapide coup d'œil à son reflet dans une applique en miroir. Puis elle entrouvrit la porte de l'auditorium.

Alpiew n'était pas assise à la même place. Grâce au ciel, Cibber non plus. Sur scène, Lampone entretenait sur le ton de la confidence un public fasciné.

« La Rage, par exemple, présente les mêmes mouvements de base que le Désespoir, et pourtant ceux-ci semblent plus violents. Quand Mme Montagu sera prête – je crois qu'elle est partie boire un verre d'eau à la fontaine derrière le bâtiment – elle vous montrera la subtile distinction entre ces passions voisines. »

Enfin, la comtesse aperçut Alpiew. La friponne avait réussi à trouver un siège au premier rang. Comment l'avertir ? Pas question de descendre toute l'allée centrale coiffée du bonnet en laine d'un vendeur ambulant. Elle parcourut rapidement la salle du regard. Cibber, lui aussi, était assis au premier rang.

Un pas incertain retentit derrière la scène. Lampone sourit.

« Et voici la grande actrice au pas de sylphe ! »

La porte de l'arrière-scène s'ouvrit brutalement et Rebecca Montagu tituba vers le podium, échevelée, les traits contorsionnés.

«*Eccelente!* s'exclama Lampone en reprenant son discours. Un peu plus avant dans le programme que je ne l'avais prévu, mais voyez: les bras tendus vers l'avant, rigides; les jambes esquissant un mouvement de recul; le corps entier en désordre... »

Rebecca Montagu restait clouée sur place, les traits figés.

« Vous remarquerez que les sourcils sont haussés très haut vers le milieu, les muscles qui les soutiennent étant gonflés et tendus, le nez et les narines dilatés, les yeux écarquillés, les pupilles dilatées, la bouche grande ouverte et les commissures tirées vers l'arrière, les veines et les tendons très proéminents, les cheveux qui semblent dressés sur la tête, le teint livide. Ceci représente le comble de... »

Lampone esquissa un sourire suffisant:

« ... de la Terreur. »

Sans changer d'expression, Rebecca Montagu tendit les mains vers le public pour les montrer. Elles étaient rouges. Le liquide écarlate qui dégoulinait de ses doigts jusqu'au plancher était du sang. Elle se mit à hurler.

2

Assurance

Version extrême de l'espoir – la certitude d'obtenir ce que l'on veut.
Des mouvements plus intérieurs qu'extérieurs.
Les sourcils légèrement haussés.
Les commissures des lèvres
Retroussées vers le haut.

Dans le chaos qui suivit, Alpiew bondit sur scène pour conduire Rebecca Montagu jusqu'à un siège. Le public se leva, certains criant, d'autres fonçant vers les sorties. La comtesse s'élança vers la rue. Que faire ?

Les artistes avaient une entrée par laquelle ils faisaient passer leurs clavecins et autres instruments encombrants : elle tenterait d'atteindre Alpiew par cette voie.

Un groupe de porteurs de flambeau traînait dans les ombres de la promenade au bord de l'eau, du côté de l'entrée des artistes, attendant la sortie de la clientèle à la fin de la représentation.

« Toi, petit, rugit la comtesse. Allume et suis-moi tout de suite ! »

Elle galopa vers la berge et trottina prudemment le long de la terrasse obscure au flanc de l'édifice. Le flambeau de l'enfant lançait de longues ombres sur la promenade. Elle escalada un escalier en pierre. La fontaine était devant elle, au pied d'une immense grille. La comtesse regarda autour d'elle. La rue était déserte.

« Tu vois quelqu'un ? demanda-t-elle à l'enfant.

— Il n'y a personne ici, répliqua le garçon en brandissant son flambeau. Pourquoi portez-vous ce couvre-chef ridicule ? »

La comtesse fit semblant de ne pas entendre.

« As-tu vu quelqu'un tout à l'heure ?

— Rien que ces coquins de Tityre-tus, dit l'enfant. Mais nous détalons dès que nous les voyons parce qu'ils nous attrapent, qu'ils nous accrochent aux poteaux indicateurs et qu'ils nous laissent pendre là.

— Éclaire la fontaine de ton flambeau. »

La comtesse se pencha. Même à la lueur tremblotante de la flamme, il était évident que le liquide se déversant du bec était rouge.

« Bon sang, m'dame, qu'est-ce que c'est ? Du vin ? »

Le garçon tendit la main pour goûter.

« Ils l'ont déjà changé en vin dans le temps, pour le couronnement, mais j'étais un bébé. »

La comtesse le retint par l'épaule.

« Qu'y a-t-il derrière la grille, petit, tu le sais ?

— Mais oui, m'dame. C'est l'entrée de la station hydraulique. Regardez, là… »

Il leva son flambeau et pointa vers une tour obscure de l'autre côté du mur.

« Ça fonctionne avec une nouvelle sorte de machine. Moi et les gars on a escaladé le mur pour jeter un coup d'œil, mais on s'est fait prendre. »

Rien ne bougeait dans la rue.

« Vous vous servez de cette fontaine ? Toi et les gars ?

— On se fait des blagues, gloussa le garçon.

Mon copain Dan est allé se laver la figure l'autre jour, mais Billy était passé avant et il avait mis de la suie, alors Dan est revenu avec la figure plus sale qu'avant. »

Le garçon se tint les côtes en se tordant de rire.

« Qu'est-ce qu'on a rigolé ! »

Il se tourna à nouveau vers la fontaine.

« C'est encore un coup de Billy, ça, m'dame. Mieux vaut laisser tomber. Ça va partir tout seul. »

La comtesse tapota la tête de l'enfant, lui donna un penny et, calant fermement le bonnet du vendeur de pain d'épices sur son crâne, pénétra dans la salle de concert par l'entrée des artistes.

Alpiew était assise dans les coulisses avec Rebecca, dans la salle des musiciens. Cibber faisait les cent pas tandis que Lampone, le visage entre ses mains, marmonnait des paroles comme *fiasco* et *disastro*.

Des rangées de chaises et de lutrins les entouraient et dans un coin, une paire de grosses caisses résonnaient chaque fois que l'un d'entre eux élevait la voix.

« Je trempe toujours mes mains avant d'entrer en scène. C'est un rituel. Je sors, je regarde le ciel, je lève les bras et je plonge les mains dans l'eau... »

Elle éclata de nouveau en sanglots.

« C'était horrible. Il faisait tout noir, dehors. Puis, dans la lueur des chandelles de la scène, j'ai regardé mes mains et j'ai vu qu'elles étaient rouges. Je les ai senties. J'ai tout de suite su ce que c'était. »

Alpiew leva la tête vers Cibber, tenant la serviette dont elle s'était servie pour nettoyer les mains de Rebecca.

« Qu'est-il arrivé au public ?

— Ils sont en train de partir, fit-il, la tête entre les mains. Lentement mais sûrement.

— Et où est Anne Lucas ?

— Elle a dû rentrer à la maison rejoindre son mari, lança Lampone, interrompant sa litanie de mots en "o". Je l'ai vue donner des ordres au cocher. »

Cibber se tourna vers le couloir. Des pas s'approchaient.

« On vient... »

Le petit chien sauta sur les genoux de Rebecca et se mit à lui lécher furieusement le cou. Elle enfouit son visage dans la fourrure blanche et feu.

La porte s'entrouvrit en grinçant.

« Ah, vous voilà, monsieur Haddock ! »

C'était la comtesse.

« Je crois que l'épisode de la fontaine était une farce, ajouta-t-elle. Les porteurs de flambeau m'ont avoué qu'ils s'amusent souvent à la dénaturer. Ils colorent l'eau avec de la suie, de l'encre et ce genre de choses.

— Je comprends, maintenant, s'exclama Rebecca, cessant de s'apitoyer sur elle-même et se levant brusquement. Mais ce ne sont pas les porteurs de flambeau. C'est *elle* qui leur a fait faire le coup. Ce ne peut être qu'elle. Elle connaît mon rituel ; je sors de la loge avant chaque représentation pour l'accomplir. Elle a dû me suivre un jour et m'observer. Après tout, la plupart des spectacles ont lieu en plein jour, pas à la nuit tombée comme cette ridicule petite farce.

— Je suppose que cette "elle" dont vous parlez, c'est Mme Lucas ? » dit la comtesse.

Foudroyant Lampone de ses prunelles sombres, Rebecca hocha la tête.

« Eh bien voilà la réponse. L'eau colorée de la fontaine était la vengeance de Mme Lucas, destinée à affoler Mme Montagu. »

La comtesse frotta ses mains potelées.

« Bon, alors maintenant au lit, au lit...

— Je peux vous appeler une chaise à porteurs, comtesse. Je la paierai, bien entendu, fit Cibber nerveusement. Peut-être aimeriez-vous passer chez moi pour prendre un verre… ? »

Visiblement, il ne savait plus quoi tenter pour la retenir.

« Non merci, monsieur Saumon, sourit la comtesse. Alpiew et moi devons rentrer. Merci pour cette soirée merveilleusement divertissante. »

Prenant la main d'Alpiew, elle sortit avant que l'on aborde le sujet de sa coiffure, et de la raison pour laquelle elle portait le bonnet de laine du vendeur de pain d'épices.

« L'huissier est passé à plusieurs reprises. Je me suis caché dans le cabinet d'aisances. »

Godfrey, le vieux serviteur de la comtesse (jadis palefrenier, mais maintenant qu'il n'y avait plus de chevaux à soigner, homme à tout faire), sourit de sa bouche édentée en versant aux deux femmes du lait chaud au vin blanc sec.

« Je l'ai entendu dire à son camarade qu'il reviendrait demain. »

Il gloussa en essuyant une goutte de salive roulant sur son menton râpeux.

« Vous lui avez filé entre les mains aujourd'hui, qu'il a dit ! »

Le vendeur de pain d'épices, faute d'avoir trouvé la comtesse et désireux d'exploiter la clientèle inattendue qui se déversait de la salle de concert, avait laissé sa perruque perchée sur un buste de Purcell dans le foyer. Alpiew l'avait récupérée et coiffé du bonnet de laine le buste voisin de Monteverdi, puis elles s'étaient hâtées de rentrer chez elles, guettant à tout moment le bruit des pas de l'huissier dans le noir.

Pour l'heure, tandis qu'elles sirotaient leurs breuvages dans l'énorme mais douillette cuisine (qui leur servait aussi de chambre à coucher, de salle à manger, de salon et de bureau, étant donné le délabrement du reste de la maison), Alpiew griffonnait un premier jet de l'article sur la petite Gymcrack, tout en discutant avec la comtesse des étranges événements de la soirée. La querelle entre les deux actrices, ce bizarre Italien avec son nez d'argent, l'épisode de la fontaine sanglante…

« Difficile de savoir quel article proposer en premier, dit Alpiew. La fille de l'échevin et l'assassin, ou la démonstration de philosophie gâchée par la rivalité entre deux actrices ? »

La comtesse avala une grande gorgée de lait chaud au vin blanc tout en réfléchissant.

« Nous devrions peut-être assister au procès de Rakewell. Voir si la petite Gymcrack y est, étoffer un peu l'article, avec le résultat du procès, une bonne description du gamin, et cetera. Ce pourrait être le sujet de cette semaine. »

Elle soupira et ferma les yeux. Puis se redressa d'un sursaut.

« Fi donc, quels vilains garnements, ces Tityre-tus ! Nous devrions recueillir le plus d'anecdotes possibles contre eux. Qui sait, peut-être parviendra-t-on à leur faire tellement honte de leurs agissements qu'ils s'amenderont.

— Tout ça, c'est la faute du théâtre, c'est pour ça qu'on a les Tityre-tus. »

La tête de Godfrey, qui ballait au-dessus de son verre, s'était relevée.

« Dans mon temps, on avait des guerres pour mater les gamins trop turbulents. On les mettait dans une armure et on les faisait coucher à la belle étoile, sans rien à manger, que des rats[1]… »

1. Contrairement à sa maîtresse, Godfrey semble nostalgique de la république puritaine de Cromwell (*N.d.E.*).

La comtesse leva une main dodue.

« Merci, Godfrey. Nous connaissons par cœur tes opinions.

— Des roués comme eux, madame, n'auront pas honte de retrouver leurs noms dans les journaux, fit remarquer Alpiew en suçant sa plume. Au contraire. Ils en crèveraient d'orgueil. »

La comtesse se laissa retomber dans son fauteuil. Alpiew avait raison : raconter leurs exploits ne ferait qu'aiguillonner ces horribles garnements de minuit à accomplir des forfaits pires encore que de chiper les perruques des vieilles dames... Heureusement que la horde n'avait pas déboulé une minute plus tôt, car le pauvre Pepys en serait tombé de sa fenêtre.

Pepys !

Elle se leva d'un bond en criant :

« Pepys !

— Hou, hou ! répondit Godfrey.

— Non, Pepys, Pepys. Pepys et ses tripes ! »

Alpiew contemplait la comtesse avec stupéfaction, en se demandant si le choc de sa rencontre avec la bande de vauriens et la perte temporaire de sa perruque ne lui avaient pas affecté le cerveau d'une idée fixe qui la conduirait droit à l'asile de Bedlam.

« Il m'attend sûrement ! »

Elle s'assit et prit une autre rasade de lait chaud au vin.

« Pauvre vieux bonhomme. Il n'a jamais eu grand-chose à dire. Pauvre Pepys. Pauvre Pepys ! Ah, eh bien il faudra que je lui rende visite dès demain pour lui présenter mes excuses. »

Ils furent brutalement réveillés le lendemain matin par un martèlement obstiné à la porte. Terrifiée par la perspective de l'huissier, Alpiew grimpa précipitamment à l'étage voir qui était sur le seuil, tandis que la comtesse enfilait sa robe, prête à fuir.

À l'immense étonnement d'Alpiew, leur visiteur matinal n'était autre que Rebecca Montagu, vêtue d'une magnifique robe de satin. À quelques pas derrière elle rôdait sa petite bonne revêche, Sarah.

Alpiew accompagna l'actrice au salon et lui offrit un fauteuil.

« Il est tôt, madame Montagu, et les feux n'ont pas encore été allumés. »

En réalité, le feu n'était allumé au salon que lorsqu'on attendait un hôte important. Alpiew se tourna soudain en glapissant. Quelque chose lui avait pincé la cheville. Elle baissa les yeux et aperçut Red, le chien de Rebecca, grondant à ses pieds. Elle tenta de réprimer sa colère.

La comtesse entra, l'air d'une dame qui a mieux à faire. Elle savait très bien pourquoi l'actrice était là. Cette femme redoutait la mauvaise publicité que pouvaient lui causer les événements de la nuit dernière, et venait s'amender. Elle se pencha pour caresser le chien et sourit.

« Mesdames, dit Rebecca, je viens vous voir pour vous faire une proposition. Une proposition qui pourrait vous apporter de l'argent. »

La comtesse tendit l'oreille.

« Bien entendu, je suis une grande admiratrice de votre rubrique, reprit Rebecca. Comme vous le savez, depuis que la compagnie de théâtre royale s'est scindée il y a quatre ans, une méprise du public veut que tous les bons acteurs et auteurs soient partis au Lincoln's Inn Theatre…

— Bracegirdle, Betterton, Congreve, oui. »

La comtesse se posa sur une chaise.

« Ainsi, les auteurs et les acteurs plus jeunes, comme moi, ne reçoivent-ils pas l'attention qu'ils méritent. Alors que les comédiens de Lincoln's Inn ont tous vingt ans de trop pour leurs rôles ! Enfin, voyez Mme Barry. Elle a au moins quarante ans et elle joue toujours les jeunes épouses, les vierges et les coquettes, tandis que les jeunes actrices comme moi n'avaient aucune possibilité de... »

Alpiew et la comtesse hochèrent la tête, attendant que la jeune femme abatte ses cartes.

« Il nous était impossible d'avancer tant qu'ils étaient toujours dans la compagnie, alors nous avons *décidé* de rester quand ils sont partis. Mais pour le public, je le crains, c'est nous qui avons été rejetés.

— Je vois, madame Montagu, fit la comtesse en penchant la tête sur l'épaule. Mais que pouvons-nous y faire, miss Alpiew et moi, d'après vous ?

— Eh bien, je vous payerais, évidemment, dit Rebecca en les regardant l'une après l'autre. Et en retour... »

Son visage prit une expression plus sérieuse :

« ... en retour, vous souffleriez pour moi. »

La comtesse et Alpiew échangèrent un regard perplexe.

« Souffler ? dit la comtesse.

— Souffler », répondit Rebecca.

La comtesse souffla dans ses joues.

« Comme ceci ? »

Rebecca rejeta la tête en arrière dans un grand éclat de rire. La comtesse et Alpiew gloussèrent poliment.

« Cela veut-il dire que vous acceptez ? » demanda Rebecca.

« Nous allons devoir y penser. »

La comtesse n'avait pas la moindre idée de ce que voulait dire cette femme et elle n'avait pas l'intention de le laisser paraître. Alpiew acquiesça sagement. Elle était tout aussi perplexe, mais l'argent, c'était de l'argent.

« Je pourrais vous offrir une guinée chaque fois

que mon nom apparaît dans votre rubrique. Peu m'importe, vraiment, que vous médisiez de moi de temps en temps – par exemple, que vous racontiez que je me suis trouvée mal au spectacle d'hier soir. D'après moi, toute réclame est une bonne réclame. »

Elle se leva et sa bonne alla en silence lui ouvrir la porte.

« Devrai-je passer ici pour connaître votre décision ou viendrez-vous me rendre visite au théâtre ? Je répète toute la journée, aujourd'hui. Nous allons donner *Les Reines rivales*.

— La plus belle œuvre de M. Nathaniel Lee[1] ! » sourit la comtesse.

Elle avait souvent vu la pièce au cours des vingt dernières années.

« Je joue Roxane, bien entendu. Et Anne Lucas est Statyre. Si elle peut s'arracher assez longtemps à sa vie conjugale pour assister aux répétitions.

— Nous viendrons au théâtre », dit Alpiew en souriant à contrecœur.

Elle abhorrait tout ce qui avait trait au théâtre, mais c'était toujours un moyen d'éviter les huissiers. Le petit chien renifla les jupes d'Alpiew en émettant un grondement sourd.

« Je ne pose qu'une seule condition, dit Rebecca en relevant ses jupes avant d'effectuer sa sortie. Personne ne doit connaître notre accord. Ce sera notre petit secret. »

La comtesse lui lança un regard insondable.

« Cela va sans dire. »

Avec un dernier sourire, l'actrice tourna les talons dans un grand froufrou de soie, suivie de Red trottinant gaîment derrière elle, reniflant dédaigneusement les meubles au passage.

---

1. Nathaniel Lee (1653-1692) : dramaturge célèbre pour ses tragédies extravagantes dont les fameuses *Reines rivales* (1677). (*N.d.E.*)

« Catin de Covent Garden ! Traînée endimanchée ! »

Godfrey vitupérait au bout du couloir à l'entrée de la cuisine, poing sur les hanches.

« Merci, Godfrey, dit la comtesse en le contournant pour entrer. Tu peux te calmer, elle est partie. »

Alpiew suspendit une marmite de lait au-dessus du feu et se laissa retomber sur un banc près de la cheminée.

« Que voulait-elle dire, d'après vous ?

— Elle veut que nous la citions le plus souvent possible dans nos articles, et elle nous paiera à chaque fois. »

Un autre poing vigoureux retentit à la porte d'entrée. Alpiew et la comtesse échangèrent un regard anxieux.

« Elle a dû changer d'avis », dit la comtesse tandis qu'Alpiew se penchait à la porte pour tenter de regarder par le trou de serrure.

Elle ne distinguait qu'un bouquet de fleurs. L'accessoire était trop improbable pour être brandi par l'huissier. Elle ouvrit.

Colley Cibber apparut derrière le bouquet.

« Je vous ai apporté un cadeau, dit-il en se dandinant d'un pied sur l'autre. Une offrande de paix.

— Entrez donc », répondit Alpiew en prenant les fleurs et en l'accompagnant au salon.

La comtesse l'y attendait déjà.

« Monsieur Rouget, comme je suis ravie de vous voir.

— Cibber, marmonna l'acteur dramaturge.

— Que pouvons-nous donc faire pour vous de si grand matin par cette belle journée de printemps ? demanda Alpiew.

— J'ai une proposition à vous faire. »

Cibber admira du regard l'élégance de la pièce, puis sourit.

« Hum ? fit la comtesse en lui indiquant un fauteuil.

— Bien entendu, je vous paierai… »

Il se cala dans le fauteuil et inspira profondément.

« Depuis que les compagnies se sont scindées il y a quatre ans, vous avez sans doute remarqué que d'après l'opinion publique, nos rivaux de Lincoln's Inn Fields forment une troupe supérieure à la nôtre ? Voilà, j'ai remarqué que, de même que la personnalité d'un acteur affecte son jeu sur scène, la perception qu'a le public de sa personnalité affecte sa notoriété.

— Vous voulez que nous "soufflions" pour vous ? demanda la comtesse d'un air nonchalant.

— Comme c'est étonnant ! Vous pouvez lire les mouvements intérieurs de l'esprit ? s'exclama Colley Cibber en hochant la tête d'un air humble. Mais cela doit rester un petit secret entre nous. »

La comtesse se tapota l'arête du nez de l'index, laissant une empreinte ronde dans son fard blanc.

« Et en quoi consisterait cette réclame ? demanda Alpiew, qui fixait intensément les fleurs tout en effectuant des calculs mentaux.

— Comme d'habitude, dit Cibber. Une mention favorable de temps en temps. »

Il releva la tête et ajouta :

« Évidemment, pour que cela paraisse naturel, il faudra me critiquer de temps à autre.

— Nous ne rédigeons pas de critiques théâtrales, messire, ni de comptes rendus de spectacles. »

La comtesse était une joueuse effrénée et elle savait que le manque d'intérêt pouvait faire monter les enchères.

« Non, non, bien sûr que non, sourit Cibber. Vous n'avez qu'à dire que vous m'avez vu dîner chez lord Untel ou à la promenade avec lady Unetelle.

— Et qu'en pensera votre épouse, monsieur, si nous racontons que nous vous avons aperçu dans un carrosse près de Rosamund's Pond un dimanche après-midi avec une ravissante actrice ?

— Mon épouse comprendra. Elle a renoncé à la scène. Elle attend un enfant, rosit Cibber. En fait, je préférerais qu'elle aille vivre à la campagne, à Hillingdon ou Uxbridge. Elle pourrait alors consacrer tout son temps à me produire des successeurs, entourée de canards, d'oies et de champs verdoyants. La nature sied aux femmes. »

Alpiew serra le bouquet contre elle. Il était temps pour elle de communier avec la nature. Autrement, elle n'allait pas pouvoir se retenir de frapper ce petit misogyne prétentieux.

« Je dois les mettre dans l'eau, gronda-t-elle.

— Combien ? demanda la comtesse d'un ton nonchalant.

— Une livre par parution ? »

La comtesse grimaça. Elle espéra que son visage exprimait la Passion « Roupie de Sansonnet ».

« Je ne suis qu'un pauvre acteur... J'ai une jeune famille à nourrir..., bafouilla Cibber en se tortillant d'embarras. Bon, d'accord. Alors ce sera une guinée.

— Merci de votre visite, dit la comtesse en tendant la main. Ma partenaire et moi devons réfléchir. Nous irons vous voir au théâtre aujourd'hui. Vous répétez *Les Reines rivales*, je suppose ?

— J'interprète le rôle déterminant de Polyperchon, commandant de la Phalange. »

La comtesse avait souvent remarqué que les acteurs n'avouaient jamais qu'ils jouaient un rôle secondaire. Dans le lexique des gens de théâtre, le mot « négligeable » devenait « déterminant ».

Après une rapide courbette, l'acteur disparut.

« Qui aurait cru que les comédiens se levaient si

tôt, dit la comtesse en approchant un quignon de pain du feu.

— Saletés de saltimbanques, marmonna Godfrey. Bon, madame, il n'y a plus d'argent pour le ménage. Si vous voulez encore du pain aujourd'hui, il va falloir remplir la cassette.

— Dans ce cas..., soupira la comtesse. Alors, nous allons accepter la proposition de ces deux comédiens ?

— Tous les deux ? »

Alpiew effectua un rapide calcul mental avant d'ajouter :

« Eh bien, pourquoi pas ? »

« *L'amour et la vie de Roxane valent-ils si peu*
Que pour une autre vous vouliez périr,
Plutôt que de vivre pour elle ? »

Rebecca retroussa les narines et fixa George Powell, dont le visage était dissimulé derrière son texte.

« George, je sais que tu n'as pas appris tes répliques, mais pourrais-tu *au moins* te donner la peine de me regarder quand je te parle, s'il te plaît ? »

George obéit en abaissant son texte.

La comtesse et Alpiew s'étaient précipitées au théâtre pour tenter d'obtenir une avance sur leurs honoraires de « souffleuses », tout en prenant garde à ne pas croiser d'huissier. Heureusement, à cette heure matinale, il était facile de les semer, car leur itinéraire les menait du marché grouillant de St James à celui de Hay Market, puis traversait la piazza de Covent Garden, bondée nuit et jour. À présent, elles étaient blotties au fond de la fosse d'orchestre, attendant une pause dans les répétitions. Alpiew regrettait de ne pas avoir apporté un livre.

« *Mon indifférence est telle aujourd'hui,*
Que je pourrais contempler votre baiser sans frémir,
Ou même prendre une torche pour embraser votre lit. »

Rebecca renversa la tête en arrière et tapa du pied si fort que Colley Cibber, assoupi dans la fosse, s'éveilla en sursaut.

« George ! Vas-tu enfin réagir ou es-tu ivre mort, comme d'habitude ? »

George laissa échapper un hoquet. Rebecca tapa à nouveau du pied et jeta son livre par terre.

« Ceci est absurde. Pourquoi commencer par le cinquième acte ? Je ne suis pas prête. »

Elle porta les mains à son cou :

« Ma voix n'est pas suffisamment réchauffée pour exprimer des passions si vives aussi tôt dans la journée. Surtout lorsqu'un vieil imbécile d'ivrogne doit me donner la réplique.

— Elle est furieuse, chuchota Cibber, qui avait escaladé les sièges pour se rapprocher de la comtesse. Lucas est encore en retard. »

Alpiew et la comtesse répondirent par une grimace de commisération, mais elles étaient secrètement ravies ; cela faciliterait leur tâche d'assister à de nouveaux drames.

« Ma chère Rebecca, dit un homme assis dans l'une des loges, vous êtes une actrice sublime. On saura se souvenir de votre professionnalisme.

— C'est l'un des actionnaires, souffla Cibber. M. Rich. Notre trésorier.

— Estimez-vous heureux de donner *Les Reines rivales*. J'aurais pu engager une troupe de danseurs de corde cette semaine pour trois fois rien. Ils auraient empli la salle et vous n'auriez rien gagné. »

Rebecca marmonna quelque chose tout bas.

« Vous préféreriez peut-être démontrer vos talents de jongleuse, madame Montagu ? fit Rich en lui lançant un sourire condescendant. Naturellement, Mme Lucas sera mise à l'amende pour son retard. »

Rebecca eut à son tour un sourire de satisfaction et reprit son livre.

« *Mais ne vous fiez pas à moi, car sinon,*
Par toutes les furies et les flammes de l'amour,
Par l'amour, de tous les enfers le plus brûlant,
Je vous enflammerai et vous vous consumerez éternellement. »

L'une des portes de la salle s'ouvrit avec fracas. Toutes les têtes se tournèrent vers l'entrée. Dans l'embrasure où s'engouffraient des bourrasques de vent se tenait un sergent de ville. Il scruta la salle du regard.

« Une dame Anne Lucas manque-t-elle à l'appel ? »

Tous acquiescèrent, sauf Rebecca.

« Assurément, gronda-t-elle. Ce matin, nous répétons une pièce des plus originales intitulée *La Reine rivale*. Pas « *Les* Reines ». Rien qu'une, vous comprenez. Apparemment, l'autre reine a trouvé mieux à faire.

— Eh bien, je crois que je peux fournir une explication à cela, dit le sergent de ville en avançant d'un pas. Car nous venons de découvrir son corps.

— Son corps ? s'étrangla Cibber en se redressant.

— Oui, monsieur, son corps *sans vie*, précisa le sergent, perdant son allure martiale dès qu'il croisa le regard de Cibber. Dites, vous n'êtes pas Messire Nouvelle Mode ? Ma femme raffole de vous, monsieur. Elle vous a vu dans toutes vos pièces.

— Oui, oui, certainement, dit Cibber. Mais qu'est-il arrivé à Mme Lucas ? »

Rebecca bondit au bas de la scène, ses mains couvrant sa bouche, les yeux écarquillés d'horreur. George émit un second hoquet et M. Rich se pencha au balcon.

« Eh bien, mon brave, dites-nous ! Que lui est-il arrivé ?

— Je suis désolé d'avoir à vous apprendre... »

Le sergent baissa les yeux et retira son chapeau :

« ... que votre collègue, Mme Anne Lucas, a été assassinée. »

C'était un spectacle répugnant. Le corps décapité d'Anne Lucas gisait pieds en l'air dans une cuve de la station hydraulique de York Buildings. Pieds en l'air, mais non tête en bas. Car la tête avait disparu.

Des travailleurs avaient retrouvé le corps peu de temps auparavant. La cuve dans laquelle il avait été fourré alimentait la fontaine publique où Rebecca avait lavé ses mains la veille au soir. En tombant, il avait plié le tuyau d'alimentation qui crachait son eau dans la cour. Le seul liquide au fond de la cuve était maintenant du sang.

La comtesse contempla le torse mutilé étendu sur les pavés de la cour, puis releva la tête vers le bailli.

« Alors, comment avez-vous su qu'il s'agissait bien d'elle ? »

Le bailli s'inclina et ouvrit un grand sac en cuir à ses pieds.

« Elle est célèbre, milady. Nous sommes tous capables de reconnaître ce visage. »

Il brandit la tête tranchée d'Anne Lucas.

« Mais c'est moi qui pose les questions, ici. Nous

avons fait mander le juge Moore. Il devrait arriver incessamment. »

Il se retourna vers l'un de ses comparses.

« Où sont les croque-morts ? Une nouvelle peste a-t-elle éclaté, pour qu'ils mettent si longtemps à venir chercher le corps ? »

La comtesse regarda autour d'elle. Cibber, assis, enlaçait Rebecca. M. Rich et George, dont le teint avait viré au vert, conversaient à bâtons rompus. Alpiew rôdait autour des grilles, scrutant attentivement le sol.

« Où a-t-on trouvé le sac ?

— Que vous importe ? »

Le bailli lança un regard soupçonneux à la comtesse.

« Vous connaissiez la défunte ? interrogea-t-il.

— Non, pas du tout, répondit la comtesse, sans pouvoir détacher les yeux de l'horrible visage grimaçant et du cou tranché. Bien que, comme vous, je l'aie vue sur scène, évidemment.

— Mais vous travaillez au théâtre ?

— Absolument pas.

— Alors pourquoi, puis-je me permettre de vous demander, assistiez-vous à la répétition ce matin ?

— Je suis auteur, messire. Le tourbillon mondain de Londres est mon thème de prédilection. »

Elle désigna la tête, toujours pantelante, toujours saignante, dans la main du bailli.

« Ça vous dérangerait de remettre cette pauvre femme dans son sac ? »

Le bailli haussa les épaules et s'avança d'un pas nonchalant vers la bande de théâtreux, la tête d'Anne Lucas pendant toujours à son énorme poing. Rebecca cacha son visage dans ses mains, tandis que Cibber se levait, furieux.

« Pour l'amour de Dieu, monsieur. Elle était notre amie. Je vous en prie, un peu de respect !

— Il me semble, dit le bailli en calant la tête sous son bras, que vous avez tous à répondre à quelques questions. Je soupçonne l'un d'entre vous d'avoir séparé cette tête du corps auquel elle appartenait, et de l'avoir laissée dans un sac sous un banc à l'écluse d'York.

— Partons d'ici le plus vite possible, souffla Alpiew. Toute cette affaire ne nous regarde pas. Qu'ils trouvent d'autres plumitifs prêts à souffler pour eux.

— Je suis d'accord, acquiesça la comtesse. Cela pourra nous rapporter deux guinées par semaine, mais toute cette histoire ne me dit rien qui vaille. Ma dette est sans doute une peccadille que j'ai oublié de régler. Nous pourrons certainement l'acquitter petit à petit grâce à nos revenus hebdomadaires.

— Vous avez raison, milady. Que signifie l'argent face à l'intégrité ?

— Cela n'en vaut pas la peine.

— Ni le risque. »

Alpiew scruta la rangée de gens du théâtre appuyés contre la balustrade surplombant le fleuve et frissonna.

« Vous croyez que c'est l'un d'entre eux ?

— Tu sais, Alpiew, dit la comtesse en jetant à son tour un coup d'œil aux acteurs, j'avoue que je préfère ne pas y penser. »

Alpiew se pencha pour resserrer le lacet de sa bottine et contempla les pavés.

« Il n'a pas plu hier soir, n'est-ce pas ? Et pourtant, les pavés sont propres.

— Pas de sang, nulle part... »

La comtesse s'agenouilla et passa les doigts par terre.

« Par tous les diables ! Qu'est ceci ? »

Elle ramassa un bouton et le tendit à Alpiew.

« Il vaut cher, cela est certain », dit Alpiew en le glissant dans sa poche.

La comtesse leva la tête vers la haute palissade, puis se ravisa.

« Où avais-je la tête ? Nous ne voulons rien savoir de tout ceci, n'est-ce pas, Alpiew ? Ce n'est pas nos affaires.

— J'aimerais bien qu'il nous laisse partir. »

Alpiew croisa le regard du bailli puis se retourna vivement vers la fontaine.

« Tant que nous sommes ici, impossible de ne pas y penser. Dire que j'ai essuyé le sang d'Anne Lucas des mains de Rebecca Montagu...

— Et je devais être à quelques yards à peine d'elle quand elle... »

Une lourde main, s'abattant sur l'épaule de la comtesse, la fit sursauter. C'était M. Rich.

« Puis-je vous entretenir un moment en particulier ? »

Il remua la tête, faisant comprendre qu'Alpiew devait s'éloigner. Lorsqu'elle fut trop loin pour entendre, il formula sa proposition.

« Cet incident pourrait être fatal à notre théâtre. Nos caisses sont vides en ce moment. Je me demandais si vous ne pourriez pas...

— Souffler ? coupa la comtesse. Je crains que non. Nous sommes toutes deux très prises.

— Je pourrais vous offrir deux guinées par parution ? glissa-t-il en jetant un regard par-dessus son épaule. Mais évidemment, pas un mot à eux. Ce serait notre petit secret.

Vous voulez que nous écrivions un article sur ce meurtre ?

— Mais oui. Nos recettes vont exploser, fit Rich en hochant la tête avec enthousiasme. Plus de chiens dansants et d'eunuques piaillant ! Nous ferons salle comble à toutes les représentations. Et plus besoin de donner dans la fantaisie ! On verra comment Lincoln's Inn s'en sortira ! »

À quelques pieds de là, Alpiew lâcha un juron. La comtesse se retourna pour la voir se pencher et gratter des excréments canins de sa bottine. Avant que Rich ne puisse reprendre sa tirade, un carrosse s'approcha dans un grand fracas et la Justice parut.

Lorsqu'on les laissa enfin repartir, Alpiew et la comtesse, hagardes, rentrèrent chez elles, à Anglesey House. Le soir tombait et bien que le soleil lançât encore quelques rayons, il faisait froid. Elles scrutèrent la rue de long en large pendant une ou deux minutes avant de s'approcher de la porte d'entrée. Elles avaient à peine refermé derrière elles lorsqu'on frappa.

« Nous avons dix-huit shillings, milady. Il peut les prendre. Allez dans la cuisine. Je m'occupe de lui. »

Alpiew tourna les talons et ouvrit la porte. Comme elle le craignait, c'était l'huissier.

« Comtesse Delta Louche ?

— Non, répondit Alpiew.

— Elle nous doit l'impôt des pauvres.

— Combien ?

— Neuf livres.

— Neuf livres ? »

Alpiew tenta de réprima un cri d'horreur. Neuf livres, c'était plus que certaines personnes ne gagnaient en un an. Comment mettraient-elles la main sur neuf livres ?

« Elle a déménagé. Elle ne vit plus ici. »

Alpiew aurait voulu pouvoir s'asseoir.

« Neuf livres, dites-vous ? Eh bien, il vaut mieux que vous la cherchiez… »

Rien ne lui venait à l'esprit.

« … aux York Buildings.

— Où, exactement ? grogna l'huissier. Sur George Street ? Duke Street ? Buckingham Street ?

— L'une de ces rues, dit Alpiew. Je ne me rappelle plus laquelle. »

Un fracas de vaisselle brisée retentit dans la cuisine. L'huissier écarta Alpiew pour passer.

« Les York Buildings, vraiment ! »

Il fit irruption dans la cuisine. Alpiew entendit la conversation comme si elle y était.

« Comtesse Ashby de la Zouche, je suis ici pour percevoir la somme de neuf livres. Si vous n'êtes pas en mesure de produire cette somme ici et maintenant, vous êtes contrainte de vous placer sous ma garde jusqu'au moment où vous vous acquitterez de cette dette… »

Il la poussait déjà vers la porte d'entrée.

« Elle sera retenue à la maison de détention de Charing Cross. »

La comtesse, bouche grande ouverte, l'œil exorbité d'horreur, n'eut que le temps de prononcer les mots : « Souffle, Alpiew ! Souffle pour n'importe qui, pour tout le monde ! » avant de disparaître dans la charrette de l'huissier.

Alpiew s'assit par terre dans l'entrée et se mit à pleurer. Neuf livres ! Comment en étaient-elles arrivées là ? Et comment mettrait-elle la main sur neuf livres ?

Le claquement de la porte la fit se lever d'un bond. L'huissier s'était-il trompé, ramenait-il sa maîtresse ?

Mais c'était à nouveau Rebecca Montagu. Seule, cette fois. Alpiew tenta de prendre une contenance calme.

« Je vous en prie, entrez. »

Rebecca s'assit et arrangea ses jupes pour en obtenir le plus bel effet.

« J'ai besoin de vos services. »

Alpiew hocha la tête. Rebecca se leva brusquement, alla jusqu'à la fenêtre et s'y pencha. Un carrosse passa, précédé de deux porteurs de flambeau.

« Où est madame la comtesse ?

— Madame la comtesse n'est pas disponible pour l'instant. Mais je puis d'ores et déjà vous dire que vous avez déjà été nommée dans l'article que nous avons rédigé pour le *Trumpet* de cette semaine. »

Rebecca semblait ne pas l'entendre. Elle tripotait nerveusement les dentelles de sa jupe.

« Vous avez élucidé une affaire de meurtre, n'est-ce pas, toutes les deux ? L'affaire de l'égorgeur homme/femme ? C'est vous qui l'avez démasqué ? »

L'actrice faisait référence à leur récent succès dans l'élucidation d'un terrible complot contre le roi, à la suite duquel un homme déguisé en femme avait tué deux victimes[1].

« Vous devez m'aider, dit Rebecca en se retournant pour faire face à Alpiew. J'ai besoin de vous pour retrouver le meurtrier d'Anne Lucas.

— *Vous ?* »

Alpiew scruta le visage de Rebecca. Elle semblait sincère. Mais n'était-ce pas là toute la leçon de la conférence d'hier ? Un acteur était formé à contrôler ses passions et à les exprimer clairement, même lorsqu'il ne les ressentait pas.

« Pourquoi ? reprit-elle. Parce qu'on vous soupçonne ?

— Comment osez-vous ! »

Rebecca recula, titubante, puis bondit sur Alpiew et la gifla.

« Non, bien sûr que non ! On ne me soupçonne pas ! C'était ma plus chère amie, tout le monde le savait.

---

1. Voir *L'Alchimiste assassiné*, JC Lattès, 2003.

— Vous allez bien ? dit Alpiew en remarquant que les mains de l'actrice tremblaient. Vous voulez quelque chose de chaud à boire ?

— Oui, s'il vous plaît. »

Rebecca se laissa retomber dans un fauteuil et pressa ses mains contre son visage.

« Une bonne tasse de thé bien chaud, ce serait parfait.

— Du thé ? s'exclama Alpiew. Fi donc, madame, vous nous croyez cousues d'or ?

— Je suis désolée, rougit l'actrice. Je n'ai pas réfléchi. Un lait chaud au vin blanc ?

— Celui de Godfrey est délicieux. »

Alpiew lança l'ordre à Godfrey d'apporter le breuvage.

« Et ne lésine pas sur le vin, ajouta-t-elle.

— Je vous paierai d'avance, dit Rebecca en fouillant dans sa bourse. Combien voulez-vous ? J'aimerais vous engager toutes les deux, et ce vieux bonhomme aussi, si c'est nécessaire.

— Je ne travaille pas pour quelqu'un qui se croit le droit de me frapper, laissa tomber Alpiew d'une voix sèche.

— J'ai eu tort. »

Les lèvres de Rebecca tremblaient et ses yeux s'emplirent de larmes.

« Mais je suis si bouleversée par les horreurs que je viens de voir, par notre querelle juste avant sa mort, par l'idée de son sang sur mes mains… »

Alpiew ne quittait pas Rebecca des yeux.

« Vous avez une idée de l'identité du meurtrier ? »

L'actrice la foudroya à nouveau du regard.

« Serais-je ici si c'était le cas ? »

Alpiew n'avait jamais eu beaucoup de sympathie pour les acteurs, après son expérience d'habilleuse dans les loges. Mais pour Rebecca, c'était plus qu'une aversion instinctive ; elle s'aperçut qu'elle la craignait.

Rebecca s'affala à nouveau dans son fauteuil.

« Si je pouvais le débusquer, il mourrait de ma propre main. Mais... »

Elle releva les yeux vers Alpiew.

« ... vous voyez les pauvres misérables qui nous dévorent des yeux tous les jours, et ces fous hébétés qui nous suivent partout, nous offrent des cadeaux, rêvent de nous toucher ? Comme si nous étions d'essence divine, alors que nous ne sommes que des putains et des cabotines se pavanant sur des planches, déclamant des mots écrits par d'autres comme si nous les inventions nous-mêmes... Mais ils ne comprennent pas. Avez-vous jamais songé à quel point c'est une façon ridicule de gagner sa vie ?

— En fait, oui, soupira Alpiew. Plus d'une fois.

— Mais c'est un travail difficile, ne vous y trompez pas. C'est moralement épuisant, et il faut se donner tout entière, tout le temps. Les heures sont longues, les salaires mesquins, on ne peut pas sortir dans la rue sans être à son meilleur... »

Alpiew hocha la tête. Elle avait déjà entendu des acteurs entonner ce couplet auparavant et savait qu'il valait mieux compatir, et sous aucun prétexte ne parler du travail difficile, par exemple, des charbonniers ou des vidangeurs chargés d'emporter toutes les nuits les excréments des cabinets d'aisances et les tas d'ordures qui jonchaient Londres, pour les jeter dans un dépotoir.

« Puis il y a les Antis, ajouta Rebecca. Ce pourrait être n'importe lequel d'entre eux. Et ces groupes prolifèrent tous les jours de plus en plus.

— Les Antis ?

— Les Anti-Théâtre. "La Société pour la Réforme des Mœurs", le "Peuple pour la Pureté", les

“Londoniens contre la Lubricité”. Ils se figurent bizarrement qu’il n’y a jamais eu de meurtres auparavant, ni de délinquance. Tous les maux de la société, ils les attribuent aux théâtres. Tous les actes immoraux, d’après eux, résultent du fait d’avoir fréquenté les théâtres. »

Alpiew croisa les doigts, espérant que Godfrey n’entrerait pas avec le lait chaud au vin avant que Rebecca n’ait changé de sujet.

« Ils sont presque tous fous à lier, dit Rebecca en recouvrant son calme. Des hommes dont aucune femme ne veut et des vieilles filles jalouses, pour la plupart. Ils feraient n’importe quoi pour que nous fermions boutique.

— Mais ils n’iraient sûrement pas jusqu’à tuer ? »

Rebecca haussa les épaules.

« Ils sont bien assez lunatiques pour ça. La plupart ne peuvent distinguer ce qui se passe sur scène de la réalité. Voyez Cibber : pour le monde entier, c’est Messire Nouvelle Mode. Quant à moi, j’interprète souvent de méchantes reines meurtrières ; ainsi, ils s’imaginent que je suis une méchante actrice meurtrière. »

Rebecca s’interrompit brusquement pour sangloter.

« Tout le monde pense que c’est moi. Après tout, j’avais son sang sur les mains ! »

Elle tendit le bras et agrippa le poignet d’Alpiew.

« Vous devez me protéger. J’ai si peur !

— Vous protéger ? »

Alpiew avait la désagréable impression que Rebecca tentait de la soudoyer pour s’innocenter.

« À quelle sorte de protection songez-vous ?

— J’ai besoin d’un garde du corps. Comme le roi. Je vous paierai. Oui, j’ai besoin de quelqu’un auprès de moi en permanence. Au cas où…

— Vous voulez que je sois votre garde du corps, c'est cela ? »

Alpiew réfléchit. Ce ne serait pas une façon trop pénible de gagner un peu d'argent supplémentaire.

« Pour vous protéger des Antis ?

— Des Antis, des fanatiques, même des acteurs ! »

Rebecca battit des mains.

« J'ai une idée ! Vous êtes assez jolie pour monter sur scène. Vous avez un décolleté avenant et une bonne diction. Un peu sur le retour, mais voyez Mme Barry ! Vous allez intégrer la compagnie. »

Alpiew resta bouche bée d'horreur.

« Mais je…

— Vous percevrez un salaire d'acteur. Le tarif de base, comme vous n'avez pas d'expérience. Un tarif de débutante. Bien entendu, vous n'aurez pas droit à la livrée de la compagnie.

— Écoutez-moi : je veux bien souffler, je veux bien enquêter sur le meurtre. J'accepterai même de vous protéger. Mais il n'est absolument pas *question* de me faire actrice. Non. Non. Non !

— Vous changerez d'avis. »

Rebecca lança à Alpiew un regard méprisant.

« Secrètement, tout le monde rêve d'être célèbre. »

Elle se dirigea vers la porte.

« Vous me trouverez au théâtre, et les jours de relâche dans mes appartements de Little Hart Street. À l'enseigne du Serpent de Cuivre. »

Alpiew haussa les sourcils. Le Serpent de Cuivre indiquait en général un libraire spécialisé en pamphlets médicaux et chirurgicaux du genre *La Maladie secrète démasquée* ou bien *Le Tombeau de Vénus – les symptômes de la vérole et de la chaude-pisse révélés*.

« C'est une vraie librairie, insista Rebecca, qui

avait compris le regard d'Alpiew. C'était bien la maison d'un charlatan auparavant. Les nouveaux propriétaires ont hélas conservé l'enseigne. »

Elle ouvrit la porte d'entrée en regardant à gauche et à droite.

« Ce n'est pas très loin d'ici. Je dois maintenant rentrer chez moi pour apprendre mes répliques. Je vous reverrai sous peu. »

Et elle disparut dans un tourbillon de jupes spectaculaire.

3
Dédain

Lorsque l'objet de notre étonnement n'a rien qui
Mérite notre estime.
Sourcils froncés, tirés vers le bas au-dessus du nez,
très haussés vers les tempes.
Les narines dilatées. La bouche fermée,
les commissures des lèvres
Tirées vers le bas, la lèvre inférieure proéminente.

La maison de détention où la comtesse était enfermée se situait dans une ruelle étroite et sale derrière Charing Cross, au-dessus d'une fabrique de bandages herniaires.

Après une nuit passée à fixer le plafond, et les ombres jetées par le feu sur les appliques murales, tandis que les ronflements de Godfrey résonnaient dans la cuisine étrangement vide, Alpiew était venue rapporter à la comtesse l'extravagante proposition de Rebecca. Elle attendait dans un salon miteux, que la responsable des lieux avertisse sa prisonnière.

Comparée à certaines des geôles où Alpiew avait été détenue, celle-ci semblait passablement confortable. De toutes façons, tout valait mieux que la prison. Parfois, lorsqu'on apprenait à les connaître, les geôliers et leurs épouses étaient franchement assez gentils. Presque des personnes normales.

La comtesse fut amenée, mains enchaînées. La gardienne, épouse du geôlier, se tint à quelques pieds d'elles pour les surveiller. Alpiew remarqua l'opulence de sa tenue. Sans aucun doute, elle ou son mari ramassaient un joli magot grâce aux pots-de-vin ou au chantage.

« Alors, tu as reçu la visite de Mme Montagu ? demanda la comtesse, perchée sur un banc en chêne. Tu lui as répondu que tu soufflerais pour elle, j'espère ?

— Tous ces acteurs ont la tête échauffée, madame, chuchota Alpiew. Elle veut que nous enquêtions sur l'affaire Lucas.

— J'ai réfléchi à cette histoire de meurtre, fit la comtesse en se penchant, toute trépidante, vers sa soubrette. Je crois que nous pourrions l'élucider.

— Pas d'ici, en tous cas. Comme j'aimerais trouver un moyen facile de vous libérer ! »

Alpiew baissa le nez et se mordit la lèvre.

« J'aurais dû les laisser me prendre à votre place.

— Alpiew ! »

La comtesse tendit la main et caressa les cheveux de la jeune femme.

« Quelle âme noble... As-tu remis au *Trumpet* l'article sur Gymcrack et Rakewell ?

— Godfrey l'a livré ce matin. »

Alpiew agrippa le bord de la table.

« J'aimerais être ici à votre place. C'est si horrible que je n'ose même pas y penser.

— Quoi donc ?

— Elle veut que je me fasse actrice. Je lui ai dit d'aller au diable.

— Toi ! Une actrice ? »

La comtesse prit tout d'un coup un air pincé.

« Mais tu n'as aucun sens de l'art dramatique, Alpiew. C'est à moi qu'elle aurait dû s'adresser. »

Elle se leva et assuma une posture imposante.

« Ah ! »

Ses yeux jetèrent des étincelles et elle tendit une main potelée. Comme elle était enchaînée à l'autre, elles s'élancèrent toutes deux vers le ciel.

« *Ah, pauvre Castalio !* Je pourrais faire mieux, bien entendu, sans ces liens qui freinent mon art. »

Elle secoua ses chaînes puis afficha un sourire coquet en s'avançant à petits pas mignards.

« *J'ai sué sang et eau pour m'offrir la plus jolie porcelaine du monde, ma chère*... Tu vois, je connais toutes les pièces à la mode !

— Mais comtesse, je déteste le théâtre, vous le savez très bien. Je ne veux pas le faire. Je n'aime pas les acteurs, madame. Je n'ai pas confiance en eux.

— Tu refuses l'occasion de gagner de l'argent pour me libérer simplement à cause de ton aversion pour le théâtre ? »

La comtesse s'avança vers Alpiew dans un grand mouvement dramatique.

« Charmant ! »

Elle se tourna vers la femme du geôlier :

« Je la traite comme ma fille, et pourtant elle est disposée à me laisser languir dans une prison perpétuelle, plutôt que de travailler dans un théâtre ! »

Elle prit une autre pose.

« Et dire que la moitié de Londres lui arracherait les yeux pour profiter d'une telle chance ! Ramenez-moi à ma cellule, je vous prie, madame la Geôlière. Ah, d'être née pour voir une telle ingratitude...

— Chère madame... »

Alpiew tendit la main mais la comtesse, en se retournant, la repoussa brusquement.

« Pas de “chère madame”, ingrate enfant. Va, Alpiew ! Va ! Ô serpent que j'ai réchauffé dans mon sein ! »

Alpiew se prépara à partir.

« Et puis, qu'est-ce que tu fais ici ? ajouta la comtesse. Tu devrais être à Westminster Hall ! Rakewell, tu l'as déjà oublié ? »

Affolée, Alpiew quitta la maison de détention et traversa l'entrée des Écuries royales en direction de Westminster. Comment avait-elle pu oublier le procès de Rakewell ? Décidément, elle manquait à tous ses devoirs envers la comtesse. Quelle horrible journée. Vivement qu'elle se termine !

Comme à l'accoutumée, la circulation était complètement bloquée à la hauteur de Whitehall. Les postillons se mettaient debout sur leurs carrosses pour se crier les uns aux autres de faire place, tandis que charrettes à foin et chaises à porteurs tentaient de dépasser les véhicules plus lourds qui bloquaient le passage des piétons. Des douzaines de travailleurs traînaient autour de Banqueting House, seul édifice survivant de l'incendie du palais de Whitehall. La plupart se chauffaient au soleil, comme des pourceaux sur un tas de fumier, songea Alpiew. Curieusement, on ne les voyait jamais travailler, ceux-là. Les seuls à s'agiter bloquaient la voie publique, touillant des barriques de goudron bouillant et transportant planches et brouettes d'un bout à l'autre des ruines.

Tout était bloqué. Alpiew se glissa entre un mur et le flanc d'une diligence pour atteindre Holbein Gate et se joindre à un flot de piétons escaladant divers chariots et carrosses immobiles. Le vent souleva ses jupes, déchaînant une tempête de sifflets et de hululements masculins. Alpiew y répondit par un geste obscène et s'engouffra dans une ruelle qui menait à l'entrée principale de Westminster Hall.

Jamais elle n'aurait imaginé que la comtesse serait aussi furieuse de sa décision de ne pas monter sur scène. Ou alors, était-ce parce qu'on lui avait demandé à *elle*, et non à la comtesse ? Alpiew ne savait plus que penser.

Avocats et parlementaires complotaient par petits groupes ; autour d'eux tourbillonnait la foule des vendeurs ambulants et des pickpockets. Alpiew se fraya un chemin jusqu'au hall majestueux. La comtesse s'attendait-elle sérieusement à la voir grimper sur les planches ? Ou plus précisément, serait-elle jalouse d'Alpiew si celle-ci acceptait la proposition de Rebecca ? Elle était plongée dans un abîme de perplexité, excédée par les cris des vendeurs ambulants ricochant sur les voûtes du plafond de Westminster.

« La boule à laver, royale et sans pareille ! hurlait une marchande à la voix de crécelle. Aux vertus admirables pour nettoyer la peau de toute flétrissure, telle que le hâle, les taches de rousseur, un teint rougeaud, bilieux ou tanné ! »

Le teint de la marchande ne lui faisait pas une bonne réclame, songea Alpiew en la dépassant.

« L'excellent breuvage que les autres nations appellent Tay ! cria un homme en brandissant de petits sachets. Alias le Thé. Une boisson souveraine pour le plaisir et la santé. Infiniment meilleure que toute autre, car par son opération particulière et ses effets elle guérit les plus tenaces et les plus violentes maladies, telles que l'apoplexie, l'épilepsie, la léthargie, la migraine et les maux de tête ! »

Alpiew s'arrêta à l'étalage. Une offrande de thé dompterait peut-être le courroux de la comtesse.

« Humeurs des yeux, vertiges, vapeurs, perte de mémoire, surdité, vers dentaires, et cetera. Deux sachets en tous temps forment une cure parfaite.

Seulement quatre shillings le sachet, avec les indications.

— À propos d'indications, haleta Alpiew, où a lieu le procès Rakewell ?

— Achetez-moi un sachet et je vous le dirai, fit l'homme avec un clin d'œil.

— Quatre shillings ! protesta Alpiew. Et combien de thé contient un sachet ?

— Vous en avez pour votre argent, dit le marchand. À un shilling l'once, vous ne trouverez pas un aussi bon thé pour moins cher, sans aller le chercher en Chine. »

Alpiew lui lança un regard méprisant.

« Je ne suis pas responsable du prix du thé. Plaignez-vous au gouvernement. Quatre-vingt-dix pour cent du prix passe en taxes. »

Alpiew s'éloigna rapidement, passant devant les étalages de livres et d'estampes dont les libraires vantaient les mérites à pleine voix.

« Tous les derniers scandales des Indes !

— Un meurtre crapuleux !

— L'ouvrage d'un éminent oculiste, chirurgien du roi Guillaume !

— Les pires maladies révélées, sans aucune cure par le mercure ! »

Pourquoi n'y avait-il pas de panneau indicateur dans ce maudit endroit ? Où était la salle de tribunal ?

« ... par quoi les deux sexes pourront, sans s'exposer aux charlatans, se soigner eux-mêmes de ce mal dangereux et ignominieux. Un shilling seulement !

— Les forfaits passés de lord Rakewell. Lisez la vie de ceux qui ont péri par la main du jeune seigneur rebelle, qu'on juge cet après-midi même ! »

Alpiew bondit aussitôt vers le vendeur de pamphlets pour savoir enfin dans quelle salle le procès de Rakewell avait lieu. Elle lui acheta un exemplaire des *Forfaits de lord Rakewell* pour la peine.

Le jeune homme venait de paraître au banc des accusés lorsqu'elle prit place dans la galerie de la Chambre des Lords. Depuis son siège au dernier rang, elle ne pouvait apercevoir le visage de Rakewell qu'en tendant le cou et la tête de côté à cause d'une poutre. Mais elle pouvait parfaitement entendre son témoignage.

« Et après le trépas infortuné de Tobias Flynn, esquire, vous avez été appréhendé par des porteurs de chaise, dont l'un témoigne que votre épée était tirée. La lame était-elle ensanglantée ?

— C'était une lame en acier », répliqua Rakewell avec un sourire digne qui contrastait avec ses joues roses de jouvenceau.

« Et tandis que cet homme agonisait dans Leicester Fields… »

Alpiew n'en croyait pas ses oreilles. Il n'avait pas répondu ! Non seulement ça, mais le juge ne l'avait pas interrogé plus avant sur cette histoire d'épée ensanglantée. « C'était une lame en acier », en effet. Elle avait envie de crier « en acier, certes, mais était-elle ensanglantée ? ».

« … vous avez refusé de laisser les porteurs passer leur chaise par-dessus la rampe pour emporter M. Flynn et le mener chez un chirurgien qui aurait pu lui sauver la vie ?

— Ce n'est pas que j'aie refusé, milord. Mais je pouvais constater que, s'ils avaient tant de mal à élever la chaise par-dessus la rampe, avec le poids additionnel d'un homme dans la chaise, celle-ci aurait été *impossible* à soulever pour retraverser la même rampe. Il s'agit d'une simple déduction. J'ai usé de mon intelligence, milord, comme l'aurait fait n'importe qui. Mon but était de gagner du temps, afin de sauver la vie de M. Flynn. »

Alpiew passa en revue la cour, composée de plus de quatre-vingts lords affalés dans leurs sièges, vêtus de leurs atours d'hermine et de velours, couronnes scintillantes perchées sur leurs perruques. Elle frémit. Quelle bande de gâteux ! Il n'y en avait pas un qui ne fût trop vieux pour être le grand-père de Rakewell.

« Voyons, lord Rakewell : les blessures fatales infligées à Flynn sont au nombre de deux : l'une sous la clavicule, d'une profondeur de cinq pouces, l'autre de six pouces sous les côtes gauches, qui a perforé le diaphragme. Vous êtes une fine lame, milord, n'est-ce pas ? »

Rakewell inclina la tête avec modestie.

« Pas vraiment. Je suis de force moyenne. Mais vous vous rappellerez peut-être ce que je vous ai déjà dit : ce soir-là, j'ai été mêlé à une rixe idiote dans une taverne et je m'y suis blessé au doigt. Par conséquent, j'aurais été bien incapable de manier l'épée. Bien incapable. Un serveur de la Rummer Tavern peut témoigner pour moi sur ce point. »

Il lança un sourire plein de déférence aux juges.

« Car ce serveur a bandé mon doigt blessé dans une serviette de table imbibée de vin rhénan.

Et y avait-il des gardes présents lors de cette échauffourée ? Assurément, le bruit d'un combat en règle dans le calme de Leicester Fields aurait attiré leur attention ?

— Ils sont venus, en effet, milord, dit Rakewell en affectant un ton sérieux. Mais lorsque je leur ai fait savoir qu'un crime avait peut-être été commis, ils m'ont simplement répondu qu'ils ne pouvaient rien y faire, car Leicester Fields n'appartenait pas à leur juridiction.

— Alors pourquoi étaient-ils venus jusqu'à Leicester Fields ?

— Je crois que la limite de leur juridiction inclut la limite sud de Leicester Fields, mais Flynn gisait de l'autre côté des rampes et se trouvait par conséquent en dehors de celle-ci. »

Alpiew soupira. L'affaire était bouclée. Par ce dernier énoncé, l'adolescent avait pratiquement avoué sa culpabilité ! Il avait systématiquement évité de répondre aux questions, mais lorsqu'il avait dit la vérité, il s'était condamné. Sans remords, il venait d'annoncer qu'il avait lui-même fait en sorte que le mourant soit laissé de l'autre côté de la rampe, en dehors de la juridiction ou du secours de la garde ! Alpiew jeta un coup d'œil circulaire à la galerie. Miss Gymcrack était assise non loin d'elle. Elle pressait un mignon mouchoir contre son visage, dévoilant uniquement ses yeux rouges. Rien d'étonnant à cela, songea Alpiew. Son mariage serait célébré sur le gibet.

« Et pourquoi avez-vous constamment changé de manteau ce soir-là, lord Rakewell ?

— Pardon ? »

Rakewell pencha la tête de côté en affectant une expression de perplexité.

« Le serveur dit que vous portiez un manteau noir, tandis que votre ami Simpson était en bleu. Et pourtant, les porteurs de chaise affirment que *vous* étiez en manteau bleu, alors que les gardes vous ont vu vêtu de noir ?

— Ils nous auront peut-être confondus, mon ami et moi, car nous avons gardé les mêmes manteaux toute la soirée. »

Il eut un petit rire.

« Et, mes lords, puis-je me permettre de vous rappeler qu'il était minuit, par une nuit sans lune. Ne dit-on pas “la nuit, tous les chats sont gris” ? J'avancerais donc que de même, la nuit, tous les manteaux sont noirs. Sauf s'ils sont bleus, évidemment. »

Les lords gloussèrent. Une cloche sonna. Ils se mirent à s'agiter sur leurs sièges. Certains sortirent même leurs montres pour les consulter. C'était l'heure de déjeuner.

« Mes lords, je crois pouvoir dire que nous disposons d'assez d'éléments pour clore l'enquête. »

Le Lord Chancelier parcourut la Chambre du regard.

« Il m'est inutile de vous rappeler que lord Rakewell représente la fine fleur, la jeune pousse la plus tendre de la noblesse. Votons. Lord Rakewell est-il coupable ou non coupable du meurtre prémédité de Tobias Flynn, esquire ? Lord Peebles ?

— Non coupable. »

Alpiew étira le cou pour mieux entendre. L'écho de la salle déformait sûrement les sons, car elle aurait juré qu'elle venait d'entendre le noble lord dire « non » avant « coupable ».

« Lord Solihull ?

— Non coupable. »

Alpiew fixait les lèvres des lords, tentant d'y lire la réponse.

« Lord Wilton ?

— Non coupable. »

« Non », « non », « non »... et ainsi de suite. Sous les yeux mêmes d'Alpiew, et contre toute attente, les quatre-vingt-sept vieux lords votèrent unanimement l'innocence du jeune lord Rakewell.

« Je ne suis pas faite pour la vie d'actrice, madame Montagu, suppliait Alpiew. Ne pourrais-je pas vous servir en surveillant vos effets ou en faisant le ménage de votre loge ? Il doit y avoir mille tâches à accomplir qui me permettraient d'être votre garde du corps, et de vous aider à retrouver le meurtrier de votre collègue, Mme Lucas ? »

Rebecca tapa du pied. Alpiew avait déjà vu ce geste à plusieurs reprises, et elle avait compris que c'était l'un des signes distinctifs de Mme Montagu.

« Répétez après moi : *Ni corneilles ni corbeaux ne viennent/pour l'avertir de sa perte prochaine*...

— Si vous continuez, j'aurai oublié le début, l'interrompit Alpiew. Et puis, pourquoi m'enseigner les répliques d'un rôle que je n'interpréterai pas ?

— Pour aiguiser votre entendement, miss. »

Alpiew lui jeta un regard maussade. Elle n'aimait pas qu'on lui donne du « miss ». Seules les petites filles et les filles de joie étaient ainsi interpellées.

« Rappelez-moi le début ? »

Rebecca se laissa tomber sur une chaise et balaya une mèche de son visage. Cette séance de formation n'allait pas aussi bien que prévu.

« Oublions la tirade. Abordons la question de l'Action. L'Action est mouvement et le mouvement est le fondement de la Nature, qui sans lui retomberait à nouveau dans la masse inerte du Chaos...

— Pardon, madame Montagu, mais de quoi parlez-vous... ? »

Un petit coup sec sur la porte interrompit l'actrice avant qu'elle ait pu répliquer.

« Ouvrez. Sarah est sortie faire une course. »

Alpiew se mordit les lèvres pour ne pas répondre et se dirigea vers la porte d'entrée. Le Signior Lampone se tenait sur le seuil, son nez d'argent luisant de mille feux dans les reflets des miroirs du hall d'entrée.

« Je suis venu pour ma séance avec Mme Montagu », annonça-t-il en retirant son chapeau et en entrant aussitôt.

Alpiew le conduisit au salon.

« Signior Lampone ! s'écria Rebecca, comme si elle était étonnée de le voir. Quelle heureuse surprise !

— J'ai besoin de… enfin, vous savez… »

Il sortit un ruban à mesurer de sa poche et se tourna vers Alpiew.

« Puis-je avoir quelques instants en tête-à-tête avec Mme Montagu, s'il vous plaît ? »

Ravie d'obtenir une minute de répit, Alpiew s'éclipsa aussitôt. En sortant de Westminster Hall, elle s'était arrêtée pour acheter un petit livret sur l'expression des Passions. Elle passerait le temps à essayer d'en reproduire certaines dans l'un des miroirs du hall d'entrée. Sourcils froncés. Les yeux plus ouverts que d'ordinaire. Le regard d'Alpiew allait du livre au miroir. Elle sourit en se voyant et dut tout recommencer. Quelle affaire ! Sourcils, yeux, narines pincées et relevées vers les yeux. Bouche légèrement entrouverte. Commissures un peu tirées. Langue passant sur les lèvres. Bien. Elle s'examina dans le miroir. Ceci était censé exprimer le Désir. Elle se trouva l'air égaré d'une candidate potentielle à l'asile de Bedlam. Elle jeta le livre. Jamais on ne ferait d'elle une actrice !

Elle pouvait entendre des chuchotements pressés dans le salon de Rebecca. Sur la pointe des pieds, elle s'approcha de la porte et appuya l'oreille contre le mince panneau de bois.

« Quel beau cou, murmurait Lampone. Quel dommage de devoir le séparer du corps…

— Mais la tête, marmonna Rebecca, est souvent plus étrangement belle sans l'obstacle d'un corps pour la soutenir, n'est-ce pas ? »

Alpiew suffoqua, puis plaqua la main contre la bouche. Respirant à peine, elle tenta d'écouter à nouveau, mais son cœur battait trop fort, et le bourdonnement de ses oreilles l'assourdissait.

« Quel dommage que vous n'ayez pas fait un autre essai, chuchota Rebecca. Anne Lucas méritait... »

Le marmonnement se fit de plus en plus indistinct et il devint difficile de comprendre des phrases entières. Alpiew ne parvenait plus qu'à saisir des mots épars. « Argent » revint à plusieurs reprises, et « Tête... meurtriers... »

Elle sursauta lorsque le chien parut à ses pieds, la gratifiant comme toujours d'un regard dédaigneux. Elle appliqua à nouveau l'oreille contre la porte. Silence. Puis des pas s'approchèrent.

Alpiew recula prestement et s'appliqua à faire des grimaces dans le miroir.

L'air lugubre, le Signior Lampone prit congé. Rebecca rappela Alpiew à sa leçon.

« Avez-vous appris votre réplique ? »

Alpiew lui jeta un regard soupçonneux. De quoi parlait-elle ?

« *Ni corneilles ni corbeaux ne viennent/pour l'avertir de sa perte prochaine*... ?

— Madame Montagu, dit Alpiew d'un air déterminé, vous ne ferez jamais de moi une actrice. Mais comme convenu, je suis prête à vous aider à retrouver le tueur de Mme Lucas. D'ailleurs, je me demande si par hasard vous n'en savez pas plus que vous ne me l'avez dit ? »

Rebecca cilla. Elle agrippa si fort le dossier d'une chaise qu'elle en avait les jointures blanchies. Lorsqu'elle prit la parole, ce fut en choisissant ses mots avec soin :

« Du meurtre de ma collègue, je ne sais rien. C'est pour cela que je suis venue vous chercher. »

Redressant soudain la tête, elle fondit sur Alpiew :

« Allez-vous m'aider ou suis-je en train de perdre mon temps ?

— Sans doute serait-il plus utilement passé si je vous interrogeais plus avant sur le sujet ?

— M'interroger ? fit nerveusement Rebecca. Je ne sais rien. Elle a été assassinée, c'est tout ce que je sais. Vous étiez là. Que puis-je ajouter ?

— Vous pouvez me parler d'Anne Lucas, pour commencer. Cette femme. Pourquoi quelqu'un aurait-il voulu la tuer ? »

Alpiew remarqua la petite pause que marqua Rebecca avant de commencer.

« Elle était assommante, soupira Rebecca. Elle nous rebattait sans cesse les oreilles de sa vie de famille, comme si cela la rendait meilleure que nous autres.

— Que disait-elle de sa vie de famille ?

— Qu'en sais-je ? Qu'importe ? lâcha Rebecca en faisant tourner un anneau sur son petit doigt. Je n'écoutais jamais. Si ce n'était à propos de son mari si beau ou de son enfant si adorable, c'était sur le prix d'une once d'oie, moins cher à cet étal qu'à cet autre étal ou d'une miche de pain qu'on pouvait acheter pour un penny de moins à un certain marché à un certain moment de la journée... »

Elle poussa un énorme gémissement.

« Elle était *tellement* ménagère. Elle n'avait tout simplement pas l'âme d'une artiste.

— Mais elle avait du succès, me semble-t-il ?

— Ah, les hommes ! persifla Rebecca. Ils aiment les femmes petites. Ils se figurent que parce qu'elles ont la taille d'un enfant, elles seront tout aussi dociles.

— Anne Lucas avait-elle beaucoup de galants ?

— Aucun. Mais cela aussi a son charme, n'est-ce pas ? Elle était modeste et discrète au-delà de toute expression. Pas tout à fait la vierge professionnelle... Disons plutôt la Madone professionnelle. Casanière et inaccessible.

— Avait-elle des admirateurs ?

— De vrais admirateurs ou le tout-venant ?

— L'un ou l'autre. »

Alpiew se demandait quelle différence il pouvait y avoir.

« J'imagine que son mari était un véritable admirateur. Quant aux autres, nous en avons tous dans le même genre. Même les hommes et les grosses vieilles bonnes femmes ridées spécialisées dans les rôles de duègnes, de viragos ou de domestiques.

— L'un de ces fanatiques aurait-il pu perdre la raison ? »

Rebecca éclata d'un énorme rire et se leva d'un bond.

« Y en a-t-il qui la possèdent ? »

Elle ouvrit un tiroir dans un grand coffre en chêne sculpté.

« Voici quelques-uns de mes trophées. »

Elle en tira des piles de lettres, de gants et de foulards tricotés à la main, des pièces de soie parfumée, des petites poupées, des boîtes de bonbons, des colifichets.

« Et je vous ferai remarquer que ceci est simplement le butin de la saison en cours depuis septembre. Six mois de cadeaux non sollicités, offerts par les fanatiques de théâtre. À la fin de l'année, je m'en débarrasse. »

Alpiew fouilla le tiroir, stupéfaite. On aurait dit un étalage de marché.

« Que demandent ces gens en retour ? »

Rebecca extirpa une poupée de laine particulièrement hideuse.

« Me toucher à mon passage, en espérant que je les remarque et que je leur accorde un sourire. Depuis que le roi Guillaume a cessé de toucher les gens du peuple pour guérir les écrouelles, les acteurs sont apparemment censés le remplacer ! La seule différence, c'est que les fanatiques ne sont pas scrofuleux, mais seulement cinglés ! »

Alpiew se remémora les foules massées à l'extérieur de la salle de concert, l'intensité de la demande qu'elles semblaient exprimer.

« Le plus grand compliment que je puisse leur faire est de les nommer par leur nom. Je m'en garde bien. Mais Anne Lucas, elle, se souvenait du nom de chacun d'entre eux. »

Rebecca se mit à jouer la scène :

« "Bon après-midi, Martin. Pourquoi êtes-vous revenu ? Assurément, vous avez déjà vu la pièce trois fois." "John, comme c'est joli, merci mille fois pour ce mouchoir." "Sam, vous êtes siiiii gentil, les bonbons étaient délicieux." C'était un spectacle répugnant.

— M. Cibber distribue des bonbons aux fanatiques.

— Cibber n'est qu'un vil flagorneur. Il fait du charme aux acteurs, au public, aux gérants, aux fanatiques. En un mot, il flatte *tout* le monde, à une seule exception.

— Qui est ?

— Sa femme, bien entendu.

— Et pourquoi pas elle ?

— Parce qu'il la possède déjà ! Et maintenant, elle n'est plus rien. C'était une actrice auparavant, mais il a décidé que l'un d'eux devait renoncer à sa carrière pour prendre soin de l'autre. Il l'abandonne à la maison et la traite comme un mélange de jument poulinière et d'esclave sur une plantation de cannes à sucre.

— Vous n'aimez pas Cibber ?

— Personne ne l'aime. Son propre beau-père n'a même pas voulu assister au mariage. Rien que pour s'assurer que Cibber ne mettrait pas la main dessus, le vieux a dilapidé toute sa fortune – et elle était considérable – en construisant ce palais flottant des plaisirs sur la Tamise.

— La *Folie* ? »

Alpiew en avait déjà entendu parler.

« Non pas que cela ait eu la moindre importance, à vrai dire. Cibber est un rusé mâtin. Il doit déjà posséder une fortune, si l'on en juge par les sommes qu'il mise au jeu.

— Riche ? Comment l'est-il devenu ?

— En jouant, en écrivant, en rampant, en grimpant… »

Alpiew avait déjà son idée sur Cibber. S'il était riche, elle lui demanderait un prêt, afin de faire immédiatement libérer la comtesse.

« Comment Cibber s'entendait-il avec Mme Lucas ?

— Tout dépendait de ce qu'il voulait. Je sais qu'il l'a harcelée pendant un moment.

— Harcelée ?

— Vous savez, il essayait de lui palper la gorge, il se tenait collé contre elle dans les coulisses… Au moins, moi, je sais comment mettre un terme à ce genre de comportement. Ce qu'on pense de moi m'est égal et je n'hésite pas à envoyer paître les importuns. Mais Anne Lucas, qui voulait que tout le monde l'aime, ne disait rien, et cela ne faisait qu'empirer. Puis elle se précipitait dans la loge en pleurant à chaudes larmes parce que Cibber avait osé l'embrasser. Si elle avait simplement appliqué un soufflet à son museau ricanant, cela ne serait jamais allé aussi loin.

— Et que pouvez-vous me dire du mari d'Anne, M. Lucas ?

— Je peux certainement concevoir qu'il ait voulu la tuer. Toute cette gentillesse inexorable donnerait à n'importe qui des envies de meurtre. »

L'horloge de la cheminée sonna l'heure.

« Nous allons être en retard ! »

Rebecca fit le tour de la pièce en ramassant des effets qu'elle jeta dans une sacoche en cuir.

« Vous devez bien comprendre, Alpiew, que vous devez monter sur scène avec moi. Vous, ou quelqu'un en qui je puisse avoir confiance.

— Mais pourquoi sur scène ? Assurément, personne ne peut vous y tuer.

— Ah, le public ! ricana Rebecca. Vous croyez tous que la scène appartient à un autre monde. »

Elle se pencha au-dessus de la table et reprit d'un ton sérieux.

« Nous ne sommes qu'à quelques pieds du public. Si quelqu'un décidait de sauter sur scène et de me trancher la gorge de son épée, cela se produirait en un clin d'œil... Je serais absolument prise au dépourvu, car je serais trop concentrée sur ce que je suis en train de faire.

— Ainsi, je devrai constamment surveiller le public... »

Alpiew entrevoyait une issue.

« Mais je ne peux pas à la fois le surveiller, et donner la réplique, madame Montagu. Vous le voyez bien, c'est impossible.

— La menace ne viendrait pas forcément du public. C'est peut-être un acteur qui a tué Lucas. Ce même acteur pourrait me poignarder sur scène. Le public croirait que cela fait partie du spectacle. On passe son temps à se poignarder dans les pièces, et parfois un acteur se laisse emporter par son rôle. Si quelqu'un substituait une véritable dague à la lame émoussée fournie par l'accessoiriste ? Cela pourrait aisément se produire.

— Il me semble quant à moi, dit fermement Alpiew, que je serais bien incapable de me remémorer répliques, actions et gestes tout en me concentrant sur votre sécurité. Mieux vaudrait que je trouve un poste d'observation imprenable au théâtre, d'où je puisse surveiller à la fois les autres acteurs et le public à tout moment durant votre présence sur scène.

— Venez donc, fit Rebecca en jetant un coup d'œil à l'horloge de la cheminée, ou je serai à l'amende. »

Elle saisit le poignet d'Alpiew.

« Vous avez gagné. Vous tiendrez ma traîne. C'est facile à faire. Pas de répliques. »

Elle était déjà sortie et à mi-chemin de l'escalier, Alpiew trébuchant derrière elle.

« Mais... Madame Montagu, je ne peux... je dois rendre visite à ma maîtresse.

— Visite ? »

Rebecca fit volte-face sur une marche.

« Que voulez-vous dire par "rendre visite" ? »

Alpiew se mordit la lèvre.

« Pour lui dire ce que je fais. »

Rebecca lui jeta un regard pénétrant.

« Nous allons être en retard, et si nous sommes en retard nous devrons payer une amende. »

Saisissant la main d'Alpiew, elle l'entraîna sur Little Hart Street.

La comtesse n'avait pas apprécié son déjeuner : un bout de pain rassis probablement à base de craie, et une sorte de ragoût qui aurait aussi bien pu être de haddock que de lapin. Elle repoussa son assiette. Même la cuisine de Godfrey lui semblerait excellente après cela. Et infiniment moins chère. Sa dette s'élevait maintenant à dix shillings. Pour le logement, les frais de geôle, le lit, la nuit passée, la nourriture. C'était sans fin...

Elle se leva et fit quelques pas dans la chambre. Seigneur, ces chaînes pesaient une tonne. Cling,

cling, clang, clang, chaque fois qu'elle se grattait un sourcil. Heureusement, la pièce était privée de miroir. Elle préférait ne pas savoir à quoi elle ressemblait. Il y avait plus de débris de blanc de céruse nichés entre ses seins et éparpillés par terre qu'il ne pouvait en rester sur son visage.

Elle se demanda ce qu'Alpiew pouvait bien être en train de faire. Dire que cette petite effrontée allait être actrice ! Et sans doute assez douée pour la scène... La comtesse se rappelait parfaitement l'amie actrice de Charles, Nell Gwyn. Elle aussi, c'était une petite effrontée. Cette femme avait beau être une parfaite ignorante, personne ne pouvait nier que c'était une excellente actrice[1] !

Elle entendit frapper à la porte à l'étage inférieur. Puis des bruits de pas. Peut-être un visiteur ? Ou alors, un autre prisonnier venu rompre la monotonie. Elle colla l'oreille à la porte pour écouter.

« J'ai parlé au juge, gronda une voix d'homme qui n'était pas celle du geôlier, elle en était sûre. À propos de l'affaire Anne Lucas... »

La comtesse tenta de retenir son souffle pour mieux entendre.

« Et alors ? »

C'était sa geôlière, la femme du geôlier.

« Au début j'étais inquiet. Il n'y a pas de créature plus obstinée qu'un homme pieux.

— Tu n'es pas allé voir le juge Moore ?

— Le juge Moore ! s'esclaffa l'homme. Tu me prends pour un benêt ? Je suis allé chez Ingram.

— Et tu lui as rappelé ses... intérêts ?

— Il a compris ton problème. Il sait qu'un crime comme celui-ci, commis sur le pas de ta porte

1. Ellen Gwyn (1642-1682), danseuse et comédienne, fut aussi l'une des maîtresses de Charles II.

– car en effet, ce n'est qu'à un jet de pierre d'ici – pourrait t'attirer des ennuis. »

Ainsi, la femme du geôlier s'inquiétait de la proximité du meurtre !

« Alors que va-t-il faire ?

— Il a dit qu'il s'en chargerait.

— Qu'il s'en chargerait ! cracha la femme du geôlier. Fi, à quoi bon ? Cela ne fera qu'envenimer les choses. Trop de gens pourraient en pâtir.

— Calme-toi, fit l'homme bourru en baissant la voix. Il s'assurera que l'affaire est emballée, pesée et bouclée.

— Plus facile à dire qu'à faire, chuchota à son tour la femme du geôlier. Trop de partis intéressés. À qui fera-t-il porter le blâme ?

— Il y a diverses possibilités, répondit l'homme. Un autre acteur, peut-être. Un vagabond. N'importe qui.

— Mieux vaut trouver un vendeur itinérant, opina la femme, apparemment calmée. Personne ne se souciera de voir l'un de ces escrocs se balancer au bout d'une corde. Jack et moi pouvons arranger ça. La garde en ramasse toutes les heures. »

Elle fit quelques pas dans l'escalier, suivie de l'homme.

« Dis à l'un de tes gars de me trouver une arme que je place sur le bonhomme, pour prouver sa culpabilité aux yeux du monde. »

Puis la porte d'entrée claqua, et la comtesse entendit la femme du geôlier chantonner toute seule dans le salon.

Lorsque Alpiew et Rebecca parvinrent au théâtre, plusieurs personnes étaient déjà rassemblées mais la répétition n'avait pas commencé. Rebecca se retira dans la loge pour se préparer.

M. Rich fumait la pipe, assis au balcon. Alpiew s'approcha de lui.

« Monsieur Rich, s'il vous plaît ? »

Rich releva la tête.

« Oui ? »

Alpiew baissa la voix.

« Je me demandais si vous pouviez me faire une avance sur les parutions ? »

Rich renifla dédaigneusement.

« Vous plaisantez, j'imagine ? »

Alpiew le dévisagea d'un air suppliant.

« Neuf guinées ? Ou bien un prêt, garanti par les parutions ?

— Non. »

Il tapa du poing sur la rampe et grogna :

« Vous publiez – ensuite je paye, et pas un penny de plus que ce que j'ai dit. Compris ? »

Il avait hurlé le dernier mot. Un jeune garçon perché sur une grande échelle allumait lentement les chandelles de deux immenses chandeliers en bois suspendus au-dessus de la scène. Tout d'un coup, il poussa un cri : l'échelle oscillait de façon inquiétante. Alpiew s'élança pour la stabiliser, ravie d'échapper aussi facilement à cet affreux M. Rich. Dès que le jeune garçon fut en sécurité, Alpiew baissa les yeux de la scène à la fosse d'orchestre.

M. Cibber, déjà costumé et maquillé, était en train de se pomponner sur un banc, tout en articulant silencieusement ses répliques. Alpiew sauta de scène pour se glisser à côté de lui.

« Monsieur Cibber ? »

Il sourit et ébouriffa ses manchettes en dentelle.

« Madame Alpiew ! Que puis-je faire pour vous ?

— Il s'agit d'une affaire délicate, monsieur Cibber.

— Je sais, dit-il en hochant la tête avec sympathie. Le trac est déjà assez pénible lorsqu'on est un professionnel expérimenté…

— Non, ce n'est pas le trac, coupa rapidement Alpiew de crainte qu'il ne se lance dans un soliloque sur la façon dont il avait passé de longs mois à préparer son rôle. Je ne ferai que tenir la traîne de Mme Montagu, reprit-elle. Mais vous, vous êtes un acteur célèbre, et aussi un auteur…

— La modestie, fit Cibber avec un grand sourire, m'interdit de le nier.

— J'ai ouï dire que la dernière représentation donnée pour votre bénéfice vous a rapporté une belle somme…

— Oh oui. La salle était comble. J'ai dû gagner quatre-vingts guinées.

— Dans ce cas, vous m'obligeriez infiniment, monsieur, en m'en prêtant neuf. Je peux vous rembourser dans le mois.

— Lorsque j'ai admis avoir du succès… »

Il tripota nerveusement sa cravate.

« … je ne voulais pas dire que j'avais de l'argent liquide… Les frais généraux, vous comprenez. J'ai une femme à faire vivre, et des enfants.

— Je ne vous demande pas un cadeau, monsieur Cibber, simplement un prêt. Disons, en échange de parutions… ?

— Mais voyez-vous l'heure ? »

Il tira sa montre de son gousset.

« Je dois apprendre mes répliques ! »

Un sourire professionnel était toujours fixé sur ses traits lorsqu'il se glissa hors de l'auditorium.

« Comment avez-vous réussi ce prodige ? »

Rebecca la fixait depuis la scène. Son visage lourdement fardé arborait une expression sardonique.

« Il ne quitte jamais la fosse durant les répétitions, expliqua-t-elle.

— Je ne sais pas, dit Alpiew en haussant les épaules. Je lui ai simplement demandé de me prêter de l'argent.

— Un prêt, de ce bellâtre ? »

Rebecca explosa de rire.

« Il a le poing plus serré que le calibistri d'une nonne, ma chère. Il ne vous prêterait pas la guenille qui lui a servi de torche-cul. »

Elle s'assit et fit balancer ses jambes au bord de la scène.

« De quelle somme avez-vous besoin ?

— Ma maîtresse a négligé de payer la taxe des pauvres depuis quelques années, hoqueta Alpiew. Neuf guinées.

— Ah. Je comprends maintenant. La visite ! »

Rebecca glissa la main dans sa poche.

« Si j'ai bien saisi, les huissiers se sont saisis de sa personne ? »

Alpiew acquiesça.

« Alors courez. Sortez-la de sa geôle et revenez toutes les deux ici aussi vite que possible. Où est-elle retenue ?

— Dans une maison de détention à Charing Cross.

— Soyez de retour dans une heure. »

Elle remit l'argent à Alpiew et remonta sur scène. Alpiew contempla la somme, émerveillée. Rebecca venait de lui remettre dix livres. L'actrice avait manifestement compris la difficile situation d'un débiteur.

« Dépêchez-vous, dit la comédienne qui s'était redressée et ébouriffait ses jupes pour en obtenir le plus bel effet. Je veux que vous reveniez ici dans les plus brefs délais.

— Pour m'exercer à porter votre robe ?

— Je suis sûre que vous y arriverez sans trop

d'efforts. Mais cet après-midi, les répétitions vont être abrégées. »

Rebecca se pencha et reprit à voix basse :

« Mme Lucas sera inhumée ce soir à St Giles in the Fields. Je suis certaine que vous ne voudrez pas rater les funérailles. »

Après qu'Alpiew eut réglé la dette et les suppléments, ainsi que la pension, et une fois la comtesse libérée de ses chaînes, elle se mit aussi à lui raconter les derniers événements.

« Alors, Rebecca m'a dit… »

La comtesse secoua la tête et roula des yeux vers la femme du geôlier, qui était en train de rédiger la quittance. Alpiew reprit :

« Je vais monter sur scène mais simplement comme figurante… »

La comtesse eut une quinte de toux violente, secouant toujours la tête, ses yeux lançant des éclairs.

« Que se passe-t-il madame ? Êtes-vous souffrante ?

— Ah, Alpiew, j'ai tellement hâte de sortir à l'air libre. De rentrer dans mon cher foyer et de reposer ma tête tranquillement, loin de tout bavardage…

— Cependant, répondit Alpiew, cela sera impossible, du moins dans les prochaines heures, car Mme Lucas doit… »

La comtesse se jeta vers l'avant si brusquement qu'elle faillit renverser Alpiew.

« Ma pauvre Alpiew, as-tu trébuché ? Doux Jésus. Laisse-moi t'aider à te relever ! »

Elle se mit à parler d'une façon délibérément bizarre :

« Puis – toi – et – moi – pourrons – rentrer – à la maison – tranquillement – *ensemble*. »

La comtesse indiqua du regard la femme du geôlier. Alpiew, qui avait enfin compris, posa un doigt sur ses lèvres.

« Oui – madame – vous – avez – raison.

— Voici pour vous », dit la femme du geôlier en se retournant pour leur faire face.

Elle brandit l'important document, l'agitant dans l'air pour faire sécher l'encre plus vite.

« Vous êtes libre de partir, comtesse. »

Lorsqu'elles arrivèrent au théâtre, la répétition était terminée. Rich se tenait sur scène au milieu des acteurs, dont les visages fardés luisaient de sueur à la lumière des innombrables chandelles.

« C'est *vous* qui voulez continuer à jouer ces pièces interminables ! Mais croyez-moi, le public n'en veut plus. Nous ne gagnerons rien à faire dans la grandiloquence.

— Ça marche pourtant bien pour l'autre maison... »

George avait élevé une voix rendue pâteuse par les deux verres de sherry qu'il avait déjà engloutis.

La comtesse, ravie d'être libre, se glissa avec Alpiew le long d'un banc couvert de reps, à l'arrière de la fosse d'orchestre. Durant le trajet, elles s'étaient informées l'une l'autre des derniers événements. À présent, chacune était plongée dans ses réflexions, tandis que les acteurs discutaient avec leur directeur du tour qu'allait prendre le spectacle.

« Je vous explique simplement, dit Rich en employant un ton normalement réservé aux enfants, que l'insertion d'une danse sur corde entre les scènes et d'un petit numéro par une troupe de chiens savants au dernier acte attirera les foules.

— Vous n'envisagez pas sérieusement, protesta Cibber, lèvres pincées, d'introduire un chien qui danse dans le dernier acte de la plus célèbre tragédie en vers de Nat Lee ?

— Et pourquoi pas, je vous prie ? Cela remplacera la danse des Indiens. »

Les acteurs restèrent bouche bée d'incrédulité.

« Pourquoi tant d'étonnement ? »

Rich retira d'une chiquenaude un fil collé sur son plastron.

« William Shakespeare utilisait les mêmes diversions dans ses pièces.

— Et c'est précisément pour cette raison que cela ne se fait plus, trancha Cibber, et pourquoi je dois composer une nouvelle version de *Richard III*, plus adaptée au goût moderne.

— Je vous jure, monsieur Rich, que si jamais un chien dansant paraît soit avant, soit après ma grande tirade - Rebecca s'avança d'un pas, l'air mauvais — je quitterai la scène pour regagner mon logis et ne plus jamais reparaître ici !

— Ce serait peut-être pour le mieux, fit Rich en se curant un ongle. Il me semble que Mme Lucas avait déjà menacé de faire la même chose - et voyez ce qui lui est arrivé. »

La compagnie assemblée se tut un moment, puis Rebecca tituba vers l'avant et se jeta sur Rich, martelant sa poitrine de ses poings.

« Vil criminel ! Crapaud venimeux, dégoûtant, meurtrier ! »

Rich la repoussa et elle tomba par terre.

« Madame Montagu. Puis-je vous rappeler que les actrices courent les rues ? Voyez le peu de temps qu'il m'a fallu pour remplacer Mme Lucas. »

Il pointa vers une blonde accorte qui minaudait près de Cibber.

« Des femmes d'un certain genre rêvent de monter sur scène. Certaines seraient ravies de *me* payer, pour y parvenir. Elles considèrent la scène comme la vitrine de leurs… disons, de leurs charmes. »

Cibber s'écarta d'un pas de la nymphe aux appas généreux.

« Vous-même, madame Montagu, avez gagné de jolies sommes en vous affichant sur ces planches… »

Rich prit une mine boudeuse et tapa du pied, imitant le geste célèbre de Rebecca.

« Comment pouvez-vous dire de telles horreurs ? »

Rebecca se mit à nouveau à le marteler de ses poings.

« Vous parlez d'une femme à qui on a ôté la vie il y a quelques jours à peine, dont nous rejoindrons bientôt le cortège funéraire.

— Rebecca a raison, dit Cibber. Je crois que vous devriez lui présenter des excuses ! »

George entra dans la mêlée.

« Calmez-vous, madame. »

Il écarta Rebecca de Rich.

« Les femmes ne devraient blesser qu'avec les yeux.

— Arrière, ivrogne pleurnichard, gronda Rebecca, ou c'est à *toi* que j'arracherai les yeux ! »

Pendant ce temps, Cibber s'était égaré de la scène à l'avant-scène jusqu'aux décors en bois peint, entre lesquels il apparaissait et disparaissait.

« Revenons à nos moutons, monsieur Rich. »

Debout devant une longue perspective en trompe-l'œil d'un hall de château, il avait l'air d'un géant.

« Puis-je vous faire remarquer que, puisque vous avez déjà retiré plusieurs yards de la scène pour entasser le public dans la fosse, vous ferez certainement de meilleures recettes en évitant de recourir à des comédiens canins, certainement onéreux.

— Pour cette fois, c'est bon, concéda Rich en continuant de brosser de la main sa somptueuse veste en velours. De toutes façons, la perte tragique de Mme Lucas attirera les curieux ! »

Il ricana, puis se tourna pour dévisager la comtesse et Alpiew.

« Lorsque nos deux amies du *Trumpet* daigneront en parler dans leur chronique, le public fera la queue pour nous voir. »

Alpiew rougit. Rien ne l'incitait moins à faire la publicité de Rich que cette répugnante manifestation d'avarice et de mesquinerie.

« "Le théâtre de Drury Lane – foyer de l'avarice, de la corruption et du meurtre !" Vous devriez peut-être, monsieur Rich, l'écrire en toutes lettres sur vos affiches et les coller sur tous les panneaux d'affichage de la ville ! »

La comtesse se leva et parcourut l'assemblée du regard.

« Écoutez. Les clochers sonnent six heures. Alpiew et moi avons l'intention d'assister aux funérailles d'Anne Lucas, et d'être ponctuelles. J'imagine que ni le prêtre, ni les croque-morts ne vous attendront. Ainsi, si vous souhaitez témoigner votre respect à une pauvre morte qui était hier encore votre amie et collègue, je vous suggère de partir immédiatement. »

La compagnie tout entière se tourna pour fixer la comtesse.

« Aucun d'entre vous, je le remarque, ne semble le moins du monde attristé. Où sont les larmes qui débordent si artistement de vos yeux à chaque dénouement de tragédie ? Où sont les poitrines martelées et les cris déchirants qui font votre célébrité ? La pauvre petite Anne Lucas a été brutalement assassinée et vous continuez à vous quereller pour des peccadilles ! »

Elle saisit la main d'Alpiew.

« Ou bien faites-vous l'économie de vos émotions afin de mieux les exhiber en public au cimetière ? »

Rich bondit dans la fosse.

« Pas si vite, mesdames ! »

Il sauta par-dessus les bancs verts et leur barra la route.

« Nous avons passé un accord...

— Fermez votre clapet, espèce de brute avide, dit Alpiew, prenant la comtesse par le coude et poursuivant son chemin. Nous n'avons passé d'accord avec personne. Je vous prie de nous laisser sortir ou nous appellerons un sergent de ville et nous vous accuserons de nous séquestrer. »

Rich resta immobile.

« Vous l'avez entendue, grossier crapaud. Faites place », insista la comtesse en le poussant.

Un muscle tressauta dans la joue de Rich tandis qu'il s'écartait d'un pas pour leur permettre de franchir la porte. Rebecca accourut derrière elles.

« Je partagerai un fiacre avec vous, mesdames, si vous le voulez bien ? »

Elle sourit et désigna le bout de la rue.

« La station la plus proche est par là. Allez. Je vous rejoindrai. »

Tandis qu'Alpiew et la comtesse descendaient l'escalier, Rebecca se retourna pour faire face aux autres acteurs qui émergeaient derrière elle.

« Elle veut se débarrasser de nous pour l'instant, je crois, dit la comtesse en regardant pardessus son épaule. Que se passe-t-il maintenant ? Regarde, et prends note de tout. Je ferai semblant de ne rien voir pendant que je recherche un fiacre. »

Alpiew fit aussi mine de scruter le bout de la rue tout en commentant la scène à voix basse :

« Rebecca chuchote quelque chose à l'oreille de

Rich. Rich répond en secouant la tête. Rebecca a un geste d'exaspération et s'avance vers Cibber, qui hausse les épaules et retourne ses poches. Aïe ! Rebecca vient de lui appliquer un bon soufflet sur la bouche. »

Elle se retourna vers la comtesse.

« Seigneur, milady, cette femme a la manie de frapper tous ceux qui se trouvent sur son chemin ! »

Elle jeta un nouveau coup d'œil discret derrière elle.

« Rebecca s'approche de George, qui lui tend la main. Elle prend quelque chose, elle l'inspecte, éclate de rire, jette par terre… quelques pièces de menue monnaie. On dirait qu'il lui donne de l'argent.

— Elle n'a peut-être pas plus que nous de quoi se payer un fiacre, glousse la comtesse. Madame Pète-plus-haut-que-son-cul !

— Ouille ! »

Alpiew agrippa le bras de la comtesse et l'entraîna rapidement vers Drury Lane.

« Elle vient vers nous.

— En voici un », lança Rebecca de sa voix de gorge.

Elle fit signe au fiacre en tendant la main. Elle tint la porte du carrosse ouverte pour la comtesse, puis se pencha vers le conducteur.

« St Giles, s'il vous plaît, en passant par Little Hart Street. »

Elle monta à bord avant d'ajouter :

« J'ai oublié ma bague de deuil, dit-elle tandis que le cheval trottait vers Covent Garden. Je ne puis être vue aux obsèques d'Anne Lucas sans ma bague de deuil ! »

La comtesse pressa son pied contre celui d'Alpiew. Arrivée devant sa porte, Rebecca sauta en bas et tapa sur le flanc du carrosse. Avant que les deux autres aient pu comprendre ce qui se passait, le fiacre s'ébranla. Alpiew sortit la tête par la fenêtre et cria au cocher d'arrêter.

« Elle a dit de ne pas l'attendre ! répliqua-t-il.

— Mon Dieu, Alpiew ! gémit la comtesse en palpant sa poche. Avons-nous assez d'argent ? »

Le cocher se retourna pour se pencher vers ses passagères.

« C'est l'actrice, pas vrai ? Je vais vous dire qui j'ai eu comme passager une fois... Comment s'appelait-il, déjà ? Le chanteur italien sans bonbons...

— Le Signior Fideli ? suggéra la comtesse, se référant à un célèbre castrat qui avait récemment fait la conquête du Tout-Londres.

— Voilà, c'est celui-là. Bon gars. Bon pourboire.

— Vraiment », fit la comtesse en regardant Alpiew compter les pence étalés sur sa jupe.

Lorsqu'ils parvinrent à l'église la comtesse jeta un coup d'œil vers l'extérieur. Malgré la bruine, le public se pressait déjà contre la grille du cimetière. Alpiew descendit et leva la tête vers le cocher.

« Combien ?

— Nan, ricana-t-il. Roxane m'a déjà payé.

— Qui ?

— Rebecca Montagu – celle qui joue si bien Roxane. »

Réprimant leur étonnement, les deux femmes se dirigèrent vers le cimetière tandis que le fiacre roulait en cahotant vers Seven Dials.

« À quoi joue-t-elle ? souffla Alpiew.

— Je n'en sais fichtre rien, répondit la comtesse pendant qu'elles se frayaient un chemin à travers la foule. On dirait que tous ceux qui ont un rapport, même éloigné, à cette affaire ont quelque chose à cacher.

— Qui est-ce ? »

L'un des fanatiques s'était penché par-dessus le muret pour mieux voir le cortège funèbre.

« Personne », répliqua son ami, en se retournant pour voir si de vraies célébrités suivaient les deux femmes.

« Je n'aurais jamais cru être si heureuse de n'être personne », marmonna la comtesse.

Elle retroussa ses jupes et entra dans le cimetière de St Giles in the Fields. L'atmosphère était lugubre. Malgré son emplacement à la lisière de la ville, tout près des champs, ce cimetière était le plus gris et le plus déprimant de tous les cimetières jamais visités par Alpiew.

« Pourquoi cet endroit est-il si triste ? », demanda-t-elle.

La comtesse contempla les pierres tombales, serrées comme des dominos.

« La peste est partie d'ici. On a enterré des centaines de personnes la première semaine. Personne ne savait ce que c'était à ce moment-là. Les Puritains affirmaient que c'était à cause de notre promiscuité, de nos plaisirs et de nos sorties dans les théâtres et les tavernes[1]. »

Elle tendit la main pour prendre celle d'Alpiew.

« Pauvre petite Alpiew. La peste t'a pris tes parents, je sais, mais en ce qui me concerne ce fut une bénédiction, puisque cela t'a conduite à moi. »

Alpiew frémit. Elle ne connaissait même pas le nom de ses parents. Ils auraient pu se trouver sous n'importe laquelle de ces myriades de pierres.

« C'était avant que l'on comprenne la nécessité de grandes fosses communes pour les milliers de malades qui allaient périr chaque semaine. »

La comtesse fixa les croque-morts, qui avaient

1. Allusion à la « Grande Peste » qui frappa Londres en 1665.

creusé un trou pour le cercueil d'Anne Lucas et qui en nettoyaient maintenant les abords avant la cérémonie.

« Comment arrivent-ils à savoir l'espace qu'il reste entre tous ces corps ? »

Une soudaine poussée de la foule à l'extérieur des grilles les avertit de l'arrivée des acteurs. Alpiew remarqua que Cibber arborait son sourire réservé au public, en y ajoutant un soupçon de tristesse tragique. Les sourcils relevés au milieu du front et abaissés sur les côtés. Les paupières baissées. Il avait manifestement étudié ses effets dans le miroir avant de paraître.

« Madame Roxane brille par son absence », souffla la comtesse.

Un autre fiacre s'arrêta et un petit apprenti en surgit, portant ce qui ressemblait à un grand coffre à bijoux. Il entra dans le cimetière et s'appuya contre une pierre tombale près de la grille tout en ouvrant la boîte. Il en tira une liste et la parcourut comme s'il essayait d'apprendre par cœur ce qui s'y trouvait, puis en sortit une poignée de bagues.

Il regarda autour de lui avant d'avancer discrètement vers les acteurs, qui s'étaient regroupés près de l'entrée de l'église auprès du prêtre officiant.

« Monsieur Rich ? »

Rich acquiesçant, le garçon lui remit discrètement une bague.

« Les bagues de deuil, monsieur. Désolé qu'elles arrivent en retard. Il y a eu confusion chez l'orfèvre, monsieur. Mme Lucas a laissé des instructions dans son testament, pour que chacun d'entre vous reçoive une bague de deuil. »

Le garçon alla de l'un à l'autre, distribuant les bagues en nommant les récipiendaires.

« M. Cibber, M. Powell... »

La comtesse remarqua le regard interrogateur

lancé par Cibber à George. Il y eut un autre vacarme à l'extérieur et la foule se pressa vers l'avant. Le carrosse transportant le cercueil venait d'arriver. Le prêtre donna le signal et s'avança dans l'allée pour commencer la cérémonie.

«Je suis la résurrection et la vie, a dit le Seigneur : celui qui croit en moi, même s'il est mort, vivra ; et quiconque vit et croit en moi ne mourra jamais.

— Toujours pas de Rebecca, chuchota la comtesse à l'oreille d'Alpiew, tandis que les porteurs de cercueil entraient dans l'église. Et surtout, pas de M. Lucas.

— Vous avez contemplé nos péchés les plus secrets à la lumière de votre présence... »

Alpiew et la comtesse s'agenouillèrent sur un banc au fond de l'église, et observèrent les autres tandis que le prêtre récitait d'une voix monotone.

« ... car votre colère abrège nos jours ; elle coupe court à nos années, comme à un récit qui se termine. »

La porte s'ouvrit et le Signior Lampone se glissa à l'intérieur de l'église. Il fit une génuflexion et s'installa dans le banc en face des deux femmes, son nez d'argent scintillant dans la lumière déversée par les hautes fenêtres.

« Un papiste ! fit Alpiew en donnant un coup de coude à la comtesse. Vous avez remarqué ?

— Tous les Italiens le sont, je crois.

— Regardez ceci », dit Alpiew en indiquant une profonde fissure dans le sol.

La comtesse fit un clin d'œil à Alpiew.

« Ce sont les morts qui remontent en se putréfiant ! Je te disais bien qu'ils ont enterré trop de corps ici. »

Le cercueil fut ressorti dans la bruine, pour l'enterrement. Alpiew scruta la foule des fanatiques de théâtre qui se pressaient contre la clôture en fer forgé, se bousculant pour apercevoir les acteurs comme s'il s'était agi d'un simple spectacle.

« Madame ? » dit-elle en touchant le coude de la comtesse.

Au bord du chemin se trouvait un grand carrosse noir. Un homme coiffé d'une longue perruque noire se penchait à la fenêtre. Il souriait d'un sourire démoniaque.

« Qui est-ce ? chuchota la comtesse à Alpiew.

— Curieux personnage.

— Son mari est arrivé », souffla Rich, assez fort pour qu'elles l'entendent.

Tous les acteurs se tournèrent un instant vers le carrosse avant de faire volte-face vers la tombe.

« Le mari d'Anne ? » dit Alpiew à Cibber.

Il hocha la tête et se pencha pour prendre une poignée de terre, tandis que la comtesse étudiait attentivement le carrosse et ses passagers.

« Il n'est pas seul, murmura-t-elle. Regarde, Alpiew, une femme l'accompagne !

— Le dernier ennemi à être détruit sera la mort. Car il a foulé aux pieds toutes choses... »

Chacun des acteurs lança une poignée de terre sur le cercueil avant de s'en détourner.

« Et elle l'enlace, ajouta Alpiew.

— Ô mort, où est ta victoire ? »

À ce moment précis, un petit cabriolet arriva, Rebecca à son bord. Elle en bondit, l'air furieux. La foule se détourna pour l'observer.

« L'aiguillon de la mort est le péché, et la force du péché est la loi.

— Pauvre Anne Lucas, dit la comtesse en lançant sa poignée de terre sur le cercueil. Elle n'a même pas le premier rôle à son propre enterrement ! »

Rebecca s'arrêta à la hauteur du carrosse de

M. Lucas. Quand elle s'avança vers la fenêtre ouverte, on vit Lucas la prendre par le visage et l'embrasser sur les lèvres.

« Devant tout le monde ! fit la comtesse d'une voix perçante. La petite gueuse ! »

Rebecca prit la main de M. Lucas, la tapota puis, fixant intensément la tombe et les acteurs qui l'entouraient, s'éloigna prestement.

4

Étonnement

La première et la plus tempérée des Passions.
S'il y a transformation des traits,
c'est le simple haussement d'un sourcil.
L'œil est fixé sur l'objet qui est la source de l'étonnement.

La cérémonie terminée, la comtesse et Alpiew traversèrent d'un pas vif Seven Dials, prenant garde à éviter les célèbres pickpockets irlandais qui sévissaient dans le quartier. Il faisait noir à présent, et les routes qu'elles devaient emprunter étaient mal éclairées.

Elles ne ralentirent qu'en traversant Covent Garden. La place brillait de mille flambeaux et les tavernes dégorgeaient leurs clients jusque sur les trottoirs. Sous le portique de l'église, les affaires des prostituées masquées de loups étaient florissantes.

« Nous sommes presque arrivées. »

Alpiew fit sonner quelques pièces dans sa poche en glissant un regard en coin à la comtesse.

« Dépenserons-nous nos derniers pennies à souper dans le quartier ?

— Plutôt que d'affronter encore un bouillon de joue de bœuf de Godfrey ? »

L'œil de la comtesse scintilla.

« Quelle petite coquine tu fais ! Allez, mangeons ! »

Elles s'attablèrent dans une petite salle de la Tête de Maure et commandèrent un spécial à neuf pennies. Alpiew choisit la tourte aux huîtres et la comtesse, un pudding au cochon avec des marinades. Elles mastiquèrent en silence, méditant les événements des derniers jours.

« Milady ? dit Alpiew en avalant une cuillerée d'huîtres. Ne croyez-vous pas que nous nous trouvons dans une curieuse situation ?

— En quoi ?

— Nous sommes employées par une personne qui veut que nous retrouvions un meurtrier, alors que cette personne…

— Est selon toute probabilité l'auteur du meurtre. Oui, j'étais en train d'y réfléchir. Remarque, tous avaient des raisons d'en vouloir à Anne Lucas. »

La grimace de la comtesse décolla un morceau de fard blanc, qui tomba dans la sauce de sa cuiller.

« Certes, Rebecca ne cache pas le mépris qu'elle éprouvait pour la victime, mais considère les autres. Ainsi, M. Maquereau…

— Oubliez-vous vraiment comment il s'appelle, à chaque fois vous lui donnez un nom de poisson différent ?

— Je pense qu'il est très imbu de sa personne, sourit innocemment la comtesse. J'adore le voir paniquer chaque fois que je me trompe.

— La torture suprême pour un acteur aussi prétentieux que lui.

— Oui, oui, je sais. Alors, où en étions-nous, Alpiew ? Prends des notes. »

Alpiew tira un crayon et un bout de papier de sa poche.

« Nous savons par mon séjour en maison de détention que quelqu'un sera bientôt arrêté pour ce crime, indépendamment de sa culpabilité. Pourquoi ? Le mystère reste entier. Car si je vivais à une rue ou deux du lieu d'un meurtre brutal, je préférerais qu'on arrête le véritable coupable, plutôt qu'un bouc émissaire.

— Peut-être le geôlier et la garde reçoivent-ils une récompense lorsqu'ils appréhendent un criminel dans leur quartier ?

— Alors nos véritables suspects sont : M. Kipper... »

Alpiew inscrivit le nom de Cibber.

« Il en voulait à Anne Lucas parce qu'elle avait gâché sa tentative de se faire producteur de spectacles, en perturbant sa conférence. Et ses avances amoureuses semblent avoir été repoussées.

— M. Rich.

— Oui, M. Rich, parce qu'elle exigeait toujours des augmentations de cachet, et qu'il espère maintenant profiter de sa mort pour augmenter ses recettes, grâce à la curiosité morbide du public.

— Le mari. »

La comtesse glissa une cuillerée dans sa bouche et mastiqua.

« Certainement, acquiesça Alpiew en avalant une gorgée de bière. Il semblait positivement fou de joie d'assister à l'enterrement de son épouse. Il souriait comme un imbécile. Il était déjà dans les bras d'une autre femme, ce qui ne l'a pas empêché d'embrasser Rebecca devant tout le monde.

— Quel endroit dégoûtant, grimaça la comtesse en retirant de sa bouche avec ses doigts un bout de fard. Regarde, Alpiew, il y avait un morceau de plâtre dans ma sauce ! »

Elle repoussa l'assiette et reprit :

« Oui, le mari est suspect, mais cela me rend Rebecca encore plus suspecte.

— Lampone est un curieux personnage, lui aussi. »

Alpiew nota son nom.

« J'ai entendu certaines choses chez Mme Montagu cet après-midi… »

Elle relata à la comtesse les bribes de la conversation de Rebecca avec Lampone entendues à travers la porte.

« Toutes ces histoires de têtes coupées, de cous… C'était affreux.

— Je ne doute pas qu'ils soient de mèche. Regarde ! »

La comtesse pêcha un morceau de cartilage dans son assiette.

« Oui, oui, Alpiew. Rebecca est la coupable évidente. Après tout, elle avait le sang de cette pauvre femme sur les mains. »

La comtesse agita le bras pour demander l'addition à la serveuse.

« Nous devons continuer à l'amadouer jusqu'à ce que nous trouvions de quoi la rembourser, puis nous prendrons nos distances. »

Elle frémit.

« Cette femme est une furie, de toutes façons. Nous avons toutes deux assisté aux démonstrations de son mauvais caractère ! »

La souillon qui les avait servies se traîna jusqu'à leur table et Alpiew lui remit les deux shillings qu'elles devaient.

« Quelle cruelle ironie, madame, de dépendre de l'argent de trois de nos quatre suspects !

— Ah, mon royaume pour un scandale ! fit la comtesse en repoussant sa chaise pour se lever. La déesse de la Fortune devra faire des prodiges pour nous dénicher un ragot bien croustillant, très vite ! Entre-temps, je te propose de lever ton verre à la bonne humeur de Rebecca Montagu, car c'est à elle que nous devons le plus d'argent. »

Elles rentrèrent chez elles en silence.

« Comme c'est bon, pour une fois, de ne pas

raser les murs de peur d'être suivies par un huissier ! » dit la comtesse en ouvrant la porte d'entrée.

Au moment où elles pénétraient dans le hall, elles entendirent Godfrey les appeler depuis la cuisine. Il arriva en titubant, avec des signes de tête frénétiques vers le salon, articulant silencieusement le mot « visiteur ». La comtesse aperçut la pile de coffres et de malles contre les lambris et s'alarma aussitôt. Elle croisa les doigts, priant pour que ce ne soit pas son mari, revenu s'emparer de tout ce qui n'était pas fixé au sol.

Alpiew poussa tout doucement la porte du salon. Le feu était allumé, et Rebecca s'y chauffait. Sa bonne, Sarah, se tenait derrière elle et brossait ses longs cheveux noirs.

« Enfin, vous êtes de retour saines et sauves. »

Elle leur sourit aimablement.

« Je craignais que vous ayez été lynchées par les Tityre-tus.

— Quoi... ? »

La comtesse fit quelques pas incertains vers la visiteuse, stupéfaite de la scène domestique qu'elle découvrait.

« Pourquoi... ?

— Je crois que vous me donnerez raison, comtesse. »

Rebecca se leva. Elle était en déshabillé, les froufrous de sa chemise de nuit émergeant de sa robe de chambre légère en soie d'Orient, les pieds glissés dans de jolies pantoufles en satin rose.

« Je crois que je serai plus en sécurité habitant ici avec vous. Ce sera plus commode pour vous aussi, puisque vous devez me protéger ! »

Alpiew et la comtesse demeuraient fixées au seuil du salon, bouche bée, muettes comme des carpes. Le petit chien, enroulé devant le feu de cheminée, leva la tête, vit Alpiew, découvrit ses dents et grogna.

« Sarah m'éclairera jusqu'au lit lorsque vous m'aurez attribué ma chambre. »

Rebecca se pencha et ramassa les pages du texte qu'elle était en train d'étudier.

« Je paierai, bien entendu. Les tarifs habituels pour une auberge dans le quartier, lesquels, j'imagine, sont plutôt élevés. Plus un petit quelque chose. »

La comtesse et Alpiew restaient figées sur place. Rebecca éclata de rire.

« On dirait que vous vous êtes pétrifiées et transformées en caryatides ! »

Elles ne bougeaient toujours pas.

« Je vais devoir vous installer sur une plinthe à New Palace Yard. »

Il y eut un mouvement dans le hall derrière elles et la tête de Godfrey apparut.

« Il y a une jatte de lait chaud sur le feu, si quelqu'un veut en profiter...

— Comme c'est charmant, Godfrey, fit Rebecca en lui adressant un sourire éblouissant. Vous êtes un garçon adorable.

— Je ne l'apporte pas jusqu'ici, grogna-t-il. Vous allez devoir venir dans la cuisine. »

Rebecca poussa Sarah en avant. La jeune fille fit une petite révérence et sortit dans le hall.

Pour la première fois, Alpiew remarqua que la bonne portait une mouche sur la lèvre supérieure. Elle se rendit compte qu'elle l'avait toujours portée, mais maintenant qu'il faisait nuit et que sa maîtresse était en déshabillé, cela semblait plus incongru.

Rebecca, rejoignant la comtesse et Alpiew, les prit chacune par le bras.

« Allons, les filles. Allons savourer le breuvage de Godfrey. »

Le chien trottina derrière sa maîtresse.

« Madame Montagu… »

Arrivée à l'entrée de la cuisine, la comtesse s'arrêta.

« Avant que vous n'entriez dans la cuisine, c'est avec beaucoup de réticence que je dois vous avouer quelque chose. »

Elle poussa la porte de la cuisine, révélant une pièce meublée non seulement d'ustensiles culinaires, mais aussi de trois lits, d'un secrétaire, de piles de livres et de paperasses, ainsi que d'une corde à linge.

« Il n'y a pas de chambre à coucher dans cette maison. Les pièces de l'étage sont trop délabrées pour être habitées, et totalement dépourvues de meubles. »

Rebecca examina la pièce encombrée et haussa un sourcil. Elle n'avait jamais rien vu de la sorte de toute son existence.

« Les seuls habitants du premier et du deuxième étage sont des pigeons, poursuivit la comtesse. Mais vous êtes libre de vous joindre à eux si vous le souhaitez. »

Rebecca leva le nez vers l'escalier plongé dans l'ombre.

« Alpiew vous éclairera. »

La comtesse prit le bougeoir des mains de Sarah et le passa à Alpiew.

« Je suis persuadée qu'après avoir vu les installations, vous déciderez de rentrer dans votre douillet logis de Little Hart Street. »

Elle poussa l'actrice et sa bonne vers l'escalier. Alpiew ouvrit la marche.

« Y'a pas d'actrice qui partagera mon lit…, marmonnait Godfrey sans s'adresser à personne en particulier, tout en retournant un morceau de pain au-dessus du feu. Putains du diable ! Vous savez ce que Prynne dit des femelles qui montent sur scène, pas vrai, milady ?

— Oui, oui, Godfrey. »

La comtesse leva les yeux au ciel et se laissa retomber dans un fauteuil.

« Tu nous l'as assez souvent répété. Je crois que je connais le livre entier par cœur. »

À son tour, elle piqua un bout de pain sur une fourchette et le tint au-dessus des charbons ardents.

« C'est un fait reconnu, dit Godfrey en se grattant vigoureusement l'entrejambe de ses ongles noirs, que les actrices entraînent les hommes à l'adultère, la pollution et la sodomie.

— Je ne m'inquiéterais pas à ta place, Godfrey. »

La comtesse se tut un instant pour songer à ces affirmations.

« Mme Montagu ne restera pas. Et je t'assure qu'il n'y aura pas de sodomie dans ma cuisine ! »

Rebecca fut de retour au bout de quelques minutes. La comtesse se leva, fourchette à rôtir à la main.

« Je savais que vous changeriez d'avis, après avoir vu l'état des choses.

— Je n'ai pas du tout changé d'avis. »

Le visage de l'actrice était étrangement tendu.

« Vous me devez beaucoup d'argent, comtesse. Je vous donne le choix. Vous me gardez ici et, à chaque jour passé chez vous, votre dette diminuera proportionnellement. Si vous ne me laissez pas rester, je vais vous demander des intérêts. Qui plus est, je m'attendrai à ce que ces intérêts me soient versés dès maintenant ou bien je lancerai à nouveau les huissiers à vos trousses. Et cette fois, ils vous enfermeront peut-être à Marshalsea ou à Newgate, pas dans une maison de détention.

— Mais il n'y a ni chambres, ni lits…

— C'est mon affaire. Mais comtesse, je vous le dis, lit ou pas, je resterai ici ! »

Le lendemain, après avoir passé la nuit à même le sol dans le salon, Rebecca se leva à l'aube et envoya chercher des porteurs pour lui rapporter un immense lit à matelas de plumes et un fauteuil confortable, qui furent hissés à l'étage dans l'une des chambres délabrées. Au spectacle de cette invasion, Godfrey passa son pardessus et quitta la maison d'un air décidé, en renâclant d'indignation.

Tandis que Rebecca et Sarah disposaient les meubles, la comtesse et Alpiew se faufilèrent jusqu'au cabinet d'aisances dans la cour et s'y enfermèrent.

« Elle me tient à sa merci, souffla la comtesse d'un air mauvais. Grâce à toi, qui lui as emprunté de l'argent ! »

Alpiew estimait que le reste de la journée était déjà bien assez gâché sans que la comtesse y ajoute ses récriminations. Cet après-midi, elle allait paraître sur scène, vêtue de sa plus belle robe et coiffée de grandes plumes, pour tenir la traîne de Rebecca dans *Les Reines rivales*.

« Et si c'est elle qui a tué Anne Lucas ? Et si elle vient nous égorger dans nos lits ? poursuivit la comtesse en se prenant le cou. Nous devons acquiescer à tout ce qu'elle dit ou risquer de nous retrouver sans tête.

— Vous n'avez pas confiance en elle ? demanda Alpiew, connaissant déjà la réponse.

— Elle est aussi rusée qu'un renard, mais loin d'être aussi honnête.

— Oui, on peut dire qu'elle a l'esprit bien affûté, répliqua Alpiew en posant un doigt sur son front. Mais pour couper un diamant, rien ne vaut un diamant. Je crois qu'il y a une solution très simple. »

La comtesse pinça les lèvres et attendit de l'apprendre.

« Nous devons élucider cette maudite énigme, trouver le coupable et le faire enfermer derrière les barreaux. Alors nous serons libérées de cette angoisse.

— Mais bien sûr, Alpiew, c'est clair comme de l'eau de roche ! railla la comtesse. Je sors faire un tour, et j'aurai fait appréhender le tueur avant déjeuner.

— Je sais bien que ce n'est pas si facile. Mais je suis sûre que nous pouvons résoudre ce mystère, comme nous avons résolu le précédent. Je peux continuer à fureter au théâtre. Pendant que je suis là-bas, vous pouvez enquêter sur *elle*.

— Qui ? Madame Je-tape-du-pied ?

— Non, la femme assassinée, Anne Lucas. Trouvez où elle habitait, découvrez les secrets de sa précieuse vie conjugale, recherchez qui aurait bien pu avoir des raisons de la tuer.

— En tous cas, nous en connaissons déjà une, dit la comtesse en inclinant la tête vers la maison. La célèbre Roxane en personne, avec son célèbre tapement de pied. »

La comtesse tapa du pied sur le sol à l'intérieur du cabinet d'aisances. Une éclaboussure de boue fétide et d'eaux sales gicla sur sa jupe.

« Pouah ! Nous devrions demander aux vidangeurs de passer avant que son altesse ne s'en plaigne. »

Elle ouvrit toute grande la porte du cabinet, à temps pour voir Sarah se faufiler vers la cuisine. La comtesse releva ses jupes d'un air digne et la suivit.

« Madame Montagu, fit-elle, interrompant Sarah qui chuchotait frénétiquement son rapport à l'oreille de Rebecca, vous devez nous fournir certains détails. »

Elle lança un regard à la bonne.

« Et nous devons vous parler seule.

— C'est vous qui savez résoudre les crimes, dit Rebecca en se levant d'un bond. Je ne suis qu'une actrice. Je ne connais rien aux affaires de meurtre !

— Madame Montagu, je souhaitais simplement vous demander si vous saviez par où nous devrions commencer notre enquête, répondit Alpiew en tentant de rester calme. Vous n'avez aucune idée de ce qui a pu se passer ? Vous ne savez pas si Mme Lucas avait fait l'objet de menaces ? »

D'un geste de la main, Rebecca chassa sa bonne.

« Prépare la chambre à coucher, Sarah. »

Elle se laissa retomber sur une chaise de cuisine.

« On m'apprend que vous me soupçonnez, *moi* ? »

Elle lança un regard mauvais à Alpiew, qui ne se démonta pas.

« Parlez-nous de Mme Lucas.

— C'était une flagorneuse... »

La comtesse claqua des mains.

« Non ! Des faits. Où vivait-elle ? Où est son mari ? Qui était son banquier ? Avait-elle des enfants, des amants ?

— Un enfant, un mari, pas d'amants.

— Où trouverons-nous ce mari ?

— Chez eux. »

Alpiew prenait des notes. Rebecca se dirigea vers elle et lui arracha le crayon de la main.

« Mais vous ne devez pas y aller, vous comprenez... »

Elle se tourna vers la comtesse.

« Je vous ordonne de laisser M. Lucas en dehors de tout ceci.

— Il semble pourtant le suspect le plus évident.

— Il n'a rien à voir là-dedans, et j'apprécierais

que vous m'obéissiez sur ce point. Vous ne devez *pas* parler à M. Lucas.

— Comme vous voulez. »

La comtesse lui adressa un sourire impénétrable et pencha la tête de côté.

« À quelle heure est la représentation d'aujourd'hui, avez-vous dit ? Je suis sûre d'avoir entendu les cloches de St James sonner une heure. N'est-il pas temps que vous alliez toutes deux vous farder et passer vos atours orientaux ? »

Le spectacle ! L'estomac d'Alpiew fit une embardée.

« Je vais venir avec vous, dit la comtesse en rassemblant ses affaires pour partir. Je ne raterai sous aucun prétexte les débuts d'Alpiew sur les planches ! »

En silence, les quatre femmes marchèrent jusqu'au théâtre. Il ne faisait pas très froid, mais une bruine persistante trempait leurs vêtements. En dépit de l'humidité, la place de Covent Garden était, comme toujours, encombrée d'étals, de chariots, de chaises à porteurs et de piétons. La comtesse et Rebecca, avec Alpiew et Sarah derrière elles, se frayèrent un chemin parmi les étalages de babioles et de légumes. Entre le marché et les colonnades nord, un spectacle de marionnettes battait son plein.

> « *Qui, affligé d'une épouse,*
> *Ne pourrait s'en affranchir,*
> *Avec une corde ou un couteau,*
> *Ou un bon bâton, comme moi ?* »

Le grotesque petit pantin tapa sur son épouse pantin jusqu'à ce que la pauvre petite silhouette s'effondre dans un coin.

« Va, lève-toi, ma chère Judy, je ne te frapperai plus. Lève-toi, j'ai dit. »

Le montreur de marionnettes retira sa main de Judy, la laissant vidée et inanimée.

« Dans ce cas, bon débarras. »

Punch ramassa Judy et la jeta par-dessus bord. Très à propos ! songea la comtesse. Le mari se débarrasse de la femme.

« Hi, hi, hi ! Perdre une épouse, c'est gagner une fortune. »

Une jolie marionnette féminine apparut dans la minuscule ouverture carrée d'une scène miniature et M. Punch tapa dans ses mains.

« Quelle beauté ! Quelle belle créature ! J'aimerais bien danser la gigue avec elle. »

Voilà, en plein dans le mille ! se dit la comtesse. M. Lucas se débarrasse de sa femme parce qu'il est tenté par d'autres femmes. Dont l'une qui était sa rivale à de nombreux égards : l'actrice piétineuse, Rebecca Montagu.

« J'ai horreur de ces machins, dit Rebecca. Toute cette violence ! Mais bon, ça rapporte. »

Plus elles approchaient du théâtre, plus la foule semblait dense alors que d'habitude, se produisait l'inverse.

« Il semble que le public attendu par M. Rich se soit matérialisé, dit Rebecca. On se bouscule pour entrer dans le théâtre.

— Hélas non, dit Alpiew, perchée sur la pointe des pieds. Je crois qu'il s'agit de ceux que vous avez appelés les Antis. »

Alpiew avait vu juste. La rue devant elle était grouillante d'une foule de manifestants brandissant des pancartes, qui cernaient l'entrée du théâtre.

« Que disent les pancartes ? »

La comtesse cligna des yeux pour mieux voir. L'humidité ayant dilué ses fards, cette mimique lui barbouilla le visage de noir des joues aux sourcils.

On aurait dit qu'elle avait pris une porte en pleine figure.

Alpiew lut tout haut: «Le Théâtre est la salle de jeu du diable»; «Onzième commandement: Au théâtre tu n'iras pas»; «Dieu ordonne de fermer tous les théâtres»...

«À qui a-t-il bien pu dire ça? s'interrogea la comtesse, retroussant ses jupes pour se lancer dans la mêlée. Je ne me rappelle aucune déclaration sur le théâtre dans la Bible!

— Putains! hurla une femme en s'adressant à la comtesse. Catins peinturlurées!»

Rebecca s'interposa entre elles.

«Mieux vaut être une catin peinturlurée, madame, qu'une salope aigrie!»

La femme hoqueta et recula d'un pas, laissant assez de place à la comtesse pour se faufiler vers l'entrée.

«Cochonneries, ordures et dévergondage! Pour un retour à la décence, hurla un homme boutonneux affligé d'un tic à l'œil droit. Tout n'est que cochonneries, ordures et dévergondage chez vous.»

Tandis qu'elles parvenaient à l'entrée, Rebecca se retourna et s'adressa à la foule:

«Ne devriez-vous pas être chez vous en train de coudre ou de faire la cuisine, mesdames, plutôt que de harceler un quatuor de femmes de mauvaise vie qui vaquent à leurs affaires mécréantes?

— Putain vérolée, ferme-la...

— Je ne suis pas putain, espèce de pisse-vinaigre pouilleux, et si j'étais vérolée, ma peau serait-elle aussi lisse? Voyez! Je ne porte pas de fard. Et peut-être que ce monsieur boutonneux là-bas devrait bien purger les impuretés de son corps avec un peu de cochonneries, d'ordures et de dévergondage; son teint pourrait s'éclaircir. Sarah, la porte.»

Une fois à l'intérieur, la comtesse se tourna vers Alpiew et lui souhaita bonne chance.

« Et maintenant, je vais à nouveau m'aventurer dehors et trouver un vendeur ambulant pour boire un bon chocolat chaud en attendant.

— Mais les protestataires ?

— Bien qu'étant une catin peinturlurée, madame Montagu, j'ai moi aussi une langue acérée et je peux me mesurer aux Antis aussi bien que vous. »

La comtesse retourna vers la sortie.

« Je vous reverrai toutes les deux dans une heure. Allez, en scène ! »

Dix minutes plus tard, après avoir obtenu l'adresse du domicile de M. Lucas du registre des obsèques de St Giles, la comtesse s'acheminait vers le nord. La famille Lucas semblait habiter à l'extérieur de la ville. C'était à n'y rien comprendre. À Londres, tout le monde, surtout les gens du théâtre, habitait assez près de son lieu de travail afin de s'y rendre à pied. Pourquoi Mme Lucas avait-elle choisi de vivre dans un lieu aussi retiré ? C'était peut-être la décision de M. Lucas. Ce vilain petit Kipper n'avait-il pas affirmé qu'il voulait que sa femme habite un village perdu au bout du monde ?

Pendant qu'elle était dans l'église, un soleil printanier avait évaporé la bruine, et il faisait maintenant assez chaud. Remontant d'un pas vif St Giles Street, elle avait espéré que la maison des Lucas n'était pas trop éloignée. Le bedeau l'avait assurée qu'on pouvait y aller à pied, mais les prêtres n'étant pas de grands utilisateurs de fiacres, elle commençait à s'inquiéter.

Quel dommage que la famille Lucas ne vive pas tout près, à Soho, où elle aurait pu trouver une bonne petite pâtisserie française… Mais non, elle devait marcher vers le nord. Elle contempla les champs de l'autre côté de Tyburn Road. Dire qu'un imbécile voulait rebaptiser cette voie Oxford Street! La comtesse ne voyait pas pourquoi. Après tout, c'était manifestement la route de Tyburn, pas celle d'Oxford. Elle pourrait un jour parvenir jusqu'à Oxford, puisque, comme on dit, «tous les chemins mènent à Rome» – cela ne signifiait pas pour autant qu'il faille baptiser tous les chemins «Rome Street».

Soufflant d'énervement, elle avançait de plus belle. De l'autre côté de Tyburn Road, des champs s'étendaient à perte de vue. Là, mis à part une faune d'aspect menaçant – vaches, cochons et moutons semblaient errer en toute liberté – se tenaient des masures et des tentes misérables grouillant d'une humanité crasseuse. La comtesse décida de ne pas couper à travers champs, mais plutôt d'emprunter Tottenham Court Road.

La plupart des grandes routes de Londres étaient mauvaises, mais Tottenham Court Road était un véritable enfer sur terre. Il n'y avait pas beaucoup de circulation, de temps en temps une diligence cahotant vers le nord pour déposer des passagers dans divers petits hameaux comme Hampstead (où ils se rendaient pour prendre les eaux) et par-delà les forêts d'Edmonton Chase (où des voleurs de grand chemin les soulageraient sans doute de tous leurs effets) jusqu'à Hendon (dont les attraits demeuraient un épais mystère). Tout était calme. Mais ce qui était pire que le calme, c'étaient les monceaux d'ordures. Des deux côtés de la route, elles s'entassaient et maintenant que le soleil était revenu, elles fumaient, libérant leurs miasmes de pourriture et d'excréments. Et pire encore que cet abominable paysage désolé, était la compagnie qu'on y trouvait: tout au long des dépotoirs rampait la foule des ramasseurs d'ordures, pauvre vermine humaine...

*
* *

Alpiew se contempla dans la grande glace de la loge. Son visage était plâtreux de fard et sa tête était coiffée d'un grand turban aux jets de plumes multicolores. La musique s'était tue et elle distinguait nettement la rumeur des conversations du public. Tout d'un coup, une peur l'étreignit et lui coupa le souffle. Elle s'agrippa au dos d'une chaise et inspira profondément. Depuis combien d'années se moquait-elle des acteurs si imbus d'eux-mêmes ? Maintenant qu'elle était sur le point de monter sur les planches à son tour, elle était submergée d'admiration. Comment y arrivaient-ils ? Et *pourquoi* ?

Rebecca fit son entrée dans la loge en secouant ses mains ruisselantes d'eau. Alpiew se souvint alors de son étrange rituel avant de monter sur scène.

« Venez. Ça va être à nous. »

L'actrice s'examina de la tête aux pieds dans le miroir et se dirigea d'un pas rapide vers les coulisses.

Dans la lueur irréelle des chandeliers de la scène filtrant entre les planches des décors peints, elles avancèrent lentement vers les portes latérales qui s'ouvraient sur l'avant-scène. Rebecca leva la main et jeta un regard à Alpiew. Il était temps de porter sa traîne. Une voix fusa de la scène :

Voyez, la jalouse Roxane s'avancer,
Son front tout de vengeance ombré.

Pendant la réplique suivante, Rebecca secoua la tête pour libérer ses cheveux. Elle était totalement transformée. Son visage prit une expression de férocité et, inspirant profondément par ses narines écartées, elle prit la scène d'assaut. Tremblant de la tête aux pieds, Alpiew trébucha derrière elle.

*
* *

La vapeur montait des piles d'ordures déversées tout au long de Tottenham Court Road, où les plus pauvres parmi les pauvres de Londres passaient leurs journées à fouiller les détritus de la ville. Des vêtements en lambeaux se mêlaient aux excréments puants rejetés par les videurs de fosses, aux ordures animales, aux meubles brisés, aux nourritures pourrissantes et autres déchets produits par la populeuse ville de Londres.

La comtesse avançait en tremblant. Lorsqu'elle contemplait ces pauvres créatures, elle se trouvait bien lotie. Après tout, elle disposait d'une maison charmante et d'une excellente compagne en la personne d'Alpiew. Quant à Godfrey, ce n'était qu'un vieux débris lamentable et geignard, mais il lui était resté fidèle, personne ne pouvait le nier. Cela dit, elle était tout de même la débitrice d'une folle d'actrice qui avait très probablement massacré sa rivale et installée présentement sous son propre toit !

La comtesse se retourna. Le tonnerre d'une cavalcade s'approchait derrière elle, dont elle ne distinguait qu'un nuage de poussière s'élevant de la grand route. Le vacarme devint assourdissant, les chevaux apparurent et elle eut juste le temps de se jeter sur les bas-côtés, atterrissant dans une pile d'immondices.

Les chevaux étaient sublimes. Chef-d'œuvre de la race chevaline, ils appartenaient sans doute à un duc ou un comte. Lorsqu'ils s'approchèrent, la comtesse put distinguer les cavaliers. Ce n'étaient pas des gentlemen, simplement des garçons portant le ruban rose, reconnaissable entre tous, des Tityretus. Ils enfoncèrent leurs éperons dans les flancs de leurs montures et les encouragèrent à coups de cravaches. À leur passage, la comtesse fut cette fois renversée dans un monceau de mauvaises herbes pourrissantes. Un vieux qui fouillait les ordures non loin de là s'élança vers elle pour l'aider à se relever.

« Allez, madame, appuyez-vous sur moi ! »

Il essuya ses mains sur ses haillons crasseux en suivant les chevaux du regard.

« Les Tityre-tus. Ils font tout le temps des courses de chevaux ici. Quelle bande de petits morveux gâtés...

— Curieux endroit pour une course. Pourquoi ne pas aller à Newmarket ?

— Ah, vous ne m'avez pas compris, madame. Ces chevaux, bien sûr, ne leur appartiennent pas. Ils les auront volés quelque part dans la City. Leurs pauvres propriétaires ne s'apercevront de leur disparition que lorsqu'il sera trop tard. Ces gamins ne choisissent que les chevaux les plus beaux et les plus rapides, et ils les exhibent sans aucune précaution. Ils renversent des gens. Ils foncent en plein dans des arbres. Parfois ils se tuent, dans le même mouvement. Ou les petites qu'ils portent en croupe tombent et se fracassent la cervelle.

— Pourquoi font-ils ça ? s'interrogea la comtesse en fixant le nuage de poussière laissé par les cavaliers. Pourquoi diable se conduisent-ils ainsi ?

— Pour rien, répondit l'homme en s'essuyant à nouveau les mains sur sa culotte crasseuse. Pour s'amuser.

— Pour s'amuser ! répéta la comtesse. Décidément, les jeunes gens de nos jours ont trop de temps libre. Quand j'avais leur âge, nous étions en guerre.

— Oui, dit l'homme. Et voyez où j'en suis aujourd'hui ! Je rampe dans les dépotoirs pour trouver du bois pour mon feu. »

La comtesse eut tellement pitié du vieil homme qu'elle tira un shilling de sa poche.

« Prenez ceci. Et dites-moi : suis-je loin encore d'un endroit appelé Paradise Row ? »

*
* *

Ô, vous m'avez ruinée. Je vais perdre l'esprit.

Rebecca eut recours à son célèbre tapement de pied pour attirer tous les regards du public sur elle.

Tant de passion est-elle possible ?

Tant de bonté pour elle, et si peu pour moi ?

Tandis que Rebecca rageait, Alpiew faisait de son mieux pour garder l'air serein tout en surveillant, d'une part les autres acteurs (Cibber semblait particulièrement menaçant avec son immense cimeterre luisant), de l'autre le public. Malheureusement, dès qu'elle regardait la fosse son estomac faisait à nouveau la cabriole et ses genoux s'entrechoquaient si violemment que ses jupes tremblaient. Comment les acteurs pouvaient-ils s'infliger quotidiennement pareil supplice ?

Sans le moindre avertissement, Rebecca s'avança brusquement. Prise au dépourvu, Alpiew se lança derrière elle si maladroitement que le public dans la fosse lança des glapissements aigus. Quand Alpiew eut retrouvé son équilibre elle constata que les acteurs avaient cessé de parler et qu'ils la regardaient fixement. Un curieux sifflement montait du public maintenant, ainsi que quelques applaudissements.

Cibber s'avança et lui chuchota à l'oreille en arrivant à sa hauteur :

« Rentre-le, chérie. »

De quoi parlait-il ? Elle regarda Rebecca, qui dardait sur elle un regard mauvais.

Va, pars! s'écria-t-elle en se tournant vers Alpiew.

Disparais aussitôt,

Ou je te réduirai en poussière. Va!

La tirade était si réaliste qu'Alpiew eut l'impression que Rebecca s'adressait à elle, personnellement. Elle baissa la tête, penaude. C'est alors qu'elle découvrit ce qui remuait les foules. Son sein droit s'était échappé de son corset lorsqu'elle avait trébuché et s'affichait aux yeux du monde entier. Consternée, elle se retourna et le fourra dans sa robe.

Lève-toi donc, astre brillant qui règne sur le monde..., déclamait Cibber.

Le public ricana.

Sors, comme la lune d'une trop longue éclipse...

Le public hurla de rire et Alpiew crut mourir de honte.

*
* *

La comtesse découvrit le minuscule cottage des Lucas, au bout d'une allée bordée de jolies fleurs. Elle ouvrit la grille, soulagée d'être enfin arrivée. Comment une actrice aussi célèbre qu'Anne Lucas pouvait-elle vivre si loin, au bout d'une route aussi épouvantable? Elle appréhendait le retour, et décida de s'enquérir d'un fiacre pour la ramener en ville.

Elle frappa à la porte du cottage qui s'ouvrit aussitôt. Un jeune garçon se tenait devant elle. Il avait environ douze ans, des taches de son et les cheveux en bataille. Le fils d'Anne Lucas, supposa-t-elle, car il portait un brassard noir.

«M. Lucas est-il chez lui?

— Qui le demande? dit le jeune garçon en lui barrant le passage.

— Lady Anastasia Ashby de la Zouche, comtesse de Clapham, baronne…

— Nous n'avons plus besoin de charité, merci. »

Le jeune garçon tenta de lui refermer la porte au nez, mais elle avait déjà coincé son pied dans l'embrasure.

« Je ne viens pas pour la charité. Mais je dois parler à votre père.

— Qui est-ce, Jack ? »

Une femme parut, essuyant ses mains pleines de farine.

C'était celle qui enlaçait M. Lucas dans le carrosse. Son épouse à peine enterrée, il en avait déjà installé une autre chez lui !

« Vous venez de la part du théâtre ? » dit la femme.

Espérant que cela lui permette de s'introduire dans la maison, la comtesse hocha la tête.

« Je suis venue pour m'entretenir en privé avec M. Lucas.

— Impossible, trancha la femme.

— Il est absent ? »

La comtesse s'avança d'un pas dans le hall d'entrée.

« Si vous voulez. »

La femme ne put retenir un regard en biais qui fit comprendre à la comtesse que l'homme se trouvait dans le salon.

« Va, Jack. Va jouer au soleil. »

Tandis que l'enfant s'éloignait en courant, la comtesse avança encore d'un pas et saisit la poignée de la porte. L'autre se jeta sur elle. Elles luttèrent un moment, mais la femme était grande et forte et la comtesse prit peur. Et si cette créature et le mari avaient conspiré ensemble pour écarter définitivement Mme Lucas ? Elle serait alors à leur merci, toute seule, car personne, pas même Alpiew, n'était averti de sa présence ici. Elle lâcha la poignée.

« Madame, je dois insister pour parler à M. Lucas, à propos du théâtre. On a proposé de donner une représentation à la mémoire de son épouse, afin de fournir quelque argent à ce pauvre enfant. Mais j'ai d'abord besoin de sa permission... »

La femme la dévisagea de haut en bas.

« Vous n'êtes pas du théâtre, grogna-t-elle. Si vous apparteniez réellement à la compagnie, vous ne seriez pas ici. Qui êtes-vous ?

— Je suis lady Anastasia Ashby de la Zouche, comtesse de...

— Mouais, dit la femme, de plus en plus revêche. Et moi, je suis la reine de Sicile. Que venez-vous faire ici ?

— Je dois parler à M. Lucas. »

La comtesse espérait qu'en adoptant un ton assez ferme, l'autre finirait par céder.

« Vous travaillez pour une feuille de chou, c'est ça ? Un journal qui publie des cochonneries ? »

Du fond de la maison, on entendit un chien aboyer. La femme détourna un instant la tête. La comtesse fonça droit devant et ouvrit grande la porte qui dissimulait M. Lucas. Mais ce qu'elle découvrit n'était pas du tout ce à quoi elle s'attendait.

Le parquet du salon était recouvert de toile, et il n'y avait aucun meuble. Les stores, tirés sur toutes les fenêtres, baignaient la pièce d'une étrange lumière blanchâtre. M. Lucas était assis en tailleur à même le sol, au centre du salon. À l'exception d'un pagne porté comme les couches d'un bébé, il était nu. Il pinçait sa chair blafarde de ses longs ongles.

« Trop chaud. Trop chaud. »

Il se leva.

« Pardon. Des mouches, des mouches, des

mouches. C'est toujours quand il fait trop chaud, vous comprenez. »

Il grimaça.

« Ce n'est pas ma faute. Dieu m'a choisi, voilà tout. »

La comtesse se retourna vers la femme, qui haussa les épaules comme pour dire « c'est vous qui vouliez le voir ! ».

« Les mouches ! Les mouches ! s'exclama l'homme. Fermez la porte ! Si je les laisse sortir, le ciel noircira. C'est un fait établi. »

La femme referma la porte et se tint près de la comtesse.

« C'est la sueur, vous comprenez. Cela fait sortir les mouches de mon corps. La sueur se transforme en mouches. »

M. Lucas leva les yeux vers le plafond bas et gris.

« Si seulement il ne faisait pas aussi chaud. S'il ne faisait pas si chaud je ne suerais pas, et il n'y aurait pas de mouches. Tout est de ma faute. Trop de mouches. »

La comtesse comprenait maintenant que l'homme avait totalement perdu l'esprit.

« Vous avez vu ce que vous vouliez voir, chuchota la femme à l'oreille de la comtesse. Vous voulez lui poser vos questions, maintenant ?

— Est-ce d'avoir perdu sa femme ?

— Oh non, répondit-elle avec un petit rire sinistre. Il est comme cela depuis des années. »

La comtesse se demanda soudain si elle ne s'était pas trompée d'adresse.

« Je suis bien chez Anne Lucas, la célèbre actrice ?

— Ah, jolie Anne, je suis ton homme. »

Il se leva et entama lentement une danse étrange.

« Jolie Anne, rapide comme le vent ! »

Il regarda la comtesse avec un sourire charmeur.

« Elle est morte, vous savez, Anne Lucas. Il n'y a pas longtemps. Elle était célèbre dans toute la ville, me dit-on, mais elle a mangé trop de fraises. Des fraises en avril ! Qui a jamais entendu parler d'un tel prodige ? »

Il recommença sa gigue rustique.

« Ça lui apprendra. Pauvre Anne, attrapez-la si vous le pouvez, frappez-la de votre éventail, Anne, Anne, Anne ! »

Il se mit à frapper dans l'air frénétiquement. La femme s'avança et avec une dextérité exercée elle le fit se rasseoir.

« Je suis désolée, dit la comtesse en posant délicatement la main sur le bras de la femme. Je ne savais pas.

— Alors vous n'êtes certainement pas de la compagnie ? »

La femme la fit sortir du salon et la guida vers le jardin.

« Eux, ils le savent tous. Elle vivait ici pour que le public ne l'apprenne pas.

— Ils le savent tous au théâtre ? »

La comtesse était stupéfaite. Elle avait cru comprendre qu'Anne Lucas vivait dans un douillet paradis conjugal.

« Vous affirmez que les acteurs savaient que M. Lucas avait perdu l'esprit ? »

Elles sortirent dans le jardin, où Jack lançait des bouts de bois à un gros chien. La femme indiqua un banc à la comtesse.

« Certains d'entre eux, dit-elle en hochant la tête. Par exemple, ce vaniteux Cibber. Il a tenté de tirer profit de la situation il y a un ou deux ans. Il s'imaginait qu'Anne avait besoin "d'affection", comme il disait. Et puis, cette furie, Rebecca Montagu. Elle savait, elle aussi. Elle est venue ici à quelques reprises. Elle quittait toujours Anne en larmes, chaque fois. Elle ne me plaisait pas du tout.

— Quelqu'un d'autre ?

— Le directeur savait, lui aussi. Il fallait bien, puisqu'il était son employeur. »

La comtesse tenta de se rappeler tout ce qu'elle avait entendu. Aucun des membres de la compagnie ne lui avait décrit autre chose que l'image même du bonheur conjugal.

« Ne soyez pas si étonnée. Mme Lucas était une personne avisée. Elle avait la tête sur les épaules… »

La femme porta brusquement la main à sa bouche.

« Quelle expression mal choisie ! Pardonnez-moi, elle m'a échappé… En tous cas, Anne Lucas s'en sortait. À sa façon. Elle gagnait assez d'argent pour les entretenir, et me payer.

— Vous êtes sa garde-malade ?

— Non, seulement la nurse de l'enfant. Mme Lucas tenait à s'occuper elle-même du pauvre dément. »

Elles se tournèrent toutes deux vers la fenêtre barricadée derrière laquelle le lunatique chantonnait doucement sa mélopée sur les mouches.

« Il est tranquille, pour le moment. Mais il peut devenir violent. Sans faire exprès, quand il essaie d'écraser les mouches.

— Vous ne croyez pas qu'il ait pu…

— Tuer sa femme ? »

La nurse eut un haussement d'épaules désabusé.

« Il aurait pu, si le crime avait été commis ici. Mais il ne quitte jamais cette maison, cette pièce. Et quand elle ne pouvait le surveiller, je m'en chargeais. Lors de cette nuit affreuse, il était bel et bien là, avec Jack et moi. Sa folie, cette nuit-là, a atteint son point culminant. C'est comme s'il avait su avant nous, pauvre âme. Il n'arrêtait pas de pleurer.

— Que deviendra-t-il, maintenant ?

— Il doit être interné à l'hôpital de Bethlehem.

— Et l'enfant ?

— À moins qu'on ne trouve de l'argent, la paroisse s'en chargera.

— Et vous ? Madame... ?

— Mme Leigh.

— Où vivrez-vous ?

— J'ai des parents au marché de Newgate. J'y chercherai un emploi. »

*
* *

Et lorsqu'elle verra
Qu'à mon bras elle devra sa ruine,
Sa tête reconnaissante s'inclinera,
Et son cœur bondira vers celle qui la frappe.

L'impératrice Roxane sortit majestueusement de scène. En coulisses, elle se métamorphosa en Rebecca et aussitôt, appliqua un soufflet retentissant à l'oreille d'Alpiew.

« Je tente de donner vie à un personnage, moi ! »

Elle arracha sa jupe des mains d'Alpiew.

« Avec toi accrochée à mes basques, pétrifiée, traînant des pieds comme une demeurée, on a dû me prendre pour une échappée de l'asile, ou pire encore ! »

Elle s'avança et fit volte-face.

« Et tu te souviendras que je ne deviens folle qu'à la scène suivante. Je te l'ai assez répété, pourtant ! »

Elle partit d'un pas rageur vers la loge. En parvenant à la porte, elle lâcha un petit cri de frayeur et Alpiew accourut pour voir ce qui se passait.

Un homme pauvrement vêtu se tenait devant elle.

« Ah, madame Montagu ! J'en perds mes mots.

— Pas moi, dit Alpiew, s'interposant pour agripper l'homme par le coude. Ceci est la loge des femmes. Vous ne devriez pas vous y trouver.

— Laissez-moi. C'est Mme Montagu que je suis venu voir. »

L'homme secoua la main d'Alpiew. Il se décoiffa et, agrippant son chapeau, leva timidement les yeux.

« Je me demandais si vous consentiriez à devenir ma femme. »

Alpiew regarda Rebecca. Son visage ne trahissait aucun signe de reconnaissance, simplement une épouvantable terreur.

Fermement agrippée à l'encadrement de la porte, Rebecca parla d'une voix calme et posée :

« Je ne vous connais pas, monsieur.

— Mais si, tu me connais, Becky, sourit-il en se dandinant sur place. C'est moi, tu me connais ! Je suis toujours assis au premier rang dans la fosse. À toutes tes pièces. Tu m'adresses souvent un sourire. »

Alpiew le fixa des yeux. Ce bonhomme avait perdu l'esprit, sans aucun doute. Il s'imaginait que parce qu'en reconnaissant Rebecca, Rebecca devait le reconnaître. Alpiew changea de tactique.

« C'est Jeremy, pas vrai ? »

N'importe quel prénom conviendrait, si cela le faisait parler.

« Non, fit l'homme en secouant furieusement la tête. Nickum.

— Mais oui, bien sûr. Bon, Nickum, vous ne voulez pas rater la fin de la pièce ? Mme Montagu doit revenir pour la grande scène du dernier acte. Vous devriez être dans la fosse, sinon vous allez la rater. Elle vous adressera un clin d'œil, à vous personnellement.

— Vraiment ? sourit-il. Ce n'est pas une ruse ?

— Pourquoi chercherais-je à vous berner ? répondit Alpiew avec un rire. Vous êtes l'ami de Mme Montagu dans le public, n'est-ce pas ? »

Nickum lança à Rebecca un regard pénétrant, qu'elle lui rendit avec un petit hochement de tête.

« Allez, Nickum, l'encouragea Alpiew. Vous savez bien qu'elle doit se préparer pour la prochaine scène. Ce sera bientôt à elle. Je vais vous raccompagner à la porte et vous retrouverez votre chemin tout seul. Je vous chercherai du regard. »

Après son départ, Alpiew tenta de calmer Rebecca.

« Vous m'avez dit vous-même que toutes sortes de personnes se faufilaient en coulisse, qu'elles y soient invitées ou pas.

— Regardez, mon visage s'effrite ! Ce maquillage ne vaut rien. »

Rebecca, debout devant le miroir, tamponna son visage d'une éponge humide. Elle prit un pinceau et remit du blanc sur son front, puis redessina ses sourcils.

« En fait, c'est vrai, je l'ai déjà vu. Je l'ai reconnu aussitôt.

— Vous l'avez vu dans le public ?

— Non, pas ici. »

Rebecca appliqua à ses lèvres un pinceau trempé dans le fard rouge.

« Mais il était devant les York Buildings, ce soir-là. Quand je me querellais avec Anne, je me rappelle l'avoir vu, le visage pressé contre la vitre de la fenêtre du foyer… »

Alpiew tenta de se rappeler la scène. Elle avait,

elle aussi, l'impression d'avoir déjà vu cet homme : il avait bousculé Cibber lorsqu'elles attendaient d'entrer.

Les deux femmes restaient immobiles, interrogeant leurs souvenirs de cette terrible nuit. Le silence était assourdissant.

« Vous avez raté votre entrée, madame Montagu, s'écria le régisseur, faisant irruption dans la pièce. M. Cibber vient de se lancer dans l'une de ses improvisations… »

Ébouriffant ses cheveux et sa tenue pour ressembler à une folle échevelée, Rebecca Montagu releva prestement ses jupes et se précipita vers la scène.

« La dague ? »

Elle se retourna, hystérique.

« Où est la dague ? »

Alpiew la trouva sur la table des accessoires, s'en empara et s'élança derrière elle.

*
* *

« Alpiew, tu as été diabolique ! »

La comtesse hocha la tête.

« J'ai déjà vu de mauvaises actrices en mon temps, mais toi ! Je préférerais encore voir un singe tenir la traîne de Rebecca. »

La comtesse était parvenue au théâtre de Drury Lane juste à temps pour découvrir l'issue de l'acte final. Elle avait assisté à la dernière scène d'Alpiew. À son grand étonnement elle avait constaté que celle-ci ne cessait de fixer son propre décolleté. La comtesse n'en revenait pas. Elle avait l'occasion de briller au sein de la célèbre compagnie royale, et se contentait d'admirer sa propre silhouette !

Elles avaient raccompagné Rebecca et Sarah jusque chez elles, sur German Street, avant de s'éclipser. La comtesse avait dit à Rebecca qu'elle devait rendre visite à la duchesse de Saint-Pholle, sa meilleure amie, à quelques rues de là, qui souffrait d'une amygdalite.

En réalité, elle n'avait pas la moindre intention de rendre visite à Saint-Pholle. L'aurait-elle voulu, la duchesse était en France pour un mois, afin d'inspecter ses vignobles. Laissant Rebecca sous la garde de Godfrey, la comtesse entraîna Alpiew avec elle pour lui parler en tête-à-tête. Elles étaient maintenant assises sur un banc de St James Square. Le crépuscule tombait et de jeunes garçons commençaient à allumer les lampadaires tout neufs disposés autour du magnifique square.

« Alors, comment nous y prendrons-nous pour retrouver le meurtrier d'Anne Lucas ? demanda Alpiew, désireuse de détourner la conversation de sa prestation de l'après-midi.

— Pendant que tu te pavanais sur scène, j'en ai profité pour rendre visite à M. Lucas. »

Alpiew écarquilla les yeux :

« Et ?

— Il est fou à lier. D'après moi, il aurait été bien incapable de perpétrer un acte meurtrier sur sa femme. Mais en le voyant, j'ai découvert à quel point ces comédiens sont une bande de crapauds dissimulateurs, incapables de dire la vérité ! Ils ont tissé pour nous une toile de mensonges, destinée à nous faire croire au bonheur conjugal de M. et Mme Lucas.

— Ainsi, nous n'avons pas progressé en ce qui concerne les suspects !

— Loin de là, chère Alpiew. Comme on dit à Newmarket les jours de courses de chevaux : les jeux sont ouverts ! Tu as un crayon et du papier ? »

Alpiew tira les instruments de sa poche.

« Esquissons l'ordre des événements de cette affreuse nuit.

— D'abord, Anne Lucas arrive en retard.

— *Ho molti problemi in casa*... Bon, maintenant nous savons ce qu'elle voulait dire par là : le mari lunatique !

— Puis, Anne et Rebecca se sont querellées en présence de Lampone. Rebecca a menacé de partir, mais tandis qu'Anne se préparait à monter sur scène, elle s'est installée dans la salle.

— Pourquoi ? »

La comtesse claqua des mains.

« Pourquoi est-elle restée assister au spectacle ? Cela n'a aucun sens.

— La pièce commence et Rebecca l'interrompt brutalement et délibérément.

— À partir de l'entracte, nos chemins se séparent : je reste assise un moment sur la berge. Puis ces méprisables Tityre-tus font irruption et m'arrachent ma perruque. Le vendeur de pain d'épices me porte secours. Je passe la tête dans la salle juste à temps pour assister à l'entrée sanglante de Rebecca Montagu. Et toi ?

— Je retourne dans la salle, dit Alpiew. Constatant que, comme vous, plusieurs spectateurs ont quitté leurs places, je m'installe au premier rang pour mieux voir. Après une courte pause, Lampone revient sur scène et nous explique en détail sa théorie des Passions.

— Où est Anne ?

— Elle est montée dans un fiacre...

— Qui l'a vue ?

— L'Italien.

— Alors nous ne pouvons pas savoir si c'est vrai ou pas, dit la comtesse. S'il a tué Mme Lucas, il pourrait l'affirmer afin de brouiller les pistes. Et où est Cibber pendant tout ce temps ?

— Un peu partout. Sur scène, dans les coulisses, se mêlant au public…

— Alors si Mme Lucas a été tuée entre la sortie du public de l'auditorium et l'entrée de Rebecca avec du sang sur les mains, ç'aurait pu être…

— N'importe lequel d'entre eux ! »

Alpiew les énuméra sur ses doigts :

« Lampone, Cibber, Rebecca…

— Le vendeur de pain d'épices, les Tityre-tus…

— Le fanatique dément, Nickum. Ou n'importe lequel des spectateurs, soupira longuement Alpiew. Ou même le cocher, tant qu'on y est.

— Et si c'était les trois, ensemble ? Rebecca, Lampone et Cibber ?

— Mais ils semblent se détester les uns les autres.

— Et c'est Rebecca qui, de tous, semblait le plus détester Anne. »

La comtesse frémit.

« Et où est-elle maintenant ? Dans *ma* maison, sur German Street. Sans doute en train de comploter la meilleure façon de nous assassiner dans nos lits. Finalement, c'est Godfrey qui s'en tire le mieux. Il refuse purement et simplement de reconnaître sa présence.

— Nous devrions peut-être faire de même.

— Et courir le risque qu'elle m'expédie dans la prison de Newgate ?

— Ou pire encore, dit Alpiew en secouant la tête. Je redoute sa colère. Quand on éveille sa colère, elle frappe.

— J'ai une autre anecdote à propos de cette bande de renégats turbulents, les Tityre tus. Quelques-uns de ces jeunes mécréants sont passés devant moi aujourd'hui, montant des chevaux manifestement volés. Le brave maréchal-ferrant qui m'a raccompagnée en ville m'a raconté que l'un d'entre eux avait fait foncer son cheval volé droit dans un arbre, juste après la barrière de péage de Tottenham Court. Le cheval est mort sur le coup, et le garçon emmené à l'hôpital de St Bartholomew.

— Comme je hais ces Tityre-tus ! s'exclama Alpiew. Lord Rakewell a de la chance d'avoir un alibi solide. Je crois que son emprisonnement dans la Tour de Londres le disculpe pour cette fois.

— Ils ont réussi à lancer ma perruque jusque sur le bord de la fenêtre de… »

La comtesse plaqua la main sur sa bouche en émettant un petit couinement.

« Pepys ! Cet homme va me prendre pour une sauvage sans éducation. Je ne suis jamais revenue manger mon plat de tripes, ni m'excuser.

— Qui est ce Pepys dont vous éructez sans arrêt le nom ?

— Oh, c'est Samuel Pepys, que j'ai connu il y a bien des années. Il vit près de la salle de concert des York Buildings. C'est un vieil officier de marine. Un administrateur, pas même un vrai marin.

— Il a peut-être vu quelque chose ce soir-là ?

— Il est quasiment aveugle. »

La comtesse pencha la tête de côté.

« Mais effectivement, ajouta-t-elle, il a dit avoir entendu un bruit.

— Devrions-nous aller l'interroger ?

— Demain.

— Neuf heures du soir, par une belle soirée fraîche, lança le gardien de nuit venu faire sa ronde du square. Et tout va bien. »

Il déambula lentement, levant la tête vers les fenêtres brillamment éclairées.

« Neuf heures ! fit la comtesse en bondissant. Il faut rentrer ! »

En poussant la porte de la maison, elles furent d'abord saisies par l'odeur.

« J'ai peur, Alpiew, dit la comtesse en s'avançant à pas de loup vers la cuisine. Que peut-il bien être arrivé ?

— Je ne puis l'imaginer, milady, souffla Alpiew en se faufilant devant elle. Ce sont les fumets d'un restaurant chic.

— Je sais. Un arôme des plus délicieux. Mais nous savons aussi toutes deux que Godfrey n'est pas un cordon bleu. »

Alpiew entrouvrit prudemment la porte de la cuisine. Les deux femmes eurent le souffle coupé par l'harmonieux spectacle domestique qui s'offrait à elles. Godfrey, lavé et peigné, était assis devant la table joliment dressée et dégagée de ses piles de papier. Sarah était perchée aux fenêtres, en train de suspendre les rideaux, jadis jaunis, devenus d'une blancheur stupéfiante, tandis que Rebecca se penchait sur une série de marmites oscillant sur le feu. La vapeur qui s'en élevait était plus aromatique encore que celle des cuisines de Locket, le chef le plus à la mode de Londres.

« J'ai demandé à Sarah d'aller acheter une demi-douzaine d'alcools différents chez la veuve Pickering, car je ne connais pas vos goûts, dit Rebecca en désignant une rangée de bouteilles alignées sur le buffet. Nous avons de l'Eau des Barbades, du curaçao noir, de l'Eau de Hongrie, du Persicot, du vin rhénan et pour après, de l'esprit de Clary. »

La comtesse et Alpiew demeuraient figées sur place. Elles tournèrent la tête et fixèrent la rangée de boissons alcoolisées.

« Quant au dîner, pour commencer, annonça Rebecca en retirant son tablier, j'ai préparé un consommé.

— Consommer ? » fit Godfrey avec un éclat concupiscent dans l'œil, tandis que Sarah se penchait pour ramasser un autre rideau, révélant quelques pouces de décolleté. Il émit un soupir de satisfaction.

« Il s'agit d'un bouillon français à base d'ail, de safran et de poireaux, garni de lamelles d'orange et de citron. »

La comtesse avait résolu que tout ceci était un rêve dont elle s'éveillerait d'un instant à l'autre. Elle adressa à Rebecca un sourire affable.

« Ensuite, bœuf à la mode.

— À la mode ? »

Alpiew avait parlé, simplement pour cesser de laisser pendre sa mâchoire.

« Préparé avec de la poitrine fumée, du vin clairet, des clous de girofle, du macis, du poivre, de la cannelle et servi sur des mouillettes de pain français. »

Elle souleva le couvercle d'une marmite et une nouvelle bouffée d'odeur exquise envahit la pièce.

« Le plat sera servi avec une macédoine de carottes et de betteraves bouillies. »

Godfrey avala une lampée du meilleur vin rhénan, sous les yeux toujours ébahis d'Alpiew et de la comtesse. Rebecca poursuivit :

« Et enfin, des œufs en neige – de la crème et des œufs battus avec de l'eau de rose, du romarin, et quelques amandes. »

Elle ouvrit un paquet.

« Ah, j'avais presque oublié. Je vous ai acheté un cadeau pour vous remercier de me laisser rester. »

Elle déplia un carré de lin blanc.

« Des serviettes de table qui viennent de cette nouvelle boutique tellement chic sur Henrietta Street, le drapier D'Oylys ! »

La comtesse et Alpiew restaient toujours figées sur place.

« D'Oylys ! articula la comtesse.

— Asseyez-vous, asseyez-vous, dit Rebecca en leur indiquant les chaises, plaçant une serviette de table devant chaque couvert. Ça va refroidir ! »

Les deux autres semblaient incapables de se mouvoir.

« Ah non, s'écria Rebecca, vous n'êtes pas végétariennes, dites-moi ?

— Certainement pas, dit Alpiew en s'avançant pour tirer la chaise de la comtesse. Nous sommes anglicanes ! »

Le repas terminé, pendant que Sarah lavait la vaisselle dehors dans un seau et que Godfrey roupillait, comme toujours, dans son fauteuil au coin du feu, Rebecca se reversa un verre d'Eau des Barbades, finissant la bouteille. La comtesse la fixa droit dans les yeux :

« Venons-en à des sujets moins gais… Pourquoi nous avez-vous menti ? »

Rebecca ne répondit pas.

« Je répète, madame Montagu, que vous nous avez menti. Vous en saviez bien plus long sur Mme Lucas que ce que vous nous aviez laissé entendre.

— Quoi, par exemple ?

— M. Lucas…

— Le théâtre n'est pas la vraie vie, protesta Rebecca. Il y a des priorités différentes.

— N'essayez pas de me baratiner, fit la comtesse d'un ton cassant. Je ne suis pas arrivée à Londres par la Tamise sur une péniche à charbon. Vous savez parfaitement distinguer la fiction de la réalité et la vérité du mensonge !

— Vous ne comprenez pas…

— Je comprends que vous pensiez nous enjôler en nous préparant un délicieux souper…

— Non ! »

Rebecca tapa du poing sur la table, faisant trembler les verres.

« J'adore être aux fourneaux. J'adore bien manger. Il est plus facile de cuisiner pour cinq que pour deux. J'ai cru que cela vous ferait plaisir…

— En effet, cela nous a plu, intervint Alpiew. Mais nous ne pouvons travailler ensemble si vous ne nous dites pas la vérité vraie. Sur vous, sur Anne Lucas, sur tout !

— Il n'y a rien à dire.

— Il y a beaucoup à dire, madame Montagu. Par exemple, vous pourriez nous raconter ce qui se passait lorsque vous rendiez visite à Mme Lucas. La nurse de son fils dit qu'elle pleurait toujours après votre départ ?

— Je ne sais pas. Je n'ai jamais voulu lui faire du mal.

— Nous avons vu comment vous la traitiez, rétorqua Alpiew. Nous étions dans la salle de concert ce soir-là, rappelez-vous, quand vous l'avez fait pleurer devant tout le monde. »

Rebecca se taisait. La porte s'ouvrit et Sarah entra, avec la vaisselle propre. On n'entendait plus que le crépitement du feu et le cliquetis des couverts rangés dans les tiroirs. Rebecca ne quittait pas son verre de vin des yeux.

« Monte une chaufferette pour nos lits, s'il te plaît, Sarah. Ensuite, tu pourras te coucher. »

Elle avala son verre d'un trait tandis que la jeune fille prélevait des braises du feu pour les enfourner dans la casserole en cuivre.

Une fois Sarah partie, Rebecca s'assura que Godfrey dormait bien. Ses ronflements retentissants le démontraient amplement. Elle se versa une rasade d'esprit de Clary et en avala une gorgée avant de parler.

« Anne Lucas et moi... C'était un numéro. »

La comtesse renversa la tête en ricanant.

« Je vous le jure. Et ce soir-là, nous en avons fait des tonnes.

— Et pourquoi donc ? dit Alpiew. Vous vous êtes insultées devant tout le monde !

— Oui, en effet. Nous avions répété dans l'après-midi, quand Cibber nous a dit qu'il vous avait prises au piège.

— Prises au piège ?

— Le petit escroc n'en croyait pas sa chance, lorsqu'il est tombé sur vous cet après-midi-là, à la Tour. Il pensait que vous écririez un article sur lui. Que vous le rendriez célèbre. Lorsque nous l'avons appris, nous avons décidé de lui damer le pion. »

Rebecca remplit à nouveau son verre.

« Nous avions tout préparé. Anne allait délibérément arriver en retard. J'allais apprendre toutes les balivernes de Lampone, puis nous allions nous quereller à propos de qui monterait sur scène.

— Je ne comprends pas. Vous voulez dire que vous saviez qu'elle arriverait en retard ?

— Évidemment. Je l'ai accompagnée moi-même jusqu'au fiacre qui devait la conduire à York Buildings.

— Mais pourquoi comploter ce retard ?

— Pour vous. Pour que vous écriviez sur *nous* et pas sur Cibber, pour qu'il ait l'air du petit intrigant avide qu'il est en réalité. Nous avons tout fait pour vous. »

Alpiew intervint.

« Mais depuis sa mort, vous avez continué à dire d'elle le plus de mal possible. Pourquoi poursuivre cette mascarade ?

— Cela faisait si longtemps que nous jouions à

être de prétendues ennemies… Le public adorait, vous comprenez. Ils ne veulent pas savoir qui nous sommes, *nous*. Seule les intéresse la créature qu'ils voient sur scène. Dans mon cas, une furie. Et Anne était toujours la victime. Hélas pour elle, elle souffrait encore plus en réalité que toutes les malheureuses qu'elle incarnait sur scène.

— À qui appartenait le fiacre dans lequel elle est montée en quittant le théâtre ? Vous le savez ?

— Elle n'y est pas montée, dit Rebecca en posant son verre sur la table. Elle l'avait payé pour nous attendre derrière l'édifice, afin de nous emporter toutes les deux, si nécessaire.

— Et vous sauriez reconnaître ce cocher ?

— Évidemment. Je le connais très bien. C'est mon… »

Elle marqua une pause à peine perceptible.

« … mon cousin.

— Vous pourriez nous conduire jusqu'à lui ?

— Oui. »

Rebecca vida la bouteille.

« L'alcool me brouille les idées maintenant. Mais cela m'est égal. Je sais que je suis avec des amis. »

Les larmes lui montèrent aux paupières.

« Tout cela devait être une plaisanterie… »

Elle frotta ses mains l'une contre l'autre comme pour se laver du sang qui les avait souillées.

« Ce que nous n'avions pas prévu, c'était qu'elle… »

L'actrice se mit à sangloter amèrement.

« C'est plus que je n'en peux supporter. Nous nous sommes querellées durant ses derniers moments sur terre.

— Vous avez dit que c'était un numéro.

— En effet. Néanmoins, les derniers mots que je lui ai adressés étaient cruels. »

Elle déglutit et reprit son calme.

« Mais elle connaissait la vérité. Elle savait que j'aurais fait n'importe quoi pour elle. Pauvre petite Anne. Vous voyez, la vérité, c'est que je l'adorais. »

5

Amour simple

Un ravissement agréable en présence de l'objet
S'appelle l'amour simple.
Les sourcils haussés du côté où le regard est tourné,
La tête inclinée vers l'objet de l'amour.
Les yeux modérément ouverts, clairs et brillants.
Le reste du visage chaleureusement animé.
La bouche simplement entrouverte,
les lèvres humectées par
Les vapeurs qui montent du cœur.

Le lendemain matin, Rebecca donna congé à sa bonne Sarah, pour qu'elle puisse rendre visite à sa famille à Tower Hamlets. Alpiew accepta de la remplacer et d'accompagner l'actrice jusqu'à ses appartements de Little Hart Street, pour prendre quelques effets. Mais arrivées à Covent Garden, elles voulurent rebrousser chemin : une terrible bagarre y avait éclaté. Une soudaine poussée de la foule les propulsa en plein dans la mêlée. Rebecca dut s'écraser par terre pour ramasser son précieux petit chien.

Une bande de jeunes gens escaladait la colonne centrale de la piazza, dont le globe était surmonté d'une perruque. Le cliquetis des épées retentissait dans tout le square, et les marchands ripostaient en lançant leurs produits sur les émeutiers. Choux, carottes, rouleaux de dentelles et pamphlets d'estampes pornographiques volaient dans tous les sens.

« Si nous arrivons à nous faufiler jusqu'à l'autre côté, nous nous en sortirons », dit Rebecca.

Elle poussa Alpiew devant elle, comme un bouclier, pour se frayer un chemin vers le grand portique de l'église St Paul. Louvoyant entre les colonnes, elles atteignirent enfin la face nord de la place et plongèrent à l'abri d'une entrée de boutique. Un étalage renversé gisait sur les pavés. Sa propriétaire sanglotait en lançant au hasard vers la mêlée tout ce qui lui tombait sous la main. Rebecca serra les mâchoires :

« Tout n'est qu'anarchie ! »

Le petit chien se mit à aboyer. Rebecca lui susurra à l'oreille tandis qu'une bande de garçons passaient en se bousculant et en chantant :

Tous pour un,
Tant pis pour vous,
Nous sommes les Tityre-tus !

Alpiew reçut une saucisse volante en pleine figure. Elle la saisit et la relança dans la mêlée. La saucisse frappa l'un des adolescents chahuteurs, faisant tomber par terre son chapeau en castor. Il se baissa, l'épousseta et s'en recoiffa avec désinvolture, avant de faire demi-tour et de marcher lentement mais sûrement vers Alpiew, sourcils froncés, regard mauvais.

« C'est vous qui avez lancé ceci ? »

La saucisse pendait à sa main gantée. Alpiew reconnut aussitôt le visage du jeune homme. C'était lord Rakewell, qui fêtait sa liberté retrouvée comme à l'accoutumée. Elle recula d'un pas.

« C'est vous qui avez lancé ceci ? répéta-t-il, avançant toujours, comme s'il s'adressait à un imbécile. On ne me jette pas de saucisses !

— Je pourrais aussi vous répondre, messire, qu'on ne me jette pas de saucisses, à moi non plus », s'écria Alpiew, en forçant son courage.

« Pourquoi faire une scène, lord Rakewell ? dit Rebecca en s'approchant. Ce n'est qu'une saucisse, pas une grenade.

— Madame Montagu ? »

Rakewell fit volte-face pour se tourner vers Rebecca.

« Becky Montagu, n'est-ce pas ? L'actrice au tempérament de feu ?

— Un gentleman anglais n'a pas à s'enorgueillir de se conduire comme un sauvage, monsieur. Maintenant, écartez-vous et laissez-nous passer. »

Dans ses bras, le petit chien gronda et aboya, révélant gencives et dents jaunies à l'intention de Rakewell. Le jeune lord lui lança un regard noir puis, avec un sourire en coin, poussa un petit soupir et se pourlécha.

« Je t'aurai, Rebecca Montagu. Je t'aurai, à la fin ! »

Il recula d'un pas.

« N'oublie jamais, Becky, que je connais ton petit secret ! »

Rebecca resta figée un instant, puis elle prit Alpiew par la main et déguerpit, esquivant un chou en plein vol.

« Attention, madame Montagu. »

Alpiew attira l'actrice dans l'embrasure d'une porte.

« Regardez là-bas. »

Devant elles, un flot d'hommes armés de mousquets se déversait dans le square par Bow Street et s'alignait pour mettre la foule en joue.

« La milice !

— Seigneur, Alpiew ! Quel est le pire, mourir aux mains d'une bande de maniaques homicides ou en prenant une balle perdue tirée par les forces de l'ordre ?

— En ce qui me concerne, dit Alpiew en poussant une porte derrière elle, j'ai bien l'intention de vivre ! »

Elle entraîna Rebecca avec elle dans l'entrée obscure.

« Quel est cet endroit ? »

Rebecca fronça le nez tandis qu'elles avançaient en trébuchant dans le couloir mal éclairé.

« Il empeste plus que la ménagerie du roi !

— C'est une maison de rendez-vous pour invertis.

— Des invertis ! »

Rebecca tourna brusquement sur ses talons.

« Il vaudrait peut-être mieux affronter les miliciens et les Tityre-tus.

— Non madame. Franchement. Les anti-physiques sont trop occupés à se tripoter les uns les autres pour se soucier de nous. »

Alpiew éclata de rire en plongeant dans la noirceur du couloir.

« Nous sommes des femmes, rappelez-vous. Les créatures qui se retrouvent ici ont beau s'affubler de nos vêtements et imiter nos petites coquetteries, elles préfèrent darder leurs armes les unes contre les autres pour s'intéresser aux véritables femmes… »

Une autre porte s'ouvrait au bout du couloir.

« Si je me souviens bien, celle-ci donne sur une petite cour qui conduit à la maison de redressement de maîtresse Choler.

— Alpiew ! cria Rebecca. Je dois penser à ma réputation. Je ne peux pas être vue dans un bordel. Et si quelqu'un vendait l'histoire à une feuille à scandales ?

— La feuille à scandales, c'est moi qui l'écris, et je ne dirai rien. »

Elles restèrent un instant dans la petite cour, haletantes. Rebecca regarda tour à tour les deux portes, l'une menant à la Maison de Sodome, l'autre au Royaume du Fouet.

« Nous foncerons à la vitesse de la lumière, dont M. Newton est si fier. Personne ne nous remarquera. Venez. Baissez la tête, madame Montagu, et courez. Au-delà se trouvent la paix et la tranquillité de Little Hart Street – j'espère. »

*
* *

Samuel Pepys était penché à sa fenêtre, l'œil vissé à un télescope en cuivre, quand la comtesse fut invitée à entrer par la gouvernante.

« Maudit soit le pont de Londres ! s'écria-t-il sans retirer l'œil de son instrument. En amont il n'y a plus un bateau digne de ce nom, encore moins de navire. Rien que des péniches, des barges et de temps en temps une vedette de la douane. Ni trois-mâts, ni brigantins, ni goélettes. Pas même la moindre yole ! »

La comtesse n'avait pas compris trois mots de la phrase précédente. Elle tenta de détourner la conversation vers un sujet plus familier.

« Mais la maison est charmante… Et quelle vue ! »

Elle admira le fleuve, l'écluse d'York en bas à sa gauche et la tour octogonale de la station hydraulique à sa droite.

« Elle n'est pas mal, acquiesça Pepys en regardant autour de lui. Mais elle ne m'appartient pas. J'habite ici chez mon ancien clerc, un dénommé Will Hewer. Il a plaidé pour moi lorsque ma défunte femme, Dieu ait sa pauvre âme, m'a découvert en flagrant délit avec une délicieuse fillette du nom de Deb. C'est le gouverneur de la Compagnie des Indes orientales, maintenant (Hewer, je veux dire, pas Deb). Vous savez : Import-export. Il contrôle un énorme tonnage, des vaisseaux de première classe jusqu'au plus petit cotre. Ce sont les meilleurs navires de nos jours, d'après moi, ces vaisseaux qui font le voyage des Indes orientales ; difficiles à manœuvrer quand on remonte au vent, mais tout de même mieux bâtis que ceux dont je m'occupais à la Marine de Sa Majesté. »

La comtesse commençait à désespérer. Pourquoi était-elle venue ici ? Elle savait bien, pourtant, que cet homme n'avait que deux sujets de conversation : le sexe et la navigation. C'était à périr d'ennui.

« Je me demandais, Samuel, si vous vous rappeliez avoir vu quelque chose le soir où vous avez cru entendre un cri. La nuit où l'actrice a été tuée.

— La petite Anne Lucas, soupira Pepys. Je l'ai vue danser une charmante gigue, jadis, dans une bêtise de Shakespeare. Comment cela s'appelait-il... ? »

Il se gratta sous la perruque de la pointe du crayon. La comtesse fouilla sa mémoire pour retrouver les titres des pièces de Shakespeare.

« *Le Songe d'une nuit d'été* ?

— Seigneur, non, fit Pepys d'un ton désapprobateur. Ça, je l'ai vu en 68 et c'était la pièce la plus ridicule et la plus insipide à laquelle j'aie assisté !

— *Roméo et Juliette* ?

— Ça non plus. C'est bien la pire que j'aie vue de ma vie.

— *La Nuit des Rois* ?

— Grands dieux, madame, vous me vexez. Non, non. Je n'aurais pas été deux fois voir cette ineptie. Non, non... »

Pepys se pencha à sa fenêtre et contempla le fleuve.

« Celle dont je parle, si je me souviens bien, contenait beaucoup de musique, d'excellentes scènes et des machineries, une poignée de marins comiques et un sacré beau monstre, c'était une histoire de mer et de bateaux.

— Ah, vous parlez sans doute de *L'Île enchantée*.

— Voilà, c'est cela, dit Pepys, bondissant et applaudissant. Une pièce tellement variée !

— Seulement après que MM. Dryden et Purcell [1] l'aient améliorée, je crois. La pièce originale de Shakespeare ne vaut pas tripette.

— Et cette chère petite Lucas dansait le rôle de Dorinda, la plus jeune fille de Prospero, à la perfection. »

Pepys hocha vigoureusement la tête comme s'il revivait l'expérience, puis son sourire s'effaça et il jeta un coup d'œil vers la tour de la station hydraulique.

« Pauvre petite dame… Une fin si brutale. »

Il se rassit.

« J'aurais aimé pouvoir affirmer que j'ai vu quelque chose le soir de son meurtre, mais ce n'est pas le cas. Ma vue est faible et le soir, mon télescope ne peut servir qu'à étudier les mystères de la lune. Oui, Lucas était très bonne dans cette pièce, mais mon Dieu, ce que j'avais préféré, c'étaient les marins, des créatures si comiques, avec leurs cornemuses…

— Alors, Samuel, l'interrompit la comtesse avant qu'il ne se lance dans un nouveau dithyrambe en l'honneur de la marine. Vous ne vous rappelez

1. John Dryden (1631-1700) auteur libertin ; Henry Purcell (1659-95) musicien auteur de *Didon et Énée* et du *Roi Arthur*.

rien de plus des événements de la nuit où Mme Lucas est morte ?

— Je me souviens vous avoir vue et vous avoir offert un plat de tripes. Vous n'êtes pas venue. »

Il gratta à nouveau sa perruque. Était-elle infestée de poux ? La comtesse se tassa sur sa chaise.

« Maintenant que j'y pense, je me rappelle bien une troupe de forcenés menant grand tapage dans la rue, qui se conduisaient comme les plus insolents et les plus grossiers des hommes.

— Les Tityre-tus. »

La comtesse frémit au souvenir de sa perruque, accrochée au bord de la fenêtre même où elle était à présent accoudée.

« Rien d'autre ?

— Pourquoi tant de questions ? Êtes-vous employée par le juge de paix ?

— Non, non, Samuel. Je suis auteur.

— Ah, vraiment, fit Pepys, tout sourire. Permettez-moi de vous offrir un exemplaire de mon seul ouvrage publié. »

Il trottina vers la pièce voisine et revint en tenant un livre relié en cuir qu'il était en train d'envelopper avec un vieux journal.

« Pardonnez l'emballage ! sourit Pepys. C'est cette affreuse feuille de chou, le *London Trumpet*. Ma gouvernante l'achète. Personnellement, je ne le laisserais jamais entrer chez moi ! »

Rougissante et ravie de ne pas s'être démasquée en avouant qu'elle travaillait pour le *Trumpet*, la comtesse se leva.

« J'ai hâte de lire votre livre, Samuel. Écrivez-vous autre chose en ce moment ?

— Non, je crois que je m'en tiendrai là. Ma vue n'est plus ce qu'elle était, vous savez. »

Il cligna des yeux en fixant les caractères d'imprimerie du journal.

« Tout cela n'est plus qu'un brouillard gris pour moi. »

Il se tourna vers la fenêtre. Le fleuve était chargé de petites embarcations remontant et descendant le courant. Ses yeux suivirent le sillage d'une vedette des douanes aux lignes effilées.

« De loin, je vois mieux, mais… »

Il haussa les épaules et lui remit le livre emballé.

« Je ne suis peut-être pas un auteur de première catégorie comme l'actuel poète lauréat, Nahua Tate ou même son prédécesseur, le grand Thomas Shadwell, dont les deux noms retentiront pour la postérité, mais, croisons les doigts, ce petit volume me conférera peut-être une modeste place dans les annales de l'histoire anglaise[1]. »

La comtesse avait traversé la pièce. Pepys lui tenait la porte ouverte. En arrivant à sa hauteur, elle vit bien qu'il la serrait de près, de façon à ce qu'elle soit obligée de frotter son corps contre le sien. Après tant d'années, le vieux bonhomme n'avait pas changé !

« Si vous voulez passer une bonne petite soirée tranquille, installez-vous au coin du feu avec une tasse de chocolat et cet ouvrage. »

Il l'embrassa sur la joue et se pencha à la rampe d'escalier, pour la suivre des yeux pendant qu'elle descendait.

« Je crois que je ne trahis pas ma modestie en vous assurant que vous ne serez pas déçue ! »

Une fois dehors, la comtesse s'assit sur le banc de pierre au pied de l'écluse et déchira l'emballage. Elle était curieuse de voir ce que Pepys avait bien pu écrire pour transmettre son nom à la postérité.

---

1. … Et c'est évidemment l'inverse qui s'est produit ! Le *Journal* de Pepys est l'une des œuvres capitales de la littérature anglaise !

Impatiente, elle ouvrit la couverture pour déchiffrer la page titre : *Mémoire relatif à l'état de la Marine royale d'Angleterre.* Elle tourna prudemment quelques pages. Rien que des listes et des descriptions de navires et d'avitaillements. Qui lirait ces radotages ? Bâillant, elle glissa le livre dans son sac. Il servirait à caler la table de la cuisine, qui boitait. Mais quant à une place dans la postérité… Fi ! Samuel Pepys avait autant de chances d'y parvenir que les hommes de marcher sur la lune !

Alpiew monta la première à l'appartement de Rebecca. Prudemment, elle poussa la porte et passa la tête à l'intérieur. Devant elle, quelque chose remua légèrement. Elle sursauta. Mais ce n'était que son reflet dans les deux miroirs accrochés au mur du hall d'entrée. Elle se baissa pour ramasser une poignée de lettres qui avaient été glissées sous la porte et les remit à Rebecca tandis qu'elle avançait d'un pas de loup vers le salon de l'actrice.

« Je ne serai pas longue. »

Rebecca posa Red, qui galopa joyeusement dans le couloir.

« Je dois prendre quelques fards, des épingles à cheveux et une baleine pour mon corset. Des colifichets féminins… »

Alpiew hocha la tête et s'avança vers la fenêtre donnant sur la rue. Le spectacle était assez agréable : une rangée de boutiques pimpantes, avec leurs enseignes qui se balançaient au vent. Elle entendait au loin les tirs de mousquets dans la piazza, et Rebecca qui chantait dans sa chambre.

Qu'avait voulu dire Rakewell par « le petit secret » de Rebecca ? Elle regarda autour d'elle, remarquant combien l'appartement était luxueusement meublé. Tous les acteurs vivaient-ils dans une telle opulence ? Les murs étaient tapissés de brocart de soie, les miroirs au mur ressemblaient à s'y méprendre aux meilleures glaces vénitiennes, tout comme les appliques murales scintillantes. Les meubles étaient élégamment sculptés et tapissés.

Mais attention ! Peut-être s'agissait-il d'une façade, comme chez la comtesse. Les autres pièces pouvaient se trouver dans un état de délabrement épouvantable. Sur la pointe des pieds, Alpiew longea le couloir et poussa une porte entrouverte. Elle découvrit une autre pièce élégante pleine de meubles précieux : une belle table à dîner et des chaises, ainsi qu'un grand coffre en chêne posé sur un buffet près de la porte. Elle ne put résister à l'envie d'y jeter un coup d'œil. Elle tenta de soulever le couvercle. Il n'était pas fermé à clé. Le coffre était rempli à ras bord de feuilles séchées. Alpiew les tâta. Elle en eut le souffle coupé. Du thé ! Et du bon ! Cette femme était donc riche comme Crésus ? Tout le monde savait que le thé était un luxe et combien il coûtait cher. D'après l'arôme et la taille des feuilles, Alpiew devinait qu'il s'agissait d'un produit de toute première qualité. La plupart des magasins vendant des marchandises des Indes débitaient un thé qui ressemblait plutôt à de la poussière.

Prudemment, elle referma le couvercle et jeta un coup d'œil dans une armoire. Alors qu'elle s'attendait à découvrir du linge de maison ou de la vaisselle en porcelaine, elle tomba sur des rangées entières de bouteilles de brandy. Cette femme était bien plus riche que l'Écossais propriétaire de Coutts, cette nouvelle banque à l'enseigne des Trois Couronnes, sur le Strand !

« Vous avez bien fouillé mes affaires ? »

Rebecca se tenait sur le seuil, bras croisés, tapant du pied.

Alpiew bondit en arrière et referma si fort la porte de l'armoire, que le contenu cliqueta. Elle était certaine que son visage arborait une interprétation assez précise de la Terreur.

« Vous avez raison d'avoir peur, miss Alpiew. »

Rebecca lui lança un regard noir.

« Assurément, si vous pouviez exprimer de telles émotions à volonté, vous seriez la meilleure actrice de l'univers.

— Je suis désolée, dit Alpiew en s'éloignant furtivement de l'armoire.

— Et avant que vous ne posiez la question : oui, j'ai un peu d'argent. C'est mon père qui me l'a laissé. Il était avocat. Vous savez bien que les avocats gagnent cent fois plus que n'importe qui. »

Rebecca quitta la pièce et Alpiew la suivit au salon, où elle trouva une boîte remplie d'effets.

« Ceci est-il trop lourd pour vous ? »

Pendant qu'Alpiew soupesait la boîte, Rebecca parcourut son courrier. Elle scruta l'une des lettres d'un air interrogateur, puis rompit le sceau. Livide, elle laissa retomber le billet sur la table et tituba jusqu'à la chaise la plus proche.

« Vous allez bien ? »

Alpiew jeta un coup d'œil au billet. Rebecca plongea sa tête entre ses mains et émit un sanglot déchirant. Le billet était composé de lettres découpées dans des journaux, grossièrement collées au papier. Et les mots ainsi composés disaient : « *Ça aurait dû être TOI.* »

La comtesse avait parcouru à quatre reprises la distance séparant l'entrée des artistes de la station hydraulique, avant d'aller de la promenade du bord de l'eau à la façade de la salle de concert sur Buckingham Street. Il y avait moins d'une minute à pied depuis l'entrée des artistes où l'on avait aperçu Anne Lucas vivante pour la dernière fois, jusqu'à la station hydraulique où son corps avait été découvert. Des chariots allaient et venaient de la station, mais sinon les rues étaient calmes. La nuit, quand le public était à l'intérieur pour assister aux concerts, elles étaient désertes et sombres, comme elle l'avait déjà constaté.

Elle passa devant l'écluse et leva le nez vers la fenêtre de Pepys.

« Merci de m'avoir rendu mon bonnet », dit une voix dans son dos.

Elle fit volte-face et se retrouva nez à nez avec le vendeur de pain d'épices, qui déchargeait son brasero et des boîtes d'une petite brouette.

« J'adore Monteverdi, ajouta-t-il.

— Et merci de m'avoir épargné la honte, répondit la comtesse, en cette nuit tragique.

— Pauvre dame. »

Le vendeur de pain d'épices versa un sac de charbons dans le brasero.

« Dire que je n'étais qu'à quelques yards de là et que je n'ai rien vu.

— Rien du tout ? Vous en êtes sûr ? »

La comtesse le regarda battre son briquet et approcher la flamme des brindilles d'allumage.

« Racontez-moi toute la soirée. Ce que vous vous rappelez.

— La foule habituelle arrivant, entourée de sa suite habituelle : porteurs de flambeau, cochers, valets, bonnes. Et bien entendu, les fanatiques. »

Le jeune homme souffla sur la flamme et des étincelles s'élevèrent dans les airs.

« Ensuite, tandis que le public s'engouffrait dans le hall, la foule des badauds s'est dispersée, puis évaporée dans la nuit…

— Qui est resté ?

— Moi. Un fanatique. Une poignée de porteurs de flambeau. Puis le public s'est à nouveau déversé dehors pendant dix minutes et quand il est rentré, il restait vous, toujours les porteurs de flambeau et l'apparition en coup de vent des Tityre-tus.

— Qu'est-il arrivé au fanatique ?

— Il était parti, dit le vendeur de pain d'épices en secouant la tête. Je ne sais où.

— À quoi ressemblait-il ?

— Ordinaire. Des cheveux grisonnants, des vêtements bruns, un visage émacié, de petits yeux noirs plissés.

— N'avez-vous à aucun moment quitté votre poste ? Pour satisfaire un besoin naturel ? »

La comtesse scruta la rue d'un bout à l'autre. De cette position, même au grand jour, il était impossible de distinguer l'entrée de la station hydraulique.

« Je suis bien allé faire un saut sur la plage pour me soulager, juste avant l'entracte. Puis ensuite après l'entracte, quand les Tityre-tus sont passés. »

Les charbons luisaient maintenant d'une lueur orangée. L'homme posa une grille en métal sur le brasero et y plaça quelques tranches de pain d'épices pour les réchauffer.

« Ce bon Père Tamise est un excellent cabinet d'aisances. En remontant, je vous ai trouvée.

— Et, *elle*, vous ne l'avez pas vue cette nuit-là ?

— Anne Lucas ? »

Il tira un couteau de sa ceinture et retourna les tranches de pain d'épices.

« Si, en effet. Juste avant d'aller au bord de l'eau pour la première fois, avant l'entracte surprise. Elle marchait par ici, enveloppée d'un grand manteau, coiffée d'une capuche. Mais je l'ai reconnue… Enfin, elle est célèbre. Elle m'a souri et adressé un clin d'œil. Puis elle a tourné les talons et elle est repartie d'où elle était venue. »

La comtesse suivit son regard.

« Alors elle est arrivée ici, puis elle est revenue par la promenade vers la station hydraulique ?

— Oui. Puis, quelques minutes plus tard, le public a commencé à sortir. »

Il fit sauter un morceau de pain d'épices bien chaud avec son couteau, l'enveloppa dans un bout de papier et le tendit à la comtesse.

« Gratis, madame. »

Il s'en servit lui-même une tranche.

« Avez-vous remarqué quelqu'un de particulier qui partait ou...

— Un canot à rames est parti vers la fin de l'entracte, chargé d'une grosse bonne femme que le batelier traitait de tous les noms.

— Lady Bustle ! Vous l'avez vue ?

— Non, mais vous connaissez les bateliers. J'entendais les moqueries depuis la rive. »

Il tira son bonnet sur ses oreilles.

« Puis les Tityre-tus sont arrivés en hurlant par la promenade, vous laissant dans leur sillage. »

La comtesse jeta un coup d'œil à l'entrée de la maison de Pepys, où elle s'était blottie dans le noir.

« Anne Lucas n'avait pas l'air troublée ? »

Le vendeur de pain d'épices pencha la tête de côté :

« Pourquoi l'aurait-elle été ?

— Il y avait eu un esclandre dans la salle de concert. J'imagine qu'elle devait être bouleversée.

— Ah bon ? dit l'homme, un peu agité. Je ne saurais vous dire.

— Avez-vous vu un grand fiacre partir vers le Strand ?

— Des fiacres, il en est arrivé et reparti toute la soirée.

— Personne ne vous a croisé après le passage des Tityre-tus ?

— Non. Je suis allé chercher le gardien de nuit dans sa guérite sur le Strand, j'ai récupéré votre perruque, puis j'ai remballé mon matériel. J'avais vendu tout mon pain d'épices. J'ai jeté les charbons ardents dans le fleuve et tiré ma brouette sur le Strand, puis jusque chez moi. Quiconque a tué cette actrice doit être remonté par Villiers Street.

— Ou s'être mêlé au public. »

La comtesse avala une délicieuse bouchée en contemplant l'écluse.

« Ou encore, il s'est caché dans l'ombre jusqu'à ce que tout le monde soit parti. »

Le Strand était bloqué par un troupeau de moutons en chemin vers le pont de Londres. Tandis qu'autour d'elle, les cochers juraient, la comtesse avançait tranquillement, adressant un sourire serein aux passagers furieux des fiacres, qui avaient payé pour rester assis sur place. Un homme tira rapidement le store. Alpiew et Rebecca l'attendaient sur la pelouse près de la station de fiacres. Rebecca la salua de loin tandis que la comtesse traversait la rue à la hauteur de Somerset House.

L'actrice était appuyée sur le flanc d'un carrosse, Red à ses pieds, une patte en l'air, en train de se lécher le derrière. Tandis que la comtesse et Alpiew esquivaient le passage d'une diligence grondante en route vers le Kent, Rebecca leur présenta un grand homme brun habillé en cocher.

« Voici mon cousin Jemmy, comtesse.

— Comtesse. »

L'homme tendit la main.

« Je vous souhaite bien le bonjour. »

Au grand étonnement de la comtesse, il s'exprimait avec un fort accent des pays de l'ouest. Elle lui serra la main.

« Je suis allé ce soir-là pour prendre Mme Lucas, mais elle m'a dit qu'elle avait décidé d'attendre Rebecca, qu'elle allait se promener près de l'écluse jusqu'à la fin du spectacle. »

Il pencha son visage dans ses mains gantées.

« Si seulement elle était montée avec moi, elle serait toujours en vie ! »

Il émit quelques sanglots secs puis renifla et se redressa.

« Je suis désolé.

— Était-elle seule lorsque vous lui avez parlé ? » fit la comtesse en scrutant son visage pour voir s'il la trompait.

« Oui.

— Avait-elle l'air troublée ?

— Au contraire, madame. Elle était toute rieuse. Elle m'a parlé, puis elle a rabattu sa capuche et s'est dirigée vers le fleuve. J'ai fait demi-tour avec mon fiacre et je suis retourné sur le Strand. La dernière image que j'aie d'elle, quand je me suis penché pour voir si mon carrosse n'allait pas heurter les poteaux d'attelage, c'était son manteau vert disparaissant dans le noir de la promenade au bord du fleuve. »

*
* *

« J'ai quelques courses à faire, dit Rebecca en se dirigeant vers la nouvelle Bourse, Red se dandinant gaîment sur ses talons. C'est dans ce quartier que se trouvent les meilleures boutiques de Londres. »

La comtesse regarda autour d'elle. Cet imposant palais de la consommation couvrait les lieux où elle avait jadis vécu, lorsque Alpiew était encore enfant, que le roi Charles était le Joyeux Monarque et qu'elle était en fonds. Une promenade couverte bordée d'élégantes merceries, de bijouteries et de boutiques vendant des produits des Indes s'étendait maintenant au rez-de-chaussée, d'où plusieurs escaliers menaient aux galeries marchandes de l'étage supérieur. Rebecca emprunta l'un d'entre eux.

« Venez, mesdames. Ce soir, c'est la veillée funèbre de la pauvre Anne. Nous devons être en beauté. »

La comtesse hésita au pied des marches.

« Ces boutiques, elles sont sans doute affreusement...

— Chères », dit Alpiew en terminant sa phrase.

Elle saisit la comtesse par le coude pour la pousser en avant. Maintenant qu'elle avait vu les articles dispendieux que Rebecca stockait chez elle, elle était curieuse de voir l'actrice dépenser son argent.

Elles passèrent devant des vitrines où étaient exposés dentelles et linges fins, gants, rubans, éventails précieux peints à l'encre d'Inde, capuches, foulards et bas de soie. Rebecca entra dans une boutique qui vendait peignes, ciseaux, pinces à épiler, toutes sortes de produits pour le visage et les cheveux.

« Qu'est-ce que cette musique ? » demanda la comtesse, tandis qu'une chaconne majestueuse montait du rez-de-chaussée.

« Les commerçants paient la Société des Violonistes pour qu'ils jouent une musique apaisante, expliqua Rebecca. Cela donne du cachet au lieu. Et comme nous sommes à l'abri des éléments, grâce au fait que les boutiques et les allées sont à l'intérieur, il est à espérer que ce centre commercial connaîtra un grand succès. »

La comtesse avisa une petite boîte de mouches en soie et en découvrit le prix. Elle poussa un petit cri.

« Avec de tels tarifs, je suis certaine que l'entreprise sera des plus profitables. Mais je doute que le principe séduise les gens du peuple ! »

Rebecca tira une liste chiffonnée de sa poche.

« Des rembourrages de joue, voilà ce dont j'ai toujours eu envie », dit la comtesse en se penchant vers un miroir et gonflant un peu les joues.

Alpiew inspecta les étagères avec leurs rangées de bocaux, de cabinets et de tiroirs mystérieux.

« Que diable est ceci ? » dit-elle en brandissant un curieux bâtonnet portant une brosse verticale à son extrémité.

Rebecca se tourna vers la vendeuse.

« Voici, madame, la dernière nouveauté venue du Continent. Cela s'appelle une brosse à dents.

— Et à quoi cela sert-il ? s'interrogea Alpiew.

— À appliquer du sel ou du vitriol pour détacher les écailles ou les matières coagulées, afin de rendre les dents plus propres. »

La vendeuse lui reprit la brosse et la remit dans l'étalage.

« Personnellement, je trouve qu'un doigt fait encore mieux l'affaire. Autrement, je puis vous conseiller ceci. »

Elle ramassa deux objets gris et flasques qui ressemblaient à des chenilles poilues.

« Ce sont de faux sourcils. »

Elle en posa un sur son front.

« La dame les colle sur la base de blanc de céruse, pour retrouver la plénitude de la ligne du sourcil, lorsque les poils sont trop dispersés à cause d'une épilation excessive ou de l'âge. C'est beaucoup plus naturel qu'un sourcil dessiné au crayon ! »

Fascinée, la comtesse s'avança et en toucha un du bout du doigt.

« La texture, en tous cas, est très belle. De quoi est-ce fait ?

— De peaux de souris, madame. »

La vendeuse les lui reprit et se tourna vers Rebecca.

« Madame Montagu ? Quelles jolies choses vous feraient plaisir aujourd'hui ?

— Rien que des babioles pour le travail. »

Rebecca cligna des yeux vers la rangée de bocaux blancs derrière la vendeuse.

« Qu'avez-vous comme fards ?

— J'ai du blanc de céruse de Venise.

— Non, dit Rebecca en secouant la tête. Cela craquelle dès qu'on sourit ou à la moindre mimique. C'est affreux pour une actrice, sauf si vous voulez interpréter le rôle de Galatée et ne pas bouger d'un trait du prologue à l'épilogue. »

La comtesse jeta un coup d'œil à son propre décolleté, piqueté d'une fine poudre blanche, résultat de tous les sourires et froncement de sourcils de la journée. Sa grimace déclencha une nouvelle averse blanche. Elle écouta attentivement la vendeuse.

« Nous avons un fard à base d'albâtre et d'huile, dit la jeune femme en présentant un grand flacon. C'est plus cher, mais plus souple. Voyez, c'est ce que je porte moi-même. »

Elle désigna son visage d'un cercle du dos de la main.

Rebecca fit glisser le flacon sur le comptoir pour le mettre de côté. La comtesse tripotait avidement toutes sortes de sachets et de pots.

« Vous avez des papiers espagnols ?

— Pour se mettre du rouge de nos jours, les dames préfèrent la laine d'Espagne. L'effet en est plus subtil.

— Moins c'est rouge, mieux c'est, ajouta Rebecca. J'ai jadis connu une dame qui portait une telle épaisseur de rouge d'Espagne qu'elle ressemblait à un fromage hollandais doué de parole. »

Elle consulta à nouveau sa liste.

« Des crayons : un rouge, un bleu et un brun. »

Rebecca tint le menton de la comtesse pour scruter son visage.

« Vous êtes très jolie, milady, sous ces fards bon marché. Vous devriez me laisser vous donner une leçon de maquillage. Je vous assure que je puis transformer n'importe qui, de teint ou d'expression, à tel point que ses propres parents ne le reconnaîtraient pas. »

La comtesse rosit, et un nouveau flocon de blanc atterrit entre ses seins.

Tandis que la vendeuse posait les crayons sur le comptoir, Rebecca consulta encore une fois sa liste. La vendeuse baissa la voix :

« Crème dépilatoire ?

— Franchement, je préférerais être barbue. »

Rebecca se tourna vers la comtesse et Alpiew pour s'expliquer :

« Cette crème dépilatoire est faite de vinaigre et de crottes de chats ! »

Elle s'adressa à la vendeuse :

« Mettez-moi aussi une boîte de mouches.

— Mais vous n'en portez pas.

— Pas moi, non, dit Rebecca en baissant la voix. Mais Sarah y est obligée. Elle a un problème de peau, et je l'aide à le masquer.

— Vous voulez des gouttes de belladone, madame Montagu ? fit la vendeuse en plaçant un petit flacon sur le comptoir. Vous en avez pris la dernière fois.

— Il est vrai que l'effet en est merveilleux. Cela fait de grands yeux noirs et brillants. »

Rebecca secoua pourtant la tête en repoussant le flacon vers la vendeuse :

« Mais lorsque je l'ai essayée, je ne pouvais pas voir à quatre pouces de mon nez. Alors, non merci. »

Elle se tourna vers la comtesse :

« J'ai donné mon dernier flacon à Anne. Elle s'en servait sur scène. »

Tandis que la comtesse et Alpiew échangeaient un regard, Rebecca tripota une petite boîte en bois sur le comptoir.

« Ah, comtesse ! »

L'intéressée sursauta.

« Vous ne m'en voudrez pas si j'achète un petit cadeau pour mon gentil Patte-folle ?

— Qui ?

— Ce n'est qu'une babiole, dit Rebecca en souriant rêveusement. Mais c'est un tel amour. »

La comtesse et Alpiew la fixèrent sans comprendre.

« Patte-folle ? répéta la comtesse.

— Vous êtes sûre que nous le connaissons ? demanda Alpiew.

— Mais bien sûr que oui, répliqua Rebecca en tendant deux guinées à la vendeuse. C'est le beau Godfrey. »

Godfrey attendait dans le hall d'entrée, chaussures cirées, pour leur ouvrir la porte à leur arrivée. Sa cravate en dentelle, qui avait toujours semblé de couleur fauve avec un motif multicolore de taches diverses, était désormais empesée, blanche et bouffante.

« Milady, madame Montagu... »

Il inclina la tête. Alpiew lui fit la grimace et il laissa la porte se refermer sur elle, avant de repasser d'un saut devant les deux femmes pour leur tenir la porte de la cuisine.

« Milady, madame Montagu...

— Tu es certain que tu vas bien, Godfrey ? » lui demanda la comtesse en passant devant lui pour la deuxième fois dans le même couloir.

Il bondit devant elle et tira une chaise pour Rebecca.

« Madame Montagu...

— Merci Godfrey. »

Elle empila ses emplettes sur la table et s'assit.

« Souhaitez-vous que je range ceci pour vous, madame ? »

La comtesse et Alpiew ne purent s'empêcher de s'émerveiller d'une telle métamorphose.

« Vous savez, Godfrey, vous avez été si gentil, si adorable que je vous ai rapporté un petit quelque chose. »

La mâchoire de Godfrey pendit. Il fixa Rebecca, l'œil luisant.

« Allez, entre, grand bêta », dit la comtesse en le dépassant pour prendre une chaise avant que le chien n'y saute pour s'installer.

« Ce soir, Godfrey, on donne une fête pour honorer la mémoire de ma grande amie, Anne Lucas. Nous allons nous réunir à l'endroit où elle préférait aller danser. Et j'aimerais que vous veniez avec nous. »

Godfrey lâcha un grand soupir rêveur, et une goutte de salive se percha sur sa lèvre inférieure.

« Je veux que vous, Godfrey, soyez mon garde du corps personnel. Pour me surveiller, afin que je puisse être aussi tranquille et à l'aise que je dois l'être en pareille occasion. »

Godfrey se redressa de toute sa hauteur et fit un salut militaire. Alpiew et la comtesse furent stupéfaites de découvrir qu'il était en fait plus grand d'un pied que ce qu'elles croyaient.

« Maintenant, je vais aider la comtesse. Vous devez aller vous préparer, Godfrey. Je voudrais que vous vous asseyiez avec le cocher. Quand nous arriverons à la veillée vous devrez vous occuper de Red pour moi, pour vous assurer qu'il ne court aucun danger de tomber par-dessus bord. »

Rebecca lui tendit une petite boîte :

« Et voici votre cadeau.

— Par-dessus bord ? gémit la comtesse. Seigneur, nous n'allons pas devoir prendre un bateau, dites-moi ?

— Si fait, milady, répondit Rebecca. La veillée doit avoir lieu à bord de la *Folie*.

— La *Folie* ! protesta Alpiew d'une voix aiguë. Ce rendez-vous nocturne de putains et de catins ? »

La *Folie*, grand bateau de plaisance en bois, était amarrée sur la Tamise à la hauteur de Somerset Stairs, un peu au sud du Savoy. C'était une villa mobile avec quatre tours d'angle comme des minarets. L'endroit avait jadis été très à la mode, mais maintenant la curieuse maison flottante s'était délabrée et attirait une clientèle digne de son nom.

« Je puis vous assurer qu'il a été loué pour notre seul usage, comtesse.

— Et pourquoi la *Folie*, d'abord ?

— Anne l'avait réservé elle-même il y a deux semaines. »

La comtesse crut qu'elle avait mal entendu et adressa un regard interrogateur à Rebecca.

« Anne Lucas a réservé la *Folie* pour sa propre veillée funèbre ?

— Pas exactement. Aujourd'hui, ç'aurait été son anniversaire. Si elle avait vécu, elle aurait donné une fête là-bas ce soir. »

Rebecca agrippa le bord de la table et pinça les lèvres.

« Elle s'en faisait une telle joie... »

Elle se mit à ouvrir les paquets sur la table.

« Venez, comtesse ou nous serons en retard. Je vais vous maquiller et lorsque j'aurai fini, vous ne vous reconnaîtrez plus dans le miroir. »

Elle contempla les vêtements élimés de la comtesse.

« C'était sans doute une superbe robe, mais aujourd'hui la ligne ne va plus. »

La comtesse baissa à son tour les yeux sur sa robe bordeaux aux dentelles déchirées et aux bords effilochés en songeant que finalement, Rebecca était restée assez polie dans ses critiques.

« Aussi bien n'être plus de ce monde que de plus être à la mode, n'est-ce pas ? »

Elle ferma les yeux et présenta son visage à l'actrice :

« Allez, faites ce que vous pouvez. »

Alpiew observait Rebecca depuis la cheminée, pendant qu'elle nettoyait soigneusement les vestiges de blanc de céruse écaillé de la peau de la comtesse avant de lui appliquer le précieux fond de teint à base d'albâtre.

« Alors, Rebecca... Qu'est-il arrivé à Anne, d'après vous ?

— Je crois qu'elle a quitté la scène en courant, comme elle et moi en avions décidé, puis qu'elle est sortie sur Villiers Street et qu'elle est tombée sur son meurtrier.

— Et Jemmy ? »

Alpiew remarqua le raidissement de Rebecca.

« Quoi, Jemmy ? »

Et elle se pencha comme pour mieux se concentrer sur le maquillage de la comtesse.

« D'après lui, il est venu chercher Anne et elle l'a renvoyé, insista Alpiew. Mais Jemmy dit-il la vérité ? »

L'actrice fit volte-face, un crayon rouge à la main.

« J'en suis certaine. C'est mon cousin et je le payais pour s'occuper d'Anne. Pourquoi ferait-il autrement ? »

Alpiew songea qu'il fallait retrouver ce Jemmy et lui poser quelques questions supplémentaires.

« À quoi cela sert-il ? »

La comtesse tenait entre ses doigts un crayon bleu.

« À appliquer un discret tracé de veines sur les mains et la poitrine. »

Rebecca se pencha vers l'arrière et scruta la comtesse, les yeux plissés.

« Pour vos cheveux... Dois-je les coiffer à la mode française ? »

L'actrice palpa la fontange en dentelle, affalée de guingois sur la perruque emmêlée de la comtesse.

« Je vais demander à Sarah de la rafraîchir d'un peu de dentelle des Flandres toute neuve. »

Elle détacha habilement la fontange et la plaça sur la table, puis se retourna pour s'attaquer aux cheveux qu'elle cachait.

« Quelques accroche-cœurs derrière...

— Qu'est-ce que ça mange en hiver ? demanda Alpiew.

— Les accroche-cœurs ? Ce sont de petites boucles sur la nuque. »

Rebecca tortilla les cheveux autour de ses doigts et en fit deux jolies frisettes caressant la nuque de la comtesse.

« Et maintenant, le coup de grâce... »

Elle ramassa toutes les mèches libres et les tordit en un chignon bouclé.

« Je vais vous faire une meurtrière.

— Une quoi ? »

La comtesse s'étrangla et se leva d'un bond, faisant glisser sa perruque vers l'avant, ce qui lui donna un front simiesque. Alpiew s'élança vers elle.

« Qu'y a-t-il, maîtresse ? Que vous a-t-elle dit ?

— Elle m'a proposé de me faire une meurtrière ! »

Elles acculèrent toutes deux Rebecca pour une explication.

« C'est le nouveau nom que l'on donne aux chignons en boucles. Je ne voulais pas vous effrayer ! »

Les larmes affleurèrent aux paupières de l'actrice.

« Croyez-moi, comtesse, si je pouvais vous remettre le meurtrier de mon amie, je le ferais à l'instant. Car je vous l'ai dit, de tout ce qui est en ce bas monde, c'est elle que j'aimais le mieux. »

Les ponts crénelés étaient éclairés par de petits porteurs de flambeau enturbannés. Les flammes dansantes de leurs torches se reflétaient en longues lignes orangées dans les eaux noires de la Tamise. Des airs de danse leur parvenaient depuis la salle de bal.

La comtesse, resplendissante dans sa tenue nouvellement composée, se pencha aux rampes et contempla les eaux boueuses du fleuve. Elle caressa sa robe. Une vieille robe, certes, mais Rebecca avait fait des miracles. La jupe de dessus avait été retroussée et retenue vers l'arrière à la dernière mode, grâce à de nouveaux rubans en soie ; une fontange de dentelle française s'élevait sur sa tête et retombait sur ses oreilles en de petits pans ; son corsage était lui aussi orné de dentelle, créant un décolleté carré également à la dernière mode.

Rebecca, entourée de Jemmy, Godfrey et Sarah, était entrée directement dans la salle de bal. La comtesse se retourna et rejoignit Alpiew, qui inspectait les quatre tours d'angle de ce palais flottant des plaisirs.

« Ça ne vous fait pas penser à la Tour de Londres ? chuchota-t-elle.

— Mais la seule bête exotique à bord est cette petite abjection de chien : Red. »

Les derniers passagers montèrent à bord. Puis on enleva la passerelle et l'équipage appareilla.

« Madame ! s'exclama Alpiew en touchant le bras de la comtesse.

— Ne me dis pas que c'est *encore* M. Maquereau ! » répondit-elle d'un souffle.

Ce n'était pas Cibber qui s'approchait d'elles dans les ténèbres teintées de flammes dansantes, mais la figure saturnienne de lord Rakewell. Son sourire étincela dans la nuit, et il inclina la tête vers l'arrière.

« N'interrompez surtout pas votre conversation pour moi, dit-il en retirant son manteau et ses gants. Je viens ici, comme vous, pour rendre honneur à la carrière de Mme Lucas, et noyer mes chagrins dans le vin rhénan. Je suis Giles Rakewell. Nous nous sommes déjà rencontrés, autour d'une saucisse, si je me souviens bien. »

Alpiew resta silencieuse. Rakewell claqua des doigts, et une petite servante fonça vers lui pour remplir son verre.

« Permettez-moi de vous présenter mon bon ami Dickie Alnwick. »

Un homme habillé d'écarlate traversa le pont pour s'incliner devant elles.

Alpiew fut tentée de lui demander des nouvelles de Phoebe Gymcrack.

« Nous disions justement que l'architecture de ces tourelles nous rappelle celle de la Tour de Londres », dit la comtesse en se retournant pour lui faire face.

Rakewell haussa un sourcil et esquissa un demi-sourire. De quelle Passion s'agissait-il là, se demanda Alpiew ? Probablement la Complète Fatuité. Alpiew jeta un coup d'œil à la comtesse. Cette dernière semblait fascinée par le visage de Rakewell – ou étaient-ce les nouveaux fards, appliqués avec un tel art par Rebecca que la comtesse ne se ressemblait plus du tout ? Ces fards avaient peut-être figé son visage afin qu'il n'exprime plus que la Stupéfaction Songeuse.

« Vous avez bien dit lord Rakewell ? demanda la comtesse en s'avançant pour mieux voir, agitant ses mains autour d'elle. Le clapotement des vagues, les cris des marins... Je n'ai pas bien entendu. Je suis lady Anastasia Ashby de la Zouche.

— Milady, sourit Rakewell en s'inclinant. Rakewell, à votre service.

— À la bonne heure ! dit la comtesse en se retournant pour regarder par l'un des nombreux hublots donnant sur le pont intérieur. On a commencé à danser. Là-dedans, on mange tant qu'on veut. Alors qu'ici, mon ventre s'imagine que j'ai la gorge tranchée ! »

La comtesse agrippa le bras d'Alpiew et l'attira à l'intérieur.

« Et en plus, on gèle. Viens, Alpiew. Nous nous reverrons sûrement plus tard, messire. »

La grande cabine était divisée en compartiments par des rideaux tout autour de la piste de danse centrale. Sous un dais, un petit ensemble de musiciens jouait des gigues exubérantes. La comtesse repéra un compartiment vide, tira le rideau et entraîna Alpiew avec elle.

« Ce ne peut être Rakewell. Ce garçon est un imposteur.

— Mais, maîtresse...

— Non, Alpiew, écoute-moi. »

Elle baissa la voix jusqu'à ce qu'elle ne fasse qu'articuler les mots.

« Le soir du meurtre, ce garçon n'était pas emprisonné à la Tour de Londres. Il est passé devant moi dans le noir, avec une bande de Tityre-tus. C'est lui qui m'a arraché ma perruque.

— Mais c'est ce garçon qui a été jugé à la Chambre des Lords, milady. C'est très assurément Rakewell. Ces joues roses, ces sourcils noirs…

— En effet, en effet. Alors je t'affirme que lord Rakewell hurlait au pied des York Buildings la nuit du meurtre. Je l'ai vu de mes propres yeux. J'entends à nouveau son rire moqueur. C'était bien lui ! »

Le rideau s'ouvrit. La comtesse et Alpiew prirent un air dégagé pour accueillir Rebecca.

« Mon corset s'était délacé, sourit la comtesse. Alpiew est venue m'aider à le resserrer.

— Je ne savais pas que vous connaissiez Rakewell, milady ? »

L'actrice s'assit et déploya son éventail.

« Je ne le connais pas, répondit la comtesse en donnant un coup de pied à Alpiew sous la table.

— Pourquoi est-il ici ? demanda Alpiew.

— C'est ce que je voudrais bien savoir, madame », répliqua Rebecca sans détacher son regard du jeune lord, qui causait d'un air sombre avec son ami Dickie.

Certains des acteurs et musiciens de la compagnie de Drury Lane passèrent devant elles, l'air abattu, soufflant sans enthousiasme dans une cornemuse. Mais leurs cœurs étaient gros et leurs pieds se traînaient lourdement.

« À boire pour tout le monde ! dit Rebecca en se levant abruptement. Cette soirée est vraiment trop triste. »

Une rangée de serveuses se tenait près de l'entrée de la salle à manger intérieure, portant de grandes carafes de bière et de vin. Rebecca leur fit signe.

« Où est Godfrey ?

— Il s'habille », rétorqua Rebecca.

La comtesse se retint de demander à Rebecca ce qu'elle voulait dire par là exactement. Avant qu'elle ait pu reformuler sa question, Rebecca avait repris :

« Je lui ai demandé de demeurer dans la salle intérieure avec Sarah. Ils sont très bien. Je leur offre à dîner.

— Miss Alpiew ! Avez-vous laissé votre maîtresse à quai ce soir ? »

Cibber rôdait depuis un moment aux abords de la piste de danse, arborant son sourire onctueux. Alpiew regarda la comtesse, puis comprit qu'avec sa tenue rafraîchie et avec ses nouveaux fards, il ne l'avait pas reconnue.

« Vous avez besoin de lunettes, monsieur Merlan ?

— Cibber, sursauta l'acteur, mécontent d'avoir été berné. Vous êtes resplendissante ce soir, madame. »

Il leva son verre et affecta une expression tragique.

« À la pauvre Anne Lucas. »

Ils burent tous à ce toast, puis Rebecca s'éloigna sans prendre congé.

« Anne aurait aimé que cette soirée soit joyeuse, je le sais. Elle était toujours si rieuse et taquine. »

Cibber désigna d'un geste la piste de danse.

« Je ne cesse de songer à ce qu'elle aurait fait, si elle avait été ici. Elle aurait dansé comme une folle et fait des cabrioles.

— Si c'est votre sentiment, monsieur Sardine, alors dansons... »

La comtesse prit Cibber par la main et le guida jusqu'à la piste de danse, à l'instant précis où George s'engouffrait dans la salle en titubant, chope de bière à la main. Il réussit à se faufiler entre les danseurs sans renverser une goutte. En grognant, il s'affala à côté d'Alpiew, posa sa tête sur la table et tomba ivre mort.

Alpiew regarda autour d'elle. La comtesse menait la sarabande avec Cibber. Elle reconnut certaines habilleuses et vendeuses d'oranges de l'autre côté de la salle et les salua. Rebecca avait donné ses ordres aux serveuses, et se dirigeait à présent d'un air déterminé vers la porte, mais Alpiew remarqua le regard de fureur qu'elle lança à Jemmy en le croisant. Le cocher inspecta la salle du regard, puis emboîta discrètement le pas à Rebecca. Alpiew se dégagea de l'étreinte de George, jeta un coup d'œil à la comtesse et les suivit à son tour. Elle vit Jemmy se glisser dans une alcôve et s'y cacher. Rebecca était passée devant. Dans la pénombre du pont extérieur Alpiew la distinguait, debout près de la proue. Elle se disputait avec lord Rakewell. Alpiew se blottit dans un cagibi servant à ranger les cordages. Elle baissa la tête quand Rebecca, après avoir giflé Rakewell, vint droit sur elle.

« Vous n'êtes pas invité à cette veillée funéraire, monsieur. Je vous serais donc reconnaissante d'obéir. »

Rakewell inclina la tête et trottina derrière elle comme un chiot obéissant. Jemmy attendit qu'ils soient tous deux rentrés pour sortir de sa cachette. Il s'avança rapidement vers la proue, tira un télescope à réflecteur de sa poche et le colla à son œil. Puis il le referma d'un coup sec et rentra dans la salle.

Alpiew décida d'attendre quelques minutes avant de les suivre. Elle ne tenait pas à ce qu'ils sachent qu'elle les avait suivis. Elle se réfugia à l'abri de son cagibi et regarda Londres défiler sous ses yeux : les canots rassemblés pour la nuit à l'embouchure de Puddle Dock, les quais derrière Thames Street où s'empilaient boîtes et cageots, attendant d'être emportés en chariot ou montés à bord des péniches. Elle contempla un moment la tour de pierre du château de Baynard, seul bâtiment public ayant survécu au Grand Incendie[1] et derrière, l'immense et nouvelle silhouette de St Paul, coiffée d'une armature qui, sans doute, formerait la base d'un clocher.

Elle ne se décida à rentrer que lorsqu'elle aperçut les mâts des navires dressés au-dessus du bassin de Queen's Hythe. Mais alors qu'elle sortait de sa cachette, deux silhouettes drapées de longues capes, chaussées de souliers souples et silencieux, se glissèrent devant elle dans l'obscurité.

« Ça va marcher ?

— Bien sûr que oui… Confiance. »

Les deux hommes s'avancèrent jusqu'à la proue et se mirent à déplier un énorme morceau de toile cirée. Des marins, se dit Alpiew, marchant sur la pointe des pieds dans l'autre direction pour retourner au salon principal.

Rakewell était assis dans un compartiment, entouré de vendeuses d'oranges. Son ami Dickie était perché en équilibre précaire au bout du banc.

Alpiew remarqua que la comtesse était passée de Cibber à Rich et que le couple menait une courante. Elle s'approcha de Dickie Alnwick, le saisit par la main et l'entraîna sur la piste.

« Je ne connais pas cette danse, dit-elle en pointant du pied et en s'avançant, mais si nous suivons les premiers, nous ne pouvons pas nous tromper.

— Vous avez choisi le mauvais partenaire, dit Alnwick en éclatant de rire. Je ne sais pas danser.

— Tant mieux. »

Alpiew, imitant la comtesse, fit un petit saut suivi d'une révérence, puis s'avança de trois pas, tenant la main d'Alnwick.

---

1. En 1666, un grand incendie ravagea la ville ; les destructions furent plus importantes que celles de la Seconde Guerre Mondiale.

« Vous connaissez bien Rebecca Montagu ?

— Qui ? »

Alnwick trébucha et retrouva son équilibre.

« Laquelle est-ce ?

— À Londres, tout le monde la connaît. »

Alpiew fit un petit saut en avant et recula de trois pas.

« C'est une actrice célèbre, précisa-t-elle.

— Je viens des propriétés de milord, dans le Nord. Je ne connais rien à la bonne société londonienne. »

Il agrippait la main d'Alpiew comme s'il craignait de tomber en la lâchant.

« Alors vous n'êtes pas lord ?

— Seigneur non ! gloussa Alnwick en trébuchant vers l'avant. Je suis un compagnon d'enfance, des terres de son père.

— Alors vous connaissez bien lord Rakewell ?

— Pas très bien… Je… »

Alnwick hésita puis sourit.

« Milord Rakewell a toujours été un garçon aimable, plein de bonne humeur et d'esprit. »

Si l'on veut, songea Alpiew, tandis que l'orchestre jouait les derniers accords de la danse. Alnwick, soulagé, se dégagea pour retrouver son perchoir au bord du compartiment de Rakewell.

« Alors c'est *vous* qui l'avez invité ici ce soir, dit la comtesse à Rich. Je me demandais quel était le rapport entre lord Rakewell et la défunte Mme Lucas.

— Je ne crois pas qu'il la connaissait. Il est simplement l'un des admirateurs de la compagnie du roi, ricana Rich. Je veux qu'il investisse dans le théâtre – il ira peut-être jusqu'à acheter une part de la patente. Pour alléger mon fardeau financier.

— Admirateur, disiez-vous, ou fanatique ?

— Il comprend que le théâtre a besoin de

mécènes, maintenant que la famille royale s'en désintéresse. Il m'a offert ses services. Il est aussi très désireux de présenter ses respects à Mme Lucas. »

Rich raccompagna la comtesse à sa place. En passant, Rebecca lui glissa quelque chose à l'oreille. Il grimaça, mena la comtesse à bon port puis s'avança jusqu'au dais de l'orchestre.

Après un roulement de tambour, Rich tapa dans ses mains.

« Mesdames et messieurs, à la demande spéciale de plusieurs membres de la compagnie qui se rappellent l'amour d'Anne pour les jeux de société, je propose que nous fassions une ou deux rondes de Clapperdepouch. »

La compagnie entière gémit.

« Trop de baisers à donner, merci, s'écria une petite vendeuse d'oranges.

— Anne aimait aussi le jeu des Questions et des Ordres, proposa Rich. On ne donnait jamais une fête sans en faire une partie. »

L'assemblée applaudit et sourit, tandis que Rich lançait la première question.

« George – comment s'appelle le mari de la princesse Anne ?

— Bon sang... »

George cligna des yeux à quelques reprises puis, le regard vague, agita la main en l'air.

« Il est Danois, c'est ça ? »

Il parcourut l'assistance du regard.

« Quelqu'un veut-il bien m'aider ? »

Un compartiment plein de femmes éclata de rire tandis que le compte à rebours commençait.

« Cinq, quatre, trois, deux...

— Le prince Hamlet ? »

Cette fois, toute la compagnie rugit de rire.

« Eh bien, c'est un nom danois, n'est-ce pas ?

— Alors, tout le monde : comment s'appelle le mari de la princesse ? demanda Rich.

— George, hurla-t-on à l'unisson.

— C'était une question piège ! protesta George en avalant une rasade de vin. Qui aurait cru qu'un Danois puisse porter un nom aussi anglais que le mien ?

— J'ordonne à George de marcher en ligne droite.

— Facile ! dit George en agrippant le bord de la table pour se hisser sur ses pieds. Où est la ligne ?

— Ici, s'écria une habilleuse en tirant de sa poche un long rouleau de ruban à mesurer. Nous pouvons utiliser ceci. »

Elle en saisit un bout et lança l'autre à Cibber. Ils tirèrent pour en faire une longue ligne droite et blanche sur le parquet.

« Je ne suis pas ivre ! »

George se tenait à côté de Cibber, titubant.

« C'est ce maudit machin flottant. On est en haute mer ? Ça tangue tellement que nous devons être à mi-chemin de la France… »

Il parcourut lentement l'assistance du regard.

« Donnez le signal du départ. »

La comtesse sentit le bateau osciller doucement comme s'il passait dans le sillage d'un autre bâtiment.

La foule se mit à compter.

« Un, deux, trois… Partez ! »

George parcourut la ligne à grands pas d'échassier, sans jamais dévier du blanc.

« Vous devriez me voir faire mon numéro sur le fil de fer, dit-il en levant les bras au ciel. Je gagne, et je peux interroger celui ou celle que je toucherai… »

Il pivota sur ses talons et s'avança en titubant, trébucha et atterrit aux pieds de Rebecca Montagu.

« Rebecca Montagu, dit-il depuis le parquet. Combien de pintes dans un picotin ?

— Seize », répondit Rebecca sans se donner la peine de réfléchir.

Elle lança un regard noir à l'assistance.

« J'interroge monseigneur le roi des Tityre-tus. »

Rakewell lui renvoya un regard mauvais.

« Combien de pintes dans un firkin ?

— Vous moquez-vous de moi, madame ?

— Alors combien de pintes reste-t-il lorsqu'on coupe une tête de cochon en deux ?

— Il y a soixante-douze pintes dans un firkin, gronda Rakewell. Et on ne coupe pas mes têtes de cochon en deux ! »

Lentement, un sourire s'esquissa sur ses lèvres. Il fit volte-face, pointant du doigt.

« Dickie ! Je te choisis ! »

Alpiew vit Alnwick frémir.

« Dis-moi l'auteur des *Reines rivales*. »

Dickie le contempla d'un œil vide.

« Alors, tout le monde... ?

— Nathaniel Lee, s'écria l'assemblée.

— Pour ta punition, Dickie, je t'ordonne de réciter de mémoire... la cérémonie du mariage. Pour chaque paragraphe que tu te rappelleras, je donnerai une guinée. La somme sera partagée entre toute la compagnie. »

Rakewell plaça son chapeau à ses pieds.

« Dickie, nous attendons... Je jouerai le marié. Et qui seront les demoiselles d'honneur ? »

Une bande d'habilleuses gloussantes bondit sur la piste.

« Et... qui sera la mariée ?

— Becky, s'écria Cibber. C'est la seule qui ne l'ait jamais été.

— Pas moi, protesta Rebecca. Le marié est trop jeune pour moi. »

Le bateau tangua à nouveau doucement, et des bruits sourds résonnèrent depuis le pont.

« Que se passe-t-il ? souffla une vendeuse d'oranges. Allons-nous sombrer ?

— Non madame, ricana Rakewell. Nous devons être arrivés au pont de Londres. L'équipage dispose les rames afin que nous puissions remonter le courant. Allons sur le pont pour les regarder manœuvrer ce vaisseau si difficile à manier, dans les courants et les remous du vieux Père Tamise. »

Rebecca s'interposa.

« D'accord ! Je serai la mariée. Continuons le jeu, milord. »

Elle se plaça devant Dickie Alnwick.

« Allez, messire, la compagnie a hâte de remplir le chapeau.

— Je ne peux pas faire ça, geignit Dickie Alnwick. Vous êtes tous des professionnels. Vous savez jouer. Pas moi.

— Allez, vas-y ! s'écria-t-on dans la salle. Une guinée par paragraphe ! »

Dickie se gratta la tête.

« Aidez-moi, quelqu'un – qu'est-ce qui vient en premier ?

— Mes bien chers frères, chuchota une demoiselle d'honneur, tandis que Dickie récitait après elle d'une voix sacerdotale : Nous sommes rassemblés ici sous le regard de Dieu et devant cette congrégation, pour unir cet homme et cette femme par les liens sacrés du mariage… »

La compagnie l'applaudit et scanda :

« Une guinée ! Une guinée ! »

Rakewell fouilla dans sa poche et laissa tomber une pièce dans le chapeau.

« Si quelqu'un peut démontrer qu'ils ne peuvent pas s'unir devant la loi, qu'il parle maintenant, ou qu'il garde à jamais le silence. »

Dickie rit et s'applaudit.

« Ça, je m'en suis rappelé tout seul ! Eh bien ? »

Il parcourut la salle du regard tandis qu'une autre pièce tombait dans le chapeau :

« Personne ne proteste ?

— Si, dit George. Elle est trop jolie pour se marier.

— Et pourquoi n'épousez-vous pas plutôt Phoebe Gymcrack ? suggéra Rebecca. Au moins, elle n'a que deux ans de plus que vous.

— Ceci n'est qu'un jeu, dit Rakewell en se détournant d'elle. Allez, Dickie. Une guinée le paragraphe. »

Dickie fixa Rakewell.

« Giles Rakewell, prenez-vous cette femme pour épouse, pour vivre selon la loi du Seigneur dans l'état sacré du mariage ? Promettez-vous...

— De l'aimer, lança une vendeuse d'oranges. Tout le monde connaît ce passage, chéri : de l'aimer, de la réconforter, de l'honorer et de la garder. »

Dickie répéta tandis qu'une habilleuse traversait la piste de danse vers la porte donnant sur le pont.

« Personne ne sort sous peine de renoncer à sa part ! », lança Rebecca.

La femme fit demi-tour.

« Je le veux », dit Rakewell, lançant une autre guinée dans le chapeau.

Le bateau trembla.

« ... et renonçant à tout autre, demeurer à ses côtés jusqu'à ce que la mort vous sépare ? »

Une autre pièce tomba en cliquetant.

« Donnez-moi un grand verre de vin clairet..., dit Rebecca en se tournant vers sa "demoiselle d'honneur". Et je le veux.

— Mais où diable est donc Godfrey ? s'interrogea la comtesse en essuyant une assiette voisine d'un morceau de pain pour déguster la sauce. Ne doit-il pas être son garde d'honneur ?

— Je crois qu'il s'est épris de Sarah, madame. Je les ai vus serrés l'un contre l'autre en train de chuchoter, pendant que j'allais chercher nos plats.

— ... et ainsi je vous engage ma foi. »

Rakewell lança une poignée de pièces dans le chapeau.

« Va chercher Godfrey, dit la comtesse en poussant Alpiew. S'il s'assied avec nous, nous aurons trois parts de la cagnotte. »

Le bateau retentit à nouveau d'un bruit sourd. Rakewell fixa Rebecca droit dans les yeux.

« C'est à vous... »

Rebecca eut un rire gai.

« Et si je joue le jeu, mettrez-vous cinq guinées dans le chapeau ? »

Rakewell haussa un sourcil.

« Moi, la vertueuse Rebecca Montagu, je prends le célèbre Giles Rakewell, coureur de minuit et voleur de rêves, pour époux, à aimer et chérir à partir de ce jour... »

Elle implora l'aide de l'assistance du regard. Une demoiselle d'honneur lui marmonna les mots.

« ... pour le meilleur et pour le pire, dans la richesse et la pauvreté, la maladie et la santé, pour aimer, chérir et obéir, jusqu'à ce que la mort nous sépare, selon la loi divine du Seigneur ; et ainsi, je vous offre ma foi. »

Rebecca regarda autour d'elle.

« Et maintenant, voulez-vous que je tape du pied ? »

Les rires fusèrent et elle tapa du pied sur le pont en bois.

« L'alliance, dit Dickie. Nous n'avons pas d'alliance ! »

L'une des serveuses retira la sienne et la lui tendit.

« Nul besoin de cela, madame », dit Rakewell, faisant glisser un anneau de son auriculaire et le passant à l'annulaire de Rebecca.

« Joli, admira Rebecca en examinant la bague. Je peux la garder ? »

Mais Rakewell poursuivit, sans lui répondre :

« Avec cette bague je vous épouse, avec mon corps je vous adore, et de tous mes biens terrestres je vous fais cadeau. »

Rebecca agita la bague au-dessus de sa tête.

« J'ai gagné une bague en or dans cette farce ! »

Elle regarda discrètement vers les hublots. Alpiew suivit ce regard. Le bateau était à nouveau en mouvement, et remontait lentement le courant.

« Au nom du Père, du Fils et du saint Esprit, dit Dickie. Amen.

— J'en ai assez de ce jeu maintenant, annonça soudain Rebecca. Musique !

— Ceux que le Seigneur a unis, ânonna Dickie en fixant le parquet comme s'il y cherchait désespérément ses mots, que rien ne les sépare. »

Rebecca avisa un verre rempli de vin et le vida d'un trait.

« Vous avez oublié quelque chose, dit Cibber, l'œil sur la cagnotte. Les témoins.

— On joue toujours, milord ? » demanda une servante.

Rakewell regarda le fond de sa bourse.

« J'espère qu'on finira bientôt ou je serai ruiné. Comtesse ? dit-il en lui tendant la main. Serez-vous témoin ? Encore cinq guinées dans la cagnotte si vous acceptez. »

Alpiew remarqua que le cousin de Rebecca, Jemmy, venait d'apparaître sur le seuil. Il croisa le regard de Rebecca et ressortit. Aussitôt qu'il fut parti, celle-ci avala une autre gorgée de vin et s'affala sur une chaise. Elle semblait moins tendue.

« Alpiew sera la seconde, dit la comtesse.

— Je déclare qu'ils sont mari et femme, au nom du Père, du Fils et du saint Esprit. Amen. »

Dickie leva les mains au ciel et tomba à genoux. Une foule de jeunes filles l'entoura pour l'enlacer et l'embrasser.

« Allez, la jarretière, Becky ! s'écria une vendeuse d'oranges.

— Assez. »

Rebecca la chassa en secouant la tête d'un air las.

« Le jeu a assez duré. »

Rakewell ramassa son chapeau et se mit à compter les têtes.

« D'après mes calculs, il devrait y avoir dix shillings par personne... Lady Rakewell ? lança-t-il à Rebecca en lui tendant des pièces. Votre part.

— Gardez-la, mon époux. Vous en avez plus besoin que moi.

— Va chercher nos parts, veux-tu ? souffla la comtesse en poussant Alpiew. Il y a un gentleman qui vient d'entrer, qui me fait les yeux doux. »

Un homme était incliné à l'entrée de la salle à dîner, souriant d'un sourire éblouissant, les boucles de sa perruque rousse flottant sur ses larges épaules. La comtesse lui rendit un sourire pudique et trottina vers lui. En silence, l'homme tendit la main. La comtesse, en la serrant, fut étonnée de la trouver rêche et noueuse.

« Bonsoir. Je suis la comtesse Ashby de la Zouche... »

Avant même qu'elle puisse poursuivre, l'homme glapit et recula en trébuchant jusqu'à l'autre bout de la pièce tout en se tenant la bouche. Alpiew revint à ce moment-là, chargée d'une livre en menue monnaie.

« Cet homme... Celui dont le sourire est si éblouissant... »

La comtesse désigna la salle à dîner.

« ... comment s'appelle-t-il ? »

Alpiew scruta la pièce sombre.

« Madame ? Il n'y avait qu'un seul homme, là-dedans.

— Oui, un homme avec une perruque rousse. J'ai l'impression qu'il pourrait me dévorer toute crue, sans sel.

— Je vous demande pardon, madame ?

— Je crois qu'il me veut du bien, Alpiew. Il m'a souri toute la soirée.

— Mais madame ! »

Alpiew rattrapa la comtesse avant qu'elle ne fonce le rejoindre.

« Lui aussi, il a été maquillé par Rebecca.

— Alors ? C'est un acteur. Comme c'est charmant !

— Non, madame. Il porte une perruque de scène et du maquillage, comme vous, et un cadeau acheté à la Nouvelle Bourse – un râtelier en bois, peint en blanc. »

Alpiew fixa l'apparition au sourire blanc comme neige.

« Cet homme, madame, n'est nul autre que votre propre majordome, Godfrey ! »

Le fiacre de Jemmy les attendait en haut des marches. La cabine était encombrée de caisses.

« Désolé, milady, mais je dois bien gagner ma vie ! Je livre ceci après vous avoir ramenées à la maison, mesdames. »

Rebecca refusa de s'asseoir à l'intérieur, préférant rester avec Godfrey et Jemmy. Sarah s'assit avec la comtesse et Alpiew.

« Alors vous vous entendez bien avec mon serviteur, Godfrey ? dit la comtesse en tapotant la main de Sarah.

— Oh non, madame, balbutia Sarah en lui retirant vivement sa main. J'ai un galant à moi. Ma maîtresse m'a simplement demandé de m'occuper de Godfrey ce soir.

— Je ne l'ai pas reconnu.

— Ma maîtresse est une virtuose de la toilette.

— Vous travaillez pour Mme Montagu depuis longtemps ? »

Sarah hocha la tête.

« Ce doit être intéressant, de travailler pour une actrice aussi célèbre. »

Sarah hocha à nouveau la tête.

« Vous voyiez souvent Mme Lucas ? »

Sarah secoua la tête. La comtesse inspira profondément. Il n'allait pas être facile de tirer les vers du nez de cette exaspérante jeune personne !

« Mme Lucas aimait-elle Mme Montagu ? »

Sarah hocha la tête.

« Et Mme Montagu aimait-elle Mme Lucas ? »

La jeune fille hocha une fois de plus la tête.

« Comtesse, je suis fatiguée et je préférerais ne pas parler, si cela ne vous importune pas. Je crains d'avoir attrapé un mal de gorge. »

Elle agrippa son cou et se tourna vers la fenêtre. La comtesse regarda Alpiew. Pourvu qu'elles n'attrapent pas le mal de gorge de la petite ! Il ne manquerait plus que ça.

« Qu'est ceci, à votre avis ? demanda Alpiew en donnant un coup de pied à l'une des caisses.

— Ce sont des colis destinés aux particuliers, madame. »

Sarah s'était brusquement retournée. Sa gorge semblait guérie.

« Il n'y a pas beaucoup de clientèle la nuit, alors Jemmy livre des colis. »

Elles poursuivirent leur route en silence. En arrivant à German Street, Rebecca passa devant elles.

« J'ai trop bu. J'ai l'impression d'être en haute mer. »

Elle gravit quatre à quatre l'escalier.

« Je dois me mettre au lit. Bonne nuit. »

Sarah trottina derrière elle en silence.

Alpiew et la comtesse allèrent droit à la cuisine. Quelques minutes plus tard, Godfrey les rejoignit. Il introduisit ses doigts dans sa bouche, en retira les dents immaculées et les lança sur la table.

« Houlà ! Elles sont belles, mais un homme ne peut pas parler avec toute cette quincaillerie dans la bouche. Sans compter que je n'ai pas pu manger une bouchée de ces plats si appétissants. Vrai comme Dieu, je pourrais dévorer un cheval mort, avec les poils et les sabots ! »

Il arracha sa perruque et la lança sur un des poteaux de lit, puis se gratta vigoureusement le crâne.

« Je ne sais pas pourquoi les gens portent ces perruques. Qu'est-ce que ça démange ! J'espère que je n'ai pas attrapé de poux. »

La comtesse frémit. Plus de méprise possible, désormais : c'était bien Godfrey !

6

Horreur

Les sourcils plus froncés que pour le mépris,
la bouche partiellement ouverte,
plus aux commissures qu'au centre.
Les narines dilatées et relevées vers le haut.
Les lèvres et les yeux livides.
Le corps violemment rejeté vers l'arrière,
loin de l'objet qui occasionne cette passion.

Le lendemain matin, toute la maisonnée fut réveillée par des coups violents frappés à la porte.

C'était Rakewell. Alpiew l'accompagna au salon et s'en fut chercher Rebecca. La comtesse rôdait dans le hall quand Rebecca, simplement vêtue d'un peignoir en soie, entra seule.

« Que lui veut-il ? souffla la comtesse.

— Mystère. »

Alpiew se pencha pour écouter à la porte. Elles entendirent des murmures, puis le célèbre tapement de pied.

« Va chercher Godfrey », ordonna la comtesse à Alpiew.

Elle appliqua son oreille à la partie la plus mince de la porte en panneaux de bois.

Les voix devinrent de plus en plus fortes et plus coléreuses, jusqu'à ce que Rebecca lance un cri perçant. La comtesse ouvrit la porte aussitôt et fit irruption dans la pièce.

Rakewell s'était emparé de Rebecca, qui se débattait énergiquement pour se libérer.

« Lâchez-la, messire, ou mon majordome Godfrey vous boxera les oreilles !

— Ce vieux débris ! ricana Rakewell. Il a déjà tellement de mal à se tenir sur ses deux jambes que je ne vois pas comment il pourrait me renverser ! »

Godfrey jeta un coup d'œil dans le salon et retourna aussitôt vers la cuisine.

« Ô vil et perfide scélérat ! »

Sanglotant, Rebecca se laissa glisser par terre en répétant inlassablement « non, non, non ».

Rakewell s'inclina et attrapa Rebecca par la main, pour l'obliger à se relever.

« Lâche ma main, détestable crapaud ! »

Rakewell grogna et tira plus fort.

« Ceci est la maison de ma maîtresse, intervint Alpiew. Tant que vous y serez, vous vous conduirez comme le gentleman que vous êtes censé être !

— Lâchez Mme Montagu, lord Rakewell, ou nous appellerons la garde et vous ferons appréhender pour l'avoir molestée.

— Lâcher ma propre épouse ?

— Fi donc ! persifla comtesse. La cérémonie d'hier soir n'était qu'une farce, milord, et vous le savez parfaitement.

— Non, madame. »

Rakewell laissa retomber la main de Rebecca et s'avança lentement vers la comtesse.

« La cérémonie d'hier soir n'était pas un jeu. Ce que je ne vous avais pas dit, c'est que contrairement à moi, Dickie n'est ni un débauché ni un vaurien. C'est le chapelain de mes propriétés du Nord. C'est un prêtre, madame, un clergyman qui a reçu les ordres et que j'ai introduit à cette veillée funéraire en vêtements laïcs dans le but de célébrer mon mariage. Toutes les paroles qu'il a prononcées sont celles de la cérémonie officielle, telle que prescrite dans le Livre des Prières.

— Mais les bans ? s'écria Alpiew. Il n'y a pas eu publication des bans ?

— Je les ai fait publier voici quelques jours. Rien, dans la loi, ne me contraignait à avertir Mme Montagu de mes projets.

— Comment pouviez-vous être sûr de vous trouver au même endroit qu'elle ?

— Je savais qu'Anne Lucas avait réservé une soirée à bord de la *Folie* ce soir-là ; je savais donc que tous les acteurs y seraient... »

Il lança un regard à Rebecca.

« Il y avait une autre raison à la présence de Mme Montagu, qu'elle se fera un plaisir de vous fournir, j'en suis sûr... »

Rebecca pinça les lèvres.

« Mais...

— Pas de "mais", comtesse. Rebecca Montagu est ma femme devant la loi et tous ses biens m'appartiennent désormais.

— Les horaires canoniques ! Le mariage a eu lieu en dehors des horaires canoniques ! s'écria la comtesse en se frottant les mains. Il n'est donc pas valide !

— Nous étions à bord d'un bateau, madame, et par conséquent sous le coup de ses règlements particuliers. L'auriez-vous oublié ? »

Rebecca, qui s'était relevée, martelait Rakewell de ses poings.

« Bon, femme, si tu veux te donner la peine de t'habiller, tu pourras m'emmener chez ton orfèvre et commencer à me livrer ta fameuse fortune. »

Rakewell la gifla de son gant. L'actrice chancela.

« Vous ne pouvez épouser une dame sans son consentement, espèce de ruffian, s'interposa comtesse. Ce mariage est l'œuvre du diable. »

Rakewell jeta un regard méprisant à la comtesse.

« Écartez-vous, vieille chipie. Si vous voulez convoquer les forces de l'ordre, allez-y. Car vous êtes ma garante. Quel meilleur témoin qu'une vieille dame titrée ? Qui oserait contredire sa parole ? Je suis peut-être jeune, mais vous êtes loin de l'être, vous ! »

Il fit volte-face et s'adressa à Rebecca en ricanant :

« Et quant à vous, vous n'êtes pas une sainte, madame. À part pour l'argent, aucun homme sensé ne voudrait s'approcher d'une telle furie. »

Rebecca tenta de le gifler mais il arrêta son geste.

« Écoute, l'actrice ! Je sais tout de toi. Tu veux que je le raconte à ces deux-là, pour qu'elles l'étalent dans leur journal ? »

Rakewell l'attira vers lui.

« Je n'ai pas peur de vous, lord Rakewell, dit Rebecca avec un sourire méprisant. Tout Londres sait que vous êtes un dépravé sans foi ni loi.

— Et si je leur disais, pour Rosamund ? répliqua Rakewell en forçant Rebecca à baisser le bras. Et si j'en parlais à John ? »

Elle baissa la tête et inspira brusquement.

« Vous m'avez dupée, et je serai vengée ! »

Il la lâcha.

« Habillez-vous. Je vous attendrai dans mon carrosse. »

Rakewell, en sortant, se tourna vers Alpiew.

« Si vous avez de la chance, mon épouse lancera sa jarretière en quittant la maison, et vous pourrez essayer de l'attraper. À moins que vous ne préfériez mourir vieille fille et mener une sarabande de singes en enfer ! »

Il fit claquer la porte derrière lui. Alpiew et la comtesse s'élancèrent jusqu'à la chambre de Rebecca. L'actrice hurlait « Fidelia ! » à pleine voix. Sarah les croisa en descendant.

Elles se tinrent au seuil de la chambre et observèrent Rebecca couper sa longue chevelure et se barbouiller hâtivement le visage d'un fard brun.

Quelques minutes plus tard, Sarah revint avec le costume galant porté la veille par Godfrey.

« Aidez-moi à le passer, s'écria Rebecca. Ainsi, je pourrai m'enfuir. »

L'actrice passa les vêtements en toute hâte.

« Comtesse, qu'y a-t-il derrière ce mur au fond de la cour ?

— Si vous traversez les jardins vous aboutirez à Blackamoor's Lane, qui donne sur St James Square.

— Merci, comtesse, pour vos bontés. »

Rebecca jeta un coup d'œil dans le grand miroir

« Je vous en récompenserai un jour, je vous le promets. »

Elle quitta la pièce et descendit l'escalier quatre à quatre, suivie des autres. Red, qui jusqu'à cette cavalcade était resté assoupi sur le lit, se réveilla en glapissant.

Quand Alpiew eut atteint la cour, Rebecca était déjà en train d'escalader le cabinet d'aisances.

« Je passerai ou vous ferai signe dès que je le pourrai, dit Rebecca en se balançant au sommet du mur de partition. Ah, ça, je pourrais faire carrière sur le fil de fer ! »

La comtesse et Sarah sortirent. Godfrey, qui était à l'intérieur du cabinet, se mit à hurler :

« Au meurtre ! Au meurtre ! »

Il cogna à la porte, s'accompagnant d'un étrange bruit métallique.

« Au viol ! Au rapt !

— Cours au théâtre, Sarah, lança Rebecca en s'apprêtant à sauter. Explique à Rich ce qui s'est passé. »

Elle lança un baiser au chien qui sautillait anxieusement au pied du mur.

« Au revoir, Red, mon ange. Occupez-vous bien de lui jusqu'à mon retour. »

Tandis qu'elle disparaissait de l'autre côté du mur, la porte du cabinet s'ouvrit toute grande et Godfrey en surgit, vêtu de pied en cap d'une armure.

« Laissez-moi fondre sur ce scélérat, s'écria-t-il en traversant la cour tout cliquetant. Je vais lui montrer de quel bois je me chauffe ! »

Red aboyait à ses trousses, sautant vers lui par intermittence pour tenter de mordre ses bottes recouvertes de métal. Rakewell, qui attendait dans un carrosse accompagné d'une bande de compagnons enrubannés de rose, ouvrit la porte du carrosse.

« Je crois qu'on est en train de me berner, s'écria-t-il en s'élançant dans la rue, apercevant Sarah qui s'éloignait. J'ai bien peur que l'oiseau ne se soit envolé du nid. »

La bande des Tityre-tus repoussa la comtesse qui se tenait sur le seuil et s'éparpilla dans la maison pour rechercher la fugitive. En moins d'une minute ils s'étaient tous empilés dans le carrosse. Godfrey les poursuivit d'un pas incertain, rugissant entre ses dents immaculées.

Rakewell se pencha hors de la portière pour ricaner :

« Arrière, espèce d'ivrogne gâteux ! »

Godfrey abaissa sa visière et s'avança vers lui.

Rakewell sortit le bras et repoussa doucement Godfrey.

Le cocher fit claquer son fouet et le carrosse partit aux trousses de Sarah. Godfrey leva un bras, vacilla puis tomba sur le dos dans un grand fracas de métal.

« Godfrey ? fit Alpiew en l'enjambant. Tu veux que je t'aide à te relever ? »

Une petite foule s'était rassemblée pour assister au spectacle. Godfrey gémit, se roula sur le ventre, puis rampa jusque dans la maison à quatre pattes.

« Excusez mon majordome, Godfrey, dit la comtesse aux badauds. Il a passé trop longtemps dans la grande ménagerie à étudier la tortue géante. »

Elle claqua la porte devant leurs figures ahuries.

« Alors, dit Alpiew qui était dans le salon. Qu'est-ce qu'on fait ? »

La comtesse la rejoignit et s'affala dans une chaise.

« D'abord, nous rédigeons le compte rendu de l'épisode pour le *Trumpet*.

— Je vais voir si je peux y glisser les noms de Rich et de Cibber, pour qu'ils nous paient la réclame », dit Alpiew.

Elle alla prendre du papier et un crayon. Heaume sous le bras, Godfrey se tenait au seuil du salon, souriant toujours de son sourire immaculé.

« Godfrey, je t'en prie, retire ces affreuses dents, à moins que tu ne trouves le moyen d'arrêter de sourire quand tu les portes. Leur éclat va finir par m'aveugler. »

Il les glissa dans sa main et son visage reprit son expression maussade habituelle.

« Pourquoi a-t-elle hurlé "Fidelia" ? demanda Alpiew en reprenant son siège.

— Tu ne sais pas ? grogna Godfrey. C'est un de ses rôles. Fidelia est un rôle en pantalons. »

La comtesse se pencha et tisonna le feu.

« Bien sûr. Elle s'habille en homme dans *L'Honnête Procédé*. Elle suit son amant qui est marin. Comment diable sais-tu cela, Godfrey ? M. Collier donne-t-il les intrigues de toutes les pièces qu'il veut faire interdire, dans cette vile diatribe que tu passes ton temps à lire[1] ? »

Godfrey était trop occupé à tenter de s'asseoir pour répliquer, car les jointures de sa vieille armure, qu'il n'avait pas portée depuis la guerre civile, avaient rouillé.

« Godfrey, tu grinces comme un gond de porte qui manque d'huile. »

La comtesse s'enfonça dans son fauteuil.

« Si tu n'arrêtes pas ce bruit épouvantable, j'aurai la migraine.

— Au moins, quand elle était là, j'étais traité avec un peu de civilité... »

Le majordome se releva en vacillant et s'éloigna en cliquetant, marmonnant dans sa barbe. Alpiew releva la tête de son papier :

« Comtesse, je crois que nous venons de faciliter l'évasion d'une meurtrière.

— Rebecca ? En effet, en effet. »

La comtesse se laissa glisser un peu plus dans son fauteuil.

« Tout semble l'indiquer. Et les accusations de Rakewell compliquent encore l'énigme.

— Exactement. Qui est Rosamund ?

— Peut-être une ancienne flamme de Rakewell ?

— Mais quel rapport avec Rebecca ? Et qui est John, pour qu'il puisse la menacer de lui parler ? »

Alpiew relut ce qu'elle avait écrit :

1. *L'Immoralité et l'état propre du théâtre anglais* de Jeremy Collier.

« La veillée funéraire de la *Folie* et les étonnantes noces du chef des Tityre-tus et de la célèbre Rebecca Montagu...

— C'est un sujet en or, approuva la comtesse. Mais il m'attriste étrangement.

— Pourquoi Rebecca s'est-elle prêtée au jeu du mariage ? fit Alpiew en notant encore quelques mots, puis en s'arrêtant, crayon levé : D'ordinaire, elle n'est pas aussi docile.

— Peut-être ne voulait-elle pas gâcher la fête ? Ou aider les habilleuses à gagner de l'argent sur le dos de Rakewell ? Et puis, le jeu des Questions et des Ordres est tout de même plus digne que celui de Clapperdepouch. Qui aurait imaginé qu'il tournerait si mal pour elle ? »

Elles repassèrent en revue tous les éléments dont elles disposaient à ce jour. Le déroulement de la soirée où Anne Lucas avait été assassinée, l'ordre des événements, le comportement des protagonistes de la salle de concert, la démence de M. Lucas dans son foyer conjugal, la version donnée par le vendeur de pain d'épices, les Tityre-tus et la possibilité que lord Rakewell ait pu se trouver à deux endroits simultanément – à la Tour de Londres et aux York Buildings ; puis les péripéties de la veillée funéraire d'Anne et la façon dont Rakewell avait piégé Rebecca.

« Pourquoi tenait-il tellement à l'épouser ? se demanda la comtesse. Alors qu'il poursuivait Phoebe Gymcrack ?

— Uniquement pour son argent. Maintenant, il a la fortune de Rebecca, qui est bien plus considérable.

— Mais Phoebe Gymcrack valait deux mille par an. Même la grande Mme Barry n'a pu amasser une telle fortune sur scène.

— Le père de Rebecca était avocat. Il lui a

laissé une somme importante... d'après ce qu'elle m'a dit.»

Alpiew reprit la feuille de papier à la comtesse, trempa sa plume dans l'encre et se mit à recopier le brouillon pour l'imprimeur.

«Mais en vérité, comtesse, tout cela importe peu. Nous n'avons toujours pas la moindre idée de qui a assassiné Anne Lucas. Et même si nous démasquons le tueur, qu'en tirerons-nous ? Rien !»

Elle leva les mains au ciel dans un geste plein d'emphase, et un léger embrun d'encre noire balaya le front de la comtesse.

«Nous avons un bouton, Alpiew.

— Mais bien sûr ! Un bouton. C'est très bien...»

Alpiew posa sa plume et tira le bouton de sa poche.

«Il pourrait appartenir à quiconque s'est promené le long du fleuve près de la station hydraulique ce soir-là.»

La comtesse le prit et l'examina.

«Néanmoins, nous avons un bouton. Un bouton en bois, couvert d'une passementerie en cordonnets de soie brune avec un fil d'argent frisé. Un bouton élégant, donc. Qui plus est, il a été arraché ; voici encore des fils du tissu auquel il était cousu. Je dirais qu'il s'agit de cachemire ou d'une autre laine de qualité. Verte.

— Et Jemmy nous a raconté qu'il avait vu Anne Lucas s'éloigner, vêtue d'un manteau vert, se souvint Alpiew en reprenant le bouton. Ainsi, nous sommes peut-être en possession d'un bouton du manteau d'Anne Lucas.

— Mais bien sûr, Alpiew, tu as raison.»

La comtesse étira les bras et bâilla.

«Cela dit, maintenant que j'y repense, lorsque nous avons vu le corps d'Anne Lucas, elle ne portait pas de manteau vert, n'est-ce pas ?»

Alpiew était en train de saupoudrer de sable son manuscrit pour en sécher l'encre.

« Elle portait simplement la robe qu'elle avait lors de la démonstration des Passions.

— Voilà ! fit la comtesse en tapant dans ses mains. Tu vois bien que ce bouton signifie quelque chose ! Maintenant, nous devons retrouver le manteau auquel il manque. J'imagine qu'il doit être en possession de son meurtrier. »

Elle se leva et se dirigea vers le garde-manger.

« Je crois que je vais me préparer un petit en-cas. Aurais-tu envie d'un gâteau sec aux graines de cumin ?

— La cuisine de Rebecca va me manquer, je dois l'avouer. »

Alpiew sourit et souffla le sable dans la cheminée.

« Mais au moins, ajouta-t-elle, nous avons à nouveau la maison à nous. »

La comtesse ouvrit la porte du garde-manger et sursauta. Red sortit de son pas dandinant, en se pourléchant les babines. Par terre gisaient les restes éloquents des gâteaux secs aux graines de cumin, ainsi qu'une assiette cassée.

« Pas tout à fait à nous, hélas. »

Le petit chien s'installa confortablement au coin du feu, se retourna pour dévisager Alpiew, découvrit ses crocs et émit un long grondement.

« Ils ont arrêté un homme pour le meurtre de cette actrice », leur apprit Mme Cue.

Tout en essuyant ses mains noires d'encre sur son tablier déjà largement taché, elle parcourut leur article, debout dans la cour de l'imprimerie de Shoe Lane.

« M. Cue est en train de composer l'article en ce moment, reprit-elle. Toute une histoire. Tout à fait sensationnelle. Votre article la complétera parfaitement. Les gens raffolent des scandales concernant les acteurs. Ils aiment penser que les célébrités mènent des vies bizarres. Cela les console de leur propre médiocre existence, j'imagine. »

Elle donna une chiquenaude au papier.

« Oui. Ceci est excellent. »

Elle remit ses honoraires à la comtesse.

« Nous sommes en train d'imprimer en ce moment. Ça va sortir cet après-midi.

— Qui ont-ils arrêté pour le meurtre ? demanda la comtesse en empochant la somme.

— Un type qui traîne tout le temps au bord de l'eau et qui répond au nom extraordinaire de Valentin Vernish. Il doit être soigneusement bouclé dans la prison de Fleet à l'heure qu'il est.

— Ce n'est pas un vagabond, alors ? »

De l'antre ténébreux de l'imprimerie provint un appel anxieux.

« Mon Dieu, M. Cue a fait une fausse manœuvre avec la presse, gloussa Mme Cue. Non, il s'agit d'un itinérant : le montreur de marionnettes de Covent Garden. Le soir, il vend du pain d'épices partout où une foule est susceptible de se rassembler. Il était au bord du fleuve cette nuit-là, en train de vendre ses friandises… Bon, je dois y aller. »

Elle disparut dans l'imprimerie.

La comtesse et Alpiew revinrent d'un pas lent le long de Shoe Lane, puis de Fleet Street.

« Alors c'est fini… »

Alpiew donna un coup de pied dans un caillou, qui faillit frapper un chien occupé à renifler un tas d'immondices.

« Je ne crois pas. »

La comtesse réfléchit un moment.

« Cette arrestation me convainc au contraire de poursuivre notre enquête.

— Mais comment ?

— Je n'en ai pas la moindre idée. »

La comtesse s'arrêta pour laisser passer un troupeau d'oies, mené par un fermier en blouse blanche. Autour d'elles, des vendeurs ambulants vantaient leurs marchandises : « Agneaux à vendre, jeunes agneaux à vendre » répondait en écho lugubre au cri d'un rémouleur s'écriant « couteaux à aiguiser, affûtez vos lames »...

Alpiew se fraya un chemin dans la foule compacte en se faufilant à travers Temple Bar, où se tenaient les vendeurs de pamphlets.

« L'arithmétique décimale et vulgaire, délivrée afin de se qualifier pour les Revenus et Accises de Sa Majesté, les Douanes, et cetera, mais aussi pour la récréation des hommes de qualité, marchands, orfèvres... »

La comtesse s'arrêta tout net.

« L'orfèvre... Nous devons retrouver l'orfèvre d'Anne Lucas ! Il est coutumier d'offrir des bagues de deuil à ses amis, bien sûr, c'est même la première clause de la plupart des testaments. Or, nous avons vu ces bagues. Par conséquent, soit Anne Lucas avait laissé assez d'argent pour les payer, soit quelqu'un d'autre a fourni les fonds nécessaires !

— Autre chose : comment l'orfèvre savait-il à qui donner une bague ? »

La comtesse se frappa le front de la paume.

« Que je suis bête... Mais oui ! L'orfèvre détient la clé du mystère ! Non seulement doit-il connaître le testament d'Anne Lucas mais... »

Elle se tourna vers Alpiew :

« Où les gens conservent-ils leurs économies ? »

Alpiew, qui n'en avait jamais eu de sa vie, haussa les épaules.

« Dans leur décolleté ? Sous les lattes du parquet ?

— Non, ma fille. Réfléchis ! Si tu as des économies, tu ne les gardes pas chez toi où elles peuvent être volées par des brigands ou chapardées par les domestiques. Et aucune personne censée ne ferait confiance à ces nouvelles banques qui vous remettent des bouts de papier contre du bon or… »

Elle saisit la main d'Alpiew.

« Les gens qui ont de l'argent le mettent à l'abri chez l'orfèvre ! »

Elle s'éloigna d'un pas résolu.

« Mais, comtesse… La nurse du petit Lucas, Mme Leigh, a bien dit qu'Anne n'avait pas laissé d'argent ?

— En effet. Il y en avait pourtant assez pour acheter les bagues. Anne Lucas aurait renoncé à la dépense pour laisser l'argent à son fils et son mari, à moins que…

— Je vois ce que vous voulez dire, dit Alpiew en se mordant la lèvre. À moins qu'elle n'ait effectivement disposé d'une somme d'argent importante à léguer.

— Peut-être assez d'argent pour que quelqu'un en veuille à sa vie. Nous devons retourner à Paradise Row pour demander à Mme Leigh si elle connaît le nom de l'orfèvre de Mme Lucas. Mais franchement, Alpiew, je n'ai aucune envie d'emprunter cette immonde route de Tottenham Court à pied une deuxième fois. Je vais nous offrir un fiacre.

— Mais comtesse, on a arrêté le coupable !

— Je n'en crois pas un mot. J'ai vu cet homme le soir du meurtre. »

La comtesse enjamba une pile de crottin de cheval.

« Ce vendeur de pain d'épices n'est pas un tueur, reprit-elle. Dis-moi, un homme couvert du sang d'une dame qu'il vient de tuer s'arrête-t-il pour aider une autre dame en détresse en lui prêtant son bonnet ? S'empresse-t-il d'aller chercher le veilleur de nuit pour l'aider à récupérer sa perruque ? »

Elle évita de justesse un grand jet d'eau tombant d'une gouttière crevée.

« La femme de l'huissier et son ami avaient bien dit qu'ils feraient arrêter un vendeur itinérant... C'est fait. Et maintenant, un honnête homme infortuné va être pendu pour un crime qu'il n'a pas commis. Nous devons retrouver le véritable assassin d'Anne Lucas. Si c'est Rebecca, nous en serons pour nos frais, mais nous aurons à tout le moins sauvé la vie d'un homme... Et pour y réussir, nous devons d'abord retrouver l'orfèvre de Mme Lucas, ensuite l'abominable Mme Rebecca Montagu, désormais lady Rakewell. Car je crois que son secret est la clé de toute cette affaire.

— Sans compter qu'elle nous doit de l'argent – nous avons mentionné son nom à plusieurs reprises dans le *Trumpet* d'aujourd'hui.

— Ne songe plus à l'argent, Alpiew, car souviens-toi : je suis aussi endettée auprès d'*elle*. Mais ce n'est plus une affaire d'argent, maintenant. Il s'agit de la vie d'un homme. »

Un carrosse délabré était garé dans l'allée en face de la maison des Lucas. De l'intérieur, elles entendaient crier. Alpiew bondit hors de leur fiacre et s'élança dans le cottage par la porte d'entrée, restée ouverte.

Dans le salon, une femme était en train de repousser deux employés de la paroisse. Un jeune garçon s'était blotti derrière elle, dans un coin de la pièce.

« Je vous dis, s'écriait la femme, que si vous donnez simplement un jour de sursis à l'enfant, j'aurai assez d'argent pour le garder.

— Mais vous avez dit la même chose hier, madame Lucas.

— Oui, mais quelque chose a dû se produire. Le courrier de l'orfèvre devrait arriver d'un instant à l'autre. Il a sûrement été retardé. Je vous en supplie, monsieur, laissez-moi l'enfant un jour de plus.

— Que se passe-t-il ? »

Mme Leigh tendit des mains implorantes vers la comtesse.

« Nous n'avons plus d'argent pour le loyer et l'enfant ne veut pas être emmené à l'hospice.

— Mais vous m'aviez dit...

— Oui, répondit Mme Leigh d'une voix haletante. Mais depuis, j'ai appris qu'Anne Lucas avait laissé assez d'argent pour permettre à son fils et à son mari de demeurer tous deux ici, et pour que je reste à leur service. »

Alpiew et la comtesse échangèrent un regard.

« L'exécuteur testamentaire a envoyé un message disant que l'argent arriverait aujourd'hui. »

La comtesse s'avança d'un pas.

« Alors, je me permets de vous demander de lâcher cette personne, messires. Madame Leigh, qui vous a envoyé un message promettant assez d'argent pour faire vivre M. Lucas et l'enfant ? Nous pouvons peut-être aller le quérir et apprendre la cause de son retard. »

Sans relâcher sa prise sur le bras de Mme Leigh, l'employé de la paroisse se retourna pour s'adresser à la comtesse et Alpiew.

« Nous ne pouvons partir à moins que vous ne fournissiez assez d'argent pour régler le loyer, et subvenir aux besoins de la femme et du gamin.

— La charrette de l'asile de Bedlam a déjà emporté le pauvre M. Lucas. Il était complètement affolé. Je crains que s'ils prennent Jack, je ne retrouve jamais l'enfant. Vous connaissez les hospices de Londres…

— Alpiew, rappelle le fiacre s'il n'est pas trop tard. »

La comtesse lança un regard sévère aux employés de la paroisse.

« Mme Leigh va vous préparer un petit repas, messieurs, tandis qu'Alpiew et moi allons chez l'orfèvre et vous rapportons la preuve que l'enfant a de quoi vivre.

— Feriez-vous cela pour nous, comtesse ? Il s'agit de M. Orchard, sur Leadenhall Street, entre les allées de Black Raven et d'Angel, à l'enseigne du Perroquet et de la Perle.

— Accordez-nous une heure, messieurs. »

Les employés de la paroisse haussèrent les épaules et s'assirent, disposés à attendre, d'autant plus qu'ils allaient être nourris.

« Je crois qu'il doit y avoir un malentendu. »

M. Obadiah Orchard était un petit homme velu, assis derrière un grand bureau encombré de montagnes de paperasses, qui se curait les ongles à l'aide d'une plume d'oie grise.

« Je n'ai aucun client du nom de Lucas. Ni monsieur, ni madame.

— Mais Mme Leigh, de Paradise Row sur Tottenham Court Road, nous a dit que vous étiez son exécuteur testamentaire…

— Je suis orfèvre, madame. »

L'homme ouvrit un tiroir où se lovait un chat endormi.

« Je conserve l'argent et les effets précieux des particuliers dans mon coffre-fort, sous ma protection, en effet. Mais je n'ai rien qui appartienne à un dénommé Lucas.

— Et vous ne connaissez personne de ce nom ?

— Je connais en effet une famille Lucas. »

Orchard tira une petite sardine d'un papier journal et l'agita devant le chat, qui la renifla d'un air endormi.

« Un de mes clients était en rapport avec eux, mais je ne suis pas habilité à dévoiler son identité.

— Vous ne pouvez pas nous dire le nom de ce client ? »

Alpiew aurait voulu secouer le petit homme et étrangler son chat.

« C'est une question de vie ou de mort ! »

Le chat arracha la sardine à la main poilue d'Orchard d'une patte tout aussi velue.

« Absolument pas. Mais je puis vous dire que ce client devait venir aujourd'hui pour déposer certains fonds afin de prendre des dispositions concernant des tiers. Toutefois, je n'ai pas eu de ses nouvelles. Jusqu'à ce que j'en reçoive, je ne puis dégager les sommes censées secourir la détresse des Lucas. »

Le chat se pourlécha les babines et s'enroula à nouveau pour dormir.

« C'est vous qui avez fourni les bagues pour les obsèques d'Anne Lucas ?

— Non. Comme je vous l'ai déjà dit, l'un de mes clients désire effectuer une donation charitable à une famille Lucas. Voilà tout ce que je sais, dit l'homme en secouant la tête. Je suis désolé que cette situation ait des conséquences fâcheuses. Je ne fais qu'agir au nom des personnes qui m'honorent de leur confiance.

— Ce n'est pas à nous qu'il faut adresser des excuses, dit la comtesse. Faute d'un mot de votre part, cette pauvre famille va être dispersée sans espoir de réunion. Le moins que vous puissiez faire est de les laisser savoir que vous n'allez *pas* les secourir.

— D'accord. Je vais envoyer un messager. »

Il referma le tiroir du chat et se leva pour accompagner la comtesse vers la sortie.

« Je suis désolé de vous avoir fait perdre votre temps. »

Et notre argent, songea Alpiew, en calculant la somme gigantesque qu'elles avaient dépensée en fiacre pour faire l'aller-retour de Paradise Row, qui avait augmenté shilling après shilling dans les embouteillages de charrettes derrière les marchés de primeurs, de poisson, de viande et de peaux de Leadenhall Street.

Désespérées, elles se retrouvèrent à la rue.

« Et maintenant, que faisons-nous ?

— Allons voir ce qu'ils savent au théâtre. »

Des contestataires aux visages aigris se tenaient sur les marches du théâtre, récitant leurs slogans.

« Pour la sécurité dans les rues, psalmodiait une femme à l'air lugubre. Interdisons la violence sur scène !

— Elle devrait se décider, commenta la comtesse. Dehors ou dedans, car assurément, elle surgira quelque part tôt ou tard. »

Elles franchirent la foule pour passer par l'entrée des artistes. Un groupe d'acteurs sirotait des bières dans la salle commune. Cibber, en se levant pour les saluer, laissa tomber son exemplaire du *Trumpet*.

« Alors, mesdames… J'apprends que Rebecca a été ravie aux planches ?

— Ravie ? répéta Alpiew.

— Elle nous a été volée, séduite par la tentation de porter un titre de noblesse.

— Nous avons réussi à glisser votre nom… »

La comtesse laissa sa phrase en suspens, espérant qu'il fouillerait sa poche et leur donnerait l'argent de la réclame qu'il leur devait maintenant.

« Nous avons une représentation à quatre heures, et pas de Roxane. Qu'allons-nous faire ? »

Cibber jeta un coup d'œil vers l'accorte blonde remplaçant Anne Lucas, qui répétait ses répliques avec George. Ce dernier semblait à bout.

« Nous venons seulement de former Statyre à son rôle et elle récite les vers à peu près aussi bien qu'un singe mésopotamien. Maintenant nous avons aussi perdu Roxane. Rich a envoyé quelqu'un à la compagnie de Lincoln's Inn pour voir s'ils ont une débutante prometteuse qui pourrait faire un essai. Mais c'est de toutes façons la catastrophe. Vous voyez, sans Rebecca, cette maison court d'autant plus de risque d'être transformée en théâtre des variétés, avec singes savants, castrats glapissants et danseurs de corde bondissants ! On dit qu'il tente de négocier avec le Palais la location des lions royaux de la Tour de Londres pour une représentation de *L'Impératrice du Maroc*.

— Le sort de Rebecca ne vous préoccupe pas ?

— Et pourquoi donc ? Elle retombera toujours sur ses pieds. Et ce n'est pas comme Anne, n'est-ce pas ? »

Il se mit à feuilleter son texte.

« Au moins, on a arrêté le scélérat qui l'a tuée.

— Une dame va se joindre à nous, seulement pour cet après-midi, fit Rich en apparaissant au seuil de la pièce. Elle arrivera bientôt. Si vous voulez bien vous préparer pendant que nous l'attendons, je vous parlerai dans un moment. »

Un sourire éclaira son visage.

« Miss Alpiew, vous êtes précisément la personne que je souhaitais voir ! Pourrais-je vous entretenir en tête-à-tête ? »

Il serra la main de la comtesse, lui glissant subrepticement deux pièces d'une guinée sur la paume.

« Je n'en ai que pour un instant. »

Il conduisit Alpiew dans les coulisses.

« J'ai une proposition pour vous. J'aimerais que vous rejoigniez la compagnie à temps complet. »

Alpiew déglutit.

« Non, ne m'interrompez pas. Voyez-vous, j'ai un plan. Je vous fournirai le rôle que vous voulez, dans n'importe quelle pièce, et avec l'habilleuse, nous mettrons au point une petite astuce mécanique pour votre corset. Elle y glissera une sorte de lacet, sur lequel vous pourrez tirer à un moment précis tous les soirs, afin que vos magnifiques tétons neigeux soient libérés de leur cage, pour le plus grand plaisir du public payant ! La dernière fois, ils ont adoré. »

Alpiew resta bouche bée.

« Non, non, miss Alpiew. Laissez-moi poursuivre. Vous comprenez, les réactions à votre prestation ont dépassé toutes mes espérances. Ces petits prétentieux d'acteurs n'ont aucune idée de ce que le public veut vraiment. Certains amateurs de théâtre apprécient les femelles dures à cuire comme Rebecca, mais ce sont pour la plupart des mégères desséchées. Leur présence dans le public m'importe peu. Ces actrices qui font les bas-bleus n'attireront jamais les postérieurs sur les banquettes. Alors que si la populace pouvait être attirée par le spectacle de vos – comment les appeler ? – de vos fesses de devant… Mais nous pourrions faire salle comble tous les jours ! »

Alpiew leva le genou et l'enfonça aussi vigoureusement que possible dans l'entrejambe de Rich.

« Allez vous faire foutre, monsieur, avec vos fesses – du devant, du derrière ou du milieu ! »

Elle se dirigea vers la porte, s'emparant de la comtesse en passant.

Cibber s'interposa.

« Où est Rich ? Je dois lui parler.

— M. Rich est derrière les décors, fit Alpiew en poussant la porte. Il envisage une nouvelle carrière de soprano. »

Godfrey avait alimenté le feu et feuilletait distraitement un livre. L'ouvrage était plus mince que ses lectures habituelles. La comtesse jeta un coup d'œil par-dessus son épaule pour voir de quoi il s'agissait. À sa stupéfaction, elle constata que c'était une pièce de théâtre.

« Godfrey ! Quelle métamorphose ! M. Collier et ses diatribes contre l'art dramatique ont-ils été jetés au feu ?

— Elle aurait été excellente dans ce rôle, fit Godfrey en faisant comme s'il n'avait pas entendu. Je regrette de l'avoir ratée.

— Je vais noter toutes les informations que nous avons rassemblées. »

Alpiew s'assit à table et se mit à griffonner sur des bouts de papier.

« Et les noms de tous ceux qui sont impliqués.

— Commence par Anne Lucas et pars de là, indiqua la comtesse en tirant une chaise.

— Anne Lucas. »

Alpiew mit le bout de papier d'un côté, puis en remit un deuxième à la comtesse.

« M. Lucas.

— Disculpé pour démence. »

La comtesse posa le papier à côté de celui de sa femme.

« Maintenant interné à l'hôpital de Bethlehem, que Dieu garde sa pauvre âme égarée.

— Le petit Lucas – désormais à l'hospice à cause de la mort de sa mère, dit Alpiew en plaçant ce papier par-dessus les autres. Croyez-vous que nous devrions tenter de retrouver l'enfant, pour l'aider d'une quelconque façon ?

— Alpiew, tu sais combien d'hospices il y a à Londres ? Il serait plus aisé de trouver un grain de sel dans l'océan.

— Ah oui, dit Alpiew en écrivant sur un autre bout de papier. Mme Leigh, nurse du petit Lucas. Maintenant sans domicile et sans travail.

— Les gens dans cette pile ne sont pas suspects, car la mort d'Anne Lucas ne leur était d'aucun profit. Au contraire, elle a détruit leur vie.

— Cibber est si préoccupé par sa précieuse personne et par sa carrière que je n'imagine pas quel profit il aurait pu tirer de ce meurtre. »

Alpiew le plaça au centre de la table.

« Alors que M. Rich est ravi de perdre des actrices professionnelles, afin de les remplacer par... »

Elle hésita et se tut. Inutile d'apprendre à la comtesse les préférences de Rich en matière de jeu scénique...

« Et cet étrange Italien ? Qu'est-il devenu ? »

Alpiew inscrivit le nom de Lampone et plaça le bout de papier au centre, puis posa sa plume d'oie.

« À quoi bon, madame ? Nous pouvons ressasser cette affaire dans tous les sens. Nous n'arrivons à rien. D'ailleurs, chaque fois que nous quittons cette maison nous semblons aboutir à une fausse piste.

— Nous devons retrouver Rebecca pour qu'elle nous aide.

— Godfrey, Sarah est-elle revenue ici ?

— Oui, éructa Godfrey en même temps qu'un rot. Elle est venue prendre ses affaires. Mais elle a laissé Red. »

Le chien était enroulé aux pieds de Godfrey.

« Où allait-elle ?

— Comment le saurais-je ?

— J'imagine qu'elle n'a pas parlé de tout le temps qu'elle était ici ? soupira la comtesse. Elle a bien dû dire quelque chose.

— Je me suis contenté de la faire entrer, de l'aider à jeter quelques hardes dans un coffre et de lui ouvrir la porte, fit Godfrey en se frottant les yeux. Elle a marmonné quelque chose sur Little Hart Street. Elle pensait y dormir une ou deux nuits pendant qu'elle prenait ses dispositions, a-t-elle dit, maintenant que sa maîtresse est partie. »

Son menton se mit à trembler et il masqua son visage du livre ouvert.

« Je vous jure, milady, que si je mets la main sur ce foutu Rakewell il ne vivra pas longtemps. »

Alpiew et la comtesse échangèrent un regard.

« Nous pouvons tenter encore trois choses, dit la comtesse en jetant un coup d'œil à l'horloge. Premièrement, faire un tour à l'appartement de Mme Montagu et tenter de tirer quelque chose de cette misérable petite bonniche. Deuxièmement, retrouver Rakewell. Troisièmement, aller à la prison de Fleet rendre visite à mon ami, le vendeur de pain d'épices qui a un si beau nom.

— Comment pouvez-vous être si sûre, madame, que ce Valentin Vernish est innocent ? Il était là, il n'a pas d'alibi, et la garde a peut-être de bonnes raisons de l'avoir appréhendé.

— Alpiew, comme tu le sais, la garde a à peu près autant de chances d'attraper un vrai meurtrier que moi de gagner à la loterie. De plus, j'ai entendu la femme du geôlier. On devait arrêter un vendeur itinérant – qu'il soit coupable ou pas.

— Pourquoi feraient-ils une pareille chose ?

— Comment le saurais-je ? Peut-être pour se donner l'air de faire leur travail ? Peut-être qu'ils ont décidé de vendre leur taudis misérable – qui est, je te le rappelle, à un coin de rue du lieu du crime – et qu'ils veulent éviter une dévaluation des prix de l'immobilier. Ou bien le geôlier vise une promotion au sein des forces de l'ordre. »

La comtesse ramassa tous les bouts de papier.

« Que te voulait Rich, au fait ?

— Il m'a demandé de devenir actrice.

— Actrice, voyez-vous ça ! »

Un reniflement dédaigneux se fit entendre derrière le livre de Godfrey.

« Pour te faire suivre par des tas de galants... Hum ! Ça m'étonnerait.

— Je ne vois pas pourquoi Alpiew n'aurait pas de succès. Elle a du charme, une belle silhouette...

— Vous pensez à cette catin de Nell Gwyn. C'est différent aujourd'hui. Pour être actrice de nos jours, une femme doit avoir une âme ouverte afin de recevoir l'impression des Passions dans son cerveau, puis, usant des cavités appropriées du cerveau, le pouvoir de les exprimer indéfiniment. C'est ce qui est écrit ici », dit-il en dardant le doigt sur un autre livre à côté de lui.

« Merci, Godfrey. »

La comtesse jeta un manteau sur ses épaules.

« Viens, Alpiew. Laissons ce monsieur à ses ruminations fantastiques sur la nature de l'art dramatique dans la société contemporaine. »

*
* *

La porte de l'appartement de Rebecca s'ouvrit quelques instants à peine après qu'elles eurent frappé. Sarah, en les voyant, parut déçue.

« Que voulez-vous ?

— Mme Montagu est-elle ici ? »

La comtesse lui tendit Red, qu'elle portait dans ses bras comme un bébé.

« Nous aimerions lui rendre son chien.

— Vous savez bien qu'elle n'y est pas. »

La jeune fille leur bloquait le passage, mais Alpiew l'écarta pour entrer.

« Alors si cela ne vous dérange pas, nous allons jeter un coup d'œil. »

Elle alla droit au salon. Manifestement, quelqu'un y avait pris ses aises. Les chandelles étaient allumées dans les appliques et une paire de gobelets à vin attendaient sur la table.

Alpiew se rendit dans la salle à manger. Le coffre à thé s'y trouvait encore. Alpiew rabattit le couvercle. Il était toujours plein de thé. Elle ouvrit l'armoire. Les étagères étaient toujours remplies de bouteilles de brandy.

« Alors Mme Montagu n'est pas repassée ici ? demanda-t-elle à la jeune fille, qui les dévisageait avec insolence.

— Je ne l'ai pas vue. »

La comtesse posa le chien par terre. Il partit en trottinant dans le couloir, poussa une porte du museau et entra. La comtesse le suivit et se retrouva dans la chambre à coucher de Rebecca. Le lit était fait et d'autres chandelles brûlaient dans les appliques murales. Le chien sautilla en s'efforçant de monter sur le grand lit à baldaquin.

« Qui a dormi ici ? »

La jeune fille s'élança pour lui fermer la porte au nez.

« Personne.

— Brûler les meilleures chandelles en cire d'abeille dans une chambre vide me semble d'une folle extravagance.

— D'accord ! Je l'avoue. C'est moi. Et alors ? Si elle est partie, je peux dormir où je veux.

— À cette heure de la journée ? s'étonna la comtesse en haussant les sourcils. Mais si Mme Montagu vous surprenait ?

— Je me fous de ce que Mme Montagu pourrait penser. J'espère que je ne reverrai jamais sa méchante figure.

— Vous ne pouvez continuer à vivre chez elle si c'est vraiment ce que vous pensez. Croyez-moi, elle rentrera.

— Alors qu'elle rentre. Je serai partie.

— Partie ?

— Après-demain j'aurai quitté ce pays à jamais.

— À jamais ! »

La comtesse haussa les sourcils et une pluie de poussière retomba sur son décolleté.

« Exactement. Je pars pour le Nouveau Monde, pour l'Amérique. J'y vivrai comme une grande dame, avec des esclaves et des hectares entiers de cannes à sucre, de tabac et de pommes de terre : toutes les sortes de pommes de terre, les douces, les amères, les mousselines et même les maniaques. Elles pousseront sur le pas de la porte de ma petite maison dans la prairie, à New York. »

Décidément, on ne tirerait qu'un galimatias ridicule de cette petite fille maussade. La comtesse se dirigea vers la sortie.

« Viens, Alpiew ! Sarah, si votre maîtresse se manifeste avant que vous ne quittiez l'Angleterre pour votre nouvelle vie au sein de la société des nantis, dites-lui, je vous prie, que j'ai besoin de lui parler.

— Je ne vais pas rejoindre la Société des Antis, cracha la jeune fille. Je vais me marier ! »

La comtesse se figea soudain. Devant elle, pendu à un crochet derrière la porte, se trouvait un manteau en velours vert. Elle retourna l'étoffe pour voir les boutons.

« Identiques ! » marmonna-t-elle.

Près du col, une touffe de tissu déchiqueté désignait l'emplacement du bouton manquant. Elle se retourna et, dans un miroir mural, surprit le regard de la petit bonne.

« Qu'est-ce que vous manigancez ? dit Sarah en tentant de lui arracher le vêtement. Vous lui faites les poches ?

— À qui est ce manteau ?

— À qui croyez-vous ? soupira la jeune fille. À ma maîtresse, évidemment.

— Qui attendez-vous ? »

Alpiew, derrière elle, désignait la table du salon.

« Je suppose que quelqu'un va passer prendre un verre ? C'est elle, n'est-ce pas ?

— Non, ce n'est pas... »

La jeune fille fit volte-face en se rendant compte qu'elle avait failli se laisser piéger.

« Ce n'est personne.

— Alors vous buvez toujours dans deux verres à la fois ?

— Si vous ne sortez pas... »

Sarah agrippa la poignée de porte du salon et referma.

« ... j'appellerai un sergent de ville et je vous ferai jeter dehors. »

Tandis qu'elles redescendaient l'escalier la comtesse posa un doigt sur ses lèvres. Une fois dans la rue, elles relevèrent la tête. Sarah guettait à la fenêtre.

« Avance toujours », ordonna la comtesse.

Elles tournèrent le coin de la rue vers un petit square, attendirent un instant puis revinrent sur leurs pas. Elles arrivèrent juste à temps pour voir la silhouette sombre d'un homme de haute taille escalader l'escalier quatre à quatre.

Elles échangèrent un regard stupéfait.

« Qui l'aurait cru ? fit Alpiew en le suivant du regard. Le Signior Lampone !

— Je n'aurais jamais imaginé qu'il puisse se contenter d'une servante, s'étonna la comtesse. J'ai toujours pensé que les Italiens avaient un goût plus sophistiqué. Après tout, leur pays nous a donné Dante et Léonard de Vinci.

— Si fait, dit Alpiew. Et Lucrèce Borgia. »

À l'hôtel particulier de Rakewell, on les introduisit immédiatement au salon.

Le jeune lord fixait le feu de cheminée en sirotant un verre de brandy.

« Alors, démons femelles ! Où est ma femme ?

— Je vous trouve un peu jeune pour être marié. Vous n'êtes qu'un enfant. »

La comtesse tendit les mains pour les chauffer au feu.

« À votre âge, ajouta-t-elle, la plupart des garçons préfèrent multiplier les conquêtes.

— Sans compter, milord, dit Alpiew, que nous vous avons rendu un fier service. »

Rakewell se retourna vers Alpiew :

« En quoi, expliquez-moi ? Vous l'avez aidée à m'échapper !

— Nous avons des raisons de croire que votre "femme" est une meurtrière, milord. »

Rakewell les fixa sous ses paupières baissées.

« Une meurtrière, dites-vous ? »

Il bondit de son fauteuil et les agrippa toutes deux.

« Vous ne m'apprenez rien ! Nous sommes *tous* convaincus que Rebecca a tué Anne Lucas. Moi le premier. Voilà pourquoi je l'ai faite mienne. Parce que les femmes n'ont pas le droit de tremper dans le crime. Lorsqu'elle est sortie du droit chemin, j'ai considéré que j'avais tout à fait le droit de m'octroyer sa fortune.»

Il les attira si près de son visage qu'elles purent sentir la chaleur humide de son souffle, parfumé au brandy.

«Si vous savez où elle est, mieux vaut me le dire à l'instant. Je crois qu'elle n'hésiterait pas à vous faucher toutes deux si elle s'imaginait que vous puissiez lui faire obstacle, tout comme elle s'est débarrassée de Mme Lucas, de peur qu'elle ne dérange ses grands projets financiers.»

Comme Alpiew et la comtesse clignaient des yeux sans comprendre la tirade, il les relâcha.

«Je vois que vous ne savez rien. Sortez.»

Tandis que la porte se refermait derrière elles, elles entendirent le fracas d'un verre lancé contre le bois.

Il ne fallut pas longtemps pour attirer M. Vernish jusqu'à la grille de la prison de Fleet. La comtesse reconnut instantanément l'éclat de la panique dans ses yeux, reflété dans la lumière vacillante d'un flambeau de passage.

«Je ne l'ai pas fait. Vraiment, madame. Je n'ai pas tué Anne Lucas.»

Il n'y avait pas autant de monde que d'habitude à la grille. Mais une masse grouillante de prisonniers tentant d'entrevoir le monde libre se tordait et murmurait tout autour de lui.

«Je le sais. Mais nous devons vous demander de vous reporter une fois de plus à cette soirée.»

La comtesse approcha son visage de celui de l'homme. La nuit était tombée et un nuage voilait la lune.

«Trouvez un endroit isolé quelque part dans la prison et repassez cette nuit dans votre esprit, seconde par seconde. Souvenir par souvenir. Alpiew ou moi reviendrons bientôt, et vous pourrez nous dire ce dont vous vous êtes souvenu.

— Je vais être pendu pour ce meurtre. »

Valentin Vernish s'agrippa aux barres en fer et y pressa son visage pour faire entendre son chuchotement :

« Pendu pour quelques guinées illicites.

— De quelles guinées parlez-vous ? »

La comtesse était perplexe. Vendre du pain d'épices ne pouvait pas être considéré comme un emploi illégal.

Alpiew se rapprocha, assez pour sentir la puanteur rance montant de la prison vers l'air froid de la nuit.

« Combien ?

— Pas assez pour mériter la mort. »

Un mouvement soudain de prisonniers emporta l'homme le long de la grille, jusqu'à ce que son visage s'écrase contre le mur noir de crasse.

« Faites-la venir.

— Qui ? »

Alpiew le savait d'avance.

« Vous le savez bien… »

Valentin Vernish passa la main à travers les barreaux et agrippa celle de la comtesse :

« Becky ! Beck la Noire ! Elle doit avouer. Amenez-la-moi. Apprenez-lui mon infortune. C'est la *seule* qui puisse m'aider maintenant. »

La masse grouillante de visages et de mains tourbillonna et le regard désespéré de Vernish disparut dans la foule.

« Dire qu'une tueuse de sang-froid a dormi sous notre toit.

— À la vérité, nous l'avons toujours redoutée, milady.

— Oui. Sauf Godfrey, qui a fini par s'y attacher, j'ai l'impression. »

En arrivant à l'angle de German Street, elles payèrent le porteur de flambeau qui les avait éclairées jusque chez elles.

« Nous devrions investir dans une bonne lanterne solide, Alpiew, dit la comtesse en frissonnant dans l'entrée. Ces porteurs de flambeau vont nous ruiner.

— L'ennui, c'est qu'il faut trimballer ce machin poussiéreux partout en plein jour, objecta Alpiew en poussant la porte de la cuisine. Bon, j'espère que Godfrey nous aura préparé un bon dîner bien chaud. »

Godfrey était assis devant la table nue, souriant de toutes ses nouvelles dents étincelantes.

« Godfrey ? » fit Alpiew, cherchant les casseroles mijotant qui auraient trahi le retour de Rebecca.

La comtesse se posa sur une chaise devant lui.

« Qu'est-ce qui te prend maintenant ? Si tu as mis tes dents, c'est qu'il y a du nouveau. »

Godfrey émit un curieux gargouillis. Il agrippait un bout de papier.

« Tu es malade ? »

La comtesse tendit la main pour prendre le billet mais Godfrey le lui arracha.

« Allez, crache le morceau, bonhomme. »

Alpiew, devant la cheminée, soulevait l'un après l'autre les couvercles de toutes les casseroles. Rien.

Godfrey produisit un gémissement glougoutant, puis se résolut à fouiller dans sa bouche pour arracher son râtelier, arrosant la table de filets de salive.

« Maudites mandibules ! fit-il en posant doucement les fausses dents sur ses genoux. On n'arrive pas à se faire entendre avec ça !

— En bien ? aboya la comtesse. Tu sais que

cela me met hors de moi, Godfrey, quand tu ne nous dis pas tout de suite ce qui se passe.

— Elle veut me voir.

— Qui ?

— Rebecca.

— *Rebecca !* »

Alpiew laissa tomber un couvercle de casserole, qui roula sur le carrelage de la cuisine avant de s'écraser, dans un grand fracas métallique, contre la porte du garde-manger.

« Rebecca est venue ici ? »

Godfrey hocha la tête.

« Elle a glissé un billet sous la porte.

— Laisse-moi voir. »

La comtesse tendit sa petite main dodue. Cette fois, Godfrey lui remit le billet trempé de salive. La comtesse lut à voix haute :

« *Dix heures du soir. L'étang de Rosamund. R.*

— L'étang de *Rosamund* ? s'étrangla Alpiew.

— Alpiew, tu commences à ressembler à un croisement du nouveau moteur de la station hydraulique et d'une actrice répétant ses répliques. Essaie donc de conserver un peu de dignité ! »

La comtesse fixa Godfrey d'un œil scrutateur.

« Il n'y a pas de signature. Comment sais-tu que cela vient d'elle ?

— Il y a eu un autre billet. »

La mâchoire d'Alpiew se décrocha :

« *Un autre billet ?*

— Alpiew ! »

La comtesse se retourna vers Godfrey et parla doucement, comme si elle s'adressait à un bébé.

« Quand cet autre billet est-il arrivé ?

— Ah, fit-il en agitant une main lasse, cela fait plusieurs jours. Je l'ai ramassé et lu, mais Sarah me l'a arraché et m'a dit que c'était pour elle.

— Et que disait le billet ?

— Qu'il fallait remettre quelque chose jusqu'au surlendemain.

— Remettre quoi… ?

— Comment le saurais-je ? C'était pour Sarah, et elle n'est pas bavarde.

— Comment sais-tu qu'il s'agissait de l'écriture de Rebecca ?

— Parce que Sarah me l'a dit. »

La comtesse examina à nouveau le billet. Il était tracé d'une main élégante, manifestement celle d'une personne éduquée et cultivée. *Dix heures du soir. L'étang de Rosamund. R.* Elle se pencha par-dessus la table.

« Et enfin, Godfrey, comment as-tu su que ce billet-ci t'était destiné ? »

Godfrey se tortilla en changeant d'expression. La comtesse l'aurait décrite comme celle de l'indigestion aiguë. Mais Alpiew reconnut aussitôt la Passion appelée l'Amour Simple – front lisse, sourcils légèrement haussés d'un côté, l'œil scintillant et levé vers le ciel, une lueur rosée sur les joues. La bouche de Godfrey était légèrement entrouverte, ses lèvres flétries un tantinet humides.

« Il ne pouvait être que pour moi, souffla-t-il.

— Cela est bel et bon, déclara la comtesse en se levant pour rendre le billet à Godfrey. Mais Godfrey, nous ne pouvons te laisser aller à ce rendez-vous tout seul. Nous allons t'accompagner.

— Mais…

— Ne t'inquiète pas, nous n'interviendrons pas s'il s'agit d'un rendez-vous galant. Nous nous contenterons de rester dans l'ombre afin de te protéger.

— Mais…

— Le parc de St James n'est pas un endroit des plus sûrs, la nuit, n'est-ce pas Alpiew ?

— Oui milady. C'est un rendez-vous bien connu des coupe-lacets…

— Des Tityre-tus…

— De vagabonds du dernier ordre.

— Et de tous ces messieurs-dames de la nuit, si tu comprends ce que je veux dire… »

La comtesse s'enveloppa de son manteau tandis qu'Alpiew fouillait le garde-manger.

« Que fais-tu là ?

— Je sais qu'il y a une très vieille lanterne au fond de l'étagère supérieure. Je ne m'aventure pas dans le parc sans lumière. Voilà ! »

Alpiew émergea en brandissant une vieille lanterne noire de suie. La comtesse arracha une grosse chandelle à l'une des appliques et l'alluma au feu. Elle la planta sur le piquant rouillé de la lanterne cabossée. Les volets en corne noircie ne laissaient filtrer qu'une faible lueur jaune.

« Bon, Godfrey, mieux vaut remettre tes quenottes blanches en position, et nous partons. Il ne reste que dix minutes avant ton rendez-vous galant. »

Chandeliers et appliques scintillaient à travers les fenêtres des palais de St James et de Cleveland House. Alpiew songea qu'une fois dans le parc, prêts à rentrer chez eux, ces fenêtres leur serviraient à retrouver leur chemin, un peu comme les étoiles pour les marins.

Godfrey marchait à quelques pas devant elles lorsqu'elles pénétrèrent dans le parc. Élevant la lanterne, Alpiew passa la première, suivie de la comtesse accrochée à son bras. Un hibou hulula au loin.

« Nous devrions deviser gaîment, chuchota la comtesse. Pour ne pas donner l'impression que nous avons peur.

— Il fait froid, n'est-ce pas ? dit Alpiew.

— Oui, répliqua la comtesse aussi fort qu'elle le put.

— Pour un mois d'avril.

— En effet. »

Elles avancèrent en silence, passant sous un petit bouquet d'ormes.

« Et si elle était cachée là, prête à nous massacrer tous ?

— Nous sommes trois, Alpiew, et elle est seule.

— Et si elle s'est entourée d'une bande d'hommes de main ?

— Chut ! dit la comtesse en regardant autour d'elle. Es-tu sûre que nous allons dans la bonne direction ? Godfrey ! Où est la Pall Mall ? »

Godfrey s'arrêta pour regarder autour de lui. Il retira ses dents.

« La *rivière* Pall Mall ou Pall Mall *Street* ?

— Nous sommes dans un parc, Godfrey, souffla furieusement Alpiew. Pourquoi rechercherions-nous une rue ? »

Tandis que Godfrey réinsérait son râtelier, Alpiew observa le visage de la comtesse dans la faible lueur jaune de la lanterne. Elle lisait la Terreur sur ses traits. Alpiew l'éprouvait aussi. Elle tendit la main pour presser celle de sa maîtresse.

Soudain, quelque chose de chaud et d'humide lui effleura le cou. Elle se retourna lentement. La comtesse s'agrippait si fort à elle qu'elle comprit qu'elle l'avait senti, elle aussi. Quelqu'un était derrière elles. Si près qu'elles sentaient un souffle sur leurs nuques. Alpiew éleva doucement la lanterne vers l'espace situé entre leurs épaules.

La comtesse poussa un petit cri en se retrouvant nez à nez avec un grand visage velu.

« Seigneur, Alpiew, quelle affreuse bête est cela ? Elle ne va pas nous tuer, n'est-ce pas ?

— Dame, milady, dit Alpiew en poussant un

énorme soupir de soulagement, ce n'est qu'une vache laitière. »

Godfrey était maintenant loin devant elles. Alpiew passa une main dans ses cheveux.

« Nous aurions dû alerter la garde avant d'entrer dans le parc.

— Et qu'ils nous prennent pour deux gourgandines lascives, en quête de pratiques nocturnes autour de l'étang ? Ils nous auraient arrêtées aussitôt !

— En effet, milady, vous avez raison. Nous n'aurions jamais pu leur expliquer la raison pour laquelle nous avions besoin d'eux.

— Et qui croirait qu'une actrice célèbre est une scélérate meurtrière, donnant rendez-vous à un vieux bougre aussi laid que Godfrey ? »

Elle agita les mains.

« Regarde-le galoper. »

Elle éleva la voix :

« Godfrey ! Pour l'amour du ciel, moins vite ! »

Il continuait d'avancer comme s'il n'avait pas entendu.

« Godfrey ! » hurla Alpiew.

Godfrey s'arrêta et se retourna. Ses dents blanches luisaient dans les ténèbres comme un étrange papillon de nuit.

« Seigneur, Alpiew, c'est un spectacle plus terrifiant que celui de cette affreuse vache ! »

Dans un regain de courage, la comtesse se remit en marche.

« Je me sens curieusement protégée par ce talisman blanc... »

Elles quittèrent la pelouse et s'engagèrent craintivement sur un sentier.

« Enfin, Alpiew. Nous longeons la Pall Mall. Je reconnais le craquement des coquillages sous nos pas. L'étang de Rosamund est à notre droite, maintenant. Nous devons prendre garde de ne pas tomber dans le Long Canal, que nous croiserons bientôt à notre gauche. »

Un froissement de plumes se fit entendre devant eux, suivi d'un couinement aigu.

« Qu'était-ce ? »

Alpiew agita la lanterne autour d'elle, révélant une petite harde de daims blottis sous l'un des tilleuls bordant la promenade, et un cygne qui agitait les ailes.

« Ah, la nature ! s'exclama la comtesse. Pouah, quelle horreur ! La nature devrait rester chez elle, c'est-à-dire aussi loin de moi que possible. »

Un grand plouf à leur gauche les immobilisa à nouveau et la comtesse poussa un petit cri.

« Encore des cygnes, je crois, souffla Alpiew. Ou un poisson sautant hors de l'eau. »

Les ailes battantes d'un malard frôlèrent leurs têtes.

« Avance, dit la comtesse. Comme l'a affirmé Francis Bacon, "On ne peut pas commander à la Nature". Elle s'est manifestement décidée ce soir à terrifier les innocents promeneurs. »

Elle s'agrippa au bras d'Alpiew et retourna sur la pelouse.

« Voici le Long Canal. Je vois l'eau scintiller. Charles nageait ici, il y promenait ses chiens, il nourrissait les canards... Ah, quel roi ! »

Godfrey se retourna, les illuminant de son râtelier, et émit un gargouillement. Il extirpa ses dents pour parler.

« Nous sommes en retard. S'il vous plaît, arrêtez de bavarder et suivez-moi. »

Il fourra à nouveau le râtelier en place et se remit en marche.

« Hou là là ! gloussa Alpiew.

— Patte-folle court vers le grand amour ! fit la

comtesse en levant les yeux au ciel. Je crois que je le préfère encore quand il se néglige... Bon, viens. »

Elle retroussa sa jupe et trotta d'un pas agile dans le sillage de Godfrey, suivie d'Alpiew balançant sa lanterne. Un bouquet d'arbres devant eux délimitait la forme ovale de l'étang de Rosamund. Ils parvinrent au bord de l'eau et s'immobilisèrent en silence. Le seul bruit perceptible était celui des vaguelettes clapotant régulièrement sur la berge.

« Devrions-nous attendre ici ou faire le tour ? »

Alpiew tenta de scruter les ténèbres.

« Ou bien vaudrait-il mieux nous séparer et partir chacun de son côté ?

— Nous restons ensemble.

— Nous nous séparons. »

La comtesse et Godfrey avaient parlé à l'unisson.

« Je reste près de la lumière, dit la comtesse. Si Godfrey veut aller seul, c'est son droit. »

Godfrey disparut dans le noir.

« Viens, Alpiew, ordonna la comtesse d'un ton ferme, assez fort pour qu'on l'entende de loin. Nous prendrons le sens contraire des aiguilles d'une montre. »

Elle regarda autour d'elle et chuchota :

« Je n'aime pas cela. Tout est trop calme. Écoute ! Même la Nature semble brusquement avoir été bâillonnée !

— La dame se cache peut-être dans le noir, attendant de fondre sur nous. »

L'eau ondulait doucement à leurs pieds.

« Je ne crois pas qu'elle soit ici, milady. C'est une sorte de piège. »

La comtesse se retourna.

« Trouvons un endroit en retrait pour nous asseoir et attendons que Godfrey ait fait le tour de l'étang. »

Alpiew tendit le bras et éleva la lanterne, mais la comtesse interrompit son geste.

« Cache cette lumière. Elle nous aide à peine à trouver notre chemin, mais elle nous illumine aussi nettement que dans un tableau clair-obscur hollandais. Si quelqu'un rôde ici dans l'intention de nous nuire, elle l'aidera à nous trouver.

— Madame ?

— Fourre cette foutue lampe sous ta cape ! Tout de suite ! »

Alpiew dissimula entre les plis de ses vêtements. Elles demeurèrent immobiles, s'étreignant en silence.

« Je suis sûre que Rebecca ne s'arrêterait à rien. »

La comtesse pressa ses lèvres contre l'oreille d'Alpiew et reprit :

« Pourquoi sommes-nous ici ? Quelqu'un nous a attirés hors de chez nous. Serait-ce pour fouiller la maison en notre absence ?

— Seigneur, madame, je crois que vous avez mis dans le mille. »

L'estomac d'Alpiew se tordit.

« Dans le noir nous ne retrouverons jamais les bancs disposés autour de l'étang. Reposons-nous ici dans l'herbe de ce tertre. Quand Godfrey reviendra, nous rentrerons tous trois chez nous aussi vite que possible. »

Elles s'installèrent et tentèrent de scruter l'obscurité par-delà les eaux ondulantes de l'étang de Rosamund.

« Il fait chaud ici, dit la comtesse en se tortillant. Pourquoi fait-il si chaud ?

— C'est sans doute la lampe, madame. Elle brûle toujours sous le couvert de ma cape. »

Elles tendirent l'oreille. Le pas régulier de Godfrey, après avoir fait le tour de l'étang, s'approchait maintenant d'elles, arrivant par la droite. D'ailleurs, quand elles tentaient de percer les ténèbres du regard, elles apercevaient vaguement la forme dansante d'un sourire immaculé.

« Dieu merci, dit Alpiew en se relevant. Maintenant, nous pouvons rentrer. »

Elles distinguèrent le gargouillis de Godfrey tentant de parler à travers son absurde dentition.

« Est-il avec quelqu'un ? » fit la comtesse en plissant les yeux pour y voir.

Alpiew tenta de distinguer une autre silhouette.

« Non.

— Bon. »

La comtesse tendit la main à Alpiew.

« Rebecca nous veut peut-être ici, mais je suis certaine qu'elle n'avait pas plus l'intention de donner un rendez-vous nocturne à Godfrey dans un endroit comme celui-ci que de se promener toute nue sur Fleet Street. Alors aide-moi à me relever. »

Tandis qu'Alpiew se penchait pour aider la comtesse à se remettre sur pied, quelque chose s'écrasa derrière elle. Elle plongea vers le sol, laissant la comtesse retomber les quatre fers en l'air. Puis un objet blanc vola dans les airs et atterrit sur le gazon. Les fausses dents de Godfrey.

« Rebecca ? » balbutia ce dernier en tâtonnant devant lui à quatre pattes.

« Non, espèce d'idiot flapi, imbécile, querelleur, gâteux, maladroit ! C'est moi, bonhomme. La comtesse Ashby de la... »

Pendant qu'elle tâtonnait dans l'herbe, la cape d'Alpiew s'ouvrit. Elle voulut saisir la lanterne mais celle-ci se mit à rouler.

« La lanterne ! La lanterne ! »

Elle s'allongea à même le gazon pour tenter de l'atteindre, mais l'objet roulait toujours inexorablement vers le bord de l'eau.

« Attrape-la, Godfrey ! »

Ils contemplèrent en silence la flamme s'éteindre lorsqu'elle toucha l'eau.

« Godfrey, aboya la comtesse en tendant la main. Aide-moi à me relever.

— J'essaie, madame, mais vous devez m'aider », grogna Godfrey en tirant de toutes ses forces.

« Alpiew ? »

La comtesse rampait sur l'herbe humide.

« Je suis là, madame. J'ai pris votre main, mais bon sang, madame, vous pesez de tout votre poids.

— De quoi parlez-vous tous les deux ? Mes mains sont toutes deux ici, elles essayent de retrouver vos pieds ! »

La comtesse poussa un petit glapissement.

« Ah, Alpiew, est-ce ta cheville ? La chaussure est bien assez fine.

— Madame ? »

Alpiew laissa retomber la main qu'elle tenait et se pencha.

« Je suis ici, madame. Derrière vous. »

Elle suivit des mains le bras de la comtesse jusqu'à ce qu'elle tâte un pied à son tour.

« Mon Dieu, madame. Ce pied n'est ni le vôtre, ni le mien et ce n'est certainement pas celui de Godfrey ! »

La terreur lui glaça le sang.

« Ne bougez pas, ni l'un ni l'autre. »

Elle courut jusqu'au bord de l'eau et récupéra la lanterne. Fouillant frénétiquement dans sa poche, elle trouva son briquet et en tira des étincelles, qui s'allumèrent dans l'air nocturne comme de minuscules éclairs. Alpiew baissa les yeux. Un tas de vert et de rose. Une main. Une chaussure.

« Godfrey, vite. Aide-moi à sécher la mèche.

— Mais...

— C'est une urgence, bonhomme. Aide-moi ! »

Tandis que Godfrey essuyait la bougie, Alpiew, d'une main tremblante, battit le briquet jusqu'à ce que la mèche prenne feu. Elle éleva la lanterne, ouvrant le volet afin qu'elle éclaire mieux, puis l'abaissa vers le sol.

Ils y découvrirent un spectacle terrifiant.

Le corps d'une femme gisait, enveloppé d'un manteau en velours vert. Son opulente robe en satin pêche brodée de perles était inondée de taches de sang grandissantes ; ses mains blanches comme le lys étaient étendues à ses côtés ; sa jupe retroussée découvrait ses jolies jambes, inertes dans leurs luxueux bas de soie, et des pieds chaussés de délicats souliers de satin. Ses pâles épaules étaient nues mais barbouillées de sang.

La comtesse s'agrippa à Alpiew, qui étreignit Godfrey. Ils contemplaient, dans la lumière vacillante de la chandelle, un cou sans tête encore paré d'un collier de perles luisant sous le sang, qui coulait toujours lentement, formant une large tache sombre dans l'herbe. La pauvre femme avait été décapitée.

7
Désespoir

L'absolue privation de l'espoir est le Désespoir.
Le sujet grince des dents et mord ses lèvres.
Son front se creuse de sillons.
Les sourcils sont abaissés sur les paupières,
froncés vers la racine du nez.
La bouche est ouverte, tirée aux commissures,
la lèvre inférieure saillante et tendue.

« C'est elle ! s'écria Alpiew lorsqu'elle eut retrouvé son souffle.

— Rebecca ? »

La comtesse s'avança.

« C'est la robe qu'elle portait pour jouer Roxane, milady. J'ai passé tellement de temps à la fixer sur scène, que j'en reconnaîtrais chaque perle, chaque paillette.

— Et ce sont ses jolis souliers, sanglota Godfrey. Laissez-moi mettre la main sur le scélérat qui a fait ça...

— C'est plus que je n'en peux supporter, dit la comtesse en arrachant la lanterne des mains d'Alpiew. Ne regardons plus. »

Ils se détournèrent du corps.

« Le tueur rôde sans doute toujours dans le parc, souffla Alpiew. Le corps est encore chaud.

— Si nous étions arrivés quelques instants plus tôt, fit la comtesse en saisissant la main d'Alpiew, nous aurions assisté au meurtre.

— Ah madame, balbutia Alpiew à travers ses dents qui claquaient. Que faire ?

— Nous devrions appeler au secours, chevrota Godfrey d'une voix faible et tremblante. Faire venir la garde.

— Connaissant leur imbécillité, déglutit la comtesse, si nous restons ici ils nous appréhenderont pour le crime. »

Godfrey se laissa tomber à genoux.

« Nous ne pouvons la laisser comme ça.

— Lorsque nous aurons regagné la rue nous demanderons à un porteur de flambeau d'appeler au secours. »

La comtesse se pencha avec sollicitude pour aider Godfrey à se relever.

« Cela vaut mieux. Vraiment, Godfrey. Elle voulait que tu la protèges, pas que tu sois pendu pour elle. »

« Rosamund ! Ce doit être une coïncidence. »

Tandis que l'aurore se levait sur German Street, et que Godfrey dormait d'un sommeil agité copieusement arrosé de brandy, la comtesse et Alpiew veillaient, incapables de trouver le sommeil après cette horrible découverte dans le parc.

« L'étang de Rosamund pourrait-il être la "Rosamund" secrète à laquelle Rakewell a fait allusion ? »

Alpiew réfléchit.

« Rebecca arrondissait peut-être ses fins de mois en se prostituant.

— Cela me semble très improbable, Alpiew. Ni son tempérament ni sa célébrité ne l'y autoriseraient. Tu m'as toi-même dit à quel point traverser un bordel l'avait horrifiée, lorsque vous aviez fui la bataille entre les Tityre-tus et les miliciens. »

La comtesse leva les mains.

« De plus, si elle voulait des amants, en tant qu'actrice elle pouvait facilement viser plus haut que les clients communs d'un lieu de prostitution. Vois cette dévergondée de Nell Gwyn et sa camarade vendeuse d'oranges, Moll Davies. Elles se sont servies de la scène pour piéger un roi. Peg Hughes a attrapé le prince Rupert. Rebecca aurait pu avoir n'importe quel gentleman à son gré.

— Elle a eu Rakewell ! Et elle n'en a pas voulu. Peut-être cherchait-elle à gagner de l'argent, mais anonymement ? Rappelez-vous, comtesse, que lorsqu'une actrice séduit un homme riche, il se trouve des gens comme nous pour s'assurer que le monde entier l'apprenne.

— Je crois néanmoins, Alpiew, qu'il s'agit d'une énigme infiniment plus complexe, fit la comtesse en tournant sa plume entre ses doigts. Explique-moi pourquoi une femme aussi riche et célèbre que Rebecca se rendrait seule en un lieu aussi mal famé et dangereux que l'étang de Rosamund au milieu de la nuit ? Et pourquoi envoyer un billet nous donnant rendez-vous là-bas ? Si elle voulait nous voir, elle aurait aussi bien pu le faire ici.

— Parce qu'elle fuyait Rakewell ?

— Bien sûr, mais il ne peut pas surveiller notre maison jour et nuit. Si nous avons réussi à semer les huissiers, elle pouvait également s'introduire sans attirer son attention. Et arriver comme elle est partie, par le mur du jardin.

— Rakewell l'a-t-il tuée, d'après vous ?

— Cela me choque d'avoir à le dire, mais nous savons que cet ignoble lord n'y regarde pas de si près quand il s'agit de tuer. Et bien que l'honorable Chambre des Lords ait contourné la loi pour lui rendre sa liberté, il est évident qu'il a déjà assassiné deux hommes et...

— Mais bien sûr ! »

Alpiew posa brusquement sa tasse de chocolat chaud sur la table.

« Si vous avez raison et qu'il a trouvé le moyen de s'échapper de la Tour de Londres ce soir-là, et qu'il était bien aux York Buildings, alors il aurait aussi aisément pu tuer Anne Lucas.

— Ou peut-être que Rakewell était amoureux d'Anne Lucas. Peut-être est-il le bienfaiteur mystérieux de sa famille. Peut-être que Rebecca a tué Anne, comme nous l'avons toujours cru. Et que Rakewell l'a tuée pour se venger.

— Mais pourquoi reviendrait-il sur sa promesse d'envoyer de l'argent à la famille Lucas afin que l'enfant ne soit pas envoyé à l'hospice et le mari à l'asile de Bedlam ? »

Un violent craquement dans la cheminée fit sursauter la comtesse. Sa plume vint heurter la table, éclaboussant son visage d'une giclée d'encre. Elle s'essuya l'œil.

« Ce matin-là, il était trop occupé à poursuivre Rebecca. Il est possible que son évasion lui ait temporairement fait oublier l'affaire. »

La comtesse, en pressant ses doigts tachés d'encre contre ses lèvres, les barbouilla de noir.

« Et à propos d'évasion, pourquoi Anne Lucas n'a-t-elle pas fui son tueur, surtout s'il la poursuivait armé d'une hache ? »

Alpiew pinça les lèvres et réfléchit en silence. Puis elle claqua des doigts.

« Rappelez-vous cette boutique à la Nouvelle Bourse... Rebecca a refusé les gouttes de belladone – *mais* elle a dit qu'Anne Lucas en mettait avant de monter sur scène. Or, elle était bien sur scène la nuit où elle a été tuée. Elle n'a donc pas vu son agresseur !

Ou en tous cas, elle n'a pas été capable de distinguer ses traits : les gouttes de belladone brouillent affreusement la vision. »

On frappa à la porte. La silhouette imposante d'un sergent de ville apparut sur le seuil, brandissant son sceptre d'office.

« J'ai été mandé par la justice pour m'enquérir auprès des personnes habitant ce quartier, afin de savoir si elles ont vu ou entendu quelque chose de bizarre après la tombée de la nuit dernière ? »

Alpiew secoua la tête.

« Pourquoi, sergent ? demanda la comtesse en penchant la tête de côté. Que s'est-il passé ?

— Un meurtre brutal et sanglant, madame. À trois furlongs d'ici à peine. »

Il fit un signe du menton à son adjoint gringalet.

« Et le seul indice dont nous disposions quant à l'identité de son agresseur est ce râtelier de bois peint. »

L'assistant brandit les dents de Godfrey.

« Des dents ? sourit Alpiew. Ni moi ni ma maîtresse n'avons besoin de fausses dents, sergent. »

La comtesse découvrit une rangée d'incisives jaunies et noircies.

« Et ce vieux bonhomme qui travaille pour vous ?

— Avec ce que je lui donne comme gages ? Où trouverait-il de quoi s'acheter de tels ornements ? »

La comtesse émit un petit gloussement, puis se pencha en avant et chuchota :

« Qui est la victime ? Vous l'avez identifiée ? »

Alpiew réprima un geste d'inquiétude. Elle entendait Godfrey tituber dans la cuisine.

Le sergent baissa lui aussi la voix :

« Une quelconque raccrocheuse.

— Une raccrocheuse ?

— Une garce, une coureuse... en un mot, madame, une putain. Vêtue de parures dignes d'une reine mais... »

Il fronça le nez.

« Je préférerais ne pas en parler devant une dame, milady.

— Parler de quoi, sergent ? Je ne suis pas bégueule. »

Godfrey vacilla dans le hall d'un pas engourdi. Alpiew s'élança pour le retenir et le raccompagner vers la cuisine.

« Il a un peu abusé de la dive bouteille, hélas, sergent. Vous disiez ?

— Pourquoi une femme se rendrait-elle à l'étang de Rosamund par une froide nuit si elle n'était pas une putain ?

— Une putain ?

— Je suis désolé d'user d'un tel langage, mais c'est la vérité. »

Il se pencha vers la comtesse pour chuchoter :

« Pas de tête. Il a dû la conserver en souvenir. Une fois que nous aurons retrouvé la tête, je suis certain, milady, que nous mettrons la main sur celui qui a tué la garce. »

« Heureusement pour nous, Alpiew, que nous sommes seules à connaître l'identité du corps. La garde est toujours perplexe, et le restera jusqu'à ce qu'on ait découvert la tête de cette pauvre fille.

— Vous avez raison, milady. »

Alpiew retint la comtesse, qui avait manqué se trouver sur le chemin d'une charrette de foin qui roulait à reculons sur Drury Lane.

« Nous pouvons supposer que la seule autre personne à connaître l'identité du corps est le responsable de sa mort. »

Les acteurs s'étaient regroupés dans la salle de

repos. George, tout seul à l'entrée, roula des yeux vers ses collègues en s'avançant vers la comtesse et Alpiew d'un pas incertain.

« On a répété toute la nuit. Monter ce genre de pièce avec deux bonnes femmes si bornées qu'elles n'arrivent même pas à comprendre la structure d'une phrase sujet-verbe-complément n'est pas une mince affaire. »

Bien qu'il soit encore grand matin, George semblait déjà bien imbibé de bière.

« Que voulez-vous dire ? »

Alpiew jeta un coup d'œil circulaire et reconnut, en ancienne habilleuse, tous les accessoires d'une répétition nocturne. Les assiettes sales venues de la taverne voisine, les bouteilles vides, les manteaux et les bouts de serge décousue sur les bancs, là où les acteurs avaient tenté de faire un petit somme durant les scènes où ils n'apparaissaient pas.

« Vous avez passé la nuit ici ? »

La comtesse scruta un à un les acteurs aux yeux bouffis.

« Et nous n'avons toujours pas trouvé le ton ni le rythme, grogna George. Nous avons jusqu'à quatre heures de l'après-midi pour être au point. Rich nous a prévenus.

— Prévenus de quoi ?

— La pièce doit être un succès, sinon il dissout complètement la compagnie et nous remplace par des chiens savants, des singes chantants et des acrobates. »

George leva les mains au ciel.

« Des phénomènes de foire ! Rien qui sollicite l'intelligence ! »

La comtesse remarqua l'absence de Cibber.

« Et Colley n'est pas là ?

— Oh si, il est bien là, fit George en indiquant la loge des hommes. Quand il n'est pas sur scène à tenter d'aider ces idiotes à apprendre leurs rôles, il est là-dedans en train de gratter sa nouvelle pièce. »

La comtesse partit voir ce qu'il en était, laissant Alpiew seule avec George.

« Pas de nouvelles de Rebecca ? demanda-t-elle en l'observant attentivement.

— Becky la Tigresse ! Non. Même si je ne goûte pas sa compagnie, je l'accueillerais à bras ouverts.

— Vous ne goûtez pas la compagnie de Rebecca ? Et pourquoi donc, George ?

— C'est une très bonne actrice, ne vous méprenez pas sur mes propos. Mais elle me terrifie. Elle m'attrape trop souvent par les roustons. »

Alpiew sourit d'un air un peu narquois.

« Pas littéralement, vous comprenez. Je ne m'approcherais jamais d'une telle furie. C'est une petite dame bien trop froide et hautaine. »

Il avala bruyamment une gorgée de bière.

« Mais aussi trop noble. Et trop bonne. »

Il posa la main sur l'épaule d'Alpiew.

« Je préfère les femmes gentilles, bien en chair, et peu farouches, comme vous. »

Alpiew se dégagea et le bras de George retomba mollement contre son flanc.

« Rebecca, trop noble ? Allez, allez, George, vous avez bu, vous ne savez plus ce que vous dites. »

Ils s'assirent sur un banc près de la porte ouverte et regardèrent la rue s'éveiller, les boutiquiers ouvrir leurs volets et les vendeurs ambulants entamer leur première tournée de la journée.

« Elle nous a donné notre chance, mais nous avons été trop mesquins pour elle. Elle nous a bien fait la leçon, Becky. C'est un ange.

— Rebecca, un ange ? Que voulez-vous dire par là ?

— L'histoire des bagues.

— Quelles bagues ?

— Vous avez tout vu. Je le sais. Avant l'enterrement. Comme j'ai eu honte, après ! Anne Lucas est morte sans laisser assez d'argent pour payer les bagues de deuil. Mais il était inconcevable que nous n'en portions pas pour elle. Le monde entier aurait cru qu'elle nous détestait ou qu'elle avait été trop pingre pour nous laisser de l'argent. Rebecca a décidé que nous devions les avoir coûte que coûte. Elle nous a demandé à tous de fournir notre écot.

— Et vous lui avez tourné le dos.

— Je lui ai donné les pièces qui se trouvaient dans mes poches, marmonna George dans sa chope. Mais elle m'a raillé et m'a rejeté mes piécettes au visage. Et elle avait raison. C'était pure avarice de ma part.

— Alors d'où venaient ces bagues ? J'ai entendu le garçon dire que…

— Rebecca lui avait fait la leçon. C'est pour cela qu'elle était en retard aux obsèques. Elle voulait que tout se passe pour le mieux, même si cela devait lui donner le mauvais rôle. C'est elle qui a acheté les bagues. Elle les a payées de sa poche. »

Il se mit à sangloter.

« Mme Lucas n'avait pas laissé assez d'argent pour payer ses propres bagues de deuil ?

— C'est cela. Chaque penny qu'elle gagnait, elle le dépensait à prendre soin de son mari et de son fils. »

George essuya une larme.

« Pauvre Anne. Tant de malheurs, mais elle était toujours si gaie. Elle n'avait pas un seul ennemi en ce monde.

— Sauf Rebecca.

— Rebecca ! »

George se recula comme s'il essayait de mieux distinguer le visage d'Alpiew.

« Vous plaisantez ! Non, non. De nous tous,

Rebecca était l'amie la plus intime d'Anne. Elle l'adorait. Elles étaient toujours dans un coin à glousser et à comploter. Becky était son esclave. Elle aurait fait n'importe quoi pour elle. »

La comtesse passa la tête à travers les rideaux de la loge des hommes. Cibber était attablé devant des rames de papier empilées. Sur le banc, à côté de lui, était assis le chapelain de la Tour, le révérend Farquhar.

« Comtesse ! s'exclama Cibber. Nous avons passé une nuit bien pénible ! Je me suis échappé un moment, le temps que le révérend Farquhar parcoure mes nouvelles scènes. »

Il brandit une feuille de papier.

« Il est étonnant de constater combien cet écrivaillon de Shakespeare a raté d'occasions de briller dans sa tragédie de Richard ! Prenez le dernier acte, par exemple. Après cet ennuyeux catalogue de fantômes… Je fais dire à Catesby :

Eussions-nous su qu'un rêve vous avait effrayé,
Vos ennemis de fureur auraient pu s'armer.

Et Richard se rend compte à cet instant qu'il doit saisir l'occasion, oublier la nuit précédente et ainsi :

N'y songez pas, dit-il,
Non, qu'on ne dise jamais,
Que le Destin lui-même ait pu effrayer l'âme de Richard,
Ainsi, vous menacez en vain, rêves bavards.

Puis, je le fais se tourner vers le public avec un sourire assuré :

Arrière, conscience – Richard est à nouveau lui-même.

— C'est excellent, dit le prêtre en tapant sur

les papiers du plat de la main. Infiniment amélioré. Bien plus digne du caractère d'un scélérat.

— Sur le modèle de lord Rakewell... »

La comtesse laissa la phrase en suspens, espérant qu'il mordrait à l'hameçon.

« Oui. Et, euh, ensuite... »

Cibber saisit une autre feuille du manuscrit :

« Quand Richard s'adresse aux meurtriers dans le quatrième acte je le fais s'écrier : “Coupez-lui la tête...” Puis j'espère glisser un petit clin d'œil au public avec un “... et tant pis pour Buckingham !” On applaudira à cela, j'en suis certain. Surtout que la tête en question sera celle de George ! »

Cibber se renversa sur sa chaise pour rire à son aise.

« Vous voyez, comtesse, pour un acteur il n'existe que deux preuves certaines du succès : les rires et les applaudissements.

— Pas de nouvelles de Rebecca ? » demanda la comtesse en guettant sa réaction.

Le visage de Cibber ne trahit aucune émotion.

« Elle a toujours été impétueuse. Elle est partie faire ce qu'elle avait envie de faire avec ce type. Mais elle reviendra, la queue entre les jambes, en demandant qu'on lui rende tous ses rôles, dès les premières désillusions. Ce genre de femme agit toujours ainsi.

— Et Rakewell lui plaira un moment ?

— S'il dilapide son argent comme lors de cette farce à bord de la *Folie*, je ne vois pas pourquoi.

— Révérend Farquhar, vous avez dû croiser le noble lord, je suppose. »

Le prêtre leva les yeux vers elle :

« Et pourquoi dites-vous cela ?

— Quand nous nous sommes rencontrés, il était prisonnier à la Tour Beauchamp.

— Ah, lui ! Ce gamin des Tityre-tus. Non. J'en ai entendu parler, évidemment, par les gardes hallebardiers.

— Aurait-il pu, d'après vous, s'évader de la Tour la nuit de la conférence de Lampone sur les Passions ?

— S'évader ? »

Le prêtre rougit.

« Avec les gardes, les herses, les douves et les lions ? Je ne crois pas. »

Il fronça les sourcils.

« Et si ce jeune homme s'était évadé, pourquoi serait-il revenu ? Avec sa fortune, il aurait pu traverser la Manche de nuit vers la France, et se retrouver hors d'atteinte à l'aube. »

Le prêtre choisit une autre page de la pièce de Cibber :

« J'adore cette réplique, gloussa-t-il : "Princes, adieu. Pour moi, votre glas est une douce musique". Voilà, ça c'est une trouvaille.

— Je me flatte de savoir tourner des phrases originales, révérend Farquhar. »

Cibber reprit sa plume et la trempa dans l'encrier.

« Je dois continuer mon travail, comtesse. Nous autres auteurs ! Vous savez ce que c'est. Surtout dans mon cas, avec le fardeau supplémentaire d'être acteur dans une compagnie qui a dû remplacer ses deux actrices principales au cours de la même semaine, et menacée de dissolution par un philistin avide de gains. »

La comtesse retourna à la salle de repos. Les acteurs y avaient passé toute la nuit. En outre, personne ne semblait savoir que Rebecca était morte. Mais sauf erreur, Cibber avait un rapport quelconque avec l'antipathique lord Rakewell.

La comtesse et Alpiew décidèrent d'interroger le libraire du rez-de-chaussée de l'immeuble de Rebecca, avant de fouiller l'appartement de la jeune femme. Après tout, la maussade Sarah y traînait sans doute encore.

Au-dessus de la porte, l'enseigne du Serpent de Cuivre se balançait doucement dans la brise.

La boutique était sombre et poussiéreuse, avec des étagères chargées de livres et des piles d'ouvrages à même le sol. Le libraire leva le nez de son journal.

« Puis-je vous aider ?

— Nous cherchons Rebecca Montagu.

— Ah. C'est à l'étage.

— Non. Elle a disparu.

— Ah oui, j'ai lu cela dans le journal. »

Il farfouilla sur son bureau et extirpa un exemplaire du *Trumpet*.

« Elle a été enlevée par un galant. »

Il leva les yeux vers elle.

« Je vous demande pardon. Je n'achète pas toujours ce torchon, mais parfois cela m'amuse de déguster un scandale avec mon petit déjeuner, vous savez. Et si vous voulez du scandale, c'est chez la *Strumpet* que vous le trouverez. »

La comtesse grimaça en entendant le sobriquet donné au journal par le libraire. *Strumpet*, c'est-à-dire « catin »... Pourquoi les Cue n'avaient-ils pas songé à quel point il était facile de tourner en ridicule le nom de leur maudite feuille de chou ?

« Je me dis souvent que je me suis trompé de métier, ajouta le libraire en posant le journal. Les livres ne se vendent pas comme avant. Quand je me suis lancé, les *Maximes* de La Rochefoucauld et les *Mémoires* de Madame d'Aulnoy partaient comme des petits pains, et même la poésie et le théâtre :

M. Lee et M. Dryden décollaient plus vite des rayons que des lévriers. Mais maintenant, j'en suis réduit à stocker des vieux bouquins de conseils pratiques et des pamphlets de charlatans comme *Les secrets de l'armoire de la ménagère, contenant des recettes pour nourrir une famille heureuse et décorer une jolie maison... La magie des jardins... Les mystères de la maladie secrète...* Il n'y a plus que cela qui se vende, et qui se vende comme le démon. Ça et les journaux. »

Il tapota l'exemplaire du *Trumpet*.

« Oui, les journaux. Qu'on le veuille ou non, les livres mourront. Les journaux, c'est l'avenir.

— Et alors, Rebecca Montagu ? À votre connaissance, s'est-il passé quoi que ce soit dans ses appartements ?

— J'ai vu un homme en sortir hier soir. D'aspect étrange. De longues moustaches noires comme un Turc. Il faisait sombre et je n'ai pas vu grand-chose. Il portait un grand sac. Mais il semblait vide. Peu de temps après, je crois que je l'ai vue...

— Rebecca ?

— Impossible d'en être sûr. Mais c'était une femme et elle portait un manteau vert, avec la capuche relevée.

— Quelle heure était-il ?

— Très tard.

— Vous n'avez vu personne d'autre entrer ou sortir ?

— Êtes-vous ici pour acheter, fit le libraire en croisant les bras et en lançant un regard noir à la comtesse, ou pour fouiner ?

— Combien pour ceci ? »

Sans regarder, la comtesse prit un livre sur une pile à côté d'elle et le tendit au libraire.

« Deux shillings.

— Je le prends. »

Le libraire lui sourit et commença à l'emballer. « Vous disiez...

— J'ai entendu monter et descendre dans l'escalier un peu plus tard. Mais ça aurait pu être n'importe qui. Un pas léger, cela dit, comme celui d'un enfant. Sans doute celui de cette souillon de bonniche. »

Le libraire tendit à la comtesse l'ouvrage emballé, l'air vaguement dédaigneux.

« Il faut de tout pour faire un monde... Il n'y a que le sexe et le scandale qui se vendent ! Si je m'en tenais à cela, je ferais fortune ! »

« Lampone ! souffla la comtesse tandis qu'elles grimpaient l'escalier sur la pointe des pieds. Nous l'avons vu entrer. Le libraire l'a vu sortir. Peut-être qu'il cherchait Rebecca et, ne l'ayant pas trouvée, il est parti à sa rencontre dans le parc.

— Mais il a dit que Rebecca était sortie après Lampone. Se cachait-elle ici depuis le début, alors que nous nous disputions avec Sarah ? »

La comtesse ouvrit la porte et jeta un coup d'œil dans le hall. Tout était calme. Elle regarda derrière la porte. Le manteau vert avait disparu.

« Où aurait-elle pu se cacher pendant que nous étions ici ?

— Sous le lit. Dans l'armoire ou la garde-robe. »

Elles ouvrirent la porte du salon. Quelqu'un était bel et bien venu depuis la veille. Quelqu'un qui n'était pas bien intentionné.

La pièce avait été saccagée. Des papiers s'éparpillaient sur le parquet, les livres avaient été balayés des étagères, les tables et les chaises retournées. La salle à manger était restée intacte à une exception près : le coffre à thé avait disparu. Alpiew s'élança vers l'armoire et l'ouvrit. Elle était vide.

« Qui a emporté ces choses ? Sarah ? »

La comtesse ouvrait des tiroirs. Ils semblaient intacts.

« Bizarre. On n'a rien touché ici.

— Peut-être était-ce l'amant mystérieux de Sarah ?

— Ou quelqu'un de bien plus redoutable ?

— Allons voir dans la chambre. »

Alpiew poussa la porte. La chambre était ensevelie sous une tempête de plumes blanches, crachée par les traversins déchirés. Le matelas avait été partiellement arraché au lit et s'affalait par terre de travers. Mais les rideaux de lit en velours bleu étaient fermés.

Alpiew et la comtesse se regardèrent. Et si quelqu'un se cachait sur le lit, prêt à bondir sur elles, armé d'une hache ? Alpiew saisit une canne et s'avança prudemment, brandissant la canne devant elle comme une rapière. Elle se plaqua contre les draperies avant d'en soulever un coin pour voir ce qui se dissimulait derrière.

Édredons, couvertures et draperies en velours étaient empilés en tas au centre du lit. Posée sur cette montagne de literie, l'œil révulsé, le visage contorsionné d'horreur, se trouvait la tête de Rebecca.

« Ah fi ! Fi ! Fi ! Fi ! »

La comtesse sortit son éventail et l'agita pour faire de l'air.

Alpiew laissa choir la canne et s'agrippa à un poteau de lit pour ne pas tomber.

« Seigneur, milady ! Quel choc ! »

Elles s'éloignèrent toutes les deux à reculons.

« Qu'allons-nous faire ?

— Je dirais, fit la comtesse en se dirigeant vers la porte, que nous devrions partir d'ici au plus vite. Nous aurions pu expliquer notre présence auprès du cadavre lorsqu'il a été retrouvé. Mais si on nous trouve ici avec cette tête, on nous soupçonnera forcément du pire. »

En une demi-heure, elles furent de retour à German Street pour se blottir dans la cuisine. Godfrey était dehors, enfermé dans le cabinet d'aisances.

« Quelle journée ! Devrions-nous avertir la garde que nous avons trouvé la tête ?

— Si nous le faisons, cet imbécile de libraire va leur dire qu'il nous a vues monter et le monde entier croira que c'est nous qui avons apporté la maudite chose là-haut. »

La porte du jardin claqua et Godfrey entra en traînant la jambe.

« Ce n'était pas un cauchemar, n'est-ce pas ? C'est vraiment arrivé : elle est morte. »

Il avait les yeux rouges et son visage affichait une expression désespérée, accentuée par la perte de ses nouvelles dents.

« Ce n'est hélas que trop vrai, Godfrey.

— Qui ferait cela à une femme aussi adorable ? Laissez-moi les punir ! Je leur apprendrai, moi ! »

Il se pencha vers le feu et ajusta la bouilloire.

« Qui veut une tasse de thé ?

— Moi, s'il te plaît.

— Moi aussi. »

Godfrey versa l'eau chaude dans une théière déjà préparée et posée sur la table.

« Sucre ? »

Il posa trois tasses autour de la théière.

« Oui, s'il te plaît. »

Alpiew alla chercher le pain de sucre dans le garde-manger.

« Godfrey, tu dois essayer de te ressaisir. Rappelle-toi, personne d'autre que nous, à part le tueur, ne sait que Rebecca est morte. Et le sergent recherche le propriétaire de ton râtelier. »

Godfrey poussa un grognement et se détourna.

« Le gars est revenu », dit-il d'une voix qui indiquait qu'il préférait changer de sujet de conversation.

« Un gars ? fit la comtesse en s'avançant une chaise. Pas lord Rakewell ?

— Non, non. Un vieux. Il est apparu dès le premier jour où Rebecca s'est installée ici, expliqua Godfrey en touillant délicatement les feuilles de thé. Il reste planté là jour et nuit, à fixer sa fenêtre.

— Hum ! dit la comtesse en remarquant que ses mains tremblaient toujours. Comme c'est étrange. »

Alpiew posa le pain de sucre sur la table, en cassa un bout et le fracassa en morceaux assez petits pour adoucir une tasse de thé.

« J'étais assis dans sa chambre en train de réfléchir quand je l'ai vu. J'ai cru que c'était un huissier ou un quelconque inspecteur municipal. Mais lorsqu'il s'est aperçu que je le regardais, il a tourné les talons et il est parti. »

Godfrey prit la théière et remplit les tasses.

« Ce n'est pas un tailleur venu se faire payer, au moins ?

— Godfrey, je te serais reconnaissante de te rappeler que je n'achète pas mes vêtements à crédit. Tout est fait sur mesure.

— Si vous voulez, opina Godfrey en jetant un regard désabusé aux manchettes effilochées et aux coudes élimés de la robe de la comtesse. Enfin, je ne sais pas qui c'est, mais en tous cas il trame quelque chose. C'est certain. »

La comtesse et Alpiew levèrent leurs tasses et firent tourner leurs cuillères à l'unisson. Tous trois portèrent les tasses à leurs lèvres pour siroter le breuvage parfumé.

« Mmm, dit Alpiew tout en se demandant si l'homme mystérieux ne pouvait pas être un agent de la justice censé surveiller la maison après la mort d'Anne Lucas. C'est délicieux.

— J'adore le thé, dit Godfrey.

— Je dois avouer que moi aussi, dit la comtesse.

— Oui, renchérit Alpiew. Rien ne vaut une bonne tasse de thé. »

Ils poussèrent à l'unisson un grand soupir de satisfaction.

La comtesse fixa soudain sa tasse en s'étranglant :

« Du thé ? » hurla-t-elle.

Elle posa sa tasse sur la table si brutalement qu'elle en renversa une partie du contenu.

« Depuis quand avons-nous les moyens de nous offrir du thé ? Godfrey, j'espère que tu n'as pas gaspillé tout l'argent du ménage en thé ! On peut se passer de ce genre de luxe. Nous pourrions acheter une barrique d'huîtres pour le prix de quelques tasses de thé !

— Calmez-vous, dit Godfrey en se levant pour se diriger vers la porte. Cela n'a rien coûté. Venez voir. »

La comtesse et Alpiew le suivirent jusqu'au salon. Alpiew jeta un coup d'œil subreptice par la fenêtre. Il n'y avait personne. Elle frémit. L'étrange guetteur les avait peut-être vus sortir hier soir, suivis dans le parc, et en avait conclu qu'ils avaient tué Rebecca.

« Voici ! »

Godfrey avait arraché une magnifique nappe damassée, que la comtesse n'avait jamais vue, de sur un grand coffre en bois glissé sous une table derrière la porte. Il souleva le couvercle :

« Regardez ! »

La comtesse s'avança d'un pas. Le coffre était

rempli de thé. Elle en prit quelques feuilles et les passa entre ses doigts avant de les humer.

« C'est de la poudre à canon ! »

Alpiew s'éloigna d'un bond, prête à s'élancer par la porte d'entrée.

« Non, madame, pas du tout, dit Godfrey en plongeant à son tour la main dans le coffre. Ce n'est pas de la poudre à canon. C'est du thé.

— Oui, oui, imbécile. C'est un thé extrêmement précieux qu'on appelle “Poudre à canon”. On ne le sert que dans les meilleures maisons. Chez les lords, les ladies, la famille royale… Cela doit valoir une fortune ! »

Elle referma le couvercle, replaça la nappe damassée et se tourna vers Godfrey.

« Alors, messire, comment cela est-il arrivé ici ?

— Je l'ai apporté, dit Godfrey.

— Toi ! lança Alpiew ébahie. Et comment…

— Quand ? aboya la comtesse. Depuis combien de temps est-il là ?

— Juste après la veillée funéraire. Il était dans le fiacre de Jemmy et Rebecca nous a demandé de le prendre pour elle. Nous l'avons caché ici. À l'abri.

— Et qui t'a dit de te servir ?

— Rebecca, milady.

— Rebecca ! »

La comtesse réfléchit un moment puis se rappela qu'il y avait du thé dans la cuisine.

« Allons ! Il ne faut pas laisser perdre ce précieux thé ! »

Elle en avala goulûment une gorgée.

« Personne ne sait que nous cachons un tel trésor dans notre salon, j'espère ?

— Il faisait noir quand je l'ai apporté, fit Godfrey dont le menton se mit à trembler. Pour cette pauvre dame. »

La comtesse comprit que Godfrey était au bord des larmes et décida qu'il valait mieux l'occuper.

« Bon, Godfrey, ta mission est de guetter ce fou qui observe la maison. S'il revient, tâche de le coincer. D'apprendre qui il est. Suis-le jusque chez lui s'il le faut. Cherche à savoir ce qu'il veut. »

La comtesse tenta, sans succès, de réprimer un bâillement.

« Allez, j'ai les yeux qui picotent. Je vais m'étendre dans les bras de Morphée, ne serait-ce que pour une heure. »

Après une courte sieste au coin du feu, Alpiew et la comtesse traversèrent le parc St James et s'assirent sur un banc, sous un arbre près de l'étang de Rosamund. De là, elles pouvaient voir l'endroit où elles avaient retrouvé le cadavre la veille.

L'eau scintillait au soleil. Des couples d'amoureux déambulaient en se regardant dans les yeux. Des enfants couraient autour des bosquets. Un chien était assis au bord de l'eau, aboyant aux canards. Des oies grignotaient l'herbe, et sous les arbres, les daims recherchaient un peu d'ombre. Une rangée de laitières trayaient des vaches près de la Pall Mall pour en vendre leur lait encore chaud. Un malard faisait sa toilette aux pieds d'Alpiew. Il s'ébroua et retourna en dandinant dans l'étang.

« Tout semble si différent au grand jour...

— Deux actrices, dit la comtesse. Toutes deux décapitées la nuit. Était-ce tout ce qu'elles avaient en commun ? Pourquoi aurait-on voulu les tuer ? L'une ou l'autre ?

— Si les acteurs ont répété toute la nuit, j'imagine que cela les disculpe. Bien que ce soit une bande de vauriens. »

Alpiew s'allongea sur le dos pour contempler les feuilles en bourgeon dans les arbres.

« Ils sont peut-être tous de mèche, suggéra la comtesse.

— Impossible, madame. D'abord parce que tous ces acteurs se détestent. Ensuite parce qu'aucun ne saurait tenir sa langue.

— Tu as raison, Alpiew. En vérité, Rakewell est coupable des deux meurtres.

— Parce qu'il déteste les actrices ? Ou les femmes ?

— Il avait peut-être des vues sur Rebecca depuis le début. Si Rebecca et Anne étaient aussi liées que George l'affirme, alors lord Rakewell ne se serait-il pas débarrassé d'Anne, afin d'isoler Rebecca ? Et quand Rebecca l'a refusé, il l'a tout de même épousée au cours de cette cérémonie piégée. Peut-être a-t-elle voulu s'installer chez moi parce qu'il l'importunait constamment ? Peut-être qu'il a envoyé le billet…

— Un instant, madame. Pourquoi Rakewell voudrait-il épouser Rebecca ? Pour son argent ?

— Évidemment.

— Mais en dépit de cette soi-disant fortune, elle vivait dans un appartement de location. Elle était actrice dans une compagnie de second ordre. Son père n'était ni titré, ni célèbre.

— Comme elle nous l'a dit, son père était avocat. Les avocats sont toujours riches. Malgré les incendies, la famine et la pestilence, ce sont les seuls qui profitent toujours. Allons nous informer auprès du barreau de Londres. Il doit bien exister un registre de ceux qui sont habilités à pratiquer le droit. Et le tribunal de succession doit avoir un exemplaire de son testament. Il s'appelle sans doute Montagu.

— Pas nécessairement, madame. Et si elle était déjà mariée ?

— Non. Si elle était mariée, elle aurait pu se

dépêtrer de son mariage à Rakewell pour cause de bigamie.

— Elle était peut-être veuve.

— Ah, fi donc, Alpiew, tu as raison. Cette piste est trop tortueuse. Nous devons retrouver cette maudite petite Sarah. Elle connaît sûrement la réponse.

— Mais nous n'avons pas grand temps, si elle part demain pour le Nouveau Monde. »

Alpiew se leva.

« Nous devons rendre visite à l'amant de la petite, le Signior Lampone. »

Les appartements de l'Italien étaient composés d'une vaste suite de pièces à Cock in Hole Court, donnant sur Moor Fields. Alpiew frappa la porte du heurtoir.

Elles attendirent.

Elle frappa à nouveau.

« Je me demande, madame, si nous n'arrivons pas trop tard. Il est peut-être déjà en route pour le port, en train de s'embarquer pour l'Amérique avec sa miss, de s'installer dans sa cabine… »

Des pas retentirent à l'intérieur et la porte fut brusquement ouverte par une silhouette blanche de la tête aux pieds.

« *Che orrore ! 'O cinquecento cose di fare ! Avanti !*

— Qu'est-ce qu'il raconte ? » fit Alpiew en se tournant vers la comtesse.

S'affublant d'un accent calqué sur celui d'une des gourgandines de Charles, Hortense Mancini, la comtesse s'adressa à l'Italien dans sa propre langue :

« *Il Signior Lampone, per piacere* ?

— *Si ! Si ! Mi chiamo Lampone.*

— Bon, bon, s'impatienta la comtesse. Où est le Signior Lampone ?

— *Sono* Lampone, hurla l'apparition blanche de tous ses poumons.

— *Ah, Sicilia ! Veleni mia !* s'écria la comtesse, imitant du mieux qu'elle pouvait les exclamations de la Mancini lorsqu'elle était énervée. *Banditti mia ! Assassini mia !*

— *Al diavolo !* De quoi parlez-vous ? hurla à nouveau Lampone, rien que pour la faire taire. Je *suis* Ruggiero Lampone. Qui diable êtes-vous ? »

La comtesse le détailla. Ses traits étaient effectivement familiers.

« Pourquoi êtes-vous tout blanc ? fit Alpiew en tendant le doigt pour toucher sa peau craquelée.

— *Avanti*. Entrez, entrez. »

Il tourna les talons et rentra en courant, suivi d'Alpiew et de la comtesse.

Son atelier était aussi blanc que lui. Des moules vides gisaient par terre et d'étranges formes drapées dans de grands draps se dressaient dans tous les coins.

« *Gesso ! Gesso !* » s'écria-t-il, plantant un bâton dans une grande marmite et brassant le contenu tout blanc.

Il palpa le flanc de la marmite.

« *Mamma mia !* »

Il souleva la marmite et versa la substance crémeuse dans une rangée de moules déjà préparés. La comtesse remarqua les seaux d'eau et les sacs de plâtre de Paris alignés derrière eux.

« Apparemment, vous êtes très occupé, Signior Lampone ?

— Très, très occupé. Je prépare une exposition. »

Alpiew déambulait dans la pièce, étudiant divers dessins représentant les Passions : les Pleurs, la Douleur Vive, le Mépris, la Haine, l'Horreur, la Terreur, le Désespoir, l'Émerveillement, l'Amour...

« Signior Lampone, dit la comtesse en minaudant un peu, dites-moi, où se trouve votre douce moitié ? Votre *inamorata* ? »

Lampone se raidit.

« Pourquoi cette question ?

— C'est important. Nous devons lui parler. »

Lampone leva les bras au ciel et lâcha une bordée d'invectives italiennes, avant d'aller se planter au pied d'un escalier poussiéreux et taché d'éclaboussures de peinture, pour appeler à pleine voix :

« *Gioiello !* Mon bijou ! »

Lampone retourna précipitamment vers ses moules et se mit à les cogner violemment contre le plancher.

« Mon cœur d'amour va descendre. Maintenant, je dois travailler. »

La comtesse rejoignit Alpiew au pied de l'escalier.

« Quoi ? »

Une silhouette drapée d'un drap arraché au lit apparut, tête basse, en se frottant les yeux.

« Deux femmes pour toi, *tesoro* », dit Lampone en cognant toujours sur ses moules.

Il se tourna vers la comtesse pour s'expliquer :

« Nous étions au lit. L'art fait l'amour, vous savez.

— Désolée de vous déranger, miss, lança la comtesse vers le haut de l'escalier. Mais avant que vous ne quittiez le pays pour fonder votre nid d'amour avec M. Lampone, nous avons besoin de renseignements. »

La silhouette laissa tomber le drap et se tint devant elles, complètement nue.

« Quelle sorte de renseignements ? »

Cette nudité n'était pas celle de Sarah. Le « trésor » de Lampone était un jeune homme aux cheveux ébouriffés.

Sans se démonter, la comtesse se retourna vers Lampone.

« Mais Sarah ? Vous êtes censé enlever Sarah, n'est-ce pas ?

— Sarah ? »

Le jouvenceau ensommeillé foudroya Lampone du regard.

« Sarah, la bonne de Rebecca.

— Jouer à l'attrape-fesses avec une vulgaire bonniche ? Moi ? Lampone ? »

Les yeux de Lampone s'écarquillèrent et ses moustaches tressautèrent.

« Le grand Lampone, batifoler avec un avorton de servante ? Comment osez-vous ? »

Il brandit un grand bâton dégoulinant de plâtre et se jeta sur la comtesse.

Alpiew était déjà à la porte. La dernière chose qu'entendit la comtesse en fuyant l'atelier fut le cri du garçon :

« Espèce de marchand de moutons italien ! Infidèle ! Qui diable est Sarah ?

— Hou là ! s'étrangla Alpiew lorsqu'elles furent à la rue.

— Ah, les artistes ! dit la comtesse. Tous les mêmes. Nous aurions dû nous en douter. Un homme cultivé ne perdrait pas son temps avec de pauvres petites choses comme Sarah.

— Mais une jeune brute mal élevée prendrait peut-être quelque plaisir à la lutiner... »

Alpiew agrippa le bras de la comtesse.

« Sarah était là le soir où Anne Lucas est morte – elle a peut-être désobéi à sa maîtresse lorsque celle-ci lui a ordonné de rentrer à la maison. Elle a très bien pu ne pas quitter les lieux. Et elle a tout aussi bien pu attirer Rebecca dans le parc de St James. Le fameux amant est peut-être tout simplement lord Rakewell ! »

La comtesse s'arrêta net.

« Alors Rakewell voulait extorquer l'argent de Rebecca afin de partir vers les plantations avec Sarah. Évidemment ! C'est bien son genre, d'investir au Nouveau Monde.

— Quelque chose m'ennuie cependant, comtesse. Rakewell n'a-t-il pas sa propre fortune ? »

La comtesse semblait rapetisser à chaque pas.

« Maudits soient ces champs marécageux ! s'écria-t-elle. Dirigeons-nous vers l'allée centrale avant que je ne m'enfonce tout à fait dans la tourbe. »

Alpiew la prit par la main et la conduisit jusqu'à une allée chaulée. Les chaussures de la comtesse produisirent un grand bruit de succion lorsqu'elle les arracha au bourbier.

« D'après mon expérience, chère Alpiew, il n'y a pas un seul membre de l'aristocratie qui ne se proclame indigent. Le prix des maisons, les frais généraux, les terres qu'ils ont perdues à cause de Cromwell… Ils se croient tous plus pauvres qu'un rat d'église. Foutre soit de cette boue ! Cet endroit était une patinoire en hiver, Alpiew. On l'a drainé depuis. Sans grand succès, il me semble.

— Quel est ce bruit ? »

Alpiew se retourna et jeta un coup d'œil pardessus son épaule. Deux chevaux soulevaient un énorme nuage de poussière. Leurs cavaliers se faisaient la course, et ils se dirigeaient droit sur elles.

« Gare, milady ! »

Elle attrapa le bras de la comtesse et la renversa sur l'herbe détrempée. Des tourbillons de poussière les éclaboussèrent au passage tonitruant des chevaux. La comtesse en recracha une bouchée.

« Pouah ! Encore les Tityre-tus, sans doute. »

Alpiew se frotta les yeux.

« Ils portent en effet le ruban rose…

— Mais où se dirigeaient-ils… ? Ah, vois, là-bas ! Quel noble édifice, tu ne trouves pas ? »

Les deux femmes suivirent l'allée qui menait à l'imposante bâtisse et s'arrêtèrent au pied des marches menant à la grille d'entrée.

« Quel grand homme habite ce palais magnifique ? s'interrogeait la comtesse. Est-ce la demeure du Lord Maire de Londres ? »

Au sommet de chacun des piliers soutenant les grandes grilles en fer forgé, s'allongeait la statue d'un homme aux membres tourmentés. La comtesse eut un petit rire :

« Seigneur. Ces garçons n'ont pas l'air bien heureux. Où sommes-nous ?

— Ils sont en effet bien malheureux, madame, dit Alpiew en baissant la voix, car cet endroit magnifique est l'hôpital de Bethlehem.

— L'asile de Bedlam ! s'exclama la comtesse. Ce palais est une maison de fous ? En vérité, ce sont ceux qui ont bâti une résidence aussi magnifique pour y loger des cinglés qui le sont. On dirait le palais du Louvre à Paris – c'est une demeure digne d'un roi. »

Alpiew donna un coup de coude à la comtesse. Les deux chevaux qui avaient failli les renverser, encore fumants, étaient attachés à un poteau au pied des marches.

« Où sont passés ces vilains garçons avec leurs rubans roses ? »

La comtesse regarda autour d'elle.

« J'espère qu'ils ne se sont pas cachés pour nous sauter dessus et nous détrousser.

— Je crois plutôt qu'ils sont entrés pour s'amuser des tourments des pauvres âmes démentes… Quel spectacle ! Ce siècle a perdu la raison, madame. »

Alpiew fouilla dans sa poche.

« Mais pendant que nous y sommes, payerons-nous nos deux pence pour entrer ? »

La comtesse réfléchit un moment.

« Peut-être réussirons-nous à apercevoir M. Lucas... »

Elle prit Alpiew par le bras et elles gravirent les grandes marches jusqu'à un élégant portail. Alpiew déposa le prix de l'entrée dans un tronc, encastré dans le socle d'une statue représentant une mendiante bohémienne. Derrière la sculpture, un gros homme vêtu de bleu brandissait un bâton.

« Galerie Ouest pour les patients femelles, Est pour les mâles, aboya-t-il. Nous avons des spectacles très divertissants dans les deux galeries aujourd'hui, mesdames, si vous voulez bien faire votre choix. »

Elles prirent à gauche, traversant une barricade en fer menant à l'aile de l'hôpital réservée aux patients de sexe masculin. Le vacarme qui les accueillit était assourdissant. Chaînes secouées, portes tambourinées, divagations, chants, hurlements, tout cela faisait plus de bruit qu'elles n'avaient jamais entendu, même lors des pires émeutes dans les prisons de Newgate et de Fleet, au cours de leurs différentes incarcérations.

« Je me demande où nous pourrions trouver M. Lucas ? » hurla Alpiew, ajoutant sa contribution vocale à la cacophonie.

Certains des patients étaient derrière les barreaux. D'autres, considérés inoffensifs, se promenaient librement. Alpiew jeta un coup d'œil à travers les guichets, l'un après l'autre.

« Assurément, madame, cette odeur est pire que celle du sel volatil ou de l'ammoniaque. Quel endroit mal tenu ! Pire qu'une ménagerie. »

Un homme marmonnait quelque chose sur le pain et le fromage tout en mâchant.

« Le fromage est bon avec le pain, le pain est excellent avec le fromage, le pain est le pain et le fromage est bon, et le pain et le fromage... »

Un autre à côté de lui piétinait sur place.

« Que faites-vous, lui demanda Alpiew, à piétiner ainsi ?

— Je foule ma conscience aux pieds, afin qu'elle ne s'élève pas pour se jeter sur moi. »

Il sauta en avant et secoua les barreaux :

« Prenez garde ! Prenez garde ! Il est féroce comme un lion piqué au vif ! »

Il lâcha un immense rugissement qui fit reculer Alpiew d'un bond. L'homme au pain et au fromage en cracha sa bouchée, qui éclaboussa la comtesse.

Dans la salle suivante, un vieillard se pressait contre les barreaux en hurlant :

« Je suis assez vieux pour avoir des poils là où vous n'en avez pas. »

Il tapota sa culotte.

« Venez voir, mesdames. »

Alpiew détourna le regard et hâta le pas.

« Ah, Alpiew, s'écria la comtesse alarmée. Quelle humeur frénétique s'est emparée de ces créatures pour en faire ce qu'elles sont ? »

Près d'elles, un joli garçon sautillait de haut en bas en marmonnant frénétiquement.

« Que dit-il ?

— À l'aide, à l'aide, à l'aide, madame.

— En quoi pouvons-nous vous aider, mon garçon ? » demanda la comtesse, espérant pouvoir lui donner un bonbon ou une pièce.

« Personne ne peut plus m'aider. Attention, grand-mère, car j'essaie de retenir ma pisse, mais quand elle jaillira vous serez sûrement noyée, avec toutes les autres âmes ! »

La comtesse s'écarta vivement.

« Quelle bulle fragile que la vie, Alpiew ! »

Elle porta son mouchoir à son nez pour filtrer la puanteur.

« Pauvres, pauvres misérables, soupira Alpiew

en contemplant la rangée suivante d'aliénés frénétiques. Hélas, trois fois hélas, madame… »

Un homme près de la comtesse se pencha vers elle et secoua la tête.

« Ce sont en effet de pauvres âmes.

— Un spectacle pitoyable, monsieur, répliqua la comtesse à travers le filtre de son mouchoir. Nous sommes venues ici pour retrouver un ami. M. Lucas, cela vous dit quelque chose ?

— Lucas ? Non, je ne le connais pas. »

L'homme marcha auprès d'elle.

« Je suis agent de change à la City. J'aime déambuler ici, dans les galeries. Pour ma santé mentale. L'argent, c'est mon métier. Et un bon métier, assurément. »

Il toucha le coude de la comtesse.

« Voulez-vous un conseil ? Investissez, madame. Investissez votre or. Vous pouvez doubler, tripler sa valeur ! »

Bien que ne disposant pas tellement d'or, certainement pas assez pour l'investir, la proposition lui sembla intéressante.

« Quelles actions, marchandises ou sociétés me conseilleriez-vous, monsieur ? »

L'homme regarda autour de lui pour s'assurer que personne n'écoutait.

« L'air, madame. Voilà : l'air. Il va monter de plus en plus. »

La comtesse cilla. Que lui rabâchait-il là ?

« Croyez-moi, madame. Je connais mon métier. J'ai reçu le conseil de l'homme en personne.

— Quel homme est-ce donc, messire ?

— Mais l'homme dans la lune, bien sûr, fit-il en haussant les épaules, avant de hocher la tête d'un air sagace. Et si lui ne sait pas, madame, qui saura ? Dites-le-moi ?

— Rappelez-vous, milady, que certains des

patients circulent librement, dit Alpiew en prenant le bras de la comtesse pour l'éloigner. Ici, dans l'aile des hommes, nous ne pouvons savoir qui est un patient et qui ne l'est pas, à moins qu'il ne s'agisse, comme nous, d'une femme. »

Des cris tumultueux éclatèrent derrière elles. Alpiew se retourna vers la comtesse en élevant la voix :

« C'est sans espoir, madame. Ils sont si nombreux. Et qu'y gagnerons-nous ? M. Lucas est de tous celui qui peut le moins nous en apprendre, ne croyez-vous pas ?

— Qui sait ? Parfois il existe une parcelle de vérité que seule perçoivent les fous, et que nous ne voyons pas ! »

Puis, elles entendirent au loin une chanson, flottant au-dessus de la clameur :

« *Ah, jolie Anne, je suis ton homme. Jolie, jolie Anne, attrape-moi si tu le peux.* »

La comtesse fourra son mouchoir dans sa poche, retroussa ses jupes, se retourna et courut vers la chanson. Alpiew la suivit.

Elles le distinguèrent tout au bout de la galerie, près de l'entrée.

« Il semble curieusement grand, Alpiew. Que s'est-il passé ? haleta la comtesse en se frayant un chemin dans la foule de curieux et d'aliénés mêlés. Marche-t-il sur des échasses ? »

Elles écartèrent des grappes humaines massées devant les barreaux.

La chanson se tut.

« Alpiew, tu le vois toujours ? »

Alpiew sauta sur place pour l'apercevoir.

« Je le vois, madame. Il se dirige vers la sortie. »

Elle sauta à nouveau.

« Oh non ! »

Elle accéléra le pas.

« Qu'y a-t-il, Alpiew ? Qu'est-ce qui se passe ? »

Le dandinement de la comtesse se mua en trot.

« Ce sont ces deux garçons qui le portent, madame – les garçons aux rubans roses qui nous ont dépassées dans Moor Fields.

— Les Tityre-tus ! »

La comtesse tenta de sauter, mais ne parvint qu'à mettre sa perruque dc travers. Elle se la plaqua sur la tête tout en s'élançant.

« Viens, Alpiew, nous devons le sauver. Les Tityre-tus sont d'affreux scélérats sans cœur. Ils seraient capables d'occire ce pauvre homme rien que pour s'amuser. »

Elles quittèrent la galerie des patients et se dirigèrent vers le hall central, dégringolant deux à deux les marches de l'escalier en marbre. Alpiew écarta un groupe de jeunes filles gloussantes, poussa les hautes portes et traversa la cour. Au moment où elle dépassait les piliers de la grande grille elle aperçut les deux garçons s'éloigner au galop, portant M. Lucas en croupe. La comtesse la rejoignit en haletant.

« Que se passe-t-il ?

— Je ne sais pas. »

Alpiew enlaça la comtesse.

« Mais cela n'augure rien de bon. Je crains pour la sécurité de ce malheureux.

— En effet. »

La comtesse fixa le nuage de poussière au loin.

« Le pauvre homme a beau avoir la tête fêlée, cette famille pitoyable a déjà assez souffert. Et Rakewell est l'être le plus dénué de scrupules que j'aie jamais rencontré de ma vie. »

Elle regarda autour d'elle.

« Quel est le chemin le plus court pour Lincoln's

Inn Fields ? Je crois qu'il ne nous reste qu'un seul recours.

— Ah ? Et lequel ?

— Nous devons aller voir le juge et tout lui raconter. »

8

Stupéfaction

Excès d'Étonnement, lorsqu'on ne sait pas si un objet est bon pour nous ou pas. Les sourcils haussés, plus au centre qu'aux extrémités. La bouche ouverte, les lèvres sèches.

Une rangée de demeures élégantes appelée Newman's Row composait la face nord de Lincoln's Inn Fields, où vivait le juge Ingram. Alpiew accompagna la comtesse jusqu'à la porte puis continua seule vers German Street.

La comtesse frappa. Un laquais ouvrit et la fit entrer. Quelques minutes plus tard, elle comparut devant le grand homme. Il était assis dans une chaise aux lignes élégantes, fumant une longue pipe. Quand la comtesse entra, il se leva et lui offrit une chaise de l'autre côté de la cheminée.

« Alors, comtesse ! Je n'ai jamais eu le plaisir de vous rencontrer, je crois. En quoi puis-je vous aider ?

— Je viens vous voir au sujet d'un meurtre. Ou plutôt, de deux meurtres, d'une cérémonie de mariage illicite, de l'évasion d'un prisonnier de la Tour de Londres, de pots-de-vin et de corruption au plus haut niveau, d'un cambriolage, et d'un enlèvement.

— Ma parole ! fit le juge en soufflant une

grande bouffée de fumée bleutée. Voilà un impressionnant catalogue de crimes. Vous voulez m'empêcher de prendre ma retraite ?

— Je connais l'une des femmes assassinées. Et je suis horrifiée, non seulement par les crimes eux-mêmes, mais aussi par le désordre que l'auteur de ces actes immondes a entraîné dans son sillage. »

Le juge agita une petite cloche et un domestique parut.

« Apportez-nous du thé et des biscuits, je vous prie, Tom. »

Il se retourna vers la comtesse.

« Ou préféreriez-vous un verre de brandy ?

— Du brandy ? Au milieu de l'après-midi ? »

La comtesse se tortilla de honte sur sa chaise. La prenait-il pour une vieille ivrognesse ?

« Non merci, milord. Du thé, ce sera parfait. »

Lorsque le domestique eut disparu, le juge se pencha vers la petite table qui les séparait.

« Nommez-le !

— Nommer qui ?

— J'imagine que vous soupçonnez quelqu'un. Alors, qui est ce scélérat qui a semé le désordre sur son passage ?

— Un gentleman titré, monsieur. Un jeune homme qui a l'arrogance de ceux qui s'imaginent être au-dessus de la loi, milord.

— Au-dessus de la loi, voyez-vous cela ! »

La porte s'ouvrit et Tom réapparut avec le plateau de thé. Il disposa les tasses en silence et s'éclipsa.

« Je ne peux pas dire que je sois enchanté de la présence d'un tel desperado dans la ville. Alors crachez le morceau, comtesse. Que l'on appréhende ce scélérat et que l'on remette un peu d'ordre en ce bas monde tourmenté.

— Cet homme est le chef des Tityre-tus, dit la comtesse en levant sa tasse. Lord Rakewell.

— Giles Rakewell ! »

Le juge vida sa tasse, puis reprit sa pipe et la remplit d'une pincée de tabac. Il se pencha vers le feu, alluma une brindille, l'appliqua au fourneau et tira jusqu'à ce qu'une fumée bleue s'élève en volutes.

« Merci de m'avoir fait part de cette information. Elle est des plus utiles.

— Ne voulez-vous pas entendre les détails ? »

La comtesse avait du mal à croire que le juge réagisse avec autant de désinvolture.

« Je connais les heures, les lieux...

— Cela ne sera pas nécessaire, comtesse. Nous connaissons tous les incartades de Rakewell et de ses spadassins de minuit. »

Il se leva et lui ouvrit la porte.

« J'étudierai la question. Vous avez été très aimable de vous déplacer jusqu'ici. Les Londoniens dormiront en paix aussi longtemps que des personnes comme vous agiront avec autant de compassion. »

Avant de pouvoir réagir, elle se retrouva à nouveau dehors.

Un allumeur de réverbères était juché sur une échelle, en train de remplacer la bougie de l'une des lanternes suspendues dans le square. Comme c'est étrange, se dit la comtesse, que les rues les plus élégantes et les moins dangereuses soient celles que l'on protège le mieux ! Sans doute en allait-il de même pour les personnes que pour les lieux : les plus puissants étaient les mieux protégés. Elle était intimement convaincue que sa visite avait été inutile. Cet homme n'allait absolument rien faire de son information. Lord Rakewell n'avait rien à redouter du lord juge Ingram.

« Il est revenu, grogna Godfrey au retour d'Alpiew fut rentrée. Le fouineur. Il est resté planté là une bonne heure. Quand j'ai ouvert la porte d'entrée pour l'appeler, il s'est enfui.

— À quoi ressemble-t-il, ce bonhomme ?

— Ordinaire, dit Godfrey en tisonnant le feu jusqu'à ce que les braises commencent à réchauffer la pièce. Cheveux grisonnants. Taille moyenne. Vêtements élimés. Un peu plus jeune que moi. »

Alpiew déposa le livre acheté par la comtesse sur son lit. Elle fut tentée de le déballer pour voir, espérant qu'il s'agissait d'un nouvel ouvrage de philosophie, mais elle s'avisa qu'il valait mieux attendre son retour. Elle avait remarqué que les annotations de Lampone sur ses croquis des Passions citaient Descartes autant que Hobbes, et elle espérait mettre la main sur un ouvrage du Français, maintenant qu'elle avait lu *Léviathan* et l'avait remis en place sous le lit de Godfrey.

Elle remarqua alors un curieux bruit de gargouillement, émanant de sous le lit de la comtesse.

« Qu'est ceci ? »

Elle ne fut pas plus tôt penchée pour voir que le chien de Rebecca se jeta sur elle et saisit l'ourlet de sa robe entre ses dents, secouant la tête comme un rat.

« Comment diable ?...

— Ah, il attendait devant la porte cet après-midi. »

Godfrey se pencha, fit lâcher la robe au chien et le plaça sur ses genoux, où il devint immédiatement docile.

« Il la cherchait, *elle*, que cela ne m'étonnerait pas. Ne t'inquiète pas, mon garçon, je te ramènerai chez elle plus tard, et je m'assurerai que cette fille te nourrisse. »

Il caressa le chien quelques instants et Alpiew remarqua les larmes qui lui montaient aux yeux. Elle détourna le regard et s'affaira.

« Je n'arrête pas de penser à elle, dit Godfrey, et au monstre qui a pu commettre un tel forfait. »

Le visage du vieux majordome était aussi maussade que jamais, mais Alpiew remarqua sa voix chevrotante et son menton tremblant. De quelle Passion s'agissait-il là, se demanda-t-elle. Dissimulait-il son chagrin pour ne pas paraître faible ? Elle posa la main sur l'épaule de Godfrey et, comme lui, se mit à fixer le feu.

Il commençait à faire noir quand la comtesse rentra, trempée et excédée.

« Les cieux se sont ouverts. »

Elle secoua ses vêtements et fit signe à Alpiew.

« Vite. Je dois aller chez le sergent de ville avant qu'on ne vienne le quérir pour les habituelles infractions nocturnes.

— Et le juge, madame ? dit Alpiew en prenant deux manteaux. C'est lui qui vous envoie chez le sergent ?

— Non. Le juge n'a pas plus l'intention d'enquêter sur Rakewell que moi de devenir membre du parlement. Alors nous allons chez le sergent et nous allons identifier le cadavre pour lui. Qui sait ? Une fois que les forces de l'ordre sauront de qui il s'agit, ils se remueront peut-être un peu. »

« Comtesse, quel plaisir. »

Le sergent les fit entrer.

« Alors, que s'est-il passé ? Y a-t-il eu un cambriolage ? Des voleurs hantent-ils les rues tranquilles de St James ?

— Non, sergent, dit la comtesse. Nous venons

au sujet du corps retrouvé hier soir dans le parc. Nous pensons connaître l'identité de cette femme.

— Ah oui, la femme au manteau vert. »

Il baissa la voix.

« Je ne m'inquiéterais pas trop pour elle. Il est vrai, milady, qu'elle a été assassinée, mais...

— Mais quoi ?

— Je ne me mêlerais pas des affaires de ce genre de femme. Ces oiseaux de nuit créent leur propre malheur. On ne peut pas aller racoler les hommes dans des lieux perdus sans s'attirer des ennuis.

— Mais...

— De toutes façons, à mon avis, mieux vaut pour elle qu'elle soit morte. Cela a sans doute été une délivrance.

— Je suis désolée, sergent, je n'entends rien à ce que vous dites.

— Elle était cuite de toutes façons ! »

La comtesse faillit tomber à la renverse lorsque le sergent se pencha vers elle pour chuchoter, tant son haleine était rance.

« C'était une question de semaines, m'a-t-on assuré, avant qu'elle ne soit aussi morte que maintenant.

— Sergent, je ne comprends pas un traître mot. Pourquoi serait-elle morte ?

— Parce qu'elle ne pouvait continuer à vivre.

— Vous voulez dire parce qu'elle était suivie ? demanda Alpiew en songeant à l'homme dont Godfrey prétendait qu'il surveillait la maison. Parce que son tueur l'aurait retrouvée tôt ou tard ?

— On peut le formuler ainsi, oui.

— Eh bien, sergent, auriez-vous l'obligeance de nous dévoiler l'identité de ce scélérat ? J'espère que vous l'avez placé derrière les barreaux.

— C'est à mon tour de ne rien entendre,

madame. J'ai dit qu'elle allait mourir, en effet, mais son tueur n'est pas un homme...

— Une femme ? hoqueta Alpiew.

— Elle était ravagée, milady. »

Le sergent fronça les sourcils et approcha ses lèvres de l'oreille de la comtesse.

« Ravagée par le mal français, madame. Par le chancre napolitain. »

Il se redressa de toute sa taille :

« En un mot, comtesse, elle était en croûte.

— Je n'y comprends rien, messire. »

La comtesse s'écarta et essuya les postillons qui avaient adhéré à son oreille.

« Désolé, milady, oui, en effet. Eh bien, vous voyez, la morte a beau avoir été assassinée, d'après le chirurgien qui a examiné son cadavre, elle n'en avait pas besoin. »

La comtesse lui lança un regard de totale perplexité.

« La malheureuse, reprit-il, serait bientôt morte sans l'aide d'un assassin, car elle était dans les derniers stages de la vérole espagnole.

— La vérole espagnole ! dit Alpiew à voix basse. Vous voulez dire qu'elle était atteinte de syphilis ?

— Elle en était pourrie jusqu'à la moelle, mesdames. »

Le sergent eut une grimace dégoûtée.

« Nous nous en sommes rendu compte dès l'instant où nous lui avons retiré ses vêtements. Jamais vu un corps en aussi mauvais état. Plaies, chancres... Pouah ! »

Il frémit.

Rebecca, atteinte de syphilis ! La comtesse n'arrivait pas à le croire. Comment une femme aussi belle et aussi intelligente avait-elle pu se laisser atteindre par un mal aussi facile à éviter ? Cette révélation ternirait sa mémoire. La comtesse poussa Alpiew vers la porte.

« Je me suis trompée, sergent. La dame que nous recherchons ne peut être celle dont vous parlez. Viens, Alpiew. Je suis désolée d'avoir abusé de votre temps, messire. »

Il pleuvait toujours et la nuit était tombée. La comtesse et Alpiew relevèrent leurs capuches et se serrèrent l'une contre l'autre.

« Voilà une curieuse tournure d'événements, comtesse. Pourquoi ne lui avez-vous rien dit ?

— Rebecca est morte. Mais elle était très connue. Je ne crois pas que le fait d'informer le sergent que le corps était le sien, et que donc elle était infectée de vérole, serve à grand-chose, sauf à donner aux citoyens de Londres une nouvelle occasion de faire des gorges chaudes. »

Alpiew, tout en saisissant ce que cette décision avait d'ironique (car après tout, la comtesse et elle faisaient profession de répandre ce genre de ragots), acquiesça. Elle se demanda si la comtesse gardait l'histoire sous le coude afin d'en faire profiter ultérieurement les lecteurs du *Trumpet*.

« Je m'inquiète pour Godfrey, dit la comtesse en avançant péniblement dans la pluie battante. Nous devons le protéger plus que quiconque de cette affreuse nouvelle. Au moins jusqu'à ce qu'il soit redevenu lui-même. »

Elles marchèrent en silence. Arrivées à German Street, elles trouvèrent Godfrey blotti dans une entrée à quelque distance de leur maison. Il bondit de sa cachette et leur barra le chemin.

« Il est revenu ! Le guetteur ! »

Il fit un signe de tête vers l'arrière. La comtesse cligna des paupières et scruta l'obscurité. Un homme, enveloppé dans un grand manteau et coiffé d'un chapeau en feutre grossier, se tenait sous la pluie torrentielle, fixant la fenêtre du premier étage de la maison de la comtesse.

« Seigneur, madame, s'exclama Alpiew en saisissant le bras de la comtesse. Je le connais. C'est le fou que j'ai rencontré au théâtre. Celui qui était dans la loge des dames... Il s'appelle Nickum.

— Tu en es sûre, Alpiew ? Godfrey, es-tu bien certain qu'il s'agisse du même homme que tu as déjà vu traîner ici ?

— Ah, c'est lui, pas de doute.

— Alors c'est le même homme. »

La comtesse se tassa dans l'entrée en observant leur visiteur.

« Je croyais qu'il y avait une loi interdisant d'entrer dans les coulisses ?

— En effet, mais il s'est faufilé. C'était en plein milieu de la pièce, madame. Je me souviens que Rebecca avait peur de lui. Je l'ai fait sortir. Mais c'était un drôle de bonhomme. Il la suit partout. Il l'a ouvertement avoué devant elle.

— Allez, mes amis, mieux vaut parler à ce monsieur et lui demander pourquoi il passe ses journées à admirer nos fenêtres sales. Alpiew, contourne l'église et surprends-le par derrière. »

Alpiew détala aussitôt.

« Bon, Godfrey, il est très important que nous arrivions à le faire entrer chez nous tranquillement. Nous ne voudrions pas que la milice vienne nous arrêter pour avoir causé du grabuge. »

Une ou deux minutes plus tard, Godfrey et Alpiew s'élançaient pour traîner leur victime trempée et affolée vers le salon et l'asseoir de force, tandis que la comtesse faisait tourner la clé de la porte d'entrée dans la serrure et l'empochait. Godfrey alluma une chandelle.

« Eh bien ? »

Alpiew se planta devant lui, poings sur les hanches.

« Pourquoi guettes-tu la maison de ma maîtresse ? Es-tu cambrioleur ? Nous pourrions te dénoncer et te faire enfermer, si cela nous chantait. Alors si tu ne veux pas passer la nuit sur un sac à même le sol de la prison de Bridewell, mieux vaut nous dire ce que tu cherches !

— Je vous connais, dit-il en dévisageant Alpiew. Vous êtes actrice, n'est-ce pas ? Je vous ai vue avec *elle*.

— Elle ? s'écria la comtesse en s'approchant. Et qui est “elle” ? La sultane de Mésopotamie ?

— A-t-elle joué ce rôle ? »

L'homme réfléchit.

« La sultane de Mésopotamie ? Dans quelle pièce ? Je ne m'en souviens pas.

— Alors vous parlez bien d'une actrice, monsieur… »

La comtesse sourit :

« Je suis désolée. Comment vous appelez-vous ?

— Roper, madame. Nickum Roper.

— Alors voyons, Nickum – ça ne vous ennuie pas que je vous appelle Nickum, j'espère ?

— Non, dit l'homme en se tortillant sur son siège. Où l'avez-vous cachée ?

— Je ne vois pas comment nous pourrions répondre à cette question à moins que vous ne nous disiez de qui vous parlez.

— Vous savez bien de qui je parle… »

L'homme lâcha un soupir qui ressemblait presque à un grognement.

« Becky, reprit-il. La grande Becky Montagu.

— C'était toi, n'est-ce pas ? »

Godfrey se jeta sur l'homme et l'attrapa par la cravate.

« Pourquoi, pourquoi as-tu fait ça ? »

L'homme saisit les coudes de Godfrey et se débattit. Alpiew s'élança mais la comtesse la retint, posant un doigt sur ses lèvres, tandis que les deux hommes luttaient dans la lumière vacillante.

« Je n'ai rien fait…

— Alors à quoi joues-tu, espèce de rat d'égout, à traîner devant la maison de ma maîtresse jour et nuit ?

— Et pendant que nous y sommes, qu'as-tu fait d'elle, toi ? Je sais qu'elle s'est trouvée seule avec toi dans cette maison, et souvent. Quel droit as-tu sur elle ? Elle est à moi.

— À moi ! gronda Godfrey.

— À moi ! glapit Nickum Roper.

— Tu l'as achevée, c'est ça ? fit Godfrey, l'œil noir. Tu es allé dans le parc cette… »

La comtesse poussa un cri. Il était vital qu'elle arrête Godfrey avant qu'il n'apprenne à Nickum que Rebecca avait été assassinée. Les deux hommes se retournèrent un instant vers elle.

« Je sais seulement que depuis qu'elle est venue ici, je l'ai perdue de vue, sanglota Nickum Roper. J'ai toujours su où elle était, jour et nuit, que ce soit à Lincoln's Inn ou à Limehouse, mais maintenant, à moins que vous ne l'ayez enfermée au grenier ou qu'elle soit morte et cachée sous les lattes du parquet, elle a disparu de la face de la planète. »

Godfrey le secoua vigoureusement.

« Lâche-le, Godfrey. Je crois que M. Roper est déjà assez bouleversé. »

Elle désigna le coffre à thé.

« Alpiew. Donne à boire à notre invité. Godfrey, je t'en prie, aide Alpiew à porter la théière, tu sais combien elle est lourde. »

Alpiew poussa Godfrey hors de la pièce et referma soigneusement la porte.

« Même cette petite bonne maussade s'est envolée, dit Nickum Roper en se laissant retomber sur sa chaise. Je suis allé à ses appartements. Mais il n'y a personne. »

La comtesse se percha sur un tabouret, près de lui.

« Alors depuis combien de temps suivez-vous Becky, Nickum ?

— Je ne la suis pas, protesta-t-il avec un regard indigné. Je lui tiens compagnie. Parfois elle s'aventure toute seule dans des lieux sombres et dangereux, et j'aime à croire que je suis son garde du corps personnel et volontaire.

— C'est très appréciable, Nickum.

— Jusqu'à ce qu'elle soit mienne, en fait.

— Vôtre ?

— Je le lui ai dit. Je le lui ai écrit. Si elle veut bien de moi, je me débarrasserai de ma femme pour l'épouser.

— Débarrasser ? Vous voulez la tuer ? Ou simplement aller à la chambre des Lords pour vous procurer un divorce ?

— Cela ne sert à rien de discuter avec vous. »

Nickum se leva pour aller vers la porte.

« Vous ne comprenez rien », reprit-il.

Effectivement, la comtesse ne comprenait rien du tout. Elle s'avança doucement vers lui.

« Vous parliez d'aller de Lincoln's Inn à Limehouse, Nickum. Était-ce une image ?

— Vous n'en avez jamais entendu parler ? Le premier est un théâtre près de l'endroit où les avocats travaillent, et l'autre un quartier de marins, après Wapping Wall.

— En effet, en effet.

— Elle allait m'épouser, vous savez. C'est vrai. Je pouvais lui offrir un bon foyer. Je vis dans la City. Dans l'une des ruelles qui donnent sur Paternoster Road.

— Comme c'est charmant ! »

La comtesse connaissait la zone. Une ruelle dans ce quartier ne pouvait être qu'un coupe-gorge sombre et sinistre. Paternoster Row était une rue commerçante bordée de tailleurs, de libraires et de quelques tavernes de bas étage. On y trouvait également des commerces mal famés : diseuses de bonne aventure, apothicaires spécialistes des poisons et des philtres d'amour, entremetteuses disposées à pratiquer des avortements si les unions qu'elles avaient ourdies produisaient une progéniture indésirable.

« Vous travaillez dans le quartier ?

— Je suis à la retraite maintenant, fit l'homme en baissant la tête. Depuis la mort de ma femme. Nous avions un petit commerce ensemble. Nous étions marchands de poissons.

— Des poissons ! Comme c'est charmant, sourit la comtesse. J'adore le poisson. »

De quoi parlait-il ? Quelques instants auparavant, il disait qu'il allait se débarrasser de sa femme.

« Oui, nous en vendions de toutes sortes : brème, cabillaud, thon, turbot, églefin, carpe, truite, anguille…

— Ce devait être passionnant. »

Il faudrait qu'elle tâche de se remémorer ces nouveaux noms de poissons pour sa prochaine rencontre avec M. Cibber. En attendant, la comtesse interrompit Nickum avant qu'il n'énumère le catalogue complet de la vie marine et fluviale.

« Je salive presque à l'idée de vos beaux poissons. Mais pour en revenir à votre femme… ?

— Je ne vais pas parler de ma chère femme avec quelqu'un comme vous, dit Nickum dont le visage s'assombrit. Vous ne comprendriez jamais…

— Alors parlons de Becky. Nous aussi, nous

l'avons perdue, Nickum, et nous nous demandions quand vous l'aviez aperçue pour la dernière fois ?

— C'était... »

Nickum fronça les sourcils et pinça l'arête de son nez entre son pouce et son index.

« C'était hier. La veille au soir, elle avait assisté à une fête à bord de la *Folie*. Je l'ai vue débarquer et sauter dans un fiacre avec un gars qui l'accompagne souvent.

— Jemmy ?

— C'est lui. Un bon gars, d'ailleurs. Je crois que c'est l'un de ses parents. »

La comtesse hocha la tête.

« Son cousin.

— Non, non. Je dirais plutôt son frère.

— Pas son amant ?

— Retirez vos paroles, madame, s'écria Nickum en bondissant de son siège. Vous êtes une fouille-merde indécente. Je ne tolérerai pas de tels propos.

— Désolée, dit la comtesse en levant les mains. Simplement, depuis son récent mariage avec lord Rakewell...

— Ce mariage, madame, est une fiction. »

Nickum se planta devant la cheminée et lui jeta un regard glacial.

« Je sais pertinemment que ma Becky n'épouserait jamais cet homme, même s'il braquait un pistolet sur elle.

— L'amour est une chose étrange, monsieur Roper. Il rapproche les couples les plus improbables.

— Je l'ai entendue dire à cette pauvre infortunée Mme Lucas à quel point elle le méprisait. Elles complotaient ensemble.

— Elles complotaient ? »

La comtesse se rapprocha.

« Rebecca et Anne ?

— Ah, je vois ! Vous n'êtes pas au courant. »

Il se rassit, détendu.

« Alors j'ai un pouvoir sur vous. Maintenant vous m'écoutez, enfin.

— De quelle sorte de complot s'agissait-il ? Et comment l'avez-vous appris ? interrogea la comtesse.

— Elles étaient assises un soir sur la piazza en train de boire un verre de bière beurrée, il y a quelques mois. Cette canaille venait de semer la pagaille avec ses acolytes, renversant tous les étalages, comme d'habitude. J'étais assis non loin d'elles et je les entendais plaisanter sur le fait qu'elles l'utiliseraient à leurs propres fins. Elles le ridiculiseraient devant ses amis ! »

Godfrey et Alpiew entrèrent avec un plateau à thé.

« M. Roper me parlait de sa poissonnerie, Alpiew. »

Godfrey disposa les tasses et versa le thé, tandis qu'Alpiew distribuait des petits bouts de sucre.

« Il semble avoir vécu une vie agréable dans une jolie maisonnette près de Paternoster Row avec sa charmante, défunte épouse.

— Prudence. En effet, c'était une femme charmante. »

Nickum tendit la main pour prendre sa tasse.

« C'est un régal d'être avec d'autres admirateurs de la grande Becky. Vous l'avez vue dans *L'Honnête Procédé* ? Elle y tenait un rôle excellent : Fidelia, qui taquinait son amant jusqu'à le rendre fou.

— Vous l'avez vue ? dit Godfrey. Je n'ai pu que la lire. Je sais qu'elle devait y faire merveille.

— Ah, si fait, fit Nickum en aspirant bruyamment une gorgée de thé. C'était son plus beau rôle. L'une des meilleures scènes était celle où elle jouait les marins. Elle y était d'un réalisme extraordinaire. Mais évidemment, Becky est une experte en la matière. Elle connaît tout de la vie nautique. »

Alpiew et la comtesse échangèrent un regard interrogateur.

« Quel rapport avait Rebecca Montagu avec les affaires maritimes ?

— Comment, vous ne savez pas ? dit Nickum en les regardant d'un air perplexe. Ses parents étaient marins.

— Marins ?

— Mais son père était avocat... ?

— Non. Marins, tous les deux. Lui était maître d'équipage, elle, cantinière. »

La comtesse et Alpiew répétèrent de concert :

« Maître d'équipage !

— Cantinière !

— Oui. À Limehouse. Ils sont si fiers d'elle. »

La comtesse se leva et le dévisagea d'un air déterminé.

« Comment avez-vous obtenu cette information ?

— Elle y allait presque tous les dimanches. Elle partait avec Jemmy et déjeunait avec ses parents. Parfois, je prenais une ou deux bières dans la taverne voisine de leur humble maison et je parlais aux voisins. Tout le monde connaît Beck, là-bas. »

Le lendemain matin, Alpiew frappait à la porte du cottage d'écurie où logeait le cocher de la duchesse de Saint-Pholle et, après l'avoir soudoyé d'un sachet de thé et d'une promesse qu'il y en aurait encore, la comtesse, Godfrey, Alpiew et Nickum s'entassèrent dans le grand carrosse et se mirent en route pour le long trajet de la ville à Limehouse.

« Sommes-nous arrivés en Écosse ? » s'écria la comtesse alors qu'ils venaient de dépasser la Tour d'un demi-mile.

Elle se mit à lire tout haut les bornes.

« Radcliff Highway, Execution Dock, Wapping Wall... Je n'ai jamais entendu parler de ces endroits. Le cocher sait-il où nous allons ?

— Ne vous inquiétez pas, comtesse, dit Nickum en jetant un coup d'œil à l'extérieur. Becky passe toujours par ici. »

Au marché de Shadwell, ils entendirent les marchands vanter leurs denrées :

« Harengs, moules, pieds de porc, pois gris et tête de mouton au four.

— Au moins nous ne mangeons pas ici, grâce au ciel, s'étrangla la comtesse en sortant son éventail et en l'agitant. Ah, nous nous dirigeons vers le désert de la campagne, Alpiew. Je le sens.

— Non, madame. Je vous assure que Limehouse est dans la banlieue est de la métropole. »

La comtesse couina en s'agrippant à la courroie en cuir tandis que le carrosse roulait sur une grosse bosse.

« Qu'était-ce ? Un chien ?

— Non, madame. Les routes sont très mauvaises.

— Oumph ! »

La comtesse se laissa retomber dans son siège.

« Vous prétendiez que nous n'allons pas à la campagne ? »

Tandis qu'ils cahotaient sur Gravel Lane, Alpiew elle-même prit peur pour le carrosse. Elle n'avait aucune envie d'affronter la duchesse si jamais il se renversait ou perdait une roue sur ces chemins perdus. Elle n'avait pas plus envie d'avoir à dégoter l'argent nécessaire à faire remorquer et réparer le véhicule. Rien qu'en peinture, cela devait coûter une fortune, ne serait-ce que pour refaire les armoiries peintes sur les portes.

Le carrosse prit un virage et pencha dangereusement avant de retrouver l'équilibre. Le cocher jura. Alpiew sortit la tête.

« Tout va bien ? »

Il indiqua un carrosse qui les avait doublés :

« Ah, les femmes aux rênes ! grommela-t-il. Elle est restée en plein milieu de la route. Et elle allait trop vite. »

Alpiew suivit des yeux le vieux carrosse déglingué roulant à tombeau ouvert vers la City, et reprit sa place à l'intérieur.

Plus ils progressaient vers l'est, plus les maisons bordant la route semblaient pauvres. Des femmes avec des bébés dans les bras fixaient l'élégant carrosse qui passait devant elles.

« Regarde leur émerveillement, Alpiew, s'émerveillait à son tour la comtesse. On croirait qu'ils n'ont jamais vu le carrosse d'une duchesse. C'est comme si nous étions une étoile filante ! »

Le carrosse s'arrêta en grinçant et prit un virage en épingle à cheveux vers la gauche lorsqu'ils parvinrent aux quais.

« Sommes-nous bientôt arrivés ? » haleta la comtesse en retenant son souffle.

— Ce n'est plus très loin », répondit Nickum.

La comtesse lâcha un grognement et lança un regard mauvais à Godfrey.

« Je ne sais pas si je supporterai encore longtemps cette pestilence », s'écria-t-elle en déployant son éventail.

« Ce n'est pas moi ! » protesta Godfrey en donnant une ruade à Alpiew.

La comtesse agita frénétiquement son éventail.

« Mais alors, nom de Dieu, d'où cela vient-il ?

— Cela peut provenir de bien des sources, expliqua Nickum. Les tanneries, les brasseries de Shadwell ou bien les séchoirs à chaux ou les fours de Limehouse...

— Pouah ! crachota la comtesse. Peste soit de l'endroit. Il pue comme la culotte d'une vieille pute !

— Sans oublier les fonderies pour les ancres, les clous et les chaînes. Les hangars où l'on tresse les cordes, les cordages et les voiles... il y a un abattoir et un saloir où l'on sèche la viande pour les voyages au long cours, un moulin pour la poudre à canon...

— Ah, la poudre à canon ! s'anima soudain Godfrey. Nous en avons un coffre. Très savoureux. »

Nickum le dévisagea comme s'il était dément.

À leur droite s'étendaient les quais, où étaient amarrés toutes sortes de navires : des bricks, brigantines, frégates et vaisseaux de guerre jusqu'aux plus humbles péniches, yoles et vedettes de douane.

« J'ai toujours rêvé de partir en mer ! s'enthousiasma soudain Godfrey. Regardez ces gars qui s'accrochent aux haubans, aux bouts de vergues et aux gaillards d'avant ! Ça, c'est une vie pour un homme ! »

Alpiew frémit, se rappelant sa propre traversée vers l'Amérique, aller-retour.

Le carrosse s'arrêta dans une grande secousse et le cocher se pencha vers la cabine :

« Je ne peux pas aller plus loin. Nous sommes au bout de la route. »

Nickum ouvrit la porte et descendit d'un bond.

« Nous y sommes. »

La comtesse contempla le paysage. La route défoncée se terminait abruptement : au-delà, il n'y avait plus que des miles de marécages.

« C'est l'Île aux Chiens.

— Hum, dit la comtesse en pinçant les lèvres tandis qu'elle descendait prudemment sur le gazon bourbeux. Vu leur absence, j'imagine que même les chiens ne s'y plaisent pas. »

Elle tourna le dos aux quais et aux docks du

bord du fleuve pour contempler la rangée de maisons de l'autre côté de la route.

« Comment, Nickum, vous voulez nous faire croire que la grande actrice, une actrice célèbre dans tout Londres, Rebecca Montagu, est originaire de ce sordide amas de baraques amphibies ? »

Nickum acquiesça gaîment, indiquant la dernière maison de la rangée. La comtesse l'examina de haut en bas. À quelques portes de là se trouvait une taverne.

« Godfrey ! »

Elle fouilla sa poche pour en tirer quelques pennies.

« Tu veux bien emmener M. Roper à la taverne et lui offrir une chope de bière ? Alpiew et moi allons nous renseigner auprès des habitants de cette maison, qui heureusement semble assez convenable, malgré… »

Elle contempla le paysage désolé des docks qui s'étendait autour d'elle. La maison avait deux étages et de nouvelles fenêtres à guillotine, contrairement à ses voisines qui ne possédaient que de vieilles fenêtres à battants à la peinture écaillée. Un drapeau rouge avec une ancre jaune et un bras brandissant un coutelas était planté sur le toit. La porte à panneaux était équipée d'un heurtoir en cuivre luisant, qu'Alpiew mania vigoureusement. La porte fut ouverte par un grand ours brun d'homme en veste bleue et culotte faite en toile à voile.

« J'espère ne pas m'être trompée d'adresse, dit Alpiew, car j'ai emmené ma maîtresse, la comtesse Ashby de la Zouche, de Londres pour vous faire une visite d'affaire concernant Mme Rebecca Montagu, l'actrice.

— Beck ! dit-il avec un large sourire. Ohé, Sal, ce sont des amies de Beck qui nous rendent visite ! »

Il les conduisit dans un petit salon sombre décoré de magnifiques soieries indiennes et de meubles sculptés. Aussitôt, une plantureuse femme au teint fleuri les rejoignit.

« Gentes dames, dit Sal, vous êtes aussi bienvenues ici que si vous étiez venues cent fois. Je t'en prie, Jake, apporte-nous de quoi étancher la soif des deux amies de Beck. »

Elle leur indiqua deux grands barils vernis qui avaient été rembourrés de coussins et équipés de dossiers sculptés.

« Faites-moi le plaisir de vous asseoir. Assurément, que vous soyez chrétiennes, païennes ou renégates, il est curieux de voir, dans notre humble chaloupe, deux dames aussi étrangement attifées que vous aussi loin de leur antre ! »

La comtesse examina le bizarre accoutrement porté par ces deux créatures marines et se demanda, s'ils étaient catapultés dans la civilisation de St James, qui serait considéré les plus bizarres, d'elles ou d'eux.

Quelques instants plus tard, Jake revint avec un bol de punch au rhum tellement énorme que la comtesse se demanda s'il avait l'intention qu'elles s'y baignent. Il le posa sur une table circulaire décorée des points du compas. Sal versa deux verres.

« L'une d'entre vous veut-elle fumer la pipe ? demanda Jake. J'ai le meilleur tabac de Virginie. »

La comtesse et Alpiew secouèrent faiblement la tête.

« Je préfère une lichette de punch ou un bon lait de poule à votre thé vert de la grande ville, pas vous ? dit Sal en avalant une gorgée de sa concoction malodorante. D'après moi, le thé n'est que de l'eau chaude avec du sucre. Et votre thé noir est un poison qui me fait rendre mon dîner. »

Elle se cala dans son fauteuil, son verre au creux de la main.

« C'est une sacrée trotte d'arriver jusqu'ici en carrosse. Ça vire et ça cahote. Vous auriez dû prendre une péniche. Il n'y a pas assez d'espace utile dans le coffre d'un carrosse, et on a du mal à équilibrer le ballast sur ces routes. »

Jake exhala une bouffée de fumée bleue.

« Vos tripes doivent être toutes retournées du voyage. Pouvons-nous vous offrir un plat de burgoo ?

— Du burgoo ?

— Oui, c'est un agréable plat de marin composé de bouillie d'avoine avec du sel, du beurre et du sucre. »

Alpiew refusa aussitôt.

« Ou un salmigondis ? Ma seconde, Sal, fait le meilleur salmigondis au nord de Biscaye.

— Avec tous les meilleurs ingrédients, acquiesça Sal en se frottant les mains. Pigeon, hareng, viande salée, chou mariné, mangue, anchois, olives et œufs durs.

— Non merci. Nous venons de manger. »

La comtesse se sentit gagnée par une vague de nausée à l'idée même d'un plat de salmigondis.

« Alors, à propos de Rebecca…

— Ah, Rebecca, c'est notre fille à nous !

— Elle a… »

La comtesse se tut. Elle se sentait incapable de leur annoncer la terrible nouvelle sans préambules.

« … elle a disparu. »

Jake et Sal échangèrent un regard.

« Disparu ?

— Oui. Elle a eu des démêlées pénibles avec un scélérat notoire appelé Rakewell et depuis, on ne l'a plus revue. »

Un éclair d'inquiétude traversa le visage de Sal.

« Et quand était-ce ?

— Il y a deux matinées de cela.

— Alors ça va, soupira Sal, plus détendue. Elle sait très bien se défendre. Elle est venue au monde pendant une tempête au large de la côte de Barbarie et après une enfance au pied du mât, je pense qu'elle peut réchapper à ce genre de mécréant.

— Je crois que cela pourrait être plus grave que vous ne l'imaginez…

— Ah, vous les terriens ! Notre Becky trouvera toujours le moyen de faire passer des freluquets comme lui sous la quille, fit Jake en se tapotant l'aile du nez.

— Vous ne semblez pas vous rendre compte, risqua Alpiew, du danger que représente un homme comme ce Rakewell.

— Ah, notre Beck l'aura ligoté et suspendu au mât de hune avant de s'être fait doubler par ce genre de gars, croyez-moi.

— Mais…

— Je parie qu'elle est crevée, d'accord, mais elle traversera bientôt le pot au noir et elle aura du vent dans les voiles avant longtemps.

— Vous dites crevée… »

Après plusieurs tentatives, la comtesse saisit l'occasion.

« Je suis désolée, mais je crains d'avoir de mauvaises nouvelles à vous annoncer.

— J'imagine que sa foutue moussaillonne a mis les voiles et pris le large, grogna Jake. Elle a toujours eu l'air renfrogné d'un mutin.

— Pardon ?

— Sarah. Cette femelle taciturne qui s'occupe des quartiers de Beck à Londres.

— C'est bien pire que cela, je le crains. »

La comtesse parlait calmement, mais d'une voix ferme.

« La nuit d'avant-hier, Alpiew et moi avons eu la terrible infortune de trouver un corps dans le parc de St James. Et je crains que ce corps ne soit celui de Rebecca, et elle était indéniablement morte, car sa tête n'était plus sur son tronc. »

Jake et Sal fixèrent le parquet en silence.

« Vous confondez peut-être, comtesse, dit Sal.

— Je dirais que le corps doit appartenir à quelqu'un d'autre, ajouta Jake. On l'aura égaré.

— Peut-être », dit la comtesse.

Comment se faire comprendre de ces gens qui baragouinaient un argot incompréhensible ? Elle fit une dernière tentative.

« Peut-être que c'est vous qui confondez, monsieur Montagu. J'espérais que vous puissiez me dire que votre Beck n'est pas la même personne que Rebecca Montagu, la célèbre actrice.

— Notre fille est en effet l'actrice, milady. “Roxane”, comme l'appellent les gens de la ville, d'après son rôle dans la pièce. Je sais qu'il peut paraître étonnant que d'humbles marins puissent créer une enfant aussi belle et talentueuse, mais Rebecca Montagu est notre Beck, en effet. »

Il souffla une autre bouffée de fumée bleue dans la pièce.

« Et si vous voulez savoir, je ne suis pas M. Montagu. On m'appelle Jake Zuniga.

— C'est un nom espagnol ?

— Mon arrière-arrière-grand-père est venu avec l'Armada, a fait naufrage et s'est installé en Cornouailles. C'est de là que notre Beck tient sa beauté sombre. Elle a changé son nom pour la scène, pour avoir l'air plus Londonien, si vous voyez ce que je veux dire. »

Il tira un autre bouchon de tabac de sa poche et le fit rouler sur son genou.

« Je peux vous assurer, comtesse, que Jake dit

vrai : notre Beck est vivante, insista Sal en se levant. Vous pouvez compter là-dessus.

— Mais, protesta la comtesse, nous avons vu le corps. Sans tête.

— Pauvres de vous ! soupira Jake. J'ai connu des hommes forts convaincus d'avoir vu des sirènes, des basilics et toutes sortes de créatures lorsqu'ils avaient un coup dans l'aile.

— Prenez une autre gorgée de rhum, dit Sal en leur tendant la louche. Il faut reprendre du poil de la bête qui vous a mordu.

— Je ne crois pas que vous saisissiez ce que nous tentons de vous faire comprendre, madame Zuniga. Rebecca est morte. Elle a été assassinée.

— Rebecca est en vadrouille, comtesse, c'est vrai. Mais comme dit Sal, ce corps dont vous parlez ne peut être le sien, je vous le jure. »

Soudain, on cogna à l'étage. Tous les yeux se levèrent vers le plafond.

« Ah, c'est le vieux singe dans la dunette qui appelle Sal. »

M. Zuniga se leva et leur tint la porte.

« Nous avons un hôte payant dans le nid de pie. Pardieu, il doit vouloir un autre bol de salmigondis. Bon, mieux vaut appareiller vers Londres maintenant, car le noroît a beau être tombé aujourd'hui, croyez-moi, le vent est en train de tourner au sud-ouest et ça augure mal. Merci de votre sollicitude. Nous dirons à Beck que vous êtes venues demander de ses nouvelles dès qu'elle jettera l'ancre ici.

— Une dernière chose, monsieur Zuniga, dit Alpiew en se retournant sur le seuil. Sauriez-vous si un navire a appareillé pour le Nouveau Monde aujourd'hui ?

— Le Nouveau Monde ? Non. Pas depuis des semaines. Et aucun capitaine ne va mettre les voiles aujourd'hui, ni demain, d'après moi. Il va y avoir une tempête à décorner tous les démons. Alors si vous espériez partir en Amérique, vous allez devoir attendre un bout de temps. »

*
* *

« Ils sont fous ! Fous à lier. »

La comtesse se hissa sur le siège du carrosse, agitant son éventail à une vitesse inquiétante.

« Comment être sûr qu'il s'agisse bien des parents de Rebecca ? demanda Alpiew à Nickum tandis que le carrosse fonçait vers la ville. Cela semble improbable.

— Je le sais. Elle leur rend visite toutes les semaines. Plus souvent en été quand le théâtre fait relâche.

— Cette taverne était également pleine de fous, dit Godfrey. Ils parlaient tous une sorte de baragouin sans queue ni tête. Je crois que c'était des Moscovites.

— Ce ne sont que des marins avec leur propre jargon nautique, expliqua Alpiew. C'est l'anglais qu'on parle sur les docks.

— De l'anglais ? gronda Godfrey. Le seul mot anglais que j'aie pu distinguer, c'était "fou". Mais je me demande comment ils peuvent avoir le culot de traiter les autres de fous, alors qu'ils sont eux-mêmes totalement déments !

— Ah, Godfrey ! gloussa la comtesse. Ils t'ont traité de fou ?

— Non, pas moi. Ils disaient que le gars dans la maison voisine était un aliéné de Bedlam.

— Eh bien, dit la comtesse, dans ce cas ils n'avaient pas tort, s'ils parlaient de M. Zuniga. »

Nickum devint nerveux.

« Madame, je me battrai avec vous si vous laissez entendre que les parents de Rebecca sont rien moins que merveilleux. Comme tout ce qui la touche.

— Bon, messire, fit la comtesse. Vous vivez dans la City, je crois. Nous pouvons vous déposer chez vous.

— Je préfère marcher. »

La bouche de Nickum se pinça et il crispa la main sur la courroie de cuir de la porte.

« Je serai satisfait si vous me déposez devant chez vous, ajouta-t-il.

— J'insiste.

— Ce ne serait pas correct, fit Nickum en se tortillant sur son siège, subitement agité. Ma femme…

— Mais vous êtes veuf ?

— C'est difficile à expliquer. »

Nickum pinça les lèvres et détourna le regard.

« Au contraire. Sans doute votre femme n'est-elle pas au courant de votre intention d'épouser Mme Montagu ?

— Ma femme est morte. Et je dois retrouver ma chère Beck. »

Nickum lança un regard mauvais à la comtesse comme s'il la défiait de le contredire.

« Vous ne comprendriez pas, mais je crains que quelque grand malheur n'ait fondu sur elle.

— Ah, je vois ! fit Godfrey en prenant un air menaçant. C'était *toi*, n'est-ce pas ? »

Soudain, il bondit de son siège et agrippa à nouveau Nickum par le col.

« C'est toi qui l'as fait ! »

La comtesse tira Godfrey par les épaules tandis qu'Alpiew appelait le cocher le plus fort qu'elle pouvait. Le carrosse s'arrêta et le cocher ouvrit la portière.

« Vous avez besoin d'aide, mesdames ? »

La comtesse poussa Godfrey vers la portière ouverte.

« Mon majordome a décidé de faire le reste du trajet devant avec vous.

— C'est faux, gronda Godfrey. Qu'il monte, *lui* !

— Du calme, Godfrey, fit la comtesse. Reste à l'intérieur. Je vois où nous sommes. Je vais descendre, et Nickum va venir avec moi. »

Elle tendit la main pour que le cocher l'aide à descendre sur la rue pavée.

« Alpiew, lança-t-elle par-dessus l'épaule de Nickum, ramène le carrosse jusqu'aux écuries de la duchesse et va m'attendre chez nous. »

Elle referma la portière et le cocher regagna sa place. Alpiew sortit la tête de la fenêtre.

« Mais madame, que dois-je faire là-bas ? »

La comtesse fit un cornet de ses mains et lança, en direction du carrosse qui filait vers Little Tower Hill :

« Tu m'attends ! »

Elle passa le bras sous celui de Nickum tout en se dandinant vers la Porte du Lion.

« Alors, Nickum, qui soupçonnez-vous ?

— De faire du mal à Becky ? »

La main de Nickum tremblait.

« Lord Rakewell, madame », répondit-il.

La comtesse hocha la tête et fouilla dans sa poche pour trouver de quoi payer l'entrée de la Tour de Londres.

« Et de quoi le soupçonnez-vous en particulier ?

— Je crois qu'il a joué un mauvais tour à Rebecca.

— Un mauvais tour ? »

Un hallebardier s'avança d'un pas et leur demanda leurs armes.

« Où m'emmenez-vous, comtesse ? Est-elle ici ?

— Ne dites rien… »

La comtesse hocha la tête et s'avança pour être fouillée.

« Dites-moi, hallebardier, où puis-je trouver l'un de vos collègues du nom de Jones ? »

Nickum recula.

« C'est une sorte de piège, n'est-ce pas ?

— Venez, Nickum. Faites-moi confiance. »

Nickum présenta son corps à la fouille de mauvaise grâce.

« Si vous voulez Jones, vous allez devoir attendre là-bas. »

Le hallebardier désigna un gros canon posé un peu plus haut sur Tower Green.

Ils attendirent donc non loin de Wakefield Tower, en causant à voix basse.

« Je me suis dit que ce serait un bon endroit pour parler, Nickum : bizarrement, ici, nous sommes libres. Entre ces murs anciens, personne ne peut nous arrêter ; alors vous pouvez tout me dire, même le plus incriminant, et je ne peux rien y faire. »

Nickum se percha en silence sur le canon.

« Je vous jure, Nickum, que si vous me dites que vous l'avez assassinée et que vous avez jeté son corps dans la Tamise, ils ne peuvent pas vous arrêter tant que vous êtes dans l'enceinte de la Tour. »

Nickum fixa ses pieds. La comtesse comprit qu'il n'avait aucune intention de coopérer.

« Alors répondez à une simple question : pourquoi la suivez-vous ?

— Parce qu'elle est merveilleuse.

— Et où est-elle maintenant ?

— Où devrait-elle être ? Elle est dans sa peau.

— Alors où est sa tête ?

— Sur son corps, d'après moi.

— Et où est son corps ?

— Comtesse, si je le savais, je n'aurais pas

passé la journée d'hier à courir par monts et par vaux à sa recherche.

— Quels monts, quels vaux ?

— Votre maison, où je sais qu'elle a dormi deux nuits. La maison de Rakewell, après que j'ai lu le *Trumpet*. Le théâtre. Ses appartements de Little Hart Street.

— Et qu'avez-vous constaté en ces différents lieux ? »

Il fixa à nouveau le sol et se mit à enfoncer un caillou dans l'herbe du bout de la chaussure.

« Qu'avez-vous vu ? »

Il pinça les lèvres et haussa les épaules.

La comtesse insista.

« Quelque chose qui a éveillé vos soupçons, d'après ce que je vois.

— Je préférerais ne pas en parler.

— Je vous rappelle, Nickum, qu'entre ces murs augustes personne ne peut être arrêté. Alors quoi que vous disiez, vous êtes en sécurité.

— Si vous y tenez. Mais je m'étonne que vous ayez tellement confiance. Qui sait ce qui peut se passer une fois hors de l'enceinte ?

— Vous pouvez avoir confiance en moi, Nickum.

— Alors expliquez-moi ceci, fit Nickum en regardant la comtesse droit dans les yeux. Que faisiez-vous avec Alpiew dans les appartements de Mme Montagu hier qui vous a fait fuir précipitamment des lieux ?

— C'est simple, dit la comtesse. Alpiew redoute particulièrement le chien de Mme Montagu. En bondissant sur elle hors des rideaux du lit, il lui a donné la frayeur de sa vie.

— Red ? grimaça Nickum. Red est toujours dans ses appartements ? C'est en effet étrange, car

Beck ne va jamais nulle part sans cette créature, sauf sur scène. »

La comtesse pouvait voir le hallebardier Jones descendre la colline à grands pas. Il fallait que Nickum s'en aille avant qu'elle ne poursuive son enquête auprès du gardien.

« Nickum, je vous remercie d'avoir pris le temps de m'accompagner. Je vois que vous êtes aussi sincère que nous dans votre désir d'aider Mme Montagu. »

Nickum hocha la tête en se frottant le menton :

« Alors je peux partir ?

— Aussi longtemps que vous nous tiendrez informés de tout ce que vous pourriez découvrir. »

La comtesse lui serra la main comme un marchand concluant une affaire.

« Et par cette poignée de main nous faisons un pacte. Nous devons en apprendre le plus possible sur sa bonne, Sarah. Nous devons mettre la main sur cette fille pour qu'elle nous aide à retrouver sa maîtresse. Et vite. Je sais que vous nous serez d'un précieux secours. »

Le hallebardier Jones arrivait à leur hauteur.

« Alors, Nickum, voici un shilling pour votre peine. J'attendrai votre rapport. Vous viendrez me voir chez moi sur German Street ? »

Nickum prit la pièce et déguerpit.

« Et Nickum, lança la comtesse, si nous découvrons quoi que ce soit, nous vous en avertirons.

— Ce n'est pas la peine, fit Nickum en s'arrêtant un instant. Je passerai tous les jours, en faisant ma ronde. »

Alpiew et Godfrey descendirent du carrosse devant la maison de la comtesse. Après avoir remercié le cocher, Alpiew s'apprêta à entrer. Assis sur le pas de la porte, levant vers elle des yeux mauvais, se tenait le chien de Rebecca, Red. Il était sale et plein de boue, et découvrait ses crocs d'un air menaçant dès qu'elle tentait de s'approcher de la porte.

« Comment es-tu sorti ? dit Godfrey en le grattant derrière les oreilles.

— Occupe-toi de cette bête, pour l'amour du ciel, et entrons. »

Godfrey poussa la porte et le chien trottina dans le hall devant lui en direction de la cuisine.

« Le petit Red a une grosse faim-faim, hein ? » dit Godfrey dans un étrange gargouillis attendri, tout en ouvrant la porte du garde-manger.

Le chien y entra d'un bond, se dressa sur ses pattes arrière et agita ses pattes avant en l'air.

« C'est ça que tu veux ? » demanda Godfrey en indiquant une miche de pain.

Le chien cessa d'agiter les pattes.

« Ça ? »

Godfrey souleva un bocal plein de biscuits – des biscuits à la cannelle faits par Rebecca. Le chien glapit et agita les pattes tout en sautant en l'air.

« Il est presque humain », dit Godfrey en lui lançant un biscuit pour qu'il l'attrape.

Alpiew se demanda où Godfrey avait bien pu voir des humains se conduire ainsi, à moins d'être les jongleurs de la foire de Bartholomew l'année dernière, encore qu'ils se soient attendus à autre chose qu'un biscuit pour récompenser leurs cabrioles.

« Je vais essayer de lui apprendre des tours, dit Godfrey en se grattant le menton. Je pourrais l'emmener à la piazza de Covent Garden et faire fortune si je pouvais lui enseigner des tours avec des cartes ou à sauter dans des cerceaux. »

Il battit des mains.

« Allez, mon garçon. Godfrey va s'occuper de toi. »

Le chien revint d'un pas tranquille vers la cuisine, mais en apercevant Alpiew il se mit à grogner, à aboyer et à montrer les dents jusqu'à ce qu'elle quitte la pièce en claquant la porte derrière elle.

Elle se réfugia dans la chambre aménagée par Rebecca. Les meubles qu'elle avait loués y étaient toujours. Alpiew se demanda où elle avait pris tout cela et combien de temps s'écoulerait avant qu'un créancier ne vienne frapper à la porte. Le petit lit de Sarah était disposé de façon à former un « T » au bout de celui, plus majestueux, de Rebecca. Alpiew se mit à fouiller çà et là, espérant découvrir quelque chose de révélateur, une lettre, n'importe quoi susceptible de fournir un indice.

Les chemises en batiste fine de Rebecca ainsi que deux robes étaient accrochées à un clou planté dans le mur vermoulu. Une paire de délicats souliers de satin gisaient sur le parquet poussiéreux, et ses patins étaient rangés près de la porte. Rien sur la petite table, sauf le bougeoir de la comtesse. Pas de papier à lettres, pas de pots de fards, pas de livres : Sarah avait manifestement emporté tous ses effets personnels quand elle s'était enfuie.

Alpiew referma la porte et redescendit. Comme c'était étrange de fouiller les effets d'une morte... Elle frissonna en entrant dans la cuisine.

Godfrey était occupé à planter des bouts de pain sur une série de piques que la comtesse avait subtilisées, quelques années auparavant, au gardien du parc qui s'en servait pour ramasser les feuilles mortes.

« Tu veux du pain grillé ? »

Alpiew s'assit sur son lit et soupira.

« Non merci. Je vais m'allonger pour réfléchir. Peut-être que je vais réviser les Passions. »

Elle s'allongea et ouvrit le livre.

« Quelle est cette odeur ? »

Elle renifla et roula sur le côté.

« Pouah ! C'est toi, Godfrey ? »

Elle fronça le nez et retint sa respiration, se retournant pour faire face au mur.

« Seigneur, Godfrey, d'où cela peut-il venir ? »

Elle pencha la tête sur l'oreiller et se redressa brusquement.

« C'est mon lit. »

Elle se leva d'un bond et inspecta la literie.

« C'est de l'urine ! »

Elle se tourna vers Red et le foudroya du regard. Patte en l'air, le chien léchait énergiquement son arrière-train.

« C'est ce foutu chien ! Il a pissé sur mon oreiller !

— Il ne pensait pas à mal. Pauvre petite créature. »

Godfrey se leva et s'avança vers Alpiew d'un air menaçant.

« Il a perdu sa maîtresse, qui était une excellente femme. Alors laisse-le tranquille. »

Le chien cessa de se lécher pour grogner en direction d'Alpiew.

« J'en ai assez ! »

Elle saisit son Hobbes.

« Je monte. »

« Rakewell ! »

Le hallebardier Jones mena la comtesse en haut d'un escalier en spirale jusqu'à sa chambre dans la Tour Beauchamp.

« Évidemment, qui pourrait l'oublier ? C'est un personnage terrible, mais doté d'un charme étrange.

— Étrange ? En quoi ?

— Disons que je n'ai jamais succombé à ce charme-là, comtesse. Pour une raison inexplicable, je semble avoir été le seul. Mais quant à sa dernière nuit, je me la rappelle très bien. J'étais de garde ici.

Sa chambre était directement au-dessus de la mienne. Il est allé, avec d'autres prisonniers, assister à la messe dans la chapelle. Il a été sorti de sa chambre pendant environ une demi-heure, puis il est revenu.

— Pourquoi vous en souvenez-vous si bien ?

— J'ai trouvé étrange que ce garçon devienne subitement pratiquant alors qu'il n'avait jamais assisté à une messe auparavant. Mais mon camarade Partridge m'expliqua que par superstition, Rakewell s'imaginait qu'en assistant à la messe, son procès tournerait bien pour lui. Et il avait raison. J'aurais pu jurer qu'il allait être condamné pour meurtre. Mais non. Comme la dernière fois, les lords ont cru bon de l'acquitter.

— Que s'est-il passé, d'après vous ?

— Qui sait ? Il semble avoir eu un très bon avocat.

— Qu'est-ce qui vous fait penser qu'il est si bon ?

— Eh bien, il travaillait jour et nuit pour le jeune lord. Il est venu ici juste avant minuit à la veille du procès, avec des papiers et des boîtes.

— De quoi s'agissait-il ?

— D'un appel de dernière minute, je crois. Circonstances atténuantes. J'ai entendu le loquet glisser en bas quand mon collègue l'a laissé entrer, et il est monté par cet escalier.

— Est-il resté longtemps ?

— Quelques minutes seulement. Je me souviens avoir eu pitié du bonhomme, obligé de sortir en pleine nuit pour ce vaurien de Rakewell. D'autant plus qu'il faisait si froid que le pauvre homme était emmitouflé dans une grande cape, avec un foulard et un chapeau tiré jusqu'aux yeux. Puis il y a eu des éclats de voix. Rakewell hurlait que ce n'était pas suffisant, ce genre de chose. Moi, je lui aurais dit d'aller se faire foutre.

— M'accompagneriez-vous jusqu'à la chapelle ? »

St Peter ad Vincula se trouvait juste après l'ancien échafaud.

« Des têtes célèbres sont tombées ici, dit le hallebardier Jones en reprenant son laïus habituel. Lady Jane Grey, Essex, Anne Boleyn, Catherine Howard. Seules sept exécutions ont eu lieu en ces murs. Toutes assez délicates pour le monarque qui les a ordonnées.

— Qui étaient les autres ?

— La dame de compagnie de Catherine Howard, Margaret Pole, âgée de soixante-dix ans mais redoutée par Henri VIII, et lord Hastings, pour avoir comploté contre Richard III. La liste de ceux qui ont été ensevelis ici est encore plus impressionnante : Thomas More, l'évêque Fisher… »

Bien que la chapelle ait été déserte, le hallebardier baissa la voix en franchissant le porche.

« Le rebelle duc de Monmouth, ainsi que l'auteur de la répression sanglante de sa rébellion, le juge Jeffreys – bien que sa famille ait réclamé sa dépouille il y a quelques années. »

Il poussa une lourde porte et ils pénétrèrent dans la chapelle proprement dite.

« Ce ne fut qu'après que le duc de Monmouth eut été raccourci qu'on s'est rendu compte qu'il n'avait jamais posé pour un portrait. La tête fut donc sommairement recousue et on appela un portraitiste. Cela explique pourquoi il est si pâle sur le tableau. »

La comtesse examina la chapelle. Tout était comme elle se l'imaginait. Un lourd contrecœur en bois masquait la lumière derrière l'autel ; de part et d'autre de l'allée s'alignaient d'encombrants bancs fermés, certains hauts de six pieds, et d'autres, plus bas, fermés par des rideaux rouges suspendus à des tringles en cuivre.

« Comme vous pouvez le constater, la chapelle a été remise au goût du jour, avec des installations modernes. »

Le hallebardier rabâchait toujours son discours pour visiteurs.

La comtesse constata d'elle-même que, ainsi que dans la plupart des églises londoniennes, la chapelle pouvait accueillir des groupes privilégiés, comme les restaurants offrant des salons particuliers. Elle jeta un coup d'œil à l'intérieur d'un ou deux d'entre eux.

« Alors, où les prisonniers auraient-ils été placés ? J'imagine que du point de vue de la sécurité, c'est assez complexe.

— Ils sont assis sur les bancs, comme les autres...

— Les autres ?

— Les hallebardiers, le gouverneur, le lieutenant et d'autres officiers de Sa Majesté.

— Et si un prisonnier change de place... ?

— Pas de problème, comtesse, car on les compte à l'entrée et à la sortie. Nous saurions rapidement si l'un d'entre eux avait disparu. »

Mais la comtesse avait découvert tout ce qu'elle souhaitait savoir. Elle savait maintenant avec certitude que Rakewell était bien l'homme qui lui avait arraché sa perruque aux York Buildings la nuit où Anne Lucas avait été assassinée.

Alpiew fixait le lit de Rebecca. Il semblait assez douillet. Elle pourrait s'y allonger pour lire. Tandis qu'elle s'asseyait sur la couverture et commençait à délacer ses bottines, elle se rappela ce que le sergent avait dit et se leva prestement. Le corps était pourri de vérole. Soudain, le précieux matelas en plumes et les douces couvertures en laine perdirent leurs charmes. Elle jeta un coup d'œil au petit lit de Sarah. Les draps n'avaient pas l'air trop propre. À vrai dire, il fallait laver tout cela le plus vite possible. Prudemment, elle défit le lit et empila les draps qu'elle lessiverait plus tard avec Godfrey.

Tandis qu'elle arrachait le drap housse, un bout de papier enveloppé d'un ruban vert tomba par terre. Alpiew l'examina. Il n'y avait que quelques lettres inscrites : W.G.G.V.D.D.B. VIII. R XX. Elle fourra le billet dans sa poche.

En s'asseyant sur le matelas de Sarah, elle remarqua que la charpente du lit avait des charnières ornées au centre. Elle tira un peu et il se plia vers le haut. En fait, on pouvait le replier jusqu'à ce qu'il n'occupe pas plus de place que la malle d'un gentleman. Alpiew n'avait jamais rien vu de la sorte. Elle espéra que personne ne le réclamerait, car elle avait bien envie de le garder. Elle avait tout juste commencé à lire quand la porte d'entrée claqua. La comtesse était de retour.

Alpiew descendit aussitôt. Sa maîtresse, toujours revêtue de son manteau, était plantée au seuil de la porte du jardin. Elle fixait Godfrey, occupé à pousser un énorme balai de bouleau dans la cour.

« Godfrey ? Que diable fais-tu ? »

Souriant de son sourire édenté, Godfrey releva la tête et donna un dernier coup de balai.

« J'ai fait ce qu'il y avait à faire.

— Faire quoi ? »

La comtesse huma l'air et leva les bras au ciel.

« Devrons-nous vivre dans cette odeur pestilentielle jusqu'à ce que le soleil se lève et l'évapore ?

— Je ne fais qu'exécuter les ordres. »

Godfrey vida le seau dans la boue des latrines.

« Godfrey, aurais-tu perdu l'esprit ? Je ne t'ai jamais donné l'ordre de laver la cour ! »

Le chien de Rebecca bondit et piétina des pattes avant la jupe de la comtesse, y laissant des traînées boueuses.

« Fi donc ! C'est assez ! Cet animal est toujours ici ?

— Je m'en occupe. Il est intelligent, et il était à elle. »

Godfrey jeta le balai, ramassa le chien et passa devant la comtesse pour rentrer dans la cuisine.

« J'ai fait tout ce travail pour vous faire plaisir. »

Il renversa le seau d'un coup de pied.

« Red a besoin de faire un tour. Je vais dans le parc. »

Alpiew s'approcha du seau contenant la préparation de Godfrey et fixa la page imprimée posée à terre.

« Pour laver votre verge : une demi-livre de salsepareille, cinq onces de tiges et de feuilles de séné, une poignée d'aigremoine, de prêle et de pissenlit, onze clous de girofle, une noix de muscade, de l'aubépine brûlée, une drachme et demie de précipité de mercure, une pinte de vin doux de Madère et trois litres d'eau… »

La comtesse prit le papier et le scruta.

« Curieuse concoction pour laver une cour pavée !

— Godfrey ? dit Alpiew en lui agitant le papier sous le nez. Qui t'a donné cela ? »

Godfrey se tortilla, gêné.

« C'est tombé du livre.

— Quel livre ? »

Des livres, il y en avait partout dans la cuisine, empilés contre les murs, glissés sous tous les meubles pour les soutenir. Alpiew suivit le regard de Godfrey jusqu'au lit de la comtesse. Un volume y était posé. Les pages du *Trumpet*, qui avaient servi à l'emballer, étaient défaites et empilées sur l'oreiller de la comtesse.

« J'ai dû l'ouvrir parce que le chien le grattait, et je ne voulais pas qu'il soit abîmé avant l'arrivée de madame la comtesse. J'essayais de poser le livre sur la cheminée, mais le petit Red jouait entre mes chevilles et le livre m'a échappé des mains. Cette page en est tombée, et j'ai vu ce qui était écrit, alors j'ai cru que madame la comtesse avait dû le rapporter pour que je m'en occupe, et je n'en aurais rien fait mais je craignais que vous ne soyez fâchée à cause du chien, et que vous ne me laisseriez pas le garder. J'ai pensé que si je faisais un effort, au moins vous seriez contente de moi. »

Sur ces mots, il disparut du hall avec le chien.

Alpiew ramassa le livre et l'ouvrit à la page titre. C'était le pamphlet que la comtesse avait distraitement acheté pour faire plaisir au libraire installé sous l'appartement de Rebecca.

« La Maladie Secrète, décrivant sans détours chaque degré et symptôme. Entièrement nouveau en méthode et en pratique, en quoi les deux sexes peuvent, en toute intimité et à faible coût, sans autre médecine ou risque de s'exposer aux charlatans, se guérir de cette maladie qui, si elle est négligée, est dangereuse autant qu'ignominieuse. »

Elle regarda à nouveau la recette utilisée par Godfrey pour composer la concoction nettoyante. En lettres minuscules au bas de la page étaient inscrits les mots : « Erratum : page 49 ». Elle feuilleta jusqu'à la page 49 : elle était blanche. Alpiew se mit à rire.

La comtesse brossait toujours les marques de pattes de sa jupe. Elle releva la tête.

« Voudrais-tu me faire partager le sujet de ton hilarité ? »

Alpiew tendit le livre à sa maîtresse.

« La Maladie Secrète... »

La comtesse feuilleta les pages, dégoûtée.

« Mais pourquoi Godfrey a-t-il ce livre ? »

Elle lut tout haut :

« "La syphilis est contractée par la copulation, la succion ou le fait d'être sucé, les baisers immodérés, le badinage amoureux, la transpiration, l'exhalaison ou le fait de s'allonger auprès d'une personne infectée." Grands dieux, Alpiew ! Pouah ! Godfrey, débauché et infecté ! Je ne l'aurais jamais imaginé capable de galanterie ! »

Elle poursuivit sa lecture :

« "L'infection se présente d'abord sous forme d'irritation des parties intimes, émission de pus et démangeaison persistante." Mais quelle horreur ! "Avec le temps, elle progresse jusqu'à donner des vertiges, les yeux rouges, une perte de l'audition, une peau grêlée, des bourdonnements dans les oreilles et finalement, si on n'arrête pas son cours, elle monte à la tête..." »

Elle déglutit et posa le livre.

« Le mal doit être monté au cerveau de Godfrey. Pourquoi, sinon, aurait-il nettoyé la cour avec ce liquide sirupeux ?

— Son action prouve sa pureté, madame. Ce livre est à vous, et il n'a pu comprendre le peu qu'il en a lu.

— Alpiew, parle-moi clairement et pas par énigmes, je te prie.

— Il a pris un mot pour un autre. »

Alpiew ramassa le livre et le feuilleta.

« Écoutez : "la syphilis est aussi contractée par la sodomie ou les baisers si l'un ou l'autre partenaire a un ulcère dans la gorge ou dans la bouche sécrétant un liquide visqueux..."

— Fais vite, Alpiew, dit la comtesse en s'éventant frénétiquement, avant que je ne vomisse. »

Alpiew poursuivit sa lecture :

« "... mais le site principal de l'infection est l'inflammation de la *verge*."

— La verge ? »

La comtesse baissa les yeux puis agita son éventail dans l'air pour indiquer sa région pubienne.

« Tu veux dire que Godfrey a cru... ?

— Pauvre Godfrey ! »

Alpiew secoua la tête en contemplant les pavés luisants et gluants.

« Godfrey a confondu sa verge et le verger ! »

9

Dégoût

Aversion envers un objet qui éveille
le mépris.
Les sourcils se rejoignent,
les pupilles sont brillantes et fixes.
Le nez relevé, les narines dilatées. Les commissures
de la bouche sont tournées vers le bas
et les lèvres pincées.

« Ne pourrions-nous pas allumer une bougie ? »

Alpiew s'arrêta dans l'escalier avant d'ouvrir la porte des appartements de Rebecca.

« J'avoue milady, reprit-elle, que je redoute fort de me trouver seule dans un endroit obscur en compagnie de la tête d'une morte. »

La comtesse lui fit signe de se taire et elles franchirent le seuil sur la pointe des pieds. On n'était qu'en fin de journée, mais il faisait aussi noir qu'à minuit.

« Si Sarah voit de la lumière, assurément elle n'entrera pas, et nous devons lui parler ! »

Elles s'étaient décidées à se risquer chez Rebecca, seul endroit à partir duquel elles pouvaient retrouver la bonne. Elle saurait qui couchait avec sa maîtresse et par sa connaissance intime avec le linge de l'actrice, connaîtrait son état de santé.

Alpiew se figea. Un long rai de lumière filtrait sous la porte au bout du couloir, qui donnait sur une petite cuisine, avec un garde-manger et une buanderie.

« Elle est ici, articula la comtesse en vacillant sur place de peur que le craquement des planches du parquet ne les trahisse. Qu'allons-nous faire ?

— Une petite comme elle ne me fait pas peur, milady. »

Alpiew retroussa ses manches et marcha vers la porte. Au même moment, la lumière s'éteignit. Elle s'élança vers la porte et l'ouvrit brusquement. Dans l'obscurité, une silhouette enveloppée d'un manteau se jeta sur elle, bras levé brandissant un grand couteau dont l'éclat métallique scintilla dans les glaces du couloir.

« Sauvez-vous, comtesse ! cria Alpiew. Je m'en occupe. »

Dans leur lutte, Alpiew réussit à désarmer son adversaire et à lui assćner un bon coup de poing en plein visage. L'autre tituba vers l'avant de quelques pas, puis, s'enveloppant dans son lourd manteau de cocher, dévala le couloir et dégringola l'escalier quatre à quatre. Alpiew s'élança à sa poursuite.

La comtesse écouta le bruit de leurs pas ricocher sur les rues pavées. Ils se dirigeaient vers la piazza, où les foules donneraient certainement l'occasion à l'intrus mystérieux de s'évanouir.

Lorsque tout fut à nouveau tranquille, elle revint sur la pointe des pieds vers la porte de la cuisine et l'ouvrit. La pièce était chauffée. Un petit feu brûlait dans l'âtre. La comtesse tâtonna sur la table. Elle trouva la bougie récemment éteinte et l'appliqua à la bûche incandescente.

Une bassine en porcelaine pleine d'eau savonneuse était posée par terre. Une serviette humide pendait au dossier d'une chaise. Dans la casserole suspendue au-dessus du feu mijotait une soupe à l'odeur délicieuse. Le spectacle n'aurait pu être plus banal. Seul détail discordant : sur la table, à côté d'un bol vide (attendant sans doute la soupe) se trouvaient un pistolet et un ruban rose, le célèbre insigne des Tityre-tus.

Alpiew avait moins de mal qu'elle ne l'aurait cru à soutenir le rythme du fugitif. Son vigoureux coup de poing à la mâchoire du scélérat l'avait sans doute ralenti ! Mais le défilé habituel des noctambules de la piazza les sépara. Elle voyait les courtes mèches noires de sa proie danser devant elle entre les flambeaux brandis… Mais en passant devant le pilier central, elle s'aperçut que le fuyard avait disparu. Elle s'arrêta devant le kiosque de marionnettes et regarda autour d'elle. La canaille avait été engloutie par la foule. Un groupe d'ivrognes hurlait des obscénités aux marionnettes, qui couinaient la chanson d'ouverture du morbide petit spectacle de Punch et Judy.

Alpiew se retourna et fit quelques pas lorsqu'une idée lui vint subitement à l'esprit. C'était le kiosque de Valentin Vernish, lui semblait-il. Mais Vernish était bouclé dans la prison de Fleet. Comment se faisait-il que le spectacle continuait ? Elle s'immobilisa un instant pour regarder. Punch chantait d'une voix aiguë et nasillarde.

Tralalon, tralala,
Je suis le gars qui les achèvera,
Voici un bâton
Pour battre le démon,
Le jour où il se montrera !

Alpiew s'éloigna. Elle savait bien qu'aucun acteur, bien qu'il soit convaincu du contraire, n'était unique. N'était-il pas encore plus facile de remplacer un montreur de marionnettes dont on ne voyait jamais le visage ?

« Mon Dieu, mon Dieu, glapissait Punch tandis qu'Alpiew, inspectant toujours la foule à la recherche du garçon brun, apercevait une bande de Tityre-tus de l'autre côté du pilier, sautant et braillant. Quand on parle du diable, on lui voit la queue ! »

M. Punch se mit à taper sur le diable et Alpiew hâta le pas. Les Tityre-tus s'étaient emparés d'une victime et la faisaient sauter en l'air.

Elle tenta de se frayer un chemin à travers la foule pour s'approcher, mais un gros homme au teint basané la repoussa :

« Ce n'est pas une affaire de femme, ma petite. Ne vous en mêlez pas. »

Alpiew poursuivit néanmoins son chemin jusqu'au premier rang des badauds.

Les jeunes gens s'étaient emparés du chapelain de la Tour, le révérend Farquhar, et le lançaient dans tous les sens. Il avait perdu son chapeau. L'un des garçons se saisit de sa perruque.

« Au meurtre ! glapit le prêtre. À l'aide ! À l'aide !

— Je l'ai, brailla un garçon aux cheveux roux. Que quelqu'un prenne son chapeau de prêtre, et ce sera bon ! »

Dès que l'un des garnements attrapa le chapeau, ils laissèrent retomber le prêtre et s'égaillèrent. Ils avaient obtenu ce qu'ils voulaient.

Alpiew se pencha pour aider l'homme à se relever. Derrière elle, les garçons lançaient sa perruque et son chapeau en l'air pour essayer de les accrocher au globe posé au sommet de la colonne.

« Vous ne montrez pas votre anatomie aux messieurs de la fosse ce soir, miss Alpiew ? »

Cibber s'était matérialisé à ses côtés et tendait lui aussi le bras au prêtre.

« Je vous remercie, mademoiselle, fit le révérend Farquhar en brossant ses habits tout en regardant autour de lui. La plupart des gens ont trop peur de ces brutes pour venir en aide à qui que ce soit. »

Il tâta son crâne chauve.

« Sans ma perruque, j'aurai l'air d'un moine. J'espère au moins que je ne serai pas lynché par une meute de fanatiques me prenant pour un catholique !

— Oh non, révérend, s'étrangla Cibber. Votre sac, votre sac, qu'en ont-ils fait ?

— Mes livres ? »

Le prêtre tâta par terre.

« Ces démons se sont enfuis avec mon sac de livres.

— Et il était tout neuf, geignit Cibber. Ce distrait en a déjà perdu un la semaine dernière ! »

Alpiew regarda autour d'eux. Il n'y avait pas de sac.

« Je crois que dans la bagarre quelqu'un s'en est emparé, monsieur le révérend. Sans doute pas les Tityre-tus, rien qu'un chapardeur.

— Enfin, soupira le prêtre en époussetant sa culotte, il n'y gagnera pas grand-chose. »

Il réfléchit un instant, puis haussa les épaules.

« Ce sac est rempli de livres d'histoire, qui n'auront aucune utilité pour celui qui se l'est approprié. »

Il sourit.

« J'espère un jour pouvoir vous remercier, madame.

— Toujours pas de nouvelles de Rebecca ? dit Cibber.

— Non, répondit Alpiew, ni de sa petite bonne, Sarah. Elles ont toutes les deux disparu. Les auriez-vous aperçues, l'une ou l'autre ?

— Nous avons beaucoup à faire, Colley, intervint le prêtre en agrippant le bras d'Alpiew et en lui serrant vigoureusement la main. Je suis certain que Mme Alpiew est trop occupée, elle aussi, pour perdre son temps à parler d'actrices en goguette. »

Il passa son bras sous celui de Cibber et les deux hommes s'éloignèrent en direction du théâtre.

Alpiew se rappela qu'elle avait abandonné la comtesse dans une chambre sombre et sinistre à quelques pas d'une tête tranchée. Elle releva ses jupes et courut jusque chez Rebecca, escaladant l'escalier deux marches à la fois. Elle ouvrit la porte pour trouver sa maîtresse attablée dans la cuisine. Sur ses genoux se trouvait un tiroir, qu'elle fouillait tout en sirotant un bol de soupe chaude.

« Tu l'as rattrapé, ma chère Alpiew ? »

Elle continua à fouiller dans le tiroir, en tirant une liasse de papiers.

« Pas grand-chose ici. Surtout les recettes des délicieux plats qu'elle nous préparait. Je suis assez tentée de les recopier. Sers-toi de la soupe, elle est délicieuse. »

Elle en reprit une cuillerée.

« Vous ne pouvez pas manger ça, dit Alpiew, stupéfaite.

— Pourquoi pas ? Elle est là, elle est chaude et quiconque l'a préparée n'aurait pas dû se trouver ici de toutes façons. Au moins, nous étions les amies de la pauvre défunte. »

Elle souffla sur la cuillère avant de l'engloutir.

« Ce garçon devait faire partie des Tityre-tus. Regarde, dit-elle en lui montrant le ruban rose. En plus, il était habillé tout en noir.

— Ils ont recommencé leur chahut sur la piazza, raconta Alpiew en se servant un bol de soupe. Je n'ai pas vu ce garçon avec eux, cependant. Il m'a échappé. »

Alpiew se mit à fouiller le tiroir de son côté.

« Rien que des factures et des reçus. Je vois ce que vous voulez dire. »

Elle inspecta la pièce du regard.

« Y a-t-il du pain ?

— Crois-tu, Alpiew, dit la comtesse en faisant la moue et en fronçant les sourcils, que s'il y en avait, tu n'en trouverais pas dans mon assiette ? Ho là ! Qu'est-ce que ceci ? »

Elle tira un billet du tiroir.

« Par tous les dieux du ciel ! Regarde, Alpiew, fit-elle en posant le papier à plat sur la table. Ceci est son écriture – ou plutôt, l'écriture qui, selon Godfrey, serait la sienne. N'est-ce pas ?

— Mais madame, répondit Alpiew en la fixant sans comprendre, qu'y a-t-il d'étrange à cela ? Ce sont ses appartements, après tout. »

La comtesse lissa à nouveau le papier et lut :

« Ce soir. G.V., duc de Buckingham. »

Alpiew pencha la tête.

« C'est lui qui l'a écrit ?

— Qui ?

— Le duc de Buckingham ?

— Ne sois pas idiote, Alpiew, c'est la même écriture que sur le billet reçu par Godfrey, lui fixant rendez-vous dans le parc. Autrement dit, c'est Rebecca.

— L'écriture de Rebecca ? Mais pourquoi Rebecca se ferait-elle passer pour le duc de Buckingham ?

— Je ne sais pas, Alpiew, mais nous allons toutes les deux prendre la nuit pour y songer. »

Elle s'essuya la bouche et se leva.

« Viens… »

Alpiew tenta d'engloutir quelques cuillerées de soupe tout en soulevant le tiroir pour le replacer dans la commode, mais en se tournant, elle perdit l'équilibre et renversa tout par terre.

« Alpiew, fi, quelle enfant maladroite ! »

La comtesse se mit à quatre pattes pour ramasser ce qui était tombé. Elle passa la main sous la commode, en tira une foule d'objets, qu'elle était sur le point de fourrer dans le tiroir lorsqu'elle s'écria :

« Mais que diable est ceci ? »

Elle brandit un petit sachet noué d'un ruban vert.

« Seigneur, madame, on ne montre pas ces choses en bonne compagnie. »

La comtesse fit sortir l'un des articles enrubannés du paquet de huit. Elle déroula un long cône de boyau d'agneau très fin. L'inspectant soigneusement à l'intérieur et à l'extérieur, elle resta perplexe devant l'objet qui pendait de sa main potelée.

« Est-ce un gant pour un doigt ? Pour faire des rouleaux de monnaie, peut-être. Ou alors pour cuire les carottes à la vapeur ? Je ne me figure pas ce que c'est. »

Alpiew tenta de lui arracher.

« Vraiment, madame, ce sont des choses qu'il vaut mieux passer sous silence.

— Si tu sais ce que c'est, dis-le ! »

La comtesse le reprit et se retourna pour l'examiner de plus près à la lueur du feu.

« Qu'est-ce que c'est ?

— On appelle cela un préservatif, madame. »

Alpiew reposa le paquet sur la table.

« Un préservatif ? Comment cette chose fragile peut-elle préserver quoi que ce soit ?

— C'est une capote française, madame. Un condom.

— Pouah ! »

La comtesse lâcha l'objet qui tomba sur les braises, où il se consuma en un instant.

« Dire que Rebecca gardait une telle horreur dans sa cuisine.

— Les dames en ont rarement chez elles, madame. À l'exception d'un certain genre de femme qui vend ses charmes dans ce quartier. Je crois que nous devrions aller voir la vieille mère Blackham dans sa boutique près de la piazza, pour tenter d'apprendre à qui elle a bien pu le vendre. »

En fourrant le paquet dans sa poche, Alpiew tomba sur le billet noué d'un ruban vert qu'elle avait retrouvé dans la chambre de Rebecca à Anglesey House.

« Je savais bien que cela me rappelait quelque chose !

— Le ruban ou l'écriture ? »

La comtesse étudia le billet.

« C'est presque le même message : regarde, au milieu on trouve les lettres "D.D.B.", pour "duc de Buckingham".

— Je l'ai retrouvé dans les draps de leur chambre, à la maison. »

La comtesse retourna le billet :

« "Anglesey House", lut-elle avant de le retourner à nouveau. "W.G. G.V.D.D.B. VIII. R. XX." »

Elle examina plus attentivement l'écriture :

« C'est décidément la même main qui a tracé les deux billets. "R.XX." Quiconque a écrit ceci signe d'un R.

— R XX..., réfléchit Alpiew. Un peu comme on dirait d'un roi : Roger le Vingtième ?

— Absurde ! gloussa la comtesse. La lettre est signée d'une initiale et de deux baisers, chère Alpiew. N'as-tu jamais reçu de billet doux ? »

Alpiew rosit. Comment n'avait-elle pas aussitôt saisi ?

« Alors c'est un billet doux adressé à quelqu'un par Rebecca. Mais pourquoi Rebecca s'enverraitelle un billet doux ? Ou à sa bonne, puisque c'est elle qui a réceptionné le billet, en l'occurrence ?

— Pense à tous les "R." possibles dans cette intrigue, Alpiew. Il y a lord Rakewell, M. Rich, Nickum Roper... »

La comtesse relut le billet à haute voix.

« Ce VIII ! Dans ce cas, tu as très probablement raison. Cela doit être un chiffre.

— Huit. Huit quoi ? dit Alpiew en scrutant les billets. Et si c'était huit heures ?

— Ce doit être ça. »

La comtesse posa les deux billets côte à côte sur la table.

« Ainsi, l'un des deux billets est un message porté à Anglesey House pour convier Rebecca à un rendez-vous à huit heures. Il peut s'agir de deux allusions différentes au même rendez-vous ou de rendez-vous semblables, mais à des moments différents... »

Alpiew était en train de comparer le ruban noué autour du billet à celui du paquet de condoms. Ils étaient identiques.

« Quel besoin avait Rebecca de préservatifs à Anglesey House ? »

Elle saisit la comtesse par le coude :

« Vous ne croyez pas qu'elle et Godfrey... ?

— Un peu de décorum, s'il te plaît, Alpiew, s'étrangla la comtesse. Ou je vais régurgiter ma soupe. »

Évidemment, malgré l'heure tardive, le sex-shop était ouvert aux clients. La nuit était la période la plus achalandée.

« Alpiew, ma chère, je crois que votre amie et vous devriez passer dans l'arrière-boutique. »

La mère Blackham poussa un rideau donnant sur une petite pièce sombre.

« Excusez-moi, j'éclaire. »

Elle alluma les chandelles une à une tandis que la comtesse regardait autour d'elle, stupéfaite : les murs étaient couverts de vitrines encombrées d'objets dont la comtesse n'avait jamais vu la pareille de sa vie.

« Qu'est-ce que cette chose, s'il vous plaît ? demanda-t-elle en s'emparant d'un long objet en cuir noir doté de liens en lin.

— Ceci, madame, est un godemiché.

— Comme c'est amusant. Un godemiché, dites-vous ? Et cela sert… ?

— C'est un pénis de substitution, madame, pour les hommes qui ne peuvent pas ou ceux qui en veulent.

— Pardon, dit la comtesse en lorgnant l'énorme objet, je ne vous suis pas…

— Les hommes qui ne peuvent pas se l'appliquent ainsi… »

La mère Blackham saisit l'objet et le posa sur son pubis.

« Les hommes qui *veulent* être assaillis d'un tel glaive l'attachent à une chaise ainsi… »

Elle posa la chose sur une chaise.

« Puis ils sautillent jusqu'à ce que…. »

Elle eut un geste parlant.

« Voilà ! »

Quelque effort qu'elle fît pour rester impassible, le visage de la comtesse se fronça de dédain.

« Bien sûr, bafouilla-t-elle en s'enjoignant mentalement de ne plus poser de questions inutiles.

— Voici ce que nous avons trouvé », dit Alpiew en tendant le paquet.

La mère Blackham l'examina.

« Ah oui. Le Préservatif Fallopien. Une qualité supérieure.

— Supérieure à quoi ? demanda la comtesse.

— À l'Hercule Saxon ou à la Capote Anglaise,

évidemment, s'écria la mère Blackham. Ceux-ci sont réalisés à partir du boyau d'agneau le plus fin, tandis que les autres ne sont que du lin trempé dans la saumure. Tous doivent être lavés après usage, comme vous pouvez l'imaginer, mais ceux en lin perdent de leur efficacité à chaque lavage. »

Elle scruta à nouveau le paquet d'Alpiew.

« Taille moyenne.

— Moyenne ?

— Oui. La grande taille est très demandée, la moyenne assez souvent. Les acheteurs de la petite taille sont rares, bien que d'après mon expérience, elle suffirait à la plupart des hommes. Quant aux imbéciles vaniteux qui achètent les capotes de grande taille, ils feraient mieux de s'en servir comme bonnet de nuit.

— Et ces hommes, ils se servent de ces engins pour éviter les grossesses ?

— Pour éviter les mioches indésirables, oui… »

Elle désigna les étagères supérieures, chargées de curieux instruments métalliques.

« Sinon, c'est *moi* qui dois me charger des conséquences. Les femmes viennent me voir et je les avorte. La plupart du temps les hommes payent l'opération, car ils sont presque toujours mariés. Inutile de dire que ce n'est pas aux femmes qu'ils ont fécondées. Toutefois, de nos jours les condoms sont souvent utilisés pour protéger les messieurs des maladies vénériennes. »

La comtesse hoqueta de dégoût.

« La syphilis et la gonorrhée prospèrent aujourd'hui, et si vous avez l'infortune d'être contaminé, c'est comme si vous étiez condamné à mort. Peu d'hommes souhaitent renoncer entièrement à la copulation charnelle et malgré ce danger, ils assouvissent leurs appétits concupiscents en des lieux obscurs avec des femmes faciles…

— Vous vendez beaucoup de Préservatifs Falloppiens ?

— Cela dépend de ce que vous voulez dire par “beaucoup”. La plupart des gens achètent les capotes bon marché.

— Rebecca Montagu vous en a-t-elle jamais acheté un paquet ?

— Mme Montagu, l'actrice ? Roxane ? Certainement pas.

— Ni sa bonne, Sarah ?

— Je ne la reconnaîtrais pas, alors je ne peux pas vous dire. Mais il est extrêmement rare qu'une femme se charge d'une telle emplette.

— Lord Rakewell ? risqua la comtesse.

— Ah, lui ! Ses amours sont aussi publiques que l'intersection de Charing Cross. Et oui, en effet, il achète bien le Fallopien. Quoique, si ma mémoire est bonne, il prenne la taille supérieure…

— Naturellement. »

La comtesse fixait ce qui ressemblait à un énorme bout de viande.

« Qu'est-ce que c'est ?

— Ça, milady, c'est la verge d'un homme infectée de vérole.

— Comment l'avez-vous obtenue ? L'avez-vous coupée au pauvre homme ? »

La mère Blackham éclata de rire.

« Elle est en cire. Un chirurgien du quartier, qui étudiait ce mal redoutable, me l'a laissée. Il a fabriqué de nombreux spécimens des symptômes à la fois externes et internes de la maladie. Naturellement, il y a lui-même succombé…

— Peut-être menait-il ses recherches avec un peu trop de zèle, suggéra la comtesse en scrutant l'horrible objet.

— Il m'a aussi laissé tous ses documents.

— Ah, que le ciel nous protège ! »

La comtesse examina de plus près le contenu des autres boîtes ; certaines recelaient des modèles de bébés couverts de croûtes, d'autres diverses parties de l'anatomie adulte, ravagées de plaies suintantes.

« Quelle chose immonde que la vérole.

— Si fait, madame, c'est un visiteur insidieux, envoyé par le Tout-Puissant pour contrôler nos désirs trop libertins, car on l'attrape très facilement lors d'un contact impur, surtout par copulation et sodomie.

— J'ai de la chance, dit la comtesse. Je n'ai couché qu'avec deux hommes de toute ma vie. Un roi et mon mari. »

La mère Blackham ricana.

« La plupart des femmes, sans le savoir, sont infectées par leurs maris. Et ces maris ne les détrompent pas. Ces pauvres créatures croient qu'elles pâtissent de la rougeole ou de la petite vérole et ne soupçonnent jamais la vérité, jusque sur leur lit de mort.

— Quels abominables menteurs sont les hommes, fit la comtesse en longeant lentement les vitrines de l'affreuse exposition. Si les femmes savaient, elles se jetteraient sûrement sur celui qui les a infectées avec un couteau ou un pistolet pour se venger car en leur faisant l'amour, leurs maris les ont bel et bien assassinées.

— L'inspection de la verge d'un homme est-elle la seule façon de distinguer ceux qui sont atteints de ceux qui ne le sont pas ? demanda Alpiew en tentant de se remémorer à toute vitesse tous les amants qu'elle avait eus.

— Ah, si seulement c'était aussi facile, soupira la mère Blackham. Certaines personnes infectées resplendissent de santé, sans aucun symptôme externe, sinon des pertes verdâtres. Et pourtant c'est à ce moment-là qu'elles sont les plus contagieuses. Plus la mort se rapproche, plus les signes extérieurs les trahissent. Les plaies au visage, le corps couvert de boutons, de furoncles, de bubons et de chancres, puis le palais se dissout…

— Le quoi ? fit la comtesse en ressortant son éventail.

— Le palais est rongé de l'intérieur, à partir de la luette, jusqu'à ce que le nez s'effondre. Parfois, un vérolé boit par la bouche et cela ressort par le nez. Ensuite, le nez tombe.

— Milady ! »

Alpiew agrippa la comtesse par le bras.

« Vous pensez à la même chose que moi ?

— Le Signior Ruggiero Lampone ! Un autre R. ! »

La comtesse grimaça et referma son éventail d'un coup sec.

« Il n'a plus de nez du tout. »

10

Colère

L'appétit ou le désir de vaincre une opposition actuelle.
Les yeux rouges et irrités, les pupilles agitées et brillantes.
Le front sillonné, avec des rides entre les sourcils.
Les narines dilatées, les lèvres pleines et avancées,
avec la lèvre inférieure proéminente,
et les commissures légèrement ouvertes
dans un sourire de dédain.

Elles n'eurent aucun mal à trouver un porteur de flambeau dans la piazza pour les éclairer jusqu'à Moor Fields où se trouvait l'atelier de Lampone. Des fêtards, hommes et femmes, titubaient de lampadaire en lampadaire, balançant des chopes de bière et chantant des chansons grivoises. Les grognements et gémissements de la copulation charnelle retentissaient le long du chemin.

« Est-ce que tout le monde le fait, Alpiew, tout le temps, comme ça ? Le vice rôde-t-il au pas de chaque porte ? Londres deviendrait-elle Sodome ? »

Le petit porteur de flambeau pouffa de rire.

Ils avancèrent en silence. Arrivés à Moorgate, le garçon se retourna.

« Je vous attendrai ici, si vous le souhaitez. Mais je ne vous éclairerai pas à travers champs en pleine nuit. C'est un vil endroit hanté par les voleurs et toutes sortes de vermines humaines.

— Mais tu nous as dit que tu nous accompagnerais jusqu'au bout, fit Alpiew en le foudroyant du regard.

— Je tiens à ma vie, protesta le garçon. Après tout, je suis jeune. Peu importe que deux vieilles poules comme vous soyez attaquées, mais moi, j'ai encore du temps à vivre !

— Impudent garnement ! grinça Alpiew en lui arrachant son flambeau. Alors attends-nous ici. Et si nous ne sommes pas revenues quand l'horloge sonnera les trois heures, tu dois alerter la garde. Cette dame est une personne très importante. Elle s'appelle la comtesse Ashby de la Zouche et c'est une amie intime du roi.

— Ah oui ? les nargua le garçon en détaillant la comtesse de la tête aux pieds. Et si les cochons avaient des ailes, ce seraient de jolis oiseaux. »

Alpiew allait se retourner pour administrer une bonne claque au gamin, quand la comtesse la tira par le coude.

« Viens, Alpiew. Plus vite nous aurons fait, plus vite nous serons chez nous, saines et sauves dans nos bons lits chauds. »

Alpiew brandit le flambeau et les deux femmes entamèrent la traversée du bourbier herbeux de Moor Fields.

Seuls le hululement des hiboux et les bruits de succion de leurs pieds dans le sol humide rompaient le silence. Elles parvinrent à l'allée centrale et se retournèrent. L'immense et imposant édifice de l'hôpital de Bethlehem se dressait derrière elles.

« Empruntons l'allée tant que nous nous dirigerons vers le nord, proposa Alpiew. Je crains fort que nous ne perdions nos chaussures dans cette boue. »

Le craquement sec du gravier sous leurs pieds les rassurait vaguement, mais à la lueur du flambeau, les arbres jetaient des ombres fantomatiques qui dansaient étrangement sur le sol autour d'elles.

« Les enfants d'aujourd'hui sont tellement sûrs d'eux, tu ne trouves pas ? lança la comtesse d'une voix forte, avant de reprendre en chuchotant : Il y a quelqu'un derrière nous. Ne l'entends-tu pas marcher ?

— En effet, madame, répliqua Alpiew en prenant le bras de la comtesse et en accélérant. C'est choquant. »

Elle baissa la voix.

« Ce maudit flambeau nous éclaire tant que tout le monde peut nous voir.

— Ah, regarde, s'écria gaîment la comtesse, voici mon mari qui nous attend ! »

Instinctivement, Alpiew cilla – elle abhorrait le mari de la comtesse – mais elle se rendit aussitôt compte que sa maîtresse tentait d'effrayer leur poursuivant.

« Vite, souffla Alpiew, l'entrée de Cock in Hole Yard est en vue, piquons à travers champs. »

Les deux femmes relevèrent leurs jupes et foncèrent. Elles parvinrent à la porte de Lampone haletantes, les pieds trempés. Alpiew posa le flambeau dans un porte-flambeau en fer forgé sur le mur et regarda autour d'elle.

« Peut-être qu'en nous détaillant, le scélérat a vu que nous ne valions pas la peine d'être dévalisées, dit-elle en frappant la porte du heurtoir. Il y a des avantages à porter de vieilles hardes ! »

La comtesse se dressa sur ses ergots. Ses vêtements étaient de première qualité même s'ils étaient passés de mode depuis vingt ans.

Alpiew frappa à nouveau. La porte s'ouvrit soudain. Lampone, en longue chemise blanche, les menaçait d'une rapière.

« *Assasino!* s'écria-t-il. *Ladra!* Que voulez-vous par cette nuit noire ? »

Alpiew leva le flambeau. Il se refléta magnifiquement sur son nez en argent.

« Signior Lampone, se hâta de dire la comtesse, c'est moi, lady Ashby de la Zouche, comtesse de Clapham, baronne…

— Nous devons vous poser quelques questions de la plus haute importance, messire, intervint Alpiew, à propos de votre amie, Rebecca Montagu. »

Lampone abaissa son épée.

« Qu'est-ce qu'elle a ?

— Elle est en danger.

— Ça ne m'étonne pas, lâcha Lampone. Quand on épouse un coquin comme Giles Rakewell… »

Il recula pour les laisser entrer. Son atelier était encore plus en désordre qu'avant ; de grands moules en plâtre jonchaient le sol et des pots de pigment en poudre s'alignaient en arc-en-ciel. Des bandes de couleur couvraient le plancher et les murs.

« Nous sommes en plein milieu de la nuit, mesdames. Et j'ai une tâche importante à accomplir avec une amie du théâtre.

— Vêtu d'une chemise de nuit ? dit Alpiew.

— En effet, car c'est le travail de Vénus. Cette nuit, nous faisons l'amour. »

Alpiew leva la tête vers le sommet de l'escalier. L'accorte jeune femme qui remplaçait Anne Lucas dans *Les Reines rivales* s'y tenait. Elle était nue comme un ver.

« Hé là, s'écria-t-elle. Que se passe-t-il ?

— Retourne te coucher, dit Lampone en agitant la main. Je m'occupe d'elles.

— N'êtes-vous pas ces dames du *Trumpet* ? demanda la blonde en ondulant des hanches. Je m'appelle Elizabeth Lloyd. Je ne suis actrice que depuis très peu de temps, mais mes prestations ont été très bien accueillies à Drury Lane. M. Rich souhaite que je reste dans la compagnie pour les prochaines pièces, d'ailleurs. Quand vous écrirez mon nom, rappelez-vous qu'il a deux “l”. »

Seigneur, comme ces actrices étaient vaniteuses, songea Alpiew. Elles ne songeaient qu'à leur célébrité.

Elle veut qu'on souffle pour elle, sans même offrir de payer ! pensa la comtesse.

« Signior Lampone, reprit-elle tout haut, nous venons vous voir au sujet de votre nez.

— Mon nez ? fit Lampone en louchant pour l'examiner. En quoi cela vous concerne-t-il ? Il a été fondu dans l'argent le plus pur, basé sur le modèle du cher disparu, que j'ai refait de mémoire.

— Mais pourquoi, sourit timidement la comtesse, n'avez-vous pas un nez en chair et en os comme nous tous ?

— Parce que je l'ai perdu.

— Quelle négligence, dit la comtesse. Et pouvez-vous expliquer comment vous l'avez perdu ?

— Je n'étais qu'un enfant à l'époque. Il est tombé noblement au champ d'honneur, dans la bataille de Nish.

— Nish ? s'exclamèrent les trois femmes à l'unisson.

— Oui, Nish. C'est un endroit perdu de Serbie, au sud-est de Belgrade. J'y ai combattu sous le margrave de Baden-Baden.

— Pardon ?

— Baden-Baden. Notre adversaire était le grand vizir Koprolu Fasl Mustapha Pacha. Pendant plusieurs années, il a été le protecteur du grand sultanat. Ainsi, nous combattions les forces ottomanes…

— Une ottomane ? Vous vous êtes battu avec

un divan[1] ? l'interrompit Elizabeth en descendant l'escalier, l'air perplexe.

— Non, avec une épée, naturellement. Mais nous fûmes défaits par la Sublime Porte...

— Je l'ai vue ! s'exclama l'actrice, s'agrippant à un concept qu'elle croyait comprendre. On vient de la poser à la cathédrale de St Paul !

— Quand le soleil de Serbie se coucha, mon nez tomba sous un coup de cimeterre.

— Votre nez est au cimetière ? Je suis encore perdue, dit Elizabeth.

— À Nish, ajouta Lampone en enlaçant la jeune fille. J'étais un héros.

— Je me fiche de Nish, dit la comtesse. Êtes-vous bien certain, Signior, que tout ceci n'est pas qu'un amas de balivernes destinées à nous induire en erreur ?

— Le grand margrave m'a récompensé et je suis rentré chez moi en Sicile.

— J'ai bien peur que vous ne mentiez, Signior, gloussa ironiquement la comtesse. Car j'ai des raisons de croire que votre nez a été dévoré par la vérole.

— La vérole ? »

Lampone brandit sa rapière et trancha l'air, coupant dans le même mouvement quelques poils à la perruque déjà bien dégarnie de la comtesse.

« Peste soit de vous et de votre vérole !

— Espèce de porc ! »

Elizabeth s'écarta, contemplant son propre corps avec horreur.

« Pas étonnant que vous me fassiez toujours l'amour dans le noir, sans même une bougie pour nous éclairer.

— *Cara !* Je t'aime, protesta Lampone en tendant les bras vers elle. Tu es une *ragazza stupenda* !

1. On appelait alors aussi « Ottomane » les divans.

— Sale brute italienne, je ne veux plus jamais te revoir ! »

L'actrice retira la housse d'une haute armature et s'en drapa.

« Regarde, sorcière, regarde ce que j'ai là-dessous ! »

Lampone s'inclina et retroussa l'ourlet de sa chemise de nuit, puis se redressa, exposant soudain ses organes génitaux.

« Je suis pur ! »

La comtesse tendit la main pour couvrir les yeux d'Alpiew.

« Je n'ai pas perdu que mon nez à Nish ! »

La comtesse cligna des yeux, s'approchant pour regarder. Le pénis de Lampone n'était qu'un simple moignon.

« Seigneur, Alpiew, dit-elle en laissant retomber sa main protectrice. Quel spécimen fascinant ! On dirait un gland de chêne !

— Mais tu me besognes comme un étalon, bredouilla Elizabeth Lloyd, visiblement stupéfaite par la révélation. Comment t'y prends-tu ? »

Faiblement, Lampone fouilla sa poche et en tira un godemiché à bretelles. La main de la comtesse s'éleva aussitôt pour couvrir à nouveau les yeux d'Alpiew.

« Pardonnez-moi, Signior, bafouilla la comtesse en reculant vers la porte. Nous sommes folles d'inquiétude pour Rebecca depuis sa disparition. Je suis sincèrement désolée de vous avoir dérangé. »

Tandis qu'elles quittaient la pièce, Alpiew remarqua que la main d'Elizabeth se tendait pour saisir le godemiché de Lampone. Elle aurait juré l'entendre demander si elle pouvait l'essayer sur lui…

En quittant la maison de Lampone, Alpiew reprit le flambeau toujours allumé. Elle s'immobilisa soudain et porta un doigt à ses lèvres. La flamme lançait une ombre sur le pavé. Pressée contre le mur se devinait la silhouette d'un homme.

« Parlez-moi, souffla-t-elle à la comtesse en lui passant le flambeau.

— Comme c'est aimable au Signior Lampone de nous faire raccompagner dans sa chaise, dit la comtesse d'une voix détachée. J'espère que la nuit ne sera pas trop froide pour le poney. »

Alpiew s'approcha de l'inconnu sur la pointe des pieds, se coulant contre le mur tout en avançant. D'un mouvement rapide elle tendit le bras et agrippa l'homme par le manteau, l'attirant vers la lumière.

« Montre-toi, lâche fils de pute ! »

C'était Nickum, clignant des yeux éblouis par la lumière du flambeau. Il leva les mains comme pour se protéger.

« Ne me faites pas de mal. Ce n'est que moi, madame : Nickum Roper.

— Espèce de chien galeux, s'écria la comtesse. Pour qui te prends-tu, à nous suivre à la trace comme un cochon galopant ? »

Nickum Roper restait bouche bée.

« Allez, viens, mon gars, dit Alpiew en le poussant vers la comtesse.

— Eh bien ? fit-elle lorsqu'il arriva devant elle. Ne reste pas planté là comme une grive étranglée. Explique-toi.

— Je ne voulais pas mal faire, comtesse… »

Il se tassa un peu sur lui-même, comme s'il s'attendait à être frappé.

« … J'ai seulement cru que vous pourriez me conduire à Beck.

— Nickum, dit Alpiew, il est plus de minuit. Ne devriez-vous pas être chez vous avec votre femme ?

— Elle n'en saura rien, répondit Nickum d'une

voix bourrue. De toutes façons, ce n'est pas ses affaires.

— Allez, Nickum, le rassura la comtesse en le prenant par le bras. Vous pouvez tenir le flambeau et nous accompagner à travers Moor Fields. Nous vous raccompagnerons chez vous. »

Nickum hésita, puis saisit le flambeau.

« Le gamin est toujours là. Je vous quitterai à Moor Gate.

— Mais Nickum, vous pouvez marcher avec nous. Assurément, vous empruntez le même chemin ? »

Nickum se mit à marcher d'un pas rapide.

« Je n'ai pas besoin de nounou, merci. Je vais vous accompagner jusqu'à la sortie de ce marécage, puis je me raccompagnerai moi-même à la maison, si ça ne vous dérange pas. »

La comtesse et Alpiew arrivèrent chez elles après minuit. Godfrey avait disparu et le feu s'était éteint.

« Quel mystère ! À ma connaissance, il n'est jamais sorti d'ici la nuit. »

Un billet attendait sur le lit de la comtesse. Elle le déplia.

« M. Pepys m'invite à passer prendre un verre de vin rhénan demain soir. Comme c'est charmant. »

Alpiew aida sa maîtresse à se débarrasser de sa robe et de son corset, puis à passer une chemise de nuit.

Elles s'installèrent dans leurs lits respectifs et Alpiew souffla la bougie.

« Le vent se lève, milady. Écoutez.

— Alors ces marins n'étaient pas aussi délirants que nous le croyions. »

Les fenêtres tremblaient dans leurs cadres, et un gémissement montait de la fente sous la porte.

« Rallume la bougie, Alpiew, j'ai bien peur de ne pas dormir avec ce vacarme.

— En effet, madame, mon esprit tourbillonne de tout ce que nous avons appris.

— Alimentons le feu et préparons une boisson chaude tandis que nous réfléchissons. »

Enveloppées de couvertures, elles s'assirent ensemble dans leurs fauteuils et contemplèrent les brindilles crépiter sous les braises humides.

« Quelle journée, Alpiew ! Nous avons rendu visite à ces curieux fous de Limehouse Reach qui prétendent être les parents de Rebecca et qui, pourtant, ne montrent aucune inquiétude lorsqu'on leur annonce qu'elle est morte ; nous y avons été accompagnées par un lunatique qui consacre sa vie à suivre une actrice comme son ombre, convaincu qu'elle va l'épouser – en dépit, je crois, d'une épouse cachée dans sa demeure, qu'il prétend être morte.

— Avez-vous réussi à en tirer quoi que ce soit durant votre promenade jusqu'à la Tour, madame ? »

Alpiew tisonna les braises et tira vers elle un crochet en fer pour y accrocher la bouilloire.

« Seulement qu'il semble nous soupçonner plus encore que nous le soupçonnons nous-mêmes. »

La comtesse leva les pieds pour les chauffer à la flamme.

« Mais j'ai parlé à un hallebardier. Je suis certaine maintenant que Rakewell était présent le soir où Mme Lucas a été tuée. C'est bien lui qui m'a arraché ma perruque.

— Comment en êtes-vous si sûre ?

— La veille de son procès, il est allé à la chapelle. Je crois que l'un de ses comparses, se faisant passer pour un avocat, comme le prêtre qu'il a amené à bord de la *Folie*, est venu assister à la messe et que cachés dans l'un des bancs fermés, ils ont échangé leurs manteaux. Le comparse s'est laissé enfermer dans la cellule de Rakewell pendant quelques heures, puis Rakewell lui-même est revenu après minuit déguisé en avocat pour que le comparse puisse partir à nouveau, assumant cette fois sa propre identité.

— À son procès il a en effet souvent été question de manteaux échangés lorsqu'il a poignardé ce pauvre homme à Leicester Fields. Peut-être qu'il a l'habitude de ce genre de tour de passe-passe. »

Alpiew réfléchit tout en versant l'eau d'une grande aiguière dans la bouilloire.

« Mais au fait, comment se fait-il que personne n'ait reconnu l'imposteur ?

— Il faisait noir.

— Noir, peut-être. Mais le hallebardier n'aurait-il pas éclairé la voie d'une lanterne ? »

Alpiew plaça la bouilloire sur le crochet et la balança au-dessus de la cheminée où le vent sifflait maintenant, aplatissant les flammes.

« Et de retour dans la cellule, il y aurait tout de même eu une bougie allumée ? »

La comtesse se tortilla dans son fauteuil. Elle n'avait pas songé à cela. En effet, il semblait peu probable que le geôlier, ayant accompagné un homme dans sa cellule et fermé la porte derrière lui, puis, au cours de la même nuit, ayant laissé entrer son avocat à minuit, n'ait pas remarqué leurs visages à l'un ou l'autre.

« Alors où en sommes-nous ?

— Avec la possibilité qu'un même homme ait tué d'abord Anne Lucas, puis sa collègue Rebecca Montagu. Et la certitude que Rebecca était vérolée.

— Quel rapport avec la mort d'Anne ?

— Comment le saurais-je ? fit la comtesse en levant les bras au ciel. L'eau bout-elle ?

— Qu'allons-nous boire ? Un lait chaud au vin blanc ? Un vin épicé au gruau ? Une tasse de chocolat ?

— Gâtons-nous, sourit la comtesse. Buvons un thé. »

Alpiew saisit la bougie et un plat pour prendre des feuilles dans le salon. La comtesse ramassa un bout de papier par terre. Elle y jeta un coup d'œil. Sans doute Godfrey avait-il tenté de faire un puzzle, car des lettres découpées dans différents journaux y avaient été collées. Elle en fit un rouleau et l'appliqua aux braises, alluma une autre bougie avec, avant de le jeter dans le feu.

Un grand fracas retentit dans la cour.

« Ce sera le mur du fond du jardin qui s'est effondré, lança la comtesse à Alpiew. Il ne m'a jamais paru bien solide. »

Elle se pencha et prit le soufflet pour attiser le feu.

« Évidemment, le tueur pourrait être l'un de ces Antis. Un dément qui pense que toutes les actrices sont des putains, et qui s'est persuadé que Dieu l'a placé sur cette terre pour assassiner les femmes lascives. »

Elle activa l'antique soufflet en cuir.

« Godfrey a beaucoup changé ces derniers temps, n'est-ce pas ? Je vois qu'il s'est mis à faire des puzzles, Alpiew. Je viens d'en retrouver un, assemblé à partir de lettres découpées dans des journaux. »

Alpiew revint avec le thé.

« Où est-il ?

— Quoi ?

— Le bout de papier ? »

La comtesse prit un tisonnier et remua les braises.

« Je m'en suis servie pour allumer la bougie.

— C'est important, madame, insista Alpiew en

versant les feuilles de thé dans la théière. Que disait le mot ?

— Il disait : “Laissez tomber, sinon...” Qu'est-ce que cela veut dire, à ton avis ?

— Cela veut dire... »

Alpiew déglutit et ferma la porte du couloir d'un coup de pied. À cet instant, une bourrasque hurlante s'engouffra dans la cheminée, délogeant une masse de suie qui dégringola dans l'âtre et sur la tête de la comtesse. Celle-ci s'essuya les yeux et fixa Alpiew, hébétée, tout en lançant des crachats noirs dans la cheminée.

Un gémissement bruyant émanait de la cour, plus fort que le hululement du vent.

Alpiew s'empara d'un tisonnier.

« Qu'est-ce que c'est ? »

Les deux femmes se regardèrent en silence. Puis, dans un fracas gigantesque, la porte du jardin s'ouvrit. Les papiers volèrent dans toute la pièce et la bougie s'éteignit. Le feu, déjà étouffé par la suie, ne produisait plus qu'une faible lueur.

« Vous êtes deux putains lascives ! »

C'était la voix d'un homme, qui s'avançait vers elles d'un pas lourd.

« Et Dieu vous punira de votre débauche ! »

Alpiew, dont la vue s'adaptait à l'obscurité, distingua une silhouette enveloppée d'un drap blanc qui lui dissimulait le visage. Son bras levé brandissait un grand bâton en bois. Elle poussa un cri. Faites, mon Dieu, que ce ne soit pas le manche d'une hache !

La comtesse tentait en tremblant de rallumer la bougie. Rugissante, la silhouette s'avança. Soudain, glapissant aux pieds d'Alpiew, le chien Red apparut. Il se mit à mordiller ses chevilles.

« Dieu vous engloutira dans un feu tout-puissant, pour anéantir vos impuretés ! »

La comtesse se jeta sous la table. En essayant de chasser le chien d'un coup de pied, Alpiew laissa tomber le tisonnier. L'homme leva le bâton en bois, visant Alpiew, au moment précis où la comtesse tirait sur le bord de son vêtement blanc, le lui arrachant.

Devant elle, trempé jusqu'à l'os, agitant un balai dans les airs, se dressait Godfrey.

« Espèces de salopes ! »

Il fondit en larmes et se baissa pour prendre Red dans ses bras.

« Ne touchez pas à mon chien !

— Godfrey, s'exclama la comtesse en se relevant péniblement. Veux-tu bien me dire ce qui t'a pris ? »

Il agita une main noueuse et pointa vers le livre posé sur la table.

« J'ai lu les saloperies que vous avez rapportées à la maison. Alors, laquelle est-ce ?

— Godfrey, pourquoi t'es-tu caché dans le jardin vêtu d'un drap ? »

La comtesse essayait en vain de comprendre. Godfrey titubait devant elle, l'œil fou.

« As-tu perdu l'esprit ?

— Comment pouvais-je dormir dans la même pièce que vous, espèces de traînées, de catins, de gourgandines ! »

Le chien se mit à lécher le visage de Godfrey.

« Personne ne m'aime excepté ce chien. Nous sommes sortis et nous avons fabriqué une tente avec des draps, mais le vent l'a démontée, avec le cabinet d'aisances.

— Alpiew, attise le feu, ordonna la comtesse en s'asseyant. Godfrey, je t'en prie, assieds-toi et explique-moi de quoi tu parles, pour l'amour du ciel.

— Je ne peux imaginer que ce soit vous, milady, mais quelqu'un a fait entrer la vérole dans cette maison. Sinon, pourquoi seriez-vous en train de lire de tels livres, et pourquoi y a-t-il une bouteille de l'Élixir Lénitif du Dr Brûlepine, avec un sachet d'extrait Diaphorétique et de gouttes de mercure corroboratives dans le garde-manger ?

— Concernant le livre, soupira la comtesse, je l'ai acheté par erreur. Pour ce qui est des remèdes, je ne puis dire. Alpiew, étais-tu au courant ?

— Certainement pas, madame.

— Alors je t'en prie, referme la porte, le froid va me donner des engelures et j'en serai réduite à me frotter tous les soirs avec l'Électuaire Balsamique Fortifiant de M. Alcrace. Et vous devrez tous deux en supporter la puanteur.

— C'est cette enfant trouvée, comtesse, grinça Godfrey en s'éloignant devant Alpiew tandis qu'elle traversait la pièce. C'est elle. Vous essayez de la protéger. »

La comtesse soupira.

« Je t'assure, Godfrey, que je ne fais rien de la sorte. »

Godfrey marcha jusqu'au lit d'Alpiew et se mit à en arracher les draps et les oreillers.

« Godfrey, veux-tu bien te ressaisir ? »

La comtesse se leva pour se planter en face de lui.

« J'essayais de te protéger, mais en accusant Alpiew, tu vas trop loin. La seule personne qui ait été infectée dans cette maison, c'est Rebecca. Le sergent de ville nous a dit que le corps était marqué des symptômes d'une vérole parvenue à son dernier stade. Sans doute sa bonne cachait-elle les médecines dans le garde-manger pour qu'on ne les remarque pas.

— Rebecca n'était pas une sale vérolée. Comment osez-vous ! »

Godfrey se tourna, posa le chien et s'avança vers la comtesse.

« Espèce de… espèce de colporteuse de saletés !

— Godfrey, je ne tolérerai plus de telles absurdités, tança la comtesse d'une voix ferme. Ressaisis-toi, ou va vivre ailleurs. »

Le chien sauta sur ses genoux et se mit à lui lécher la main.

« Maintenant, je te suggère d'étendre ton drap devant le feu jusqu'à ce qu'il sèche, puis nous pourrons tous dormir un peu. Car demain, Godfrey, j'ai une mission importante à te confier. »

Godfrey lui lança un regard maussade.

« Je veux que tu suives Nickum et que tu découvres où il habite, exactement. Tout ce que nous savons, c'est qu'il s'agit d'une ruelle donnant sur Paternoster Row. Je crois qu'il y a quelque chose de très suspect dans sa vie. Il cache quelque chose. Peut-être qu'il sait où se trouve Sarah. Peut-être qu'il est la dernière personne à avoir vu Rebecca vivante. Pour autant que nous sachions, c'est lui qui l'a tuée. Paternoster Row… la rue du “Notre Père”… Curieux nom pour une rue, je l'ai toujours pensé. Comme toutes celles du quartier, d'ailleurs.

— C'est là que les prêtres papistes se promenaient jadis en récitant leurs chapelets. Les “Je vous salue Marie” en remontant et descendant Ave Maria Lane, la patenôtre sur Paternoster Row, puis ils s'arrêtaient…

— Au carrefour Amen, j'imagine ? »

Elle ébouriffa les oreilles du petit chien.

« Drôle de nom pour une rue, n'est-ce pas, Red. Ridicule, ridicule, ridicule. »

Godfrey sortit avant l'aube, emmitouflé contre le vent qui mugissait encore dans les rues de Londres, pour se mettre en poste devant la maison jusqu'à ce que Nickum paraisse. Il avait pour ordre de traquer l'homme jusque chez lui et de revenir aussitôt communiquer son adresse à la comtesse.

Alpiew et la comtesse jetèrent aussi des manteaux sur leurs épaules et partirent peu de temps après.

Hay Market était sens dessus dessous. Les bâches des étalages battaient au vent. Paille, foin et fourrages divers tourbillonnaient en petites tornades, tandis que les marchands couraient dans tous les sens pour attraper les animaux terrorisés échappés de leurs enclos.

« Il y a tant d'énigmes dans cette affaire, dit la comtesse en évitant une oie qui s'envolait dans un grand claquement d'ailes. Qui était cet étranger dans les appartements de Rebecca hier soir et que voulait-il ?

— En effet... »

Alpiew faillit trébucher sur un seau d'anguilles, renversé par la ruade d'un âne nerveux.

« Et puis où est cette peste de Sarah, pendant qu'on y est ?

— Elle n'est pas partie pour le Nouveau Monde, en tous cas ! »

La comtesse retroussa ses jupes pour enjamber un monceau de crottin de cheval.

« Je n'imagine pas ce qu'une femme comme Rebecca faisait d'une telle souillon en guise de bonne. Faisait-elle autre chose que bouder ?

— Peut-être, milady, que cela a un rapport avec les marins de Limehouse ?

— Je ne sais que penser d'eux, Alpiew. J'ai du mal à comprendre un traître mot de ce qu'ils racontent. Si nous devons leur rendre à nouveau visite, je propose que nous emmenions un interprète. Quel est ce langage qu'ils parlent ?

— Je crois que c'est simplement de l'anglais, madame, mais entrelardé de jargon de marins.

— Eh bien, peste soit de ce jargon de marins, qui d'après moi n'est que du charabia.

— Peut-être pourrions-nous trouver quelqu'un qui nous le traduise ?

— J'imagine, Alpiew, que tu vas me dire que tu as des amis dans ce goût-là, des pirates par exemple ?

— Non, madame. Mais vous, vous connaissez une personne qui en est capable.

— Moi ? Pour qui me prends-tu ? Je te ferai savoir, ma fille, que je n'ai ni aventurier, ni flibustier ni corsaire parmi mes connaissances.

— Je parlais de M. Pepys, madame, que justement vous allez voir ce soir pour prendre un verre de vin…

— Alpiew ! »

La comtesse s'arrêta tout net.

« Tu as mis dans le mille ! Le vieux Pepys connaît tout sur les bateaux. Il ne connaît rien d'autre, d'ailleurs, mais il pourrait peut-être nous donner des conseils. »

Un fiacre fonçait vers elles. La comtesse se jeta dans l'embrasure d'une porte pour éviter d'être éclaboussée.

« Nous devrions peut-être lui offrir un sachet de thé. »

Elles avancèrent en silence pendant une ou deux minutes. Alpiew s'arrêta au moment où elles franchissaient la limite de Leicester Fields, marquée par une clôture à poteaux bleus.

« Ainsi, voici la clôture grâce à laquelle lord Rakewell a évité de porter un collier de chanvre… »

Les arbres de Leicester Fields oscillaient dangereusement. Des branches arrachées par le vent jonchaient déjà le gazon. La comtesse et Alpiew s'arrêtèrent pour contempler l'endroit où un pauvre homme était mort parce qu'il se trouvait du mauvais côté de la clôture.

« Rakewell est un homme si méchant, ignoble et perfide, si insolent et barbare, que je ne peux m'empêcher de croire qu'il est à l'origine de tous ces méfaits.

— Et quelle emprise a-t-il sur les lords pour qu'ils n'osent pas le condamner, même lorsque les faits contredisent absolument leur verdict ? »

La comtesse et Alpiew remontèrent péniblement contre le vent qui soufflait de Dirty Lane.

« Maudites soient ces bourrasques ! Je doute que nous parvenions entières à la prison de Fleet.

— Je me demande si Godfrey a réussi à retrouver Nickum par une telle journée. L'homme a peut-être eu le bon sens de rester chez lui au coin d'un bon feu. »

La comtesse éclata de rire.

« Il est sans doute à quelques centaines de yards derrière nous, en train de nous suivre en espérant arriver jusqu'à Mme Montagu. »

Elle se signa en ajoutant :

« Dieu ait sa pauvre âme.

— Est-ce cela qu'il recherche vraiment ? »

Alpiew aida la comtesse à rapprocher les pans de son manteau, qui claquaient au vent comme des ailes endiablées.

« Je crois que l'homme a la tête fêlée.

— Évidemment. Mais Rakewell est, des deux, l'adversaire le plus redoutable. Dans quel but, crois-tu, les Tityre-tus ont-ils enlevé M. Lucas de son asile de Bedlam ?

— Voilà une autre énigme à résoudre. Peut-être qu'ils veulent en obtenir une rançon.

— Et qui la payerait ? Sa femme est morte et son fils est à l'hospice.

— Et j'imagine que de tenir en captivité un

homme comme lui, délirant, frénétique et lunatique, doit être affreusement difficile. »

La chute d'un arbre bloquait le Strand près de Maypole et la circulation, dans les deux sens, était bloquée. Les cochers se perchaient sur leurs véhicules pour crier, fiacres et carrosses formaient de longues files tandis que les chevaux, déjà effrayés par le vent sifflant, hennissaient et se cabraient, aggravant le désordre.

« Pour une fois, je suis contente que nous soyons à pied et pas en fiacre, cria la comtesse par-dessus la cacophonie. En plus, nous économisons le prix de la course.

— Le problème, c'est qu'il y a trop de carrosses de nos jours. »

La comtesse rattrapa les pans de son manteau qui claquaient furieusement.

« On dit que si nous continuons ainsi, dans trois cents ans, les rues de Londres deviendront infranchissables car elles auront disparu sous cinq pieds de crottin de cheval. »

Les panneaux indicateurs battaient et s'entrechoquaient les uns les autres, secoués par les rafales.

« En tous cas, nous arriverons plus vite à pied. »

Alpiew baissa la tête prestement ; l'enseigne du Garçon Nu et des Trois Harengs venait d'être arrachée à son support. Elle lui frôla le dessus de la tête.

« Si nous survivons au trajet », répondit la comtesse.

Pour une fois, la grille de la Fleet était déserte, à l'intérieur comme à l'extérieur.

Alpiew pressa son visage aux barreaux et appela Valentin Vernish d'une voix forte. Il arriva quelques minutes plus tard, livide et dépité.

« Je croyais que vous m'aviez abandonné. »

Il avait une coupure à la joue et des bleus autour du cou.

« Que vous est-il arrivé, messire ? Que vous a-t-on fait ?

— Anne Lucas était très aimée. Il y a des gens ici qui veulent me punir, car les juges m'ont déclaré coupable sans même que je puisse faire appel. Le couteau qu'ils ont retrouvé sur moi est considéré comme une preuve accablante.

— A-t-il été placé sur votre personne par ceux qui vous ont appréhendé ? »

Vernish haussa les épaules.

« C'était le mien. Je m'en servais pour couper et retourner les tranches de pain d'épices. »

La comtesse se rappelait l'avoir vu, avec sa longue lame affûtée comme une dague.

« Voyons le bon côté des choses, fit-elle d'une voix apaisante. Car en étant détenu derrière ces murs sinistres et gris vous avez un alibi incontestable.

— Contre quoi ? demanda Vernish d'un ton indifférent.

— Un deuxième meurtre. Identique au premier. »

Vernish haussa à nouveau les épaules, faisant cliqueter les chaînes à ses poignets.

« Oui, dit Alpiew. Mais un meurtre qui démontre que vos soupçons sur Rebecca n'étaient pas fondés. »

Vernish lui jeta un regard interrogateur.

« En effet, renchérit la comtesse. Car la dernière fois, vous nous avez affirmé que Rebecca Montagu…

— Beck la Noire, interjecta Alpiew.

— Que Beck la Noire devait “avouer”. Eh bien maintenant, monsieur Vernish, ce ne sera pas nécessaire. D'ailleurs, ce sera même impossible.

— Et pourquoi donc ? répondit Vernish d'un ton rogue et insolent. Quelle belle excuse a-t-elle inventée cette fois ?

— Elle n'a pas eu besoin de… »

La comtesse leva la main pour faire taire Alpiew avant qu'elle ne lâche le morceau.

« Monsieur Vernish, vous le savez, je vous considère comme un homme intègre et bien élevé. Ce sont des qualités bien rares en ces jours de délinquance généralisée. Tant de jeunes hommes sont des vauriens, des canailles, des vermines... Je fais bien sûr allusion à cette bande d'esprits malfaisants vomis par les enfers – les Tityre-tus. »

Vernish ne répondit rien. La comtesse reprit donc.

« Le chef de ces odieux voyous arrogants est un certain...

— Rakewell, grogna Vernish. Lui et Rebecca sont parvenus à une sorte d'accord, d'après ce que je sais.

— Vous êtes au courant du mariage ? s'étonna Alpiew. Qui vous l'a dit ?

— Elle-même.

— Rebecca ? »

Vernish hocha la tête.

« Quand est-elle venue ici ?

— À plusieurs reprises.

— Et de quoi avez-vous parlé ?

— En quoi cela vous regarde-t-il ? »

Vernish leur lança un regard revêche.

« Je lui ai demandé de se livrer au juge et de me sauver la vie. »

Il éclata de rire.

« J'aurais aussi bien pu dire au diable d'arrêter de tenter les pécheurs. Elle m'a ri au nez et m'a promis qu'elle le ferait, mais quand le temps serait venu. Comme vous le voyez, je me languis toujours ici et demain matin je dois être pendu sur Tower Hill. »

Alpiew cacha son visage dans ses mains et gémit.

« Rebecca ne peut pas venir, monsieur Vernish. Pas plus qu'elle ne peut comparaître devant le juge, souffla la comtesse en agrippant les barres en fer. Car, je suis désolée d'être celle qui doit vous l'apprendre, elle a été la seconde victime du fou qui a tué Anne Lucas. »

Vernish blêmit, puis se plia en deux, secoué de haut-le-cœur, suffoquant.

« Ah, Beck, Beck ! s'écria-t-il. Que Dieu ait pitié de ton âme. Et de la mienne. »

Lorsqu'il releva la tête, ses joues étaient inondées de larmes.

« Qui soupçonne-t-on ?

— Les autorités n'ont pas encore établi le rapport entre les deux morts. Elles ont eu lieu dans des secteurs différents et le corps n'a pas été identifié. Car le scélérat lui a coupé la tête.

— Alors comment.... ? »

Vernish agrippa les barreaux. Une lueur d'espoir éclairait son regard.

« Nous avons vu le corps. J'ai reconnu la robe, les bijoux... »

Vernish se laissa tomber par terre en sanglotant. L'intérieur de la prison était sombre. Elles ne pouvaient plus voir son visage, seulement entendre ses gémissements et le bruit métallique de ses chaînes de meurtrier traînant par terre.

« Monsieur Vernish, reprit la comtesse d'une voix douce, nous voulons vous aider. Que pouvons-nous faire pour vous ? Comment vous sauver ?

— Il n'y a plus rien à faire, dit-il en essuyant son visage sali par la crasse des dalles. Quand cela s'est-il passé ?

— Il y a trois nuits. »

Il releva la tête.

« Trois ? »

La comtesse et Alpiew hochèrent la tête.

Alpiew avait tant de peine pour le pauvre homme abandonné qu'elle tenta de donner une note positive à ce moment de désespoir.

« Votre spectacle de marionnettes joue toujours, monsieur. Peut-être pouvons-nous vous rapporter quelque argent.

— Mon kiosque de Punch et Judy ? dit Vernish en se relevant. À Covent Garden ?

— Sur la piazza, oui monsieur, sourit Alpiew. L'argent pourrait peut-être vous permettre de vous offrir quelque menu plaisir… »

Un curieux sourire traversa le visage de Vernish.

« Je ne veux qu'une chose. »

Il s'agrippa aux barreaux et avança ses lèvres afin de pouvoir chuchoter.

« La tête de Rebecca. Trouvez sa tête et apportez-la-moi. Quand vous l'aurez fait, vous saurez tout. »

11
Espoir

L'appétit, avec la conviction de réussir, s'appelle l'espoir. Les mouvements sont internes, laissant toutes les parties du corps suspendues entre la Crainte et l'Assurance.

« Nous avons pris la mauvaise route, déclara la comtesse.

— Tout dépend d'où nous allons », répliqua Alpiew en s'abritant dans l'entrée d'une boutique pour éviter un cochon galopant, rendu fou de peur par le vent.

Le désespoir de Valentin Vernish les avait toutes deux contaminées d'une sorte de panique mélancolique.

Alpiew contempla la vitrine, pleine de curieux instruments métalliques : forets, scies, tasses au bout de longues poignées.

« Quel genre d'endroit est ceci ? »

Elle releva la tête vers l'enseigne qui battait frénétiquement sur son support. La Tête de Tycho Brahe et le Quadrant.

« Quel genre d'homme était ce Tycho Brahe, madame, car regardez, il a le même nez d'argent que notre Italien ! »

La comtesse examina les instruments placés en vitrine et poussa la porte.

« Pardonnez-moi, messire, dit-elle au petit homme à la barbe blanche derrière le comptoir. Pourrions-nous nous abriter ici un instant ?

— Je serai ravi d'avoir de la compagnie. »

Les étagères étaient chargées de curieux équipements, la plupart en cuivre et en cuir. Un chat roux perché au bout de la plus haute étagère les fixait d'un œil vitreux ; un alligator empaillé était posé sur le comptoir avec une étiquette accrochée à la mâchoire : 17/.

« Ma servante Alpiew et moi, nous nous interrogions sur la fonction précise de tous vos beaux outils rutilants ?

— Vous n'êtes pas les seules, madame. Je suis fournisseur d'équipement chirurgical et scientifique. Cela va de la scie pour couper un membre gangrené jusqu'aux sextants pour les marins. Évidemment, ils ont souvent besoin des deux.

— Des couteaux, aussi ? demanda Alpiew en examinant les lames affûtées de la vitrine du comptoir.

— Oui, les couteaux se vendent bien. Plus que les sextants, pour lesquels j'ai néanmoins un petit faible. »

La comtesse se pencha à son tour sur le comptoir pour examiner les lames luisantes.

« Quel est le rapport entre ce Tycho Brahe et tout ceci ? Et qu'a-t-il fait de son nez ?

— Herr, ou dit-on Signior – comment s'adresse-t-on à un Danois né en Suède, car le bonhomme venait de Knudstrup – Brahe était astronome. Il a mesuré la position de sept cent soixante-dix-sept étoiles, tout cela sans l'aide d'un télescope à réflecteurs. Je ne devrais sans doute pas le dire, car c'est l'une de mes principales marchandises. J'en vends autant aux philosophes expérimentaux de la City qu'aux marins de Wapping Wall. »

Il se pencha vers Alpiew :

« Tycho Brahe était une tête brûlée, hélas. Il a perdu son nez dans un duel. Mais la prothèse en argent lui conférait un certain charme, d'après moi. Et cela me fait une très jolie enseigne.

— Et ces machins, les sextants… de quoi s'agit-il exactement ?

— Ce sont des instruments fascinants, en effet. L'arc de l'horizon, si on l'intercepte, ou devrais-je dire la distance angulaire de tout méridien, quand elle est interrompue par le méridien magnétique et le corps céleste observé…

— N'importe qui peut acheter ces couteaux ? interrompit la comtesse avant qu'il ne se lance dans le catalogue exhaustif des méridiens. Vous gardez un registre, au cas où l'on s'en serve à de mauvaises fins ?

— Je n'imagine pas, madame, à quoi vous voulez faire allusion, dit l'homme d'un air sévère. Laisseriez-vous entendre que mes instruments sont utilisés par les avorteurs et leur engeance ?

— Non. »

La comtesse s'avança vers lui.

« Mais je soupçonne qu'entre les mains d'un maniaque, un couteau comme celui-ci, par exemple – elle indiqua celui qui ressemblait le plus à celui dont Valentin Vernish se servait pour découper son pain d'épices – devient une arme redoutable. On pourrait même s'en servir pour couper la tête d'une personne, comme cette pauvre infortunée, l'actrice Anne Lucas.

— Que vous êtes ignorantes de l'anatomie humaine, vous les femmes ! »

L'homme leva les bras au ciel de désespoir.

« Vous n'arriveriez pas plus à couper une tête humaine avec ceci qu'avec une fourchette à griller le pain. Il faut une lourde épée ou une hache.

— Même entre les mains d'un maniaque en pleine crise... ?

— Je ne compte pas de maniaques parmi mes clients, madame, ni pour les couteaux, ni pour les haches, ni pour les sextants. Ils seraient bien incapables de saisir le fonctionnement de leurs délicats mécanismes, du gnomon fixé au plan perpendiculaire... Les maniaques ne survivent pas longtemps en mer, croyez-moi. »

Alpiew vit où la comtesse voulait en venir et intervint :

« Faudrait-il être fort pour décapiter quelqu'un avec une hache ? Ou est-ce qu'une personne âgée, voire de sexe féminin, pourrait y parvenir ?

— Méditez-vous un crime, mademoiselle ? »

L'homme fit le tour de son comptoir.

« Car si c'est le cas, ajouta-t-il, je vais alerter la garde et vous faire conduire devant un juge.

— Qu'est-ce que c'est ? coupa la comtesse en montrant un grand tube en verre prolongé d'un piston.

— Vous n'en auriez pas l'usage, madame. C'est une seringue. »

Le marchand la lui prit des mains et la plaça dans un tiroir.

« Les messieurs s'en servent lorsqu'ils souffrent de certaines maladies d'amour... »

La comtesse le regarda sans comprendre.

« ... pour soigner la... verge.

— Oh, regardez ! dit la comtesse en s'élançant vers la porte. Le vent semble s'être calmé maintenant. »

Elle sortit à l'instant même où la tête de Tycho Brahe se détachait de son support et s'écrasait dans la vitrine du magasin de l'autre côté de la rue.

« Il vient de démontrer l'innocence de Valentin Vernish, dit Alpiew en se penchant pour éviter un journal volant. Mais cela ne nous aide pas le moins du monde dans nos recherches.

— Cependant, nous savons maintenant que le meurtrier s'est servi d'une hache ou d'un glaive. »

La comtesse rabattit sa capuche sur sa tête.

« Il avait un drôle de chat, tu ne trouves pas ? Il n'a pas bougé une seule fois. Pas même lorsque nous avons fait claquer la porte. »

Peu de piétons s'étaient risqués dehors, mais la rue était tellement encombrée de carrosses, chariots et chaises qu'elles durent se glisser contre un mur pour passer.

« Encore un arbre tombé, j'imagine, s'écria la comtesse dans le bruit du vent.

— Non madame, répondit le cocher d'un fiacre. La rivière Fleet déborde et les chevaux n'aiment pas l'eau !

— Bon, dit Alpiew en retroussant ses jupes pour se diriger vers New Gate. Venez, milady, gagnons la protection de la City.

— Voyons si nous n'apercevons pas ce pauvre Godfrey. Le bonhomme Nickum n'habite pas très loin d'ici.

— De tout cœur, madame. Mais après les curieux événements de ce matin, je ne désire rien tant qu'une bonne tasse de chocolat chaud pour me réchauffer les os. Il y a plusieurs petits cafés pas chers autour du marché de Newgate. Tant que nous y sommes, nous pourrions chercher à nous informer de Mme Leigh. Ne nous a-t-elle pas dit qu'elle emménageait avec des parents habitant le quartier ? »

Elles se dirigèrent vers Newgate Street, où la circulation était bloquée dans les deux directions. Les marchands conduisaient leurs troupeaux à travers la mêlée, quittant les marchés avant l'heure par manque de clientèle.

« Si nous voulons en sortir, nous devons savoir

exactement ce que nous visons, dit la comtesse en clignant des yeux pour se protéger d'une poignée de paille volant d'une charrette. *Qui* soupçonnons-nous ?

— Rakewell, qui semble inattaquable ; Nickum le fou, qui est incompréhensible ; Sarah, qui a disparu ; Lampone, qui est...

— Incorrigible. Et quant à l'arme du crime – enfin, même Godfrey a une hache ! »

Une femme corpulente sortant d'une ruelle heurta Alpiew de plein fouet. Celle-ci perdit l'équilibre et trébucha devant un cheval qui passait. Elle agrippa les rênes pour retrouver l'équilibre et se retourna pour injurier la femme. Leurs yeux se croisèrent un instant.

La comtesse, souffle coupé, pointa du doigt :

« Mais c'est... c'est...

— Mme Leigh ! s'écria Alpiew. Alors, qu'êtes-vous devenue ? »

Mme Leigh renâcla.

« Vous savez que le pauvre M. Lucas a été enlevé ? »

Mais Mme Leigh avait tourné les talons pour prendre la fuite. Un garçon sortit de la ruelle, bien emmitouflé dans un manteau sombre. Il vit Mme Leigh détaler et fonça à ses trousses.

« Qu'est-ce que cela signifie ? s'écria la comtesse. Je ne comprends rien. Qu'avons-nous fait pour offenser cette femme ?

— Je n'en ai pas la moindre idée, dit Alpiew en s'avançant à son tour, mais je vais la rattraper pour l'apprendre. Attendez-moi à La Reine Indienne sur le marché. »

La comtesse regarda Alpiew disparaître dans une ruelle, jupons au vent, puis avança péniblement au cœur de la bourrasque – une bonne tasse de chocolat chaud était désormais son saint Graal. Sous son manteau, avait-elle remarqué, le garçon portait des chaussures à talons et des bas jaunes. Des bas jaunes ! songea-t-elle. Pour autant qu'elle sache, c'était l'uniforme des orphelins de l'hôpital du Christ, pour protéger leurs chevilles des rats.

Alpiew suivit la femme et l'enfant d'une cour à l'autre. Ils étaient encore assez loin devant elle mais aussi longtemps qu'elle pouvait les voir, Alpiew pouvait les rattraper. Elle était assurément plus jeune et plus mince que Mme Leigh.

Avec la tempête, le marché de Newgate était encore plus chaotique que d'habitude. Les étalages claquaient au vent et le sol était jonché de feuilles de chou piétinées, de saucisses, et d'à peu près tout ce qui pouvait être emporté par la bourrasque. Des poules affolées couraient entre les pieds d'Alpiew et les moutons trottinaient dans tous les sens, l'œil fou. Mais le temps avait aussi découragé la plupart des clients du marché, et Alpiew parvint à se rapprocher considérablement des fugitifs. Arrivée à Ivy Lane, Mme Leigh repartit en toute hâte vers Newgate Street. Preuve qu'elle fuyait bel et bien Alpiew. Pourquoi aurait-elle emprunté un chemin aussi tortueux, sinon pour tenter de la semer ? Que voulait cacher cette femme ?

En parvenant à Blow Bladder Street, Alpiew vit Mme Leigh prendre par St Martin le Grand et traverser. Il n'y avait pas beaucoup plus que la largeur de la rue entre elles, maintenant. À cet instant précis, un énorme carrosse tiré par huit chevaux lui barra le passage. Maudissant la malchance, elle revint sur ses pas pour le contourner et scruta la rue pour retrouver les fugitifs.

Mme Leigh et le garçon avaient disparu. Alpiew se retourna, frénétique, et chercha dans tous les sens. Comment avaient-ils pu disparaître en un instant ?

De rage, elle donna un coup de pied à un caillou et remonta la rue d'un pas rapide, cherchant une ruelle ou une boutique où la femme et l'enfant auraient pu s'abriter.

Il y avait là des ateliers appartenant à des imprimeurs d'indienne et à des charpentiers, à des vendeurs d'huile à lampe et à des vidangeurs de fosses d'aisances. Une grande porte battante à sa droite annonçait en couleurs vives : « *Le musée de cire de Mme Salmon – tout nouveau !* »

Eurêka ! C'était l'endroit parfait pour se cacher – parmi les statues de cire.

« Une femme et un enfant viennent-ils d'entrer ? »

L'ouvreuse hocha la tête.

Alpiew fouilla sa poche et paya l'entrée.

« Combien de sorties y a-t-il ?

— Une seule, répondit la femme, à la fin de l'exposition. Pas de remboursement, pas de... »

Alpiew fonça dans l'obscurité. Les scènes n'étaient éclairées que par des appliques murales à miroir. Le premier tableau représentait l'exécution du roi Charles Ier. Le monarque barbu avait la tête posée sur le billot et le bourreau masqué brandissait son glaive. La porte de sortie battait sur ses gonds. Alpiew se pressa. Le tableau suivant montrait une femme allongée sur un lit, entourée de bébés nus : « Margaret, comtesse de Heningberg avec ses 365 enfants, tous nés en même temps », expliquait le panneau. Voilà qui est vraisemblable, songea Alpiew en fonçant vers la porte.

Elle entendit un froissement d'étoffes devant elle. Sur la pointe des pieds elle s'approcha rapidement de « Hermione, une jeune Romaine qui sauva la vie de son père, condamné à mourir de faim par l'empereur, en le laissant téter ses seins». Un vieillard flétri, agenouillé, suçait le sein nu de sa jeune fille. Alpiew réprima l'envie de vomir et passa vite à la pièce suivante.

Comme elle était tout près de là, la comtesse décida de mener une petite enquête avant d'aller prendre son chocolat à La Reine Indienne.

L'hôpital du Christ, nouvellement bâti par sir Christopher Wren après le Grand Incendie, s'élevait sur le site du vieux monastère de Greyfriars. La comtesse se dirigea vers l'entrée principale, tout en admirant le superbe jardin. Au moment où elle traversait le premier portail elle fut arrêtée par un homme en costume académique.

« Puis-je vous aider, madame ? »

Son ton de voix était ironique. La comtesse y répondit par un regard impérieux.

« Je souhaite obtenir un renseignement. Puis-je voir la liste de vos pupilles les plus récemment inscrits ?

— Impossible, rétorqua le maître. Nous avons près de quatre cents pupilles, la plupart recueillis dans le ruisseau, et il est de notre devoir de les protéger de ce monde de brutes et de les préparer à intégrer la société au plus haut niveau…

— Je pense à un garçon en particulier…

— Vous cherchez un garçon à engager pour servir à des obsèques, j'imagine ? »

Le maître poussa un long soupir.

« Nous louons effectivement des garçons pour ce service, mais j'ai bien peur que vous ne dussiez passer par la filière appropriée. De plus, nous ne pouvons vous promettre l'enfant de votre choix.

— Puis-je me permettre de vous faire remarquer, messire, que je suis lady Anastasia Ashby de la Zouche, baronne Penge, comtesse de Clapham…

— Souhaitez-vous faire une donation pour l'éducation d'un garçon en particulier ? » fit le maître en s'efforçant d'afficher un sourire affable.

La comtesse répondit par un sourire coquet, en battant des cils.

« C'est exactement ce à quoi je songeais. Mais d'abord, je dois savoir si ce garçon est ici ou pas. »

Un sultan vêtu de satin reposait sur un divan scintillant, fumant un grand houka. Des volutes de fumée s'élevaient de sa bouche. Tout autour de lui, les femmes de son sérail étaient allongées en diverses poses et à divers stades de déshabillé. Alpiew resta parfaitement immobile. Elle entendait le son d'une respiration. Il semblait monter du plancher, derrière les statues de cire. Elle bondit entre les odalisques à la recherche de Mme Leigh et du petit Lucas. Puis elle baissa les yeux et vit un mécanisme à ses pieds. Les roues étaient reliées à un soufflet, qui à son tour alimentait un long tube. Malédiction ! Ce n'était pas du tout le son d'une respiration. C'était la machine qui produisait la fumée du sultan.

Puis, à travers la porte, elle entendit tousser. Elle se glissa dans la pièce suivante. Il n'y avait que le vieux père Chronos, sa tête dodelinant lentement de gauche à droite et de droite à gauche, tenant à la main son énorme sablier, contemplant le sable s'écouler. Alpiew bondit à travers la porte à battants et se retrouva dans la rue.

Elle cligna des yeux dans la lumière du jour. La petite cour semblait particulièrement éblouissante. La surface même de la rue était blanche, et les maisons éclaboussées de taches claires.

« Vous avez vu une femme et un enfant passer par ici ? » demanda Alpiew en accrochant un homme qui portait un grand sac blanc.

Il secoua la tête.

« Quel est cet endroit tout blanc ? » hurla Alpiew en s'élançant dans la seule direction possible.

« L'allée des Mouleurs, lui répondit l'homme, d'une voix presque engloutie par le hurlement du vent. Nous fabriquons des moules en plâtre de Paris. Pour les statues de cire. »

Alpiew plongea dans toutes les ruelles, allant de-ci de-là jusqu'à ce qu'elle arrive sur Blow Bladder Street. Elle regarda à droite et à gauche, sans trouver le moindre signe de Mme Leigh et de Jack Lucas. Ils s'étaient échappés.

Alpiew tapa du pied en jurant.

« Peste soit des statues de cire ! »

Elle fit quelques pas léthargiques puis s'arrêta et battit des mains.

« Diantre ! s'écria-t-elle en relevant ses jupes pour courir rejoindre la comtesse. Enfin, j'ai compris ! »

12
Désir

Une agitation de l'âme, quand on est enclin à souhaiter quelque chose qui semble agréable. Les sourcils abaissés sur les yeux, plus ouverts que d'habitude et pleins de feu. Les narines pincées. La bouche ouverte, la langue apparaissant parfois au bord des lèvres. Le teint enflammé.

Rideaux tirés, les appartements de Rebecca étaient plongés dans le silence et l'obscurité. Alpiew saisit la main de la comtesse et l'entraîna dans la chambre.

« Alpiew ! Au nom de Dieu… Veux-tu bien me dire ce qui t'arrive, ma fille ? N'entrons pas dans la chambre des horreurs ! »

Alpiew s'avança et repoussa le rideau en velours bleu.

« N'y va pas », gémit la comtesse en faisant mine de se couvrir les yeux.

Alpiew leva la main pour lui imposer le silence et s'approcha prudemment de la tête tourmentée de Rebecca, toujours figée dans un hurlement silencieux sur son monticule d'oreillers.

La jeune femme se pencha pour examiner l'objet de près, plongeant son regard dans les yeux stupéfaits. Puis elle souffla sur la tête, faisant tourbillonner les plumes dans la chambre.

« C'est bien ce que je croyais, s'écria-t-elle en saisissant la tête de Rebecca et en la lançant à la comtesse, qui hurla en l'évitant. Elle est artificielle. »

La tête atterrit sur le parquet avec un bruit mat. La perruque qui l'avait coiffée retomba mollement de côté. Toujours accroupie, tête entre les genoux, la comtesse laissa filtrer un regard entre ses doigts écartés.

« De la cire ! dit Alpiew en ramassant la tête pour la fourrer sous son bras. Exécutée avec un grand art, si vous voulez mon avis. Regardez. »

Elle tendit à nouveau la tête à la comtesse, la retournant pour exposer le cou.

« Elle est faite en cire ! Un artiste ne va pas gaspiller de bons pigments pour colorer le bas, parce que la chose est toujours posée sur un socle.

— Qui a bien pu faire ça ? fit la comtesse en s'époussetant. Qui espérait-on effrayer ?

— Je ne sais pas qui l'a placée ici sur le lit de Rebecca. Mais assurément, l'objet lui-même a été réalisé par le Signior Lampone, dans le cadre de son exposition sur les Passions. Il a dû l'apporter ici dans ce sac que nous avons vu plein, mais qui était vide lorsque le libraire l'a vu repartir. Ce qui explique toute la conversation que j'ai surprise entre Lampone et Rebecca. »

Elle examina à nouveau le visage tourmenté.

« Horreur ou Terreur, à votre avis ? Peu de chose les distinguent.

— Alpiew, tu me donnes une idée. Nous devrions transporter cette tête dans un sac, comme Mme Walter Raleigh le faisait pour celle de son mari. Ainsi, quand nous tombons sur une personne que nous soupçonnons d'avoir tué la pauvre femme, nous pouvons la sortir brusquement et observer sa réaction. Viens. »

Elle fourra la tête sous son manteau.

« N'oublie pas la perruque. Je ne crois pas qu'une prima donna chauve produirait le même effet.

— Un instant, comtesse. Cette révélation me fait repenser à ce que nous avons vu là-bas, dans le parc. Quelle image gardez-vous de Rebecca ? L'imaginez-vous un seul instant en train de se prostituer à qui que ce soit ? Je ne crois pas. Elle était soigneuse en tout. Il y a aussi le fait indéniable de son superbe teint si lisse. Elle n'avait pas un seul bouton sur le visage. Elle ne portait jamais de mouches. Elle n'avait ni marques, ni cicatrices.

— Grâce à un usage habile des fards, ronchonna la comtesse, retirant la tête en cire du sac pour l'examiner de près. Souviens-toi qu'elle n'achetait que des fards de la meilleure qualité, les plus chers.

— Supposons que Mme Rebecca Montagu – Alpiew baissa les yeux vers la tête en cire – s'est effectivement aventurée dans le parc de St James cette nuit-là... Mais qu'elle en soit sortie vivante...

— Nous avons vu le corps, Alpiew ! s'indigna la comtesse. Personne n'aurait pu s'en sortir vivant *sans sa tête* !

— Mais qui peut assurer qu'il s'agissait bien du corps de *Rebecca* ? Je ne l'ai reconnu qu'à ses vêtements.

— Alors qui... ?

— Sa bonne a disparu, n'est-ce pas ? Quelle petite bonne, en ces circonstances, n'aurait pas emprunté les parures de sa maîtresse pour aller se pavaner devant un nouveau galant ? »

Alpiew reprit la tête à la comtesse et la posa soigneusement sur une table.

« Nous savons que Sarah avait effectivement un galant...

— En effet, Alpiew, un galant qui allait l'emmener en Amérique... »

La comtesse gratta vigoureusement sa propre perruque, la penchant de travers sur une oreille.

« Et maintenant que j'y repense, Sarah avait bien des problèmes de peau. Elle portait même des mouches pour cacher ses boutons. »

La comtesse jeta un regard inquiet vers la porte.

« Ce Tityre-tu que nous avons dérangé l'autre soir était peut-être le galant de Sarah. Il l'attendait, qui sait, et nous a prises pour Rebecca, rentrée inopinément.

— Oui... mais à mon avis, Sarah, elle, ne rentrera jamais. Rebecca l'a sûrement attirée dans le parc, et alors...

— Pourquoi ? Pourquoi Rebecca voudrait-elle tuer sa petite bonne ? Cela n'a aucun sens. Même lorsque j'ai cru que tu t'étais enfuie avec mon consternant mari, je n'ai eu qu'une envie : t'administrer une bonne raclée...

— Mais Rebecca est d'une autre race que vous, madame. Si elle a effectivement tué Anne Lucas pour une quelconque raison, il est possible que Sarah l'ait surprise. Elle a peut-être retrouvé l'arme du crime... Ou peut-être qu'elle a simplement deviné, et menacé sa maîtresse de la dénoncer.

— Je ne sais pas, Alpiew. Ce n'est pas convaincant. »

La comtesse frémit et se dirigea vers la porte.

« Une chose est sûre. Si Rebecca est toujours vivante il est très dangereux pour nous de rester ici. Partons. »

Elles se turent et descendirent l'escalier. Il pleuvait et le vent soufflait plus âprement que jamais. La comtesse releva sa capuche.

« Il se peut que tu aies raison et que le corps soit celui de Sarah. Mais qui que ce soit, un seul fait est indéniable : un maniaque armé d'une hache rôde actuellement en liberté dans les rues de Londres.

— Vous voilà ! »

Une lourde main s'abattit sur l'épaule de la comtesse alors qu'elle sortait dans la rue. Elle fit un saut en poussant un glapissement aigu. En se retournant, elle fut soudain nez à nez avec Godfrey, trempé jusqu'aux os, oscillant de droite à gauche pour lutter contre les bourrasques.

« Je l'ai retrouvé.

— Godfrey ! »

La comtesse porta une main à son cœur, souffle court.

« Tu as failli me faire trépasser de peur. »

Le petit chien Red, au bout d'une laisse en cuir rouge, sautait de haut en bas comme s'il hésitait entre leur faire la fête ou bien perdre la tête.

« Qui as-tu retrouvé ? vociféra Alpiew. Le foutu chien ? »

Comme s'il n'attendait que ce signal, le chien retroussa les babines et gronda vers Alpiew.

« Non, milady, ce lunatique de Nickum Roper. Il habite ruelle de la Sirène, la maison avec la porte verte. »

L'entrée de la ruelle de la Sirène était nichée entre l'atelier d'un fabricant de corsets à l'enseigne de La Gerbe de Blé et du Corsage, et un vendeur de vêtements en toile bâchée à l'enseigne du Joyeux Matelot.

« Quel sens de l'à-propos, persifla la comtesse. Un Matelot ruelle de la Sirène…

— Nickum Roper n'est pas matelot, milady,

grogna Godfrey. Pourquoi aurait-il besoin de vêtements en toile bâchée ? C'est seulement pour les marins et les pêcheurs.

— Tu sais où se trouve le bonhomme en ce moment, Godfrey ?

— Eh bien, je l'ai suivi assez longtemps. Je l'ai quitté parce que je vous ai vues entrer chez Rebecca. Lui, il se dirigeait vers l'est. J'imagine qu'il avait l'intention de faire le guet devant Anglesey House. Il a passé une heure devant le théâtre quand je l'ai trouvé, puis il s'est rendu chez elle où il est resté encore une heure, alors il m'a semblé probable qu'il irait chez vous, puis à nouveau au théâtre et ainsi de suite. »

La comtesse scruta la ruelle lugubre, puis la porte et les fenêtres poussiéreuses de la maison de Nickum.

« Comment peux-tu être certain que c'est sa maison ?

— Après sa première ronde je l'ai suivi jusqu'à Paternoster Row, expliqua Godfrey. Je l'ai vu entrer dans cette ruelle, mais je savais qu'il remarquerait ma présence si je le suivais jusqu'ici. Alors je l'ai attendu à l'angle d'Ave Maria Lane et d'Amen Corner, jusqu'à ce que je le voie ressortir de la ruelle. Puis, je suis revenu rapidement sur mes pas et j'ai posé quelques questions. J'ai feint d'avoir une lettre pour lui. Trois personnes m'ont indiqué la même porte, alors j'imagine que c'est la bonne. »

Il rejeta les épaules en arrière et frotta ses mains noueuses.

« Puis j'ai couru après lui. Je l'ai rattrapé au théâtre, en train de poser des questions. Il y a toujours une foule rassemblée devant l'entrée.

— Passe la première, ma fille, ordonna la comtesse en poussant Alpiew. Au cas où il ait vraiment une épouse... »

Alpiew avança jusqu'à la porte et frappa du heurtoir. Elle attendit un moment puis frappa à nouveau. Elle se retourna et hocha la tête pour indiquer à la comtesse qu'elle pouvait la rejoindre. Lentement, elle fit tourner la poignée de la porte, qui s'ouvrit en grinçant. Elle entra, suivie de la comtesse. À l'instant où Godfrey franchissait le seuil, la comtesse leva la main.

« Tu dois rester sur le pas de la porte pour faire le guet.

— Et alors ?

— Si quelqu'un vient...

— Nickum, vous voulez dire ?

— Enfin, oui. Si Nickum vient, avertis-nous. »

Le chien s'assit, leva la patte et se mit à lécher énergiquement son arrière-train.

« Comment ferai-je ? »

La comtesse pinça les lèvres. Il n'avait pas tort. Si Godfrey voyait Nickum entrer dans ce cul-de-sac, leur seule issue serait de se précipiter sur lui, et Nickum ne pourrait manquer de remarquer la présence de Godfrey.

« Retiens-le. Emmène-le prendre une tasse de chocolat... Dis-lui que tu as retrouvé Rebecca. N'importe quoi ! »

À contrecœur, Godfrey laissa la porte se refermer derrière lui.

Alpiew était plantée au bout du couloir. La comtesse farfouilla sur une petite table. Il y avait une pile de coupures de journaux, au sommet de laquelle trônait leur propre article du *Trumpet* : « La veillée mortuaire de *Folie*, avec... » L'article était lourdement souligné et abondamment éclaboussé de points d'exclamation dans une encre brune de mauvaise qualité – manifestement par Nickum.

« Alpiew, viens voir...

— Diantre, madame ! Et ceci ? »

Alpiew s'empara d'un bout de papier écrit à la main, trouvé dans la pile.

« Mais, c'est ton écriture, fit la comtesse en examinant le bout de papier froissé. L'une de tes fameuses listes, je crois.

— Oui, madame, c'est précisément cela.

— Cibber, Rakewell, Lampone... Mais c'est une liste rédigée par toi des suspects du meurtre d'Anne Lucas, au début de l'enquête.

— En effet, en effet, soupira Alpiew. Mais comment est-elle arrivée ici, chez Nickum Roper, madame ?

— Tu veux dire... »

La comtesse dévisagea Alpiew, atterrée.

« Ne me dis pas que ce gredin est venu fouiller chez moi ? »

Elle se dandina un peu sur place, en se rendant compte tout à coup qu'elle-même était en train de fouiller chez lui.

« Soit ça, madame, dit Alpiew en tendant le billet à la comtesse, soit il a soudoyé les vidangeurs et l'a trouvé dans les ordures.

— Ah, pouah ! »

La comtesse cracha et laissa tomber le bout de papier comme si c'était un charbon ardent.

« Dans quelles horreurs a-t-il pu retrouver ceci ? »

Alpiew s'éloigna de la table et se dirigea vers le couloir. Elle s'arrêta devant la première de deux pièces, posa la main sur la poignée de porte et tourna doucement. Lentement, elle passa la tête à l'intérieur puis, avec un petit cri, recula d'un bond. Elle se mit à faire de grands signes à la comtesse d'approcher.

« Qu'y a-t-il, Alpiew ?

— Chut ! »

Alpiew grimaça et posa un doigt sur les lèvres.

« Nous ne sommes pas seules, souffla-t-elle à la comtesse. Il y a quelqu'un là-dedans. »

La comtesse passa la tête par-dessus l'épaule d'Alpiew et répondit en chuchotant aussi :

« Alors pourquoi n'a-t-on pas répondu lorsque nous avons frappé à la porte ?

— Je ne le vois que de dos, dans un fauteuil. Il dort peut-être. »

Alpiew était déjà retournée à la porte d'entrée et sur le point de sortir.

« Espérons qu'on ne l'a pas réveillé.

— Foutaises ! s'exclama la comtesse en marchant vers la pièce. On sera ravi de recevoir notre visite par une journée aussi maussade. »

Alpiew se hâta de rejoindre la comtesse entrant dans la pièce.

« Bonjour ! »

La comtesse se tenait dans le cadre de la porte, s'adressant à l'arrière de la tête, dont le sommet brun et chevelu dépassait du dossier d'un fauteuil.

La tête ne remua pas.

La comtesse regarda autour d'elle. Bien que la pièce fût sombre et lugubre, tout était propre et bien rangé. Deux fauteuils se faisaient face de part et d'autre de la cheminée. Le feu était éteint.

« Ho là ? lança Alpiew en se glissant prudemment dans la pièce. Nous venons voir Nickum...

— Debout ! Debout ! »

La comtesse tapait en rythme dans ses mains tout en se dandinant vers le fauteuil, souriant d'un air affable.

« Bonjour à vous ! »

En arrivant en face du fauteuil, la comtesse se tut, sourire figé, puis elle recula en titubant et s'effondra maladroitement dans l'autre fauteuil.

« Alpiew ! »

Elle avait articulé le mot sans émettre un son,

car elle semblait avoir perdu la voix. Lentement, une expression d'horreur se peignit sur ses traits. Elle pointa du doigt vers le fauteuil et tenta à nouveau d'appeler Alpiew. Cette fois, un petit son aigu franchit ses lèvres.

Alpiew accourut vers la comtesse. Dans le fauteuil en face d'elles, une femme était assise, vêtue d'une jolie robe, souriant sereinement. Ses yeux, incrustés dans un visage à la peau ocre sombre, fixaient le vide. Il était évident qu'elle ne respirait pas.

« Qui est-ce ? murmura la comtesse.

— Je ne sais pas, souffla Alpiew en avançant sur la pointe des pieds et en tendant la main pour toucher le visage de la femme. Mais elle est très certainement morte.

— Qu'est-il arrivé à sa peau ? »

La comtesse s'éventait en détournant les yeux. Alpiew s'inclina pour mieux voir.

« On dirait du parchemin. Je crois qu'elle a dû être farcie.

— Pas de vulgarité en un tel moment, dit la comtesse en se tordant le cou pour regarder par la fenêtre et éviter le spectacle du cadavre féminin ricanant. Qui l'a tuée ? Est-elle morte de causes naturelles ?

— Quoi qu'il en soit, milady, signala Alpiew en passant la main derrière le dos de la femme, je pense qu'elle est morte depuis longtemps. D'après l'absence d'odeur, je crois qu'elle a été embaumée et qu'un très bon artisan s'en est chargé.

— S'en est chargé ? Que veux-tu dire ?

— C'est une momie.

— Une momie ? Tu veux dire qu'elle est Égyptienne ? fit la comtesse en jetant un coup d'œil détourné au corps. Cela expliquerait cette peau sombre et desséchée, j'imagine. Tout ce soleil ! »

Alpiew scruta le visage de la femme.

« Ses yeux sont en verre. »

Elle en toucha un du bout du doigt, tandis que la comtesse se tortillait sur le fauteuil, grimaçant de dégoût.

« Oui, en effet, c'est bien du verre.

— Alors tu es en train de me dire que c'est la mère égyptienne de Nickum ! glapit la comtesse. Et qu'elle porte deux yeux en verre ? »

Elle réfléchit un instant.

« Pauvre femme. Mais comment diable faisait-elle pour y voir, avec deux yeux en verre ? »

Alpiew souleva la momie du fauteuil.

« Aussi légère qu'une plume, dit-elle en examinant l'arrière de son corset. C'est bien ce que je pensais. C'est tout à fait évident quand on regarde le dos. Elle a été vidée de ses entrailles, puis elle a été traitée.

— Manifestement, c'était un mauvais traitement, puisqu'il l'a tuée. »

La comtesse émettait de petits bruits de soufflerie et son éventail se déchaînait.

« Ou alors, tu veux dire qu'elle a été fumée comme de la poitrine de porc ?

— Je veux dire, expliqua Alpiew en reposant le corps embaumé sur son fauteuil, que quelque chose de très bizarre s'est produit ici. Et d'après moi, nous devrions déguerpir incontinent. »

Lorsqu'elles sortirent, il n'y avait aucune trace de Godfrey. Seule preuve de sa présence avec Red : une petite crotte de chien fumante.

Alpiew saisit la main de la comtesse, et elles coururent comme si le diable était à leurs trousses, jusqu'à ce qu'elles aient rejoint la foule se déversant vers le marché de Newgate par l'entrée de Paternoster Row.

La comtesse plissa les yeux et scruta la rue dans les deux directions.

« Qu'est-il arrivé à ce pauvre Godfrey ? Cet affreux Nickum l'a-t-il enlevé, d'après toi ? »

Elle agrippa Alpiew par le coude.

« Je n'aimerais pas que le malheureux finisse empaillé !

— Nickum a dû arriver et Godfrey l'aura emmené prendre une tasse de chocolat dans les environs, la rassura Alpiew en se penchant aux vitrines des cantines, tavernes et maisons des Indes devant lesquelles elles passaient. À moins qu'il n'ait eu un coup de cafard et qu'il soit rentré à la maison avec cet horrible petit chien.

— Pourquoi le trouves-tu horrible ? protesta la comtesse. Je le trouve plutôt mignon, moi ! »

Alpiew fit comme si elle n'avait pas entendu le compliment adressé au vicieux petit animal.

« Quant à l'épouse de Nickum, reprit-elle, l'a-t-il tuée d'après vous ?

— Je l'ignore. Enfin, nous savons au moins qu'il a bien eu une femme, que cette femme est morte, et qu'elle a été empaillée. Ainsi s'explique son affirmation qu'il peut s'en "débarrasser", gloussa la comtesse. Je me demande ce que penseraient les vidangeurs s'ils tombaient sur une momie parmi les étrons et les épluchures !

— Quant à savoir si elle était morte ou vive avant qu'il ne commence à l'empailler, qui sait ? J'imagine qu'il n'y a pas de loi interdisant d'empailler sa femme.

— Cela ne me dirait rien, personnellement, j'en suis sûre, dit la comtesse. Même si j'étais morte.

— Le prêtre du quartier doit être au courant, s'exclama Alpiew en claquant dans ses mains. Car lorsqu'elle est morte, il a dû le noter dans le registre de la paroisse.

— Non. On ne note que les inhumations. Et à moins qu'il ne l'ait déterrée…

— Un juge, alors, car il a dû y avoir un acte de décès. Encore que M. Roper n'ait sans doute pas été obligé d'ajouter qu'il projetait de l'embaumer. Elle est peut-être morte de causes naturelles. Tympanisme, fièvre éruptive…

— Non, trancha la comtesse, car on verrait encore les marques sur sa peau.

— Hydropisie, imposthume, consomption, calculs, coliques d'intestin, continua d'énumérer Alpiew.

— Inflammation des poumons, infection de la gorge…, ajouta la comtesse.

— Et maintenant, elle est installée au coin du feu, dans sa belle robe du dimanche, fumée comme un hareng. »

La comtesse s'écarta pour laisser passer un cortège de pupilles de l'hôpital du Christ qui défilaient silencieusement deux par deux, avec leurs longs tabliers bleus et leurs bas jaunes.

« Au fait, j'ai tenté de me renseigner sur le petit Lucas, Jake, tout à l'heure pendant que tu le traquais dans le musée de cire. J'ai demandé au guichet. On m'a dit qu'il était bien inscrit.

— À l'hôpital du Christ ? Diable, madame la comtesse, en êtes-vous bien sûre ? L'institution est pour les enfants pauvres, certes, mais je croyais qu'il fallait des pressions en haut lieu, financières ou…

— Il semble que ce soit le cas, confirma la comtesse. La femme Leigh semble avoir réussi à l'emmener grâce à une permission de sortie extraordinaire. Elle a des appartements au marché de Newgate. Ils n'ont pas voulu m'en apprendre plus, mais ils m'ont assuré que l'enfant serait de retour en classe demain matin. Il a un riche mécène.

— Maintenant que nous y sommes, prenons cette tasse de chocolat à La Reine Indienne, tout en réfléchissant à ce que nous allons faire maintenant. »

Alpiew poussa la porte de l'établissement plein d'animation. Suivie de la comtesse, elle s'installa à une petite table.

« Peut-être Godfrey va-t-il passer par ici.

— Ou Mme Leigh avec l'enfant. »

L'endroit bruissait de clients échangeant des nouvelles des inondations et des dégâts causés par l'orage partout dans Londres, de Hyde Park à Tower Hamlets.

« Cela semble s'être calmé maintenant », dit Alpiew.

Elle désigna le ciel, qui s'était considérablement dégagé. Le vent aussi était tombé jusqu'à ne plus être qu'une légère brise.

« C'est simplement l'accalmie au milieu de la tempête, intervint la serveuse, l'air sinistre. J'ai eu des marins tout à l'heure. Ils sont tous bloqués ici jusqu'à ce que la tempête se soit éloignée. Ce soir, ce sera pire qu'hier, d'après eux, soupira-t-elle. Chocolat, thé, bière beurrée ou café ?

— Votre thé…

— À votre place, je n'en prendrais pas, ricana la serveuse. Il est tout corrompu de pétales de jasmin, d'écorces d'oranges, de clous de girofle et ainsi de suite. Nous le vendons au même prix que le vrai, mais vous n'en avez pas pour votre argent.

— Une bière beurrée pour moi, s'il vous plaît », dit Alpiew.

La comtesse opta pour la même chose.

« Quelle est la cause de ce remue ménage de l'autre côté de la salle ? »

Un petit groupe de marchands et de dames était attroupé autour d'une table d'angle.

« Ah, ça, dit la serveuse en se retournant. C'est cet acteur, Messire Nouvelle Mode. Personnellement, il ne m'a jamais impressionnée. Je préfère les danseurs de corde.

— Dieu nous sauve, Alpiew ! C'est Cibber, s'étrangla la comtesse en se baissant. Devrions-nous partir ?

— Peut-être que Godfrey l'a aperçu en train de se pavaner sur Paternoster Row, et que c'est cela qui l'a poussé à s'enfuir. »

La serveuse leur apporta deux tasses de bière beurrée bien chaude et un plat de petits pains au lait. La comtesse hocha curieusement la tête en direction d'Alpiew et regarda vers le bas, les yeux écarquillés, indiquant son bas-ventre.

« Qu'avez-vous, madame ? chuchota Alpiew.

— Il y a quelqu'un par terre, qui farfouille dans mes jupes, souffla la comtesse. Ce doit être l'un de ces enfants pickpockets dont on entend tellement parler ces jours-ci dans les journaux ! »

Alpiew se laissa glisser sous la table. Après une courte échauffourée elle glapit et regrimpa sur son siège.

« C'est le foutu chien !

— Red ! »

La comtesse se pencha, retroussa ses jupes et ramassa le chien, qui se mit à lui lécher la figure frénétiquement.

« Bonjour, mon petit chéri ! »

Alpiew cilla en pensant à l'endroit où la langue du chien s'était promenée tout à l'heure, et mordit dans un petit pain.

« Alpiew, c'est mauvais signe, dit la comtesse en se levant. Si le chien est ici, alors quelque chose a dû arriver à Godfrey. Un homme capable d'empailler sa propre femme est certainement capable de tout. Viens, nous devons partir. »

Un ombre surgit devant elles.

« Bien le bonjour, belles dames. »

Cibber s'inclina pour prendre la main de la comtesse et la baiser.

« Je vous ai vues entrer et je n'ai pu résister au plaisir de vous présenter mes hommages.

— Monsieur Turbot ! fit la comtesse, tout sourire.

— Cibber. »

Il ébouriffa sa manchette en dentelle et prit un air boudeur.

« J'aurais cru, madame, que vous seriez intéressées par les dernières nouvelles du théâtre. M. Rich, dans sa grande sagesse, est tombé aussi bas que possible. Non seulement a-t-il l'intention de raccourcir la scène pour entasser plus de sièges dans la fosse, mais devinez qui il a engagé à paraître la semaine prochaine ? »

Alpiew et la comtesse secouèrent la tête. Même s'il s'agissait d'Attila le Hun chantant des airs de castrat en tutu, cela leur était parfaitement égal.

« Eunice », lâcha Cibber.

Elles le fixèrent, l'œil vide.

« Eunice, le Cochon Calculateur, avec son propriétaire, l'Incombustible Incognito, un homme qui dévore des charbons ardents.

— Je vois où vous voulez en venir, compatit la comtesse. Il vous sera difficile de leur trouver un rôle dans la chronique agitée de Richard III. À moins qu'à la bataille de Bosworth Field, vous récriviez la réplique ainsi : "Un cochon ! Mon royaume pour un..."

— Et durant la représentation d'hier de *L'Héritière de la City* une bande de ces sales Tityre-tus est grimpée sur scène pour hurler des remarques obscènes sur Beck Montagu — — qui, d'après ce que j'ai compris, se terre depuis que ce monstrueux Rakewell l'a dupée à bord de la *Folie*. J'étais au beau milieu d'une scène particulièrement désopilante avec une bouteille et un éventail. Sir Timothy est un bon rôle pour moi…

— Hélas, monsieur Esturgeon, vous arrivez au moment même où nous partions. Vous comprenez, mon domestique Godfrey a disparu et nous ne savons…

— Vous avez des nouvelles de Beck ? l'interrompit Cibber en les lorgnant par-dessus ses lunettes. Le théâtre est sinistre sans elle. Enfin ! Où peut-elle bien se cacher tandis que son "époux" sème le désordre en ville ?

— Milord Rakewell sera peut-être dompté par l'amour d'une femme. »

Cibber gloussa.

« Il est passé ici ce matin, mais le marché était trop calme pour qu'il puisse y semer la pagaille. Il est sans doute en train de créer l'émeute à Covent Garden à l'instant même. »

Il se pencha et examina Red.

« C'est son chien, n'est-ce pas ? Alors vous *devez* savoir où elle se trouve. »

La comtesse se tapota l'aile du nez et se leva. Cibber lui tint la porte. Quand elle arriva à sa hauteur il la suivit, laissant la porte claquer au nez d'Alpiew.

« J'ai prêté une bagatelle à sa domestique, Sarah. En fait, elle me doit de l'argent. Les rentrées sont rares à Drury Lane ces jours-ci, alors j'ai besoin de chaque penny. Pouvez-vous me dire comment je peux la trouver ?

— Vous avez prêté de l'argent à cette vilaine fille ? »

La comtesse lui jeta un regard en biais, et décida de lui livrer une partie de ses informations. Elle lui souffla à l'oreille :

« Entre vous, moi et le poteau de lit, j'ai de

bonnes raisons de croire qu'on s'est débarrassé de Sarah. »

Cibber parut horrifié.

« Mais peu importe, ajouta-t-elle. Je connais l'identité du coupable. J'espère le faire appréhender très vite. Combien lui avez-vous prêté ? Si je pouvais le menacer, peut-être arriverais-je à récupérer la somme pour vous.

— Ce n'est qu'une bagatelle, hésita Cibber. J'aurais du mal à préciser un chiffre…

— À l'aide, ho ! »

Des cris leur parvenaient de l'autre bout du marché.

« Pour l'amour du ciel, appelez la garde ! »

Des badauds avaient escaladé des carrosses garés, pour tenter de voir ce qui se passait. Des femmes levaient les bras au ciel et hurlaient. Une bande de Tityre-tus fendait la foule, jetant les gens par terre pour s'ouvrir la voie.

« Ils avaient dit qu'ils reviendraient ! »

Un marchand s'empressait de fourrer les fruits et légumes de son étalage dans une caisse, pour sauver ce qu'il pouvait avant que les garçons déchaînés ne l'atteignent.

« Si seulement quelqu'un pouvait leur tenir tête !

— Chargez-vous de Rakewell et vous serez débarrassés des autres, s'écria une femme en se glissant sous un étalage pour se protéger. Ce sont tous des lâches, au fond.

— Il y a deux vieux bonshommes qui tentent de l'arrêter à l'instant même, lança un homme qui, debout sur un carrosse, avait une vue dégagée de la scène. L'un d'entre eux l'attaque avec un balai, l'autre avec une vieille épée rouillée. »

La comtesse se hissa sur la pointe des pieds

pour tenter d'y voir quelque chose. Red se mit à bondir lui aussi en glapissant.

« Tu penses la même chose que moi ?

— Godfrey et Nickum ! s'écria Alpiew en escaladant aussitôt un carrosse. Ils ont tous deux juré d'achever Rakewell.

— Je crois que Rakewell est atteint, applaudit l'homme sur le carrosse. Il tient sa joue et jure à tous les diables. Non. Attendez. Il a transpercé l'un des vieux ! Et maintenant, il prend ses jambes à son cou.

— Lequel des deux vieux ? couinait la comtesse en sautant sur place. Alpiew, tu peux voir ?

— Seulement la foule, madame, dit-elle en descendant d'un bond. Mais Rakewell se dirige par ici. »

Autour d'elles, la foule s'ouvrit dans une grande vague devant Rakewell, qui courait à fond de train dans leur direction, les mains rouges de sang. Il tentait de relever sa capuche et jurait. Il bouscula Cibber en fonçant vers le nord, vers Newgate Street.

« Arrêtez cet homme ! » hurla une femme lancée à ses trousses.

Alpiew se précipita vers La Reine Indienne.

Deux robustes marchands sortirent d'un bond de derrière leurs étalages et bloquèrent le chemin à Rakewell, l'empêchant de quitter la place. Rakewell tira son épée et les injuria, avançant toujours.

« Laissez-moi passer, sales bâtards ! »

Alpiew ressortit du café, agrippant une grande tasse de thé brûlante, qu'elle jeta à la figure de Rakewell. Aussitôt, la comtesse lui fit un croc-en-jambe. Il tomba en lâchant son épée. Red bondit sur son corps prostré, grondant et mordillant sa perruque. Les deux marchands l'épinglèrent au sol de leurs fourches, tandis que trois grosses harengères s'écrasaient sur ses jambes. Lord Rakewell était pris.

« Je me vengerai, vieilles fornicatrices ! »

Il se tordit dans tous les sens, mais plus il se débattait, plus nombreuses étaient les harengères à venir s'empiler sur lui.

« La peste soit sur vous, furies monumentales !

— Une chaise ici ! criait un homme de l'autre côté du square. Le vieux bonhomme perd son sang par la plaie dont l'a percé ce lord hautain. Hâtez-vous, ho ! »

Deux porteurs haussèrent leur chaise sur leurs épaules et la portèrent à travers la foule.

« Ah, grands dieux ! fit la comtesse, revenant titubante vers Alpiew. Et si c'était Godfrey ? »

Elle retroussa ses jupes et suivit la chaise.

« Lord Rakewell… »

Alpiew se pencha sur lui de manière à ce qu'il puisse voir son visage, et elle le sien.

« Pendant que nous attendons que les sergents de ville viennent vous appréhender, vous pourriez peut-être nous renseigner sur ce qu'est devenue votre épouse ?

— Cette pute ! cracha Rakewell. J'imagine qu'elle vous a prêté la fesse pour me pousser à ma perte. Si jamais j'attrape cette catin, je scellerai la sale bonde de son baril à immondices. Je la récompenserai de ses tricheries, cette salope. Comme vous toutes, vermines nauséabondes.

— Honte à vous, lord Rakewell, pour votre arrogance insolente de jeune fat. »

Alpiew se redressa et se tourna vers le côté nord du square.

« Regardez, la garde arrive pour vous conduire à la Tour de Londres. »

Rakewell se tordait toujours en rugissant.

« Je sais que vous croyez que votre incarcération sera de courte durée, mais je vous assure, messire, que je suis très près d'arriver à des conclusions concernant votre empire sur des gens haut placés. Soyez certain d'une chose : je saurai tout avant que vous ne comparaissiez devant la Chambre des Lords pour la troisième fois. »

Entre-temps, la comtesse s'était frayé un chemin dans la foule jusqu'à l'homme blessé. Il y avait beaucoup de sang dans le caniveau. Une femme déchira son jupon et le passa à une autre femme pour qu'elle en fasse un tourniquet.

La comtesse ne distinguait qu'une jambe ensanglantée, pendant mollement au creux du bras d'une femme. Elle se pencha et rampa sur les pavés jonchés de paille. Le blessé portait le chapeau de Godfrey. Elle poussa un petit cri et tendit la main pour dégager son visage. Mais la figure blafarde et torturée qui gisait devant elle n'était pas celle de Godfrey. Le blessé était Nickum Roper.

Il fixa la comtesse d'un œil vitreux. Sa bouche bougeait, mais aucun son n'en sortait.

« Dites-moi, Nickum, fit-elle en rapprochant son visage du sien. Qu'essayez-vous de dire ?

— Godfrey, râla-t-il. Godfrey, duc de Buckingham. Ce soir. »

Deux marchands de cuir prirent Nickum par les épaules et le soulevèrent pour le poser dans la chaise. Nickum pointait vers le sol.

« Il veut son épée.

— Elle pèse une tonne ! »

Une femme ramassa l'objet rouillé et le glissa dans la chaise.

« On dirait qu'elle date de la bataille de Hastings ! »

La comtesse jeta un coup d'œil à l'épée, puis à Nickum tandis que les porteurs soulevaient la chaise et s'éloignaient d'un pas rapide.

« Faites place, ho ! cria la femme. Le blessé arrive !

— Vous connaissez cet homme ? demanda la comtesse à la femme qui avait fait le tourniquet.

— Nous le connaissons tous. Nickum Roper. Il est fou à lier, mais inoffensif.

— A-t-il vraiment défié Rakewell ?

— Il est venu ici il y a environ une demi-heure avec un autre vieux bonhomme qui avait un petit chien, qui n'arrêtait pas d'aboyer et de sauter. Ils semblaient être en train de conclure une sorte de pacte, car ils se sont serré la main et ont échangé leurs chapeaux. Le vieux Nickum m'a demandé si quelqu'un avait vu Rakewell aujourd'hui. Il m'a dit qu'ils allaient l'achever, à eux deux. Pour venger cette actrice. »

La femme secoua la tête.

« Eh bien, nous avons tous ri. Deux vieux gâteux comme eux, contre Rakewell et sa bande… Enfin, j'espère qu'il survivra. Pauvre vieux…

— Et son ami ? C'est bien son chien ? »

La comtesse désigna Red, qui reniflait la flaque de sang à ses pieds.

« Oui, le chien s'est enfui dès le début de la bataille. »

La femme se tourna vers l'angle sud du marché.

« Oui, et l'autre vieux s'est enfui par là, chassé par un groupe de ces garçons infernaux, rugissant et riant comme des diables. »

Alpiew avait tout entendu et fonça dans la direction indiquée par la femme.

« Cours, Alpiew, haleta la comtesse derrière elle, car je suis folle d'inquiétude pour lui. »

Elle s'arrêta à l'angle de Paternoster Row. Alpiew, qui la devançait de quelques yards, grimpa sur une charrette de foin pour mieux voir.

« La bande semble s'être divisée, madame, lança-t-elle. Je les vois tous à cheval, partant dans différentes directions.

— Tu ne vois pas Godfrey ?

— Non, madame. Mais c'est bon signe. Car il n'est assurément pas avec eux. Ils l'ont peut-être relâché. »

Elle descendit d'un bond et rejoignit la comtesse.

« Ce qu'il faut maintenant, c'est que nous puissions joindre Rakewell dans la Tour.

— Nickum balbutiait quelque chose au sujet du duc de Buckingham. »

La comtesse se gratta la joue d'un doigt, traçant par inadvertance une ligne rouge de sa pommette à son menton.

« Quel rapport peut-il bien avoir avec toute cette affaire, pour que son nom ne cesse de réapparaître ?

— C'est peut-être un ami de Rakewell ?

— Mais Nickum a dit : “Godfrey, duc de Buckingham. Ce soir.”

— Il prend Godfrey pour le duc de Buckingham ? Cet homme a perdu la tête, Dieu lui vienne en aide. Il veut peut-être que Godfrey aille voir le duc de Buckingham ce soir. Quelle histoire !

— Non seulement ça, Alpiew. Mais Nickum avait un glaive. Vieux et lourd.

— Au moins, s'il est bien notre meurtrier, il est hors d'état de nuire pour aujourd'hui, sinon pour toujours…

— Oui, et M. Vernish va être pendu si nous ne retrouvons pas Rebecca.

— Et maintenant nous devons aussi sauver Godfrey. Je me demande ce que Rebecca sait sur Rakewell ? Nous pourrions aller le lui demander…

— Alpiew ! Tu t'imagines qu'il nous déballerait ce genre d'information ? »

Elles marchèrent en silence.

« Un instant, comtesse. Il y a une personne que nous avons oubliée dans toute cette misérable affaire. Et je suis sûre qu'*elle,* elle pourrait lui tirer les vers du nez.

— Qui diable ?

— Phoebe Gymcrack.

— Gymcrack ! L'ancienne fiancée. »

Alpiew attendit derrière la maison, à la porte de service, tandis que la comtesse approchait par devant. Ces échevins de la City suivaient les nouvelles modes : la bonne société passait par la porte de devant et les domestiques par celle de derrière. Avec une précision toute militaire, Alpiew et la comtesse avaient organisé une attaque en tenaille sur la maison Gymcrack.

La comtesse avait l'intention (si jamais elle se rendait jusque-là) de s'excuser pour l'article du *Trumpet,* prétendant qu'il y avait eu erreur sur la personne. On l'introduisit dans le grand hall. Une énorme horloge grand-père s'y dressait.

Au bout d'un moment, l'échevin lui-même, un petit homme gras au teint fleuri, entra dans la pièce.

« Ah, échevin Gymcrack. J'aimerais parler un instant à Phoebe, je vous prie, demanda la comtesse en souriant faiblement.

— Elle n'est pas ici.

— Je dois lui parler, insista la comtesse en se raidissant contre l'explosion de fureur paternelle. J'ai un message de milord Rakewell. »

Alpiew fut accueillie par un laquais.

« J'ai un message pour Phoebe. »

Elle regarda autour d'elle d'un air de conspiratrice.

« De la part de Rakewell.

— Ah oui ? »

Le laquais sourit. Il semblait ravi.

« Mieux vaut entrer, alors. »

C'était curieux. Elle ne s'était pas du tout attendue à cet accueil.

« Est-elle ici ?

— Non, dit le laquais. Mais vous pouvez me parler. Je suis au courant.

— Ah, tant mieux. »

Réprimant un sentiment de panique, Alpiew entra dans la cuisine. Que diable pourrait-elle inventer comme message, qui semble réaliste ?

« Je ne veux pas qu'on nous entende », soufflat-elle, cherchant à gagner du temps.

« Drôle de garçon, dit M. Gymcrack. Assez déchaîné, mais... enfin, j'imagine que ça fait partie du jeu. »

Il éclata de rire. La comtesse, choquée par sa nonchalance, s'attarda sur le seuil.

« En tant que membre de la noblesse...

— Oui, oui, bien entendu, fit Gymcrack en se frottant les mains. J'imagine que, comme ma fille, vous devez bénéficier des services de lord Rakewell depuis longtemps. »

La comtesse resta bouche bée. Que pouvait-il bien dire par là ?

« Phoebe nous a tous rendu un grand service en l'introduisant dans la maison. Nous profitons tous de ses... faveurs. »

Consternée, Alpiew s'assit.

« Une tasse de thé ? dit le laquais avec un clin

d'œil. Ce garçon, Rakewell, il sait drôlement comment faire plaisir aux femmes ! À moi aussi ! »

Alpiew rapprocha la table. Elle savait que Rakewell était un débauché, mais cette révélation allait bien au-delà de ce à quoi elle s'attendait.

« Il n'est pas passé depuis plusieurs jours. »

Le laquais apporta la théière et s'assit.

« La maison entière est dans un état de frustration terrible. »

Alpiew n'en croyait pas ses oreilles. Ce n'était ni Rebecca, ni Sarah qui étaient des putains – c'était lord Rakewell !

« Désolé qu'il soit un peu faible. C'est à peine plus que de l'eau enchantée ! »

Le laquais eut un petit rire gaillard et donna une petite chiquenaude suggestive à Alpiew.

« Maintenant que Rakewell nous rationne, nous devons limiter les doses. Vous savez ce que c'est.

— Les doses ? dit Alpiew.

— De thé, bien entendu ! »

« J'imagine, souffla Gymcrack d'un ton de conspirateur, que vous venez me voir au sujet de l'augmentation du prix du thé de milord ?

— Du thé ? »

L'esprit de la comtesse allait à toute vitesse. Le thé ? Comment n'y avait-elle pas songé auparavant ? Le thé ! L'une des marchandises les plus fortement taxées en Angleterre. Rakewell devait être à la tête d'un gang de contrebandiers de thé, pour le revendre à la noblesse et aux riches citoyens de Londres.

« Mais oui, oui, échevin Gymcrack. Quel délice, n'est-ce pas ? Lequel préférez-vous, le Twanky ou la poudre à canon ? »

Quelle meilleure manière de lui soutirer des informations ?

« Je dois dire que j'ai toujours considéré, monsieur, que Rakewell faisait de bons prix, dit la comtesse en jouant avec la poignée de porte. Alors, avez-vous reçu votre livraison ?

— Le jeune homme m'a laissé tomber, grimaça Gymcrack. J'en suis à mes dernières cuillerées.

— Moi aussi, répondit la comtesse. J'imagine que d'autres sont dans la même position que nous. Aviez-vous payé d'avance ?

— Oh oui !

— Alors voilà où nous en sommes », dit la comtesse en se dirigeant vers l'entrée.

Red, cependant, demeura derrière le fauteuil et se mit à se gratter l'oreille gauche.

« On dirait que votre compagnon a reçu la visite des puces. »

Il se pencha pour ébouriffer l'oreille de Red.

« Pauvre petit gars, tes amis t'ont trahi, toi aussi ? »

Il releva les yeux vers la comtesse.

« Alors, êtes-vous venue me proposer une meilleure affaire ? »

La comtesse haussa les épaules. Peut-être pouvait-elle lui vendre le contenu du coffre du salon ?

« Ce n'est pas impossible... »

L'échevin Gymcrack se raidit soudain. Il la fixa d'un œil dur.

« Le chien n'est-il pas un symbole ?

— Je crois qu'il s'agit d'un chien français. Un Papillon. »

Elle vit le visage de l'homme s'assombrir et se rendit compte qu'elle avait dû faire une erreur.

« J'essaie seulement de déterminer, échevin, si nous sommes nombreux à nous retrouver dans la même position que moi.

— La plupart des lords, d'après moi, fit Gymcrack en se détendant. Il avait plusieurs "amis" à la

Chambre des Lords, ainsi que dans la Judiciaire et la haute société…

— Et vous et moi arrivons tout en bas de la liste, j'imagine.

— Oui. »

Gymcrack lui tint la porte d'entrée.

« Malgré les efforts de ma fille ! Heureusement qu'il a épousé cette actrice. Pendant un moment, j'ai craint que le scélérat ne tombe réellement amoureux d'elle ! »

Il adressa un clin d'œil à la comtesse.

« Et bien que je sois ravi de faire affaire avec ce garçon, je ne voudrais pas voir ma fille épouser une canaille débauchée. Alors, quel était votre message ?

— Je suis désolée, dit la comtesse avec un sourire serein. Je dois le livrer en personne. Car vous voyez, lord Rakewell vient de donner un coup d'épée à un homme, et on le mène en ce moment même à la Tour de Londres. »

Pleines de révélations sur le trafic de thé, Alpiew et la comtesse se rejoignirent au coin de la rue.

« Alors, si jamais l'un des gardes hallebardiers avait envie d'une infusion de feuilles chinoises, dit la comtesse, on peut imaginer qu'il a conspiré avec lord Rakewell pour l'aider à retrouver sa liberté pendant quelques heures.

— Séjour nocturne au cours duquel il a sans doute fait rentrer une autre cargaison de thé de contrebande et l'a distribué à travers la ville.

— Exactement. Et il a réintégré sa cellule à temps pour comparaître devant la Chambre des Lords pour son procès. Lesquels sont tous, soit des clients, soit des bénéficiaires de son racket de thé. »

La comtesse regarda autour d'elle.

« La serveuse de La Reine Indienne avait raison. Le vent se lève à nouveau. »

Elle tira sur la laisse de Red pour l'éloigner d'un tas de viande pourrissante jetée sur la voie publique.

« Et si Rakewell était en train de surveiller le déchargement d'une cargaison de contrebande ce soir-là, et qu'Anne Lucas soit tombée sur sa cachette ? Il serait en son intérêt de la tuer avant qu'elle ne le dénonce aux douaniers.

— Peut-être qu'il s'est repenti ensuite et qu'il a promis de l'argent à sa famille.

— Oui, et qu'il a oublié jusqu'à ce qu'il soit trop tard. Puis qu'il s'est arrangé pour procurer une éducation à l'enfant.

— Mais connaissant sa petite affaire de contrebande de thé, nous serons peut-être à même de faire pression sur lui, sourit la comtesse. Le thé découvert par Anne Lucas ne serait-il pas celui-là même qu'a laissé Rebecca chez moi ? Oui, Alpiew. Les morceaux du puzzle commencent à se rassembler. Et milord Rakewell semble de plus en plus coupable. »

L'horloge sonna les quatre heures. Le chien aboya.

« Et sais-tu, Alpiew, je me demande si Rebecca ne mentait pas lorsqu'elle prétendait ne pas aimer Rakewell. S'ils étaient de mèche dans cette affaire de thé ?

— Elle était actrice, après tout, fit Alpiew d'un ton méprisant. Et les acteurs peuvent dissimuler leurs sentiments autant qu'il leur plaît. Ils sont payés pour cela. Voyez comme cette dame hautaine assumait les physionomies de toutes les Passions.

— On nous a menées en bateau. Toi, moi et ce pauvre, pauvre Godfrey. Nous n'avons pas beaucoup de temps. Le crépuscule va tomber. Demain, le pauvre M. Vernish mourra si nous ne faisons rien. Nous devons trouver Rebecca. Ils sont peut-être incompréhensibles, mais je crois que si ce fou de Nickum avait raison, les Zuniga doivent savoir quelque chose. »

Elle se signa.

« Pauvre solitaire mécontent, je prie pour que sa blessure ne soit pas mortelle. Puisque nous sommes si près, nous devrions nous renseigner à St Bartholomew.

— Et la pauvre femme empaillée de Nickum ?

— On peut acheter un alligator empaillé pour dix-sept shillings. Si Nickum aimait sa femme, pourquoi ne l'aurait-il pas fait empailler ? Comme ce gars de la boutique à l'enseigne de la Tête de Tycho Brahe. »

Alpiew s'arrêta tout net.

« Lui aussi, il a une femme empaillée ?

— Non, soupira la comtesse. Le chat immobile, rappelle-toi, sur l'étagère la plus haute, avec le regard vitreux. Manifestement empaillé. Il n'existe pas de loi contre cela, n'est-ce pas ? Et maintenant que j'y réfléchis, je trouve ce geste plutôt attendrissant. »

Alpiew déglutit. La seule idée d'avoir des cadavres embaumés dans la maison l'emplissait d'horreur. Une religieuse augustinienne en habit brun et crème ouvrit un petit guichet à l'entrée.

« Puis-je vous aider ?

— Je souhaiterais demander des nouvelles de M. Nickum Roper. On l'a emmené ici il y a peu de temps, blessé par arme blanche. »

La religieuse consulta un grand registre ouvert.

« Êtes-vous des parentes ?

— Oui, répondit Alpiew, je suis sa nièce.

— Nous avons soigné ses plaies, qui heureusement étaient superficielles. Une estafilade à la jambe, une autre au bras. »

La nonne eut un sourire énigmatique.

« M. Roper est resté prendre un bol de porridge au lait avec des mouillettes de pain, a englouti une pinte de bière, puis un ami édenté est arrivé, assez éméché, et ils sont partis ensemble, sans même un remerciement, encore moins une contribution aux frais d'apothicaire. »

La religieuse tendit un bout de papier à Alpiew.

« En tant que parente, vous êtes solidaire de ses dettes. »

Alpiew se retourna, mais la comtesse était déjà à mi-chemin du cimetière adjacent de St Bartholomew le Mineur. Alpiew releva ses jupes et fonça derrière elle.

Lorsqu'elles eurent atteint Newgate Street, la comtesse leva la main pour arrêter un fiacre.

« Quel affreux petit bonhomme. Empailler sa femme ! Je n'ai jamais entendu parler d'une chose aussi abominable. »

Un fiacre s'arrêta et elles y montèrent, la comtesse tenant Red dans ses bras.

« Va directement chez M. Pepys, dit-elle en lissant ses jupes et en grattant le cou de Red. J'ai envie de rentrer à la maison et de me refaire une toilette après toute cette crasse de la City. Dis à Pepys que je lui rendrai visite dans une heure. Demande-lui s'il viendrait avec nous jusqu'à Limehouse pour interpréter l'impénétrable jargon maritime des Zuniga.

— Mais comment parviendrons-nous jusqu'à Limehouse, madame ? Je doute que le cocher de la duchesse nous prête à nouveau le carrosse pour une telle course.

— Évidemment pas, Alpiew. Quand on est à Rome…

— Nous allons voyager en litière ?

— Non, ma fille. Par voie fluviale ! »

Alpiew frappa vigoureusement à la porte d'entrée de Pepys sur Villiers Street. Une femme au visage peu amène lui ouvrit.

« M. Pepys est très fatigué. »

Elle baissa les yeux vers Red, assit aux pieds d'Alpiew, grondant.

« Je vous fais entrer. Mais cela m'étonnerait qu'il ait le temps de bavarder avec vous. »

Alpiew se retint de tirer la langue à la femme et la suivit docilement dans l'escalier. De toutes façons, elle n'avait pas l'intention de s'attarder.

« M. Pepys, la domestique de la comtesse Ashby de la Zouche pour vous parler. »

Elle entendit Pepys gémir. La femme lui lança un regard narquois avant de redescendre l'escalier.

« Entrez, entrez ! »

Il lui tournait le dos, assis à la fenêtre, en train d'observer le fleuve à travers son télescope.

« Que puis-je faire pour vous ?

— Ma maîtresse souhaiterait que vous l'accompagniez à Limehouse où elle doit se rendre. »

Il grogna.

« Ce soir. Pour traduire un jargon de marins.

— Mmm, dit Pepys en orientant le télescope vers un autre secteur du fleuve. Bon. »

Alpiew sentit qu'elle ne tirerait rien de ce vieux fou et s'apprêta à partir.

« Elle arrivera dans environ une heure. Ce qui se passe sur le fleuve ce soir est très intéressant. »

Il écarta son œil du télescope pour le frotter.

« Merci beaucoup, madame... ? »

Il lança un regard à Alpiew.

« Alpiew, monsieur. »

Sans la quitter des yeux, il se leva lentement et traversa la pièce sur la pointe des pieds.

« Quel joli petit chien vous avez. Je crois que nous allons demander à ma gouvernante de l'emmener faire ses petits besoins ! »

Il ouvrit la porte et lança vers l'escalier :

« Mary ! S'il vous plaît, faites faire un petit tour au chien sur le Strand. Il a besoin d'une bonne demi-heure de marche, d'après moi. »

Il prit la laisse de la main d'Alpiew et conduisit le chien jusqu'au palier.

Alpiew resta au centre de la pièce, admirant la vue depuis la grande fenêtre.

Pepys revint, ferma la porte et s'y appuya.

« Alors, petite polissonne, qu'as-tu pour moi ? »

Le changement subit du vieillard alarma hautement Alpiew. Elle reprit contenance pour lui adresser un sourire impersonnel.

« Un message de la part de ma...

— Chut ! »

En bas, la porte d'entrée claqua. Pepys sourit et avança vers Alpiew en tapinois, l'œil fixé sur son plantureux décolleté.

« Alpiew, c'est ça ? En voilà, une jolie petite tétonnière aux yeux noirs ! »

Alpiew recula d'un pas, l'air menaçant.

« Ah, je vois bien, tu es une timide. Mais comme tu es la domestique de ma noble amie la comtesse, je tiens à te saluer. »

Il se pencha vers elle, lèvres tendues.

« Allez, allez, petite, un baiser, un baiser !

— Je répète, messire..., protesta Alpiew qui n'avait aucune envie d'embrasser Pepys, que ma maîtresse arrivera bientôt et qu'elle souhaite que vous traduisiez pour elle un jargon de marins. La vie d'un homme en dépend !

— Oui, oui, gloussa-t-il en farfouillant les boutons de sa braguette. Et la vie d'un homme dépend aussi de ceci, je te le garantis. Quelle paire de tétons impressionnants ! Je n'en ai pas vu de pareils depuis l'époque de…

— Je vous implore, monsieur Pepys – Alpiew remonta l'encolure de sa robe – de vous ressaisir.

— Coquine ! Je voudrais juste toucher un peu. Nous n'avons pas besoin d'aller jusqu'à ce que je voudrais si tu ne veux pas, fit-il avec un clin d'œil. Mais si je pouvais seulement tâter de tes nichons gargantuesques…

— Assez ! »

Alpiew lui décocha un soufflet si vigoureux qu'il partit à la renverse et atterrit dans son fauteuil. Il grimaça et rajusta sa culotte à l'entrejambe.

Alpiew inspira profondément.

« Maintenant, pouvons-nous revenir au propos…

— Tu es une catin audacieuse et gaillarde, pas d'erreur. »

Pepys baissa les yeux vers la protubérance qui gonflait sa braguette.

« Assurément, tu pourrais mener un homme par le bout du nez. »

Il se hissa hors de son fauteuil.

« Lorsque vous vous serez calmé, monsieur, je prendrai congé.

— J'ai été un vilain garçon, n'est-ce pas ? »

Pepys baissa la tête.

« J'en suis sincèrement désolé. Maintenant, permettez-moi de me faire pardonner. Vous joindriez-vous à moi pour un verre de vin ? J'ai le meilleur Ho Bryan. »

Il indiqua un fauteuil près de la fenêtre.

« Ou une tasse de lait de poule, si vous préférez. Je sais que les belles filles comme vous aiment ce qui est chaud et onctueux.

— Merci, monsieur, mais je n'ai pas soif. »

Alpiew se posa pudiquement sur le bord du fauteuil et regarda par la fenêtre couler le fleuve obscur.

« Vous avez une très belle vue.

— Assurément, acquiesça Pepys qui n'avait pas détaché son regard de sa poitrine. Les York Buildings sont un endroit où il fait bon vivre. Nous avons la salle de concert et l'écluse est très pratique si j'ai besoin de voyager par voie fluviale. De plus, la station hydraulique est tout près. Il y a la nouvelle bourse au bout de la rue et le parlement dans l'autre direction. Les théâtres ne sont pas loin non plus. Ou la piazza, si j'ai envie de passer une heure de volupté au bordel. »

Alpiew lui décocha un regard noir qui le fit ciller.

« Pourquoi appelle-t-on ce quartier "York Buildings", alors que toutes les rues sont nommées ?

— Il y a plusieurs siècles, cette zone appartenait au palais de l'archevêque de York. Mais le duc de Buckingham a tout racheté.

— Le duc de Buckingham ? fit Alpiew en se levant d'un bond. Vit-il près d'ici ?

— Non, gloussa Pepys. Le pauvre vieux vaniteux est aussi mort qu'une carcasse de mouton. »

Alpiew se laissa retomber dans son fauteuil.

« Vous semblez déçue ?

— Je tente de résoudre une énigme et son nom revient trop souvent pour qu'il s'agisse d'une coïncidence.

— J'adore les énigmes, dit Pepys, qui avait envie de se rendre agréable. De quoi s'agit-il ? »

Alpiew fouilla dans sa poche et en tira les bouts de papier qu'elle avait glanés au cours des derniers jours : « Ce soir. G.V., duc de Buckingham » et « W.G. G.V.D.D.B VIII. R. XX ».

« Intéressant ! »

Pepys examina soigneusement le rébus, hochant la tête en rythme tandis qu'il répétait les lettres à mi-voix.

« "D.D.B. R. XX..." Oui, oui. Duc de Buckingham, mmm... »

Alpiew se pencha vers lui.

« Alors, qu'est-ce que ça veut dire ?

— Je dirais, miss Alpiew, minauda Pepys, que si je dois vous aider, vous pourriez m'offrir quelque chose en retour.

— Quoi, par exemple ? dit Alpiew en le regardant d'un œil méfiant.

— Rien qu'un petit baiser sur les lèvres. »

Pepys repoussa les papiers et les posa sur les cuisses d'Alpiew d'une main qu'il ne retira pas.

« Un beau baiser bien juteux pour un vieil homme esseulé... »

13
Haine

Une émotion de l'âme causée par les humeurs
incitant au désir d'être écarté des objets
qui lui semblent nuisibles.
Aversion à la présence de l'objet.
Front ridé, sourcils baissés et froncés,
les yeux agités et pleins de feu.
Les narines retroussées vers l'arrière,
ouvertes. Les dents serrées. La lèvre inférieure
peut être avancée par-dessus la supérieure.
Les muscles de la mâchoire semblent creusés.

« Godfrey ? Godfrey ? »

Debout dans le hall d'entrée, la comtesse appela son majordome. Le feu était allumé, mais il n'y avait personne. La comtesse avait déjà inspecté la cour, le cabinet d'aisances – périlleusement proche de l'effondrement, avec un mur et le toit emportés par la tempête.

Elle ouvrit la porte du salon. Les meubles avaient été renversés, les tiroirs arrachés des commodes, leur contenu éparpillé dans la pièce. Pourquoi avait-elle envoyé Alpiew chez Pepys ? Seule, elle ne se sentait pas en sécurité. Il y avait peut-être quelqu'un dans la maison en ce moment même.

Elle monta l'escalier sur la pointe des pieds, ouvrant prudemment les portes donnant sur le palier et jetant un coup d'œil à l'intérieur. Godfrey ronflait, allongé sur le lit de Rebecca.

« Godfrey, fit la comtesse en se glissant dans la pièce.

— Chut ! »

Un petit enfant bondit devant elle, un doigt sur les lèvres.

« Vous allez l'éveiller ! »

La comtesse examina le gamin déguenillé.

« Qui es-tu ? Et que fais-tu chez moi ?

— Je crois qu'il doit être fatigué. Entre vous, moi et le poteau de lit, je dirais même qu'il était ivre mort.

— Oui, oui, fit la comtesse en attirant le garçonnet vers le palier. Mais, je le répète, qui es-tu et que fais-tu chez moi ?

— Le petit père avait un peu de mal à tenir sur ses pattes, voyez, alors je l'ai aidé à monter et je l'ai mis au lit. Puis, je suis descendu et j'ai ranimé le feu, j'ai fait une sorte de lait chaud au vin blanc, sans l'aqua mirabilis, naturellement. Il l'a bu cul-sec et il s'est endormi. »

La comtesse prit l'enfant par la main et l'entraîna vers le salon saccagé.

« C'est toi qui as fait ça, aussi ?

— Non, glapit le garçonnet. Vraiment. Je n'ai fait qu'aider le vieux fou à rentrer.

— Continue.

— Il était affalé sur le seuil. Il y avait un drôle de zigue avec lui, mais il s'est tiré dare-dare dès que j'ai approché.

— Décris-le.

— Débraillé, avec des pansements au bras et à la jambe.

— D'accord, dit la comtesse en traînant l'enfant jusqu'à la cuisine. Et maintenant, tu peux me dire ce que tu fais dans ma maison ? »

« Fi donc, monsieur ! protesta Alpiew en s'écartant des lèvres baladeuses de Pepys. Si vous continuez à me baver dessus...

— Simple exosculation ! » s'écria Pepys en reposant ses lèvres sur les siennes.

La main du vieil homme s'aventura de l'échancrure du corset jusqu'à la naissance des seins.

« Assez, monsieur Pepys ! »

Alpiew retira la main baladeuse et se leva brusquement. Pepys perdit l'équilibre et tomba vers l'avant, dans le fauteuil qu'elle venait de quitter.

« Je vous en prie, un peu de tenue. Ma maîtresse sera ici dans un instant et votre amie reviendra avec ce bâtard de chien ! »

Agrippant ses propres jambes, souffle court, Pepys se rassit sur son fauteuil.

« Ça recommence ! »

Il saisit le télescope et le pointa vers le fleuve.

« Vous voyez ? »

Alpiew s'appuya contre la vitre et regarda dehors.

« Je ne vois rien, monsieur, qu'un vieux fleuve noir.

— Regardez mieux. Là, du côté de Lambeth. Sur la berge, près des chantiers de bois. Là, ça recommence ! »

Alpiew pressa à nouveau son visage contre la vitre. Elle vit un vague clignotement, puis plus rien.

« Ce n'est qu'un reflet, monsieur.

— Je voyais souvent ça à l'époque où j'étais dans la Marine, dit Pepys. Vous avez raison de dire qu'il s'agit d'un reflet. Quelqu'un là-bas, sur cette rive désolée, est en train de se servir d'un miroir pour faire des signaux à quelqu'un qui est de ce côté-ci du fleuve.

— Tout cela est très intéressant, monsieur.

Maintenant, vous avez eu votre baiser, alors me donnerez-vous votre avis quant au sens de ces lettres ? »

Sans enthousiasme, Pepys ramassa le billet par terre.

« Ce n'était qu'un petit baiser.

— Si fait, monsieur, dit Alpiew, dressée devant lui. Vous n'avez demandé qu'un "tout petit baiser", alors vous avez obtenu ce que vous demandiez et plus encore. Et puis, après tout, ce ne sont que de toutes petites lettres.

— Le duc de Buckingham, expliqua Pepys en faisant la moue. C'était un ennemi mortel de milady Castlemaine, une ancienne rivale de votre maîtresse. Vous savez, Castlemaine était une bombe sexuelle, un génie génital. On dit qu'elle pouvait exécuter chacune des postures de l'Arétin…

— Alors D.D.B. veut dire duc de Buckingham, monsieur. Et le reste ?

— Ah oui, fit Pepys en se penchant à nouveau sur le billet. G.V. doit vouloir dire George Villiers.

— Qui est-il quand il porte la culotte ?

— Le duc de Buckingham.

— J'ai compris pour le duc de Buckingham, mais qui est ce George Villiers ?

— Un auteur, comme vous. Mais vous voyez, George Villiers et le duc de Buckingham ne sont qu'une seule et même personne.

— Et où puis-je trouver ce George Villiers ?

— Dans sa tombe. Je vous l'ai déjà dit, le pauvre homme est mort depuis treize ans. »

« Alors pendant que j'étais en haut avec ce vieux téteur de bouteille, j'ai entendu un bruit en bas, puis la porte a claqué. Nous avons eu de la chance d'arriver à ce moment-là. Il devait y avoir quelqu'un là-dedans. Mais je crois que nous l'avons effrayé, qui qu'il soit. »

La comtesse, tout en se fardant les joues, jeta un regard dans le miroir à l'enfant, blotti près du feu, une tasse de lait chaud à la main.

« Et pourquoi te croirais-je, alors que je ne sais pas qui tu es, ni pourquoi tu es ici ? »

La comtesse humecta de la langue le crayon bleu et se mit à tracer des veines sur sa poitrine. Sans lui répondre, il fouilla dans une poche de son tablier.

« Ceci est arrivé ensuite. »

Il remit un billet à la comtesse.

« De la part de qui ? »

Voyant le gâchis qu'elle avait fait de ses fausses veines, la comtesse était en train d'essayer d'estomper le bleu. Tout son décolleté semblait maintenant couvert d'ecchymoses.

« Comment le saurais-je ? dit le garçon en fronçant les sourcils. Je ne l'ai pas ouvert, et même si je l'avais fait, je ne connais pas l'alphabet, alors je n'aurais pas pu comprendre. Je m'appelle Tim. Pour Timothy. »

La comtesse lui jeta un coup d'œil tout en ramassant un tampon de laine d'Espagne pour en frotter ses joues.

« Si vous mettez trop de rouge, madame, vous aurez l'air d'être au bord de l'apoplexie. Tenez... »

Il lui prit la laine et frotta doucement un peu de rouge sur ses joues.

« Il faut l'appliquer plus haut sur les pommettes pour les accentuer.

— Et comment se fait-il que tu en saches aussi long si les fards des dames, hein, Tim ?

— J'ai une sœur, pas vrai ? »

Prenant le crayon noir, il se mit à lui maquiller les yeux.

La comtesse ouvrit la lettre. L'écriture était familière.

Aidez-moi. Rakewell m'a fait enfermer dans la Tour de Londres.

Rebecca

P.S. Le hallebardier Partridge vous a fait passer ce billet. Il a fait tout ce qui était en son pouvoir.

La comtesse se mit à réfléchir furieusement. Qu'est-ce que c'était que cette histoire ? Alors Alpiew avait raison et Rebecca était en effet vivante ? Mais assurément... Son esprit partait dans tous les sens. Tout ce qui concernait cette femme semblait si dangereux... Mais si cette lettre était authentique et qu'elle courait un vrai péril ? Rakewell était bien capable d'inspirer la terreur à n'importe qui. Qui lui disait que la lettre n'était pas absolument véridique ? Si c'était le cas et que quelque chose d'affreux arrivait à Rebecca, pourrait-elle vivre avec le poids de la culpabilité ? La comtesse posa le billet sur la table et agrippa les épaules du garçon.

« Qui t'a donné cette lettre ?

— Un homme.

— Portait-il un habit rouge avec des rubans jaunes ?

— Ce n'est pas le bon moment de l'année pour la foire de St Bartholomew, madame. »

Le garçon tenta d'une main douce de dompter le buisson échevelé de la perruque de la comtesse.

« C'était un homme ordinaire, avec des habits ordinaires.

— Grand, petit, gros, moustachu ?

— Ordinaire. Pas un riche gentleman de la Cour, mais pas un marchand de primeurs non plus. Rien qu'un homme.

— Te rappelles-tu, Tim, s'il avait une curieuse façon de parler ?

— Maintenant que vous m'y faites penser, madame, il avait la manie de dire "heu" à la fin de toutes ses phrases. »

Le hallebardier Partridge ! La comtesse se leva.

« Vite ! Je dois partir.

— Hé ! dit le garçon en laissant tomber son crayon, je ne vous ai pas encore fait les lèvres.

— Tout à l'heure, tout à l'heure. »

Elle se pencha sur lui et lui parla d'une voix ferme.

« Je veux que tu me rendes un service. Tu dois aller porter un mot à ma domestique, Alpiew. Puis, je veux que tu reviennes ici et que tu t'assures que Godfrey, le vieux bougre qui dort là-haut, va bien. Tu comprends ? »

Le garçon hocha la tête. La comtesse lui ébouriffa les cheveux.

« Voici un penny pour toi. Si tu fais ce que je te demande, il y aura encore un shilling quand je rentrerai. »

Le garçon prit la pièce et la glissa dans sa chaussette.

« Écrivez ce mot pendant que je vais vous chercher un fiacre, madame.

— Mais…

— Ne faites pas de chichis avec moi ! Maintenant que je vous ai maquillée, vous devez prendre un fiacre. Une belle vieille poulette comme vous ne peut pas marcher par une nuit d'orage comme celle-ci ! »

« Évidemment, la bougrerie est aussi commune parmi nos galants anglais qu'en Italie, affirmait Pepys en sirotant son vin. Même les pages de la ville se plaignent de leurs maîtres. Mais quant à moi, tant pis pour la mode, je préfère encore les filles.

— Votre gouvernante promène le chien depuis longtemps…

— Oui et à propos de chien, on me dit que sur les longues traversées, même les poulets ne sont pas à l'abri des avances amoureuses de l'équipage. »

Alpiew soupira. N'y avait-il aucun moyen de le faire parler d'autre chose que de sexe ?

La porte d'entrée claqua. Alpiew bondit.

« Le chien est de retour, j'espère. »

Pepys secoua la tête.

« D'après le pas alerte dans l'escalier, je dirais que Will Hewer est rentré du travail. »

Une tête passa par la porte entrebâillée.

« Tout va bien, mon vieux ?

— Voudrais-tu te joindre à nous pour un verre de vin, Will ?

— Impossible, hélas. Il y a eu du grabuge tout l'après-midi. Une autre *Rosamund,* hélas. Un grand chargement de brandy cette fois, des soieries et quelques caisses de thé. »

Rosamund ! Alpiew ouvrit la bouche pour parler mais Hewer repartit aussi vite qu'il était arrivé.

« Mais de quoi parle-t-il ? »

Pepys posa le doigt sur les lèvres et chuchota.

« C'est une huile de la Compagnie des Indes orientales. *Rosamund* était à eux. Elle y est passée, il y a quelques semaines. Juste en face d'un bureau des douanes, en plus.

— Elle a été blessée ? »

Alpiew tentait désespérément d'y comprendre quelque chose.

« Vous voulez dire endommagée ? Non, pas trop. Quelques égratignures et un bras cassé tout net.

— Personnellement, si on me cassait un bras, je me trouverais assez sérieusement blessée ! s'exclama Alpiew.

— Et puis elle a perdu les voiles, mais ça, il fallait s'y attendre.

— Alors elle est morte et enterrée ?

— C'était une cinquième catégorie.

— Monsieur Pepys !

— Vingt-six canons, trois cent cinquante tonnes. Soixante-dix hommes d'équipage. Personne n'a rien vu venir.

— L'équipage ? De quoi parlez-vous ? »

Elle comprit enfin.

« *Rosamund* est un navire ?

— Bien entendu ! Tous les navires des Indes orientales portent des noms de femmes. Elle appareillait pour s'approcher des douanes du pont de Londres, quand elle a été prise dans un remous et a heurté le pont. Pendant que l'équipage essayait de la manœuvrer, quelques caisses de thé ont passé par-dessus bord. À la Compagnie des Indes, Hewer et ses camarades étaient dans tous leurs états. Ils ont horreur de ces grappillages, à la John Company. Après tout, ils détiennent le monopole du thé.

— La John Company – c'est la même chose que la Compagnie des Indes orientales ?

— Oui, oui, dit Pepys comme s'il s'adressait à une imbécile. Mais avec ces taxes, il faut qu'ils s'attendent à être volés. Ils font une marge bien plus importante sur le thé que les compagnies hollandaises et allemandes. »

Il se pencha vers elle en baissant la voix :

« Comme la plupart des Londoniens, je bénéficie de ces, dirons-nous, de ces marchands clandestins et de leurs chapardages nocturnes. Mon vendeur, d'après ce que j'ai compris, a quelque chose à voir avec l'échouage de la *Rosamund*...

— Alors cet échouage... »

Alpiew réfléchissait à toute allure, tentant de rassembler ces nouveaux éléments. Rakewell, John et *Rosamund*, tout cela était lié.

« ... cet échouage de la *Rosamund* – ça s'est passé quelques nuits après la conférence sur les Passions ?

— Quand la petite Lucas a été assassinée ? Oui. Environ trois nuits après. Il devait y avoir un bateau de contrebandiers qui attendait de l'autre côté du pont de Londres, d'après Hewer. Ils ont réussi à filer. »

Pepys lui adressa un clin d'œil.

« Mais le lendemain, vers l'heure du déjeuner, une fois Hewer parti au travail, mon revendeur est passé avec une boîte de thé, du brandy et un ravissant coussin de soie chinoise. »

Il désigna le fauteuil où Alpiew était assise auparavant.

« Le voilà. Très joli. Je reçois toutes les dernières curiosités de Chine et des Indes. Certaines officiellement, par Hewer et les autres... »

Il se tapota le nez.

« Et votre revendeur...

— Aha ! Je vois que vous êtes tentée. »

Pepys tapota le fauteuil pour inviter Alpiew à se rasseoir.

« J'imagine que vous aimeriez, vous aussi, vous fournir en articles de contrebande bon marché ? »

Alpiew comprenait ce qui s'était passé. Le navire retour des Indes orientales, la *Rosamund*, avait été déchargé au pont de Londres et Rakewell avait transféré la marchandise à bord de la *Folie*. La fausse cérémonie de mariage était une façon de détourner l'attention, afin que personne ne remarque les bruits sur le pont pendant qu'on chargeait les caisses. Puis le lendemain matin, la scène à Anglesey House était une couverture, pour que Rebecca puisse se libérer afin de parcourir la ville et vendre le thé de contrebande.

« Votre revendeur... c'est une femme ?

— Une femme ! grimaça Pepys. Pas du tout. Un garçon. Grand, brun et beau, mais assurément un garçon. »

La comtesse s'agrippa de toutes ses forces à la courroie de cuir tandis que le fiacre cahotait sur les rues pavées menant à la Tour. Elle pria Dieu pour que ce galopin insolent délivre bien son message à Alpiew. Elle avait peur, mais tant qu'Alpiew savait où elle était, tout irait bien. Même s'il s'agissait d'un piège et que Rebecca l'attirait vers la Tour pour accomplir quelque noir dessein... Après tout, ce n'était qu'une femme. Qui plus est, une actrice.

Mais si Rebecca et Rakewell agissaient de concert ? Si on l'avait attirée vers la Tour pour qu'ensemble, ils puissent... Ils puissent quoi ? La tuer ? Et pourquoi donc ?

À moins que ce ne soit parce qu'ils avaient tué Anne Lucas, et compris qu'elle l'avait deviné. Elle inspira profondément et se signa. Mais non. La Tour de Londres était pleine de gardes hallebardiers qui avaient tous servi dans l'armée et qui la défendraient.

Une forte bourrasque de vent fit basculer le fiacre sur deux roues. La comtesse entendit le cocher jurer et claquer du fouet pour que les chevaux restaurent l'équilibre.

Peut-être que Rakewell tout seul, avec ses Tityre-tus, cherchait à la piéger. Mais alors, comment avait-il pu imiter l'écriture de Rebecca ? Car elle était certaine que le billet était écrit par la même main que celui reçu par Godfrey. Après tout, Sarah avait montré à Godfrey un autre mot de Rebecca. La comtesse ouvrit son éventail et l'agita furieusement, tout en se rappelant que c'était le billet de Godfrey qui les avait menés au parc de St James au milieu de la nuit, pour découvrir un cadavre sans tête.

Maintenant, Alpiew commençait à s'inquiéter. La comtesse aurait dû être là, à cette heure.

« Monsieur Pepys, j'ai passé une soirée charmante. À présent, je crois que je vais rentrer à German Street retrouver ma maîtresse.

— Mais votre chien ?

— Ce n'est pas mon chien. Ma maîtresse s'en occupe pour quelqu'un. »

Elle était déjà à la porte.

« Ce fut un plaisir, monsieur. Quand je retrouverai ma maîtresse, je reviendrai pour notre petite expédition fluviale. »

Elle sortit, mais elle n'avait pas plus tôt refermé la porte qu'un cri déchira l'air. C'était la voix d'une femme. Elle retroussa ses jupes et dévala Villiers Street. À quelques yards du Strand, elle entendit une femme sangloter dans une ruelle.

« Ho là ! Vous êtes blessée ?

— Oui, très assurément ! »

Alpiew reconnut immédiatement la voix cassante de la gouvernante de Pepys, Mary.

« Je crois que j'ai la cheville cassée. Ce foutu chien ! »

Alpiew fut ravie que quelqu'un partage son opinion du misérable animal. Elle accourut pour aider Mary.

« Ah, c'est vous ! fit celle-ci d'une voix sèche. Eh bien le chien s'est enfui. Il s'est mis à japper comme un fou, à couiner et à aboyer comme s'il avait le diable au corps, puis il m'a tirée tout le long de George Street, Villiers Street et Duke Street et à l'instant même où nous prenions Of Alley, cette vermine m'a fait trébucher…

— Of Alley ?

— L'urinoir sinistre où je gis actuellement, cracha la femme en levant la main pour désigner la ruelle. On l'appelle Of Alley, l'allée de “De”. La dernière fois que j'ai vu le petit bâtard, il dévalait…

— Laissez-moi deviner : Buckingham Street.

— Évidemment, Buckingham Street. Alors si vous le cherchez, il se dirige vers l'écluse.

— L'écluse ! Water Gate ! s'écria Alpiew. "W.G. ! G.V.D.D.B.", je comprends ! George Street, Villiers Street, Duke Street, Of Alley, Buckingham Street ! Ce n'est qu'un synonyme de York Buildings ! De l'écluse des York Buildings !

— Vous allez m'aider à me relever ? aboya la femme. Ou allez-vous rester plantée là à réciter des noms de rue ? »

Rapidement, Alpiew aida à la femme à se remettre sur pied.

Le fiacre dévala Tower Hill et s'arrêta à l'entrée principale de la Tour.

Le cocher, emmitouflé dans une écharpe, chapeau enfoncé sur la tête, ouvrit la porte.

« Combien ? »

La comtesse pria pour que l'homme ne lui demande pas une fortune pour une longue course comme celle-ci, par une nuit d'orage.

« Deux pence. »

Deux pence ? Il devait être fou. La comtesse tenta de le dévisager tandis qu'il regrimpait sur son siège, mais il remonta son écharpe pour cacher sa bouche. Son chapeau était tellement enfoncé qu'elle ne distinguait que son nez.

S'il ne s'était pas rendu compte de son erreur, autant ne pas la signaler. La comtesse bénit sa bonne fortune et lui remit l'argent, puis marcha d'un pas mal assuré sur les pavés humides, vers l'entrée.

Comme elle ne s'était pas retournée, elle ne put voir le cocher sauter de son siège dès qu'elle eut pénétré dans l'enceinte de la Tour. Pas plus qu'elle ne remarqua son ombre, tandis qu'il franchissait derrière elle la Porte du Lion.

Alpiew dévalait Buckingham Street. Elle voyait le petit chien au loin, s'arrêter pour renifler un paillasson et lever la patte pour pisser dessus. Mary boitait derrière elle en ronchonnant à voix basse.

Devant la salle de concert, Alpiew écarta de son chemin un petit garçon qui caressait un immense cheval noir. Alors qu'elle n'était plus qu'à quelques pieds de la laisse qui traînait derrière lui, le chien repartit en courant vers la promenade de la berge.

Il faisait noir. Aucun porteur de flambeau n'éclairait la rue, et le fleuve semblait aspirer les derniers reflets de lumière déversés par les fenêtres.

Alpiew jura en se cognant l'orteil contre un pavé disjoint. À quelques pieds d'elle, le chien s'arrêta, se mit à couiner et se dressa sur ses pattes arrière. Il sauta en l'air à quelques reprises puis se mit à pédaler des pattes avant, comme il le faisait toujours lorsqu'il était particulièrement content. Alpiew s'approcha de lui sur la pointe des pieds, puis se jeta en avant, bras tendus, pour l'attraper. Mais juste au moment où ses bras se refermaient, le chien s'élança à nouveau en trottinant vers l'écluse. Alpiew se releva et courut derrière lui. Les ténèbres étaient impénétrables. Elle inspira profondément et plongea.

Elle se tint un moment sur les marches de la berge. L'eau boueuse de la Tamise clapotait à ses pieds. La marée était haute, ce soir. Mais le chien avait disparu.

Alpiew gémit. La misérable bête avait visiblement décidé de fuir à la nage. Eh bien, elle n'avait aucune intention de le suivre. Elle tourna les talons et retraversa la barrière, à l'instant même où une paire de mains gantées de noir venaient lui couvrir la bouche. Elle se débattit et se tordit, mais elle était bien prise. Dans l'obscurité, elle ne distinguait rien. Mais celui qui la tenait était vêtu de noir, et au gant de cuir noir qui s'écrasait sur sa bouche pendait le tristement célèbre ruban rose des Tityre-tus.

Le hallebardier qui l'accueillit, très poliment, escorta la comtesse directement à l'appartement de Rakewell. Impossible de l'appeler une cellule, car l'endroit était mieux meublé et chauffé que sa propre demeure. Elle fut aussitôt tentée de s'inscrire dans la bande de Rakewell dans l'espoir qu'on l'appréhende pour quelque méfait et qu'on l'oblige à séjourner dans ce confort douillet.

« Comtesse Ashby de la Fouineuse de la Zouche, si je ne m'abuse ? ricana Rakewell en brandissant un verre de vin blanc. Voudriez-vous vous joindre à moi pour vider cette bouteille ? Je manque de compagnie ce soir. La nouvelle ne s'est pas encore répandue, mes vrais amis ne savent pas encore où me trouver. »

Il posa ses pieds bottés par terre.

« J'imagine que vous êtes venue glaner des ragots pour votre chronique. »

La comtesse s'assit dans un fauteuil bien rembourré, tout près du feu crépitant.

« Je viens vous voir au sujet de Rebecca. »

Elle observa son visage pour voir ce qu'il trahissait.

« Beck la Noire ! »

Il haussa un sourcil.

« Vous a-t-elle envoyée ici pour me réduire à la soumission ?

— Où est-elle ? Je sais que vous la séquestrez.

— Je la séquestre, moi ? fit Rakewell en éclatant de rire. Et comment, au juste, pensez-vous que je puisse, moi qui suis moi-même séquestré, perpétrer une telle infamie ?

— Je sais que vous tenez des gardiens sous votre coupe ; vous les soudoyez en leur offrant du thé et du brandy de Nantes. »

La comtesse scruta le visage méprisant, enflammé par la chaleur du feu de cheminée.

« Je sais que vous êtes capable d'obtenir tout ce que vous voulez, milord. Et la Tour est vaste. Il y a beaucoup de couloirs tortueux et de petites cellules sans air. Où l'avez-vous cachée ? »

Rakewell haussa les épaules et avala une gorgée de vin.

« Lord Rakewell, qu'espérez-vous obtenir en séquestrant Rebecca ? Pourquoi avoir tué Sarah, ou Anne, tant que nous y sommes ?

— Madame, de quoi parlez-vous ? »

Ricanant, Rakewell se tourna lentement pour lui faire face.

« Vous, madame, êtes trop bonne, avec un C majuscule. Maintenant, sortez ! Gardien ! »

Il bondit hors de son fauteuil et marcha vers la porte.

« Hallebardier Partridge – emmenez cette vieille mégère et jetez-la dans les douves ! Elle est folle à lier. »

Le hallebardier hésita.

« Ou mieux encore, brailla Rakewell, menez-la à la cellule des dames, enfermez-la et jetez la clé dans la douve ! »

Il engloutit le reste de son verre et éclata d'un rire diabolique.

Alpiew se débattait en vain. Son agresseur lui avait attaché les poignets avec de la corde et l'avait repoussée sur le banc en pierre.

Elle entendait des bruits de pas tout autour d'elle ; des hommes passaient dans le noir, portant jusqu'à une charrette des caisses dégoulinantes prises dans une chaloupe amarrée en bas de l'escalier. Un carrosse se gara tout près de là, sur Buckingham

Street. Alpiew comprit qu'on y chargeait les marchandises de contrebande.

Tandis que la charrette s'éloignait, suivie des bruits de pas des contrebandiers, Alpiew sentit son bâillon se desserrer. Elle ouvrit la bouche pour crier mais une voix souffla à son oreille :

« Ne faites pas un bruit ! Pour l'amour de votre maîtresse. »

Son agresseur se retourna pour lancer un sifflement strident. Instantanément, des petits pieds coururent vers l'écluse depuis la terrasse.

« C'est Tim. Je suis ici ! »

Les yeux d'Alpiew s'étaient accoutumés à l'obscurité. Elle distinguait la silhouette d'un petit garçon. Il tendait un billet :

« Ceci est venu pour elle.

— Qu'est-ce que ça dit ? »

Alpiew aurait voulu voir le visage du Tityre-tus, car ce garçon avait une voix étrangement douce.

« On l'appelle à la Tour de Londres, dit Tim.

— Y est-elle allée ? »

Le garçonnet hocha la tête.

« Je lui ai amené le fiacre moi-même.

— Bien. »

L'agresseur d'Alpiew alluma un briquet et l'appliqua à la mèche d'une lanterne.

« Alors elle est toujours en notre pouvoir. »

Alpiew se retourna.

Devant elle, vêtue de l'uniforme des Tityre-tus, les cheveux coupés courts comme ceux d'un jeune homme, les sourcils noircis et une petite moustache collée sur la lèvre supérieure, se tenait la célèbre actrice, Rebecca Montagu.

La cellule était sombre et humide, uniquement éclairée par une petite ouverture pratiquée dans le mur. La comtesse imaginait que ce trou devait avoir été utilisé pour décocher des flèches dans l'ancien temps. Elle se dressa sur la pointe des pieds et tenta de regarder dehors, mais elle n'était pas assez grande. Elle écouta. À travers la meurtrière, elle n'entendait que le bruit de l'eau. Ainsi, elle était du côté de la Tour qui donnait sur le fleuve. D'après le rugissement de cataracte, elle supposa que sa cellule se trouvait tout près de la Porte des Traîtres.

Inutile d'appeler au secours. En plein jour, ce serait différent, car de nombreux bateaux de toutes tailles sillonnaient la Tamise, de Hampton Court vers l'estuaire. Mais par une nuit d'orage, même s'il y avait des marins sur le pont des navires à l'ancre, sa voix serait noyée par les hurlements du vent.

Elle explora le mur humide du bout des doigts, tandis que ses yeux s'habituaient peu à peu à l'obscurité. Elle sentait des encoches partout. Des rangées de lettres, des bâtonnets pour compter les jours. Plusieurs personnes avaient été emprisonnées dans cette pièce avant elle, et on les y avait laissées assez longtemps pour qu'elles gravent leur nom et leurs messages dans les murs de pierre.

Elle trouva la porte, une porte lourde avec une énorme serrure en fer. Elle se pencha au trou de la serrure. Elle distinguait une lumière vacillante. Ce pouvait aussi bien être une bougie toute proche qu'un flambeau lointain.

« Ho là ? lança-t-elle, au cas où une âme compatissante se trouve dans les parages. Il y a quelqu'un ? »

Elle retint son souffle et attendit la réponse. Le seul son qui lui parvint fut celui de l'eau s'engouffrant dans les grilles.

Elle se laissa retomber sur le sol en pierre et tenta de réfléchir. Pourvu que ce curieux enfant, le petit Tim, ait transmis son message à Alpiew, car autrement, personne ne saurait qu'elle était ici. Qui sait quelle emprise Rakewell avait sur les hallebardiers ? Ou alors, il n'y avait peut-être que le hallebardier Partridge. Comme il était la seule personne, à part Rakewell, à savoir où elle était, eh bien, elle préférait ne pas y songer. Elle avait lu des histoires épouvantables sur des prisonniers oubliés jusqu'à ce qu'ils meurent d'inanition. Certes, si on la laissait mourir ici, quelqu'un s'en apercevrait, car cela pourrirait et la puanteur donnerait l'alerte. Mais il serait alors un peu trop tard. De toutes façons, vu la fréquence des exécutions de Tower Hill et le nombre de corps non réclamés qu'on enterrait dans des fosses collectives, il ne serait pas si difficile de se débarrasser du cadavre d'une vieille femme parmi tant d'autres.

Elle commençait à désespérer lorsqu'on gratta à la porte.

« Comtesse ? »

Elle se releva rapidement.

« Oui, je suis ici.

— Vous êtes seule ?

— Oui, oui. Rakewell m'a fait jeter dans ce cachot.

— Je vous en prie, restez silencieuse. Je viens vous libérer, mais il est important que nous n'alertions pas ceux qui vous ont enfermée. »

Une clé cliqueta dans la serrure et avec un bruit métallique, le verrou fut poussé. La comtesse recula et la porte s'ouvrit. Un homme se dressait devant elle, chapeau tiré sur le front, écharpe enroulée autour de la bouche. Il lui fit signe de le suivre.

Rebecca jura en lisant le billet que Tim lui avait rapporté. Elle le tendit à Alpiew :

« Vous reconnaissez l'écriture ?

— Pourquoi me le demandez-vous, madame

Roxane ? Vous ne reconnaissez pas votre propre écriture ?

— Ceci est une écriture délicate, tracée par une personne éduquée, gronda Rebecca en donnant une claque au papier. La mienne est épouvantable. Je n'ai pas écrit ceci !

— Mais vous avez de l'éducation...

— Ma seule éducation, je l'ai reçue sur le pont inférieur d'une frégate à trois mâts.

— Mais j'ai déjà vu votre écriture, madame. Quand vous avez attiré Godfrey dans le parc de St James pour que nous ignorions votre nouvelle identité.

— Alpiew, dites-moi, je vous prie, de quoi vous parlez. Je n'ai jamais écrit de billet à Godfrey.

— Vous avez envoyé un billet à Godfrey, lui demandant de vous rejoindre à l'étang de Rosamund au milieu de la nuit.

— Je n'ai rien fait de tel. Je ne me laisserais jamais voir à l'étang de Rosamund en plein jour, encore moins au milieu de la nuit. C'est un rendez-vous de prostituées.

— Mais un mot de vous est arrivé chez nous », protesta Alpiew.

Elle tenta de se rappeler les événements de ce soir-là. En fait, le billet n'était adressé à personne en particulier.

« Nous y sommes allés et nous sommes tombés sur un corps sans tête portant vos vêtements.

— Croyez-moi, Alpiew, tout ceci est nouveau pour moi. Je n'ai pas envoyé de mot. Personne ne me forcerait à pénétrer dans le parc de St James la nuit, et je ne sais pas comment mes vêtements ont fini sur un cadavre.

— Ce sont eux qui m'ont fourni le seul indice permettant d'identifier le corps », dit Alpiew.

Les protestations de Rebecca étaient loin de la

convaincre. Après tout, cette femme vêtue en homme venait de diriger une grosse opération de contrebande.

« J'ai compris plus tard que le corps appartenait, non pas à vous mais à votre domestique vérolée, Sarah. Savait-elle que vous aviez tué Anne Lucas ? Est-ce pour cela que vous l'avez tuée à son tour ?

— Vous êtes au courant de la maladie de Sarah ? »

Rebecca saisit Alpiew par les épaules.

« Mon Dieu. Vous êtes sûre qu'elle est morte ? »

Elle tapa du pied et jura.

« Ceci est grave, et le temps joue contre nous. La vie de votre maîtresse en dépend. »

Elle se tourna vers Tim.

« C'est encore pire que je ne croyais. Mon cheval est-il toujours attaché devant la salle de concert ? »

L'enfant hocha la tête.

« Prends Red, Tim, et ramène-le à mon appartement. Fais un feu et attends-moi là-bas. »

Le chien rampa de sous le banc de pierre et se dandina docilement derrière le garçon. Rebecca saisit la main d'Alpiew.

« Vous pouvez monter en croupe ? »

Alpiew sentit la panique s'emparer d'elle.

« Rebecca ! Vous devez m'expliquer ce qui se passe. Où est la comtesse ? Est-elle en danger ?

— C'est *lui* qui a écrit le mot qui vous a attirés dans le parc. Pas moi.

— Mais qui, *lui* ? »

Alpiew se frotta le menton et se mordit la lèvre.

« Ce mot n'avait pas de destinataire, dit Alpiew. Il est possible qu'il ait été pour Sarah, mais que Godfrey se soit imaginé qu'il était pour lui.

— C'est affreux. »

Rebecca marchait à grands pas vers la salle de concert, entraînant Alpiew avec elle.

« Je savais que Sarah avait des ennuis. J'ai su qu'elle était morte quand elle a disparu sans m'en dire un mot, en laissant derrière elle ses hardes et ses effets.

— Pourquoi, morte ?

— Elle était amoureuse d'un méchant homme. Quand j'ai tenté de la prévenir contre lui, elle n'a rien voulu entendre, bien que je sois sûre qu'il ait déjà tenté de l'étrangler, car un jour elle est rentrée avec un collier de bleus. Je lui ai ordonné d'arrêter de le fréquenter. Elle m'a dit qu'elle ne le voyait plus. Mais ceci est très assurément l'écriture de l'amant de Sarah. Je l'ai vue une douzaine de fois.

— Elle a affirmé à Godfrey qu'il s'agissait de la vôtre.

— Bien entendu. Elle mentait toujours là-dessus. Pour une raison que j'ignore, je sais qu'il tenait à ce que leur liaison reste secrète. Mais cela n'empêchait pas Sarah de se faire belle pour lui. Elle n'arrêtait pas de piller ma garde-robe, croyant que je ne m'en apercevais pas. »

— Rebecca détacha la bride du cheval et plaça une botte dans l'étrier.

« Montez derrière moi et accrochez-vous comme la mort. »

L'actrice se mit en selle et aida Alpiew à la rejoindre. Elle fit faire demi-tour au cheval et lui donna un coup d'éperon pour le lancer.

« Heureusement, mon étalon a le pied sûr. »

La comtesse suivit la silhouette sombre le long d'un passage crénelé et d'un escalier de pierre en colimaçon.

« Merci de m'avoir secourue, souffla-t-elle. Je croyais qu'on allait me laisser mourir de faim. »

L'inconnu se retourna, un doigt sur les lèvres.

« Chut ! Nous ne devons pas alerter les gardes hallebardiers. Plusieurs d'entre eux sont à sa solde. »

Ils parvinrent en bas de l'escalier et la silhouette s'inclina en se pressant contre le mur. Le crissement rythmé des bottes sur la pierre annonçait une petite compagnie de gardes en patrouille.

Lorsqu'ils furent passés, l'homme fit signe. Il s'avança vers Water Lane et prit à gauche, longeant le flot rugissant du fleuve se jetant dans la Porte des Traîtres.

La comtesse retint son souffle et le suivit d'un pas mal assuré. Au moins, ils se dirigeaient vers la sortie.

Il parvint à Byward Tower et attendit qu'elle le rattrape. La grande grille était fermée mais une petite porte était pratiquée à même la grande. Il l'ouvrit et tendit la main pour aider la comtesse à enjamber la marche.

« Doucement, là. Nous n'avons que quelques minutes, car la herse est relevée à dix heures, lors de la Cérémonie des Clés. »

La comtesse retroussa ses jupes et trébucha sur le pont enjambant la douve. À mi-chemin, la silhouette sombre l'enlaça par la taille et l'attira.

« Bas les pattes, monsieur, souffla-t-elle. Vous n'avez pas besoin de me serrer aussi fort.

— Mais au contraire ! »

Il la retourna pour qu'elle se retrouve face à lui, l'agrippant par les coudes, pressant ses pouces à l'intérieur des articulations.

« Car vous êtes une putain et une femme adultère !

— Fi donc, monsieur ! Laissez-moi ! »

La comtesse se débattit, luttant contre lui tandis qu'il la poussait de plus en plus près du bord, jusqu'à ce qu'elle soit acculée contre le mur en pierre surplombant la douve, renversée par derrière et suspendue dans le vide.

« Non, tu dois mourir ! Tu es une catin et une traînée à deux sous, semant tes croûtes affreuses dans la vie des honnêtes gens. »

Il glissa les mains autour de sa gorge et les resserra.

Alpiew enlaçait la taille de Rebecca et s'y agrippait, tandis que la jeune femme menait son cheval à brides abattues sur le Strand. Elles durent ralentir au bout de Fleet Street pour laisser le cheval traverser la route inondée à la nage, là où la rivière avait débordé de la berge.

« J'imagine que votre emblème est un faux ? dit Alpiew en regardant le ruban rose qui pendait au gant de l'actrice. Et que vous n'êtes pas plus Tityretus que moi. »

Rebecca éclata de rire.

« Pour se protéger de gens aussi brutaux et méchants, le mieux est de se faire passer pour eux ! »

Alpiew se rappela le jeune homme brun au ruban rose qu'elle avait poursuivi dans la piazza.

« Au fait, la soupe que vous aviez préparée le soir où nous vous avons dérangée chez vous était délicieuse.

— Si j'avais su que c'était vous deux, je serais restée pour la déguster. C'était ma première heure à la maison depuis que Rakewell était venu me chercher chez vous. »

Rebecca tira les rênes et prit une rue adjacente au trot.

« Peste ! Une goutte de pluie et toute la ville est paralysée. Il va devoir emprunter l'escalier. Tenez-vous bien. »

Le cheval descendit lentement les marches en

pierre, pour aboutir à Thames Street. Rebecca le poussa au galop.

« Je prie Dieu que nous arrivions à temps. »

Alpiew ferma les yeux et pria, elle aussi.

La comtesse était parvenue à asséner à l'homme un bon coup de genou à l'aine et à se libérer. Elle s'enfuit en trébuchant vers le passage menant à la porte de Middle Tower.

L'homme était en train de gagner sur elle, elle entendait ses pas. Elle courut jusqu'à la porte la plus proche et frappa de toutes ses forces. Mais il n'y avait pas de lumières dans l'édifice. Elle se blottit dans l'ombre d'une niche lorsqu'une porte qu'elle n'avait pas aperçue s'ouvrit derrière elle.

Elle entra. Pressée contre le mur, elle attendit que les pas de son agresseur s'éloignent en retenant son souffle. Un bruit de bottes retentit au loin. La Cérémonie des Clés ! D'un instant à l'autre, une brigade entière de gardiens et de soldats débarquerait à Middle Tower. Si seulement elle pouvait sortir de l'édifice et attirer leur attention par des cris, elle était sauvée.

C'est alors que la porte s'ouvrit lentement. L'homme l'avait suivie. Il était à un pied d'elle. Elle l'entendait respirer au-dessus du battement affolé de son propre cœur.

Quand il ouvrit la porte pour se jeter sur elle, elle réussit à l'esquiver. À l'aveuglette, elle s'élança à l'intérieur de l'édifice sombre et puant.

*
* *

L'étalon de Rebecca dépassa le bureau des douanes au grand galop. La plupart des fenêtres étaient éclairées.

« Ils ont déjà appris la perte de notre butin de ce soir ! hurla Rebecca à Alpiew. Je crains que nous ayons infligé aux commis des douanes de Sa Majesté une nuit blanche. »

Elles quittèrent Thames Street pour la pelouse de Tower Hill. Rebecca serra la bride au cheval qui s'arrêta et descendit d'un bond, attachant rapidement le licou à un poteau. Alpiew mit pied à terre à son tour.

Les cloches de l'église de Tous les Saints sonnèrent l'heure.

« Foutre ! Dix heures. Ils vont relever la herse. »

Alpiew s'élança vers la Porte du Lion, le cœur déchiré par la peur. La porte était ouverte. Rebecca sur ses talons, elle traversa la cour de manœuvres et parvint à la Middle Tower à l'instant même où le chef des gardes hallebardiers donnait l'ordre de lever la herse.

« Une escorte pour les clés, ici ! »

Une poignée de soldats armés entoura un homme en longue cape rouge, tenant à bout de bras une lanterne de suif.

« S'il vous plaît, monsieur ! supplia Alpiew. Il y a un tueur dans vos murs et la vie de ma maîtresse est en péril ! »

Le gardien jeta un coup d'œil entre les barreaux de la herse.

« Officier ! Il y a une catin qui braille, dehors. Rappelez-la à l'ordre. »

Un garde s'avança et fourra le canon de son mousquet entre les barreaux.

« Que veux-tu ? »

Rebecca s'avança.

« Cette femme dit vrai. Une vieille dame titrée est enfermée dans la Tour et nous avons des raisons de croire que sa vie est en danger.

— Et je devrais vous croire ! s'indigna le garde.

L'une des pires racailles de Londres ! Les Tityre-tus ! »

Rebecca baissa les yeux vers ses vêtements. Le ruban rose pendait encore à son gant.

« Mais elle... »

Alpiew se tut. Toute tentative d'explication ne ferait qu'envenimer la situation.

« Vous avez dit Tityre-tus ? dit le lieutenant de la Tour, approchant sa lanterne de la herse. Vous êtes un ami de Rakewell ?

— Non ! » s'exclama Rebecca avec véhémence.

Le lieutenant s'éloigna.

« Oui, bien sûr, nous sommes ses amis ! dit Alpiew en approchant son visage des barreaux. Nous sommes tous deux des amis très chers et hautement estimés du jeune lord. »

Le lieutenant hocha la tête et la herse fut relevée.

« Tout ami de Rakewell, ricana-t-il tandis qu'Alpiew et Rebecca se précipitaient à l'intérieur, est ici chez lui. »

Il n'y avait personne dans le passage au-dessus de la douve. À part le grondement de l'eau et les ordres du gardien à son escorte pour la Cérémonie des Clés, on n'entendait rien.

Lorsqu'elles atteignirent Water Lane, Alpiew cria à Rebecca :

« Séparons-nous, deux paires d'yeux valent mieux qu'une. Prenez dans le sens inverse des aiguilles d'une montre, je commence à la Tour Sanglante.

— Voyez si vous n'apercevez pas Jemmy, mon autre frère, s'écria Rebecca. Il est quelque part dans les murs, enveloppé dans une grande cape avec une écharpe, un chapeau enfoncé sur les yeux. »

Alpiew prit à gauche et escalada la colline vers Tower Green.

La comtesse dégringola un escalier escarpé et ouvrit une autre porte. Devant elle, elle entendait des rires déments et des hurlements pires que ceux de n'importe quel fou. C'était presque aussi effrayant que Bedlam. Mais si elle pouvait seulement atteindre l'homme qui criait, elle obtiendrait peut-être des secours.

Elle dévala un couloir humide qui empestait plus que cent latrines par un après-midi d'août, et traversa la porte qui se trouvait au bout. Devant elle, poils dressés sur l'échine, se tenait un gros animal semblable à un chien. C'était la source de ce curieux rire de dément... Devant sa cage se lisait en grosses lettres : « hyène ».

Elle était dans la ménagerie !

Le seul moyen de quitter cette pièce inquiétante était de revenir sur ses pas. Mais elle distinguait derrière elle le son effrayant d'un pas de course qui se rapprochait d'elle...

Elle fit volte-face à l'instant où l'homme, hurlant, jaillissait dans la salle. Même dans la pénombre elle pouvait voir qu'entre ses mains levées, il brandissait une très grosse hache.

Alpiew allait de-ci de-là, appelant la comtesse. Elle s'inquiétait maintenant d'avoir fait confiance à Rebecca. Après tout, n'avait-elle pas dit à un moment donné que la comtesse était toujours en son pouvoir ? Qu'entendait-elle par là ? Maintenant, cette femme l'avait menée jusqu'ici et enfermée dans l'enceinte de la Tour.

Elle regarda autour d'elle puis, poings sur les hanches, renversa la tête et hurla le nom de la comtesse. En levant les yeux elle vit que plusieurs têtes passaient aux fenêtres pour voir qui causait tout ce vacarme.

L'endroit était immense, plein de tours et de logements. Qu'allait-elle faire ? Où pouvait se trouver la comtesse ?

Elle se tourna et courut, appelant toujours la comtesse.

« Mademoiselle ? »

Un hallebardier se dressait devant elle, lanterne à la main.

« Je cherche une dame. Elle court un grand danger.

— Il n'est-heu pas venu de dame-heu ici ce soir, je vous assure-heu. »

Alpiew scruta son visage dans la lumière vacillante et sut qu'il mentait.

« Vous êtes le geôlier de lord Rakewell ? »

Il lui adressa un regard insolent.

« Alpiew ? »

Rebecca émergea de l'obscurité et rejoignit Alpiew.

Partridge reconnut aussitôt le ruban rose.

« Monsieur ! dit-il à Rebecca. Si la dame veut bien attendre ici-heu, je vais vous montrer quelque chose-heu. »

Il lui fit un clin d'œil et s'éloigna, jetant un regard méprisant à Alpiew.

Rebecca le suivit. Alpiew restait indécise. Devait-elle suivre aussi ou continuer à fouiller tous les recoins des alentours ? Elle s'avança à pas de loup. Un édifice se trouvait directement devant elle. Il n'y avait pas de lumières à l'intérieur. C'était la chapelle. Elle descendit l'escalier menant à l'entrée. Pourquoi n'y avait-elle pas songé auparavant ? Le révérend Farquhar pourrait l'aider !

Elle frappa à la porte.

Pas de réponse.

« Vous cherchez la comtesse ? »

Elle regarda par-dessus son épaule. Un homme

se tenait en haut de l'escalier, vêtu d'une longue cape noire. Un chapeau était tiré sur ses yeux et une écharpe lui emmitouflait le menton, dissimulant son visage.

Alpiew, alarmée, poussa la porte qui s'ouvrit. Elle courut se réfugier dans la chapelle obscure. Le son de ses pas ricocha sur les parois des bancs fermés qui transformaient l'endroit en caverne boisée.

L'homme emmitouflé accourut derrière elle.

Claquant la porte du premier banc, elle le contourna et traversa de l'autre côté des bancs fermés. Une petite porte gothique était entrouverte. Elle s'y faufila et la referma doucement. Puis elle tourna la clé dans la serrure. Elle était à l'abri, enfermée dans la sacristie.

Mains tremblantes, Alpiew tira le briquet de sa poche et l'alluma. Elle trouva facilement une bougie. Il y avait une porte devant elle. Elle donnait peut-être sur la chambre du chapelain.

« Révérend ? »

Alpiew avança d'un pas. Dans un coin de la pièce se trouvait un petit lit gigogne. Dans l'autre, un pupitre. Il n'y avait personne. Elle s'assit pour écrire un mot au chapelain.

La comtesse se recroquevilla par terre contre la cage de l'hyène à l'approche de l'homme.

« Comment avez-vous su, pour moi ? »

Il fit tournoyer la hache en l'air.

« Toujours à vous mêler des affaires des autres. Chacun a ses propres raisons d'agir comme il le fait. En quoi cela vous concerne-t-il ? »

Du visage de son agresseur, la comtesse ne distinguait que deux yeux brillants, mais c'était suffisant pour savoir que l'homme n'était pas d'humeur à raisonner.

« Levez-vous ! »

La comtesse ne bougea pas.

« Levez-vous, j'ai dit ! »

La comtesse le regarda dans les yeux tandis qu'il abaissait sa hache, en l'agrippant des deux mains. Au moment où il l'abattait, elle se jeta sur le côté et se leva rapidement.

Bon sang ! Sa jupe était coincée sous la lame de la hache et elle ne pouvait pas bouger – elle était épinglée à la cage de l'hyène. Elle tira sur sa jupe jusqu'à ce que l'étoffe se déchire.

De son côté, l'homme tirait sur sa hache. À l'instant où il l'arrachait à la cage, la comtesse s'échappa de la salle de l'hyène et, ramassant ses jupes en lambeaux, courut comme si elle avait le diable à ses trousses le long d'un passage en forme de fer à cheval, bordé de grandes portes en chêne. Elle parvint à un escalier qu'elle escalada deux marches à la fois.

Haletante, elle se retrouva dans une galerie en pierre, semi-circulaire. D'énormes cages s'alignaient contre un des murs. D'un côté, chaque enclos était doté d'épais barreaux de fer et de l'autre, d'une solide porte en bois arrivant à la taille.

Les pas du fou se rapprochaient. Chaque cage était occupée par un lion, un tigre ou un autre fauve. Enfin, elle en trouva une qui était vide. Elle ouvrit la porte en bois et, à quatre pattes, s'y glissa.

L'homme n'était plus loin et rôdait, lui-même semblable à un tigre, balançant sa hache de gauche à droite avec un terrible sifflement.

« Je ne peux pas vous laisser partir maintenant, hurla-t-il. Il est trop tard. Vous savez qui je suis. Je sais que vous êtes toujours ici. Il n'y a pas d'issue à cette heure de la nuit. La herse est baissée à Middle Tower et la Porte du Lion est verrouillée. Tous les hallebardiers sont rentrés dans la Tour. Alors nous sommes seuls tous les deux. Vous, moi… »

Il éclata de rire.

« Et les lions ! »

Comme s'il n'attendait qu'un signal, le lion de la cage voisine lâcha un puissant rugissement, qui ricocha sur les murs en pierre. La comtesse laissa échapper un gémissement involontaire.

« Restez là, où que vous soyez. »

L'homme rit à nouveau.

« Je peux attendre. Personne ne nous dérangera jusqu'à l'aube. Nous avons de longues heures devant nous, au cours desquelles vous ne devez ni éternuer, ni ronfler, ni faire le moindre bruit sous peine de révéler votre présence. »

La comtesse resta immobile dans la paille. L'homme soupira et s'éloigna à pas de loup. Elle se redressa silencieusement. Elle n'entendait plus que le souffle lourd des lions dans la cage voisine. Elle rampa en biais pour jeter un coup d'œil par le devant de la cage.

Alpiew laissa retomber la plume dans l'encrier et fouilla dans le tiroir pour trouver un bout de papier. Il y avait des pots de colle et des vieux journaux, ainsi que d'innombrables boîtes de pilules. Le prêtre prenait décidément beaucoup de remèdes : des sachets de la Prescription de Wiseman (dont le prix nourrirait un couple pendant une semaine, nota Alpiew), une purge lénitive de cassie, tamarin, manne, crème de tartre et rhubarbe, un Élixir Lénitif, des emplâtres spécifiques, de l'Extrait Diaphorétique, de l'Électuaire Balsamique, du Vomitif à l'Antimoine, un lavement consolidant et la seringue qui servait à se l'injecter…

Enfin, Alpiew tira un bout de papier de l'arrière du tiroir. Elle sortit la plume de l'encrier et l'égoutta. Elle baissa les yeux sur le papier. C'était un billet tracé d'une main très maladroite.

Cher Rév, mon cuer est blaissé de ne pas vou

avoir vu hier soir duran la conférensse. D'abor quelqu'un a pri mon manto, pui le chien est devenu fou, et j'ai couru dan tou les sens apré lui, puis les TTT son arrivé et m'on fai une peur bleu. Mai quan je sui venu vous voir au WG vou étié parti. RM ne sai rien des Pasyon comparé à vou, mon amour, ni son ami l'italien. Ecrivé-moi encore chez RM. Mon cuer se brise de vou revoir. Sarah xx.

Alpiew tressaillit. R! R pour Révérend! W.G. G.V.D.D.B = l'écluse de York, VIII = huit heures – l'heure du début de la conférence sur les Passions, R = révérend, xx = bisou bisou.

Un autre mot était plié à l'intérieur du tiroir: «*Nou avon déménagé à Germin Strite. La porte bleu. Angelsi Hasse. S. XX.*»

Elle relut l'étiquette d'une boîte de pilules sur le bureau: Électuaire de mercure. Pourquoi prenait-on du mercure, sinon pour guérir la vérole? Le prêtre était vérolé! Contaminé par Sarah!

Elle ne serait pas arrivée à le croire, si elle n'avait mis la main sur la preuve définitive de leur liaison. Car autour de l'encrier était noué un ruban vert. Le ruban vert utilisé pour lier les paquets des Préservatifs Fallopiens. Or si le révérend Farquhar possédait un ruban de ce genre, on pouvait en déduire qu'il avait d'abord possédé le paquet et qu'il avait par conséquent l'habitude des relations sexuelles.

Alpiew se déplaça en silence dans la sacristie. Une petite fente était pratiquée dans le mur, afin que les enfants de chœur puissent voir à quelle étape en était la messe.

Alpiew y pressa son œil. Elle vit Rebecca, debout avec les poings sur les hanches, ressemblant à s'y méprendre à un roué des Tityre-tus. Elle discutait avec un homme dont Alpiew ne distinguait pas le visage, qui tenait un flambeau et portait une chemise de nuit blanche, ainsi qu'un long bonnet de nuit à pompon.

L'homme emmitouflé qui avait chuchoté en haut de l'escalier se tenait auprès d'elle. Il leva les bras, arracha son chapeau et dégagea son visage de l'écharpe. C'était Jemmy.

« J'ai vu ce hallebardier enfermer la comtesse dans une cellule. Peu de temps après un autre homme est arrivé et l'a libérée. Il était emmitouflé dans une écharpe avec un chapeau tiré sur les yeux. Je les ai suivis jusqu'à ce que maudit bonhomme m'arrête et me force à rebrousser chemin », expliqua le jeune homme.

Il désigna le hallebardier Partridge, qui se tenait à quelques pas plus loin, tête courbée.

« Je suis arrivé à lui échapper et j'ai réussi à trouver ma sœur.

— Votre sœur ! s'exclama le hallebardier Jones en détaillant le beau roué de la tête aux pieds.

— Ce serait trop long à expliquer, trancha Rebecca. Ce qui compte pour l'instant, c'est la comtesse !

— Vous avez raison, dit Alpiew en bondissant hors de la chapelle. Cet homme a déjà tué deux fois. Nous n'avons pas le temps de rester ici à discuter.

— Mais qui est-ce ? » demanda Rebecca en se tournant vers Alpiew.

Elle désigna la sacristie :

« C'est lui. Le révérend. Et une chose est sûre, il n'est pas là.

— J'ai livré une lettre à St James pour lui dans la soirée, intervint le hallebardier Partridge en avançant d'un pas. À une femme appelée Zela Douche, dans la maison à la porte bleue, sur German Street.

— Mon Dieu, s'écria Alpiew en courant vers la

porte. Dépêchez-vous ! Il s'est emparé d'elle, c'est certain ! »

« Comtesse ? souffla une voix douce. C'est moi, le révérend Farquhar. Nous nous sommes déjà rencontrés, avec votre confrère, M. Cibber. »

La comtesse ne bougea pas.

« J'ai vu ce vilain bonhomme entortillé dans sa cape se faufiler hors d'ici il y a une minute. J'ai un passe-partout, vous voyez, et je suis rentré tard après avoir travaillé à *Richard III* au théâtre. »

Soudain, la paille remua derrière elle. Quelque chose se leva en s'ébrouant. Grands dieux ! Elle était en cage avec une bête sauvage. Que faire ? Elle se retourna lentement. Quelque chose s'avançait vers elle dans les ténèbres. Elle entendait la créature ronronner et sentait une haleine chaude et humide contre son dos. Une langue lui lécha la nuque.

Elle se dirigea aussitôt vers la porte, l'ouvrit et rampa rapidement au-dehors.

« Ah, comtesse, comme c'est affreux pour vous ! »

Le prêtre se tenait devant elle, avec un sourire affable.

« Vous n'étiez pas seule là-dedans ? Quel choix ! Mais comment savoir lequel de nous deux est inoffensif, lequel un tueur sanguinaire ? »

Le comtesse se tourna vers la cage. Un vieux lion édenté s'appuyait contre les barreaux. Il faisait pitié. Debout sur ses deux pattes avant, la créature regardait tristement à travers les barreaux, traînant derrière lui ses pattes arrière rabougries et déformées.

« Il est né comme ça, vous voyez. Infirme. »

Le prêtre haussa les épaules.

« Mais ça, c'est Dieu. Aucun sens du fair-play. »

La comtesse frémit. Maintenant, elle savait avec certitude qu'elle avait fait le mauvais choix. Car en s'accoutumant à l'obscurité, ses yeux distinguaient, empilés par terre derrière lui, la cape, le chapeau et l'écharpe portés par le prêtre pour la pourchasser. Il tenait toujours la hache à la main.

Le hallebardier Jones, vêtu de sa chemise de nuit blanche et flambeau à la main, courut vers le logis du chef des gardes hallebardiers à Tower Green. Il frappa à la porte.

« À l'aide, ho ! Levez la herse et donnez un garde à cette dame ! »

Alpiew courut devant, suivie de Rebecca et son frère. Ils frappèrent à la grande porte de Byward Tower. Bientôt Jones apparut derrière eux avec le lieutenant de la Tour portant un énorme trousseau de clés.

La grande porte fut ouverte. Le petit groupe dévala le passage et frappa à la herse de Middle Tower.

« Qui va là ? lança le gardien de cette tour d'une haute fenêtre.

— Ouvrez ! cria Alpiew.

Là, là, du calme, ma fille ! »

Un grand rugissement monta de la ménagerie.

« Ouvrez cette foutue porte ! vociféra Alpiew, tandis que le hallebardier Jones accourait derrière elle et faisait signe de lever la herse sans délai.

— J'aurais besoin que vous me donniez tous un coup de main pour pousser la roue », cria le hallebardier de Middle Tower.

Alpiew et Rebecca retroussèrent leurs manches.

« Pourquoi Dieu m'a-t-il choisi comme victime, en me frappant de syphilis ? gémit le prêtre. Je suis un gentil garçon. J'ai tenté de donner un peu d'amour à cette fille. Et tout ce qu'elle m'a offert en retour, c'est la vérole !

— Mais les prêtres ne sont-ils pas censés maîtriser ces sentiments ? La concupiscence est, me semble-t-il, un péché capital.

— Un saint a tenté de s'empêcher d'être excité sexuellement en laissant tomber du bacon brûlant sur ses organes génitaux. J'ai essayé. Cela n'a fait que m'exciter encore plus. Depuis, la simple idée du bacon est devenue érotique. »

Il tournait autour de la comtesse, respirant bruyamment.

« Cette salope méritait de mourir. Dieu le savait. Il l'aurait tuée lui-même dans un ou deux mois.

— Je comprends que vous ayez tué Sarah parce qu'elle vous a contaminé... »

La comtesse essayait de gagner du temps tout en s'approchant peu à peu d'une colonne.

« Mais pourquoi Anne ? Assurément, elle n'était pas votre maîtresse aussi ?

— Une actrice ! Pourquoi m'occuperais-je de ces femmes hautaines qui se croient si supérieures au commun des mortels ?

— Mais avez-vous tué Anne Lucas ?

— Oui, oui, oui ! dit le prêtre en faisant tournoyer la hache en l'air. C'était une erreur. Elle portait le manteau vert que Sarah portait d'habitude et elle attendait à l'endroit dont nous étions convenus, sur la promenade près de l'écluse. La rue était silencieuse. Tout le monde était à la conférence. Je suis arrivé tout doucement derrière elle et... »

Il fracassa le côté non affûté de la hache contre les dalles en pierre. Dans l'une des cages, un lion rugit.

« Elle s'est effondrée comme un pantin. »

Le prêtre courba la tête.

« J'ai traîné son corps sans vie à travers la station hydraulique. Le satané manteau s'est accroché à la clôture et je l'ai arraché, le laissant retomber sur les dalles. J'ai fermé la grille derrière moi pour achever mon ouvrage. C'est seulement lorsque je me suis servi de la hache pour la deuxième fois, pour lui trancher la tête, que j'ai vu que je m'étais trompé de victime. Son visage, par terre, me fixait d'un regard accusateur. En détournant les yeux, j'ai fourré sa tête dans mon sac. J'ai hissé le corps pour le placer dans un bassin près de la grille. Ce fut épuisant. Lorsque j'ai repris mon souffle, j'ai couru jusqu'à la promenade. Mais soudain, il y a eu des gens partout. J'ai foncé vers l'écluse en espérant qu'un batelier me ramènerait ici à la Tour, mais il n'y avait pas de chaloupes. Puis quelqu'un a fait sonner une cloche. J'ai paniqué. Je croyais qu'on avait découvert le corps et qu'on allait appeler la garde. Mes mains étaient couvertes de sang, alors j'ai caché le sac sous le banc et je me suis dirigé vers le Strand, en longeant la berge à l'ombre de l'escalier. Un grand costaud montait et redescendait des marches de l'écluse, en portant des caisses. J'avais peur. Tout de suite après, vous et votre domestique êtes arrivées, et puis une grosse femme qui parlait avec vous. Un canot à rames est venu la chercher. J'ai bondi sur les marches pour lui demander si je pouvais monter avec elle. Elle m'a répondu qu'elle n'allait que jusqu'à Temple Stairs, mais qu'elle serait ravie de partager son canot avec l'un des représentants de Dieu, qui la protégerait des langues acérées des bateliers. Mais dans ma hâte de monter à bord j'ai oublié mon sac. »

Derrière eux, un lion grondait. La comtesse entendait les autres lions aller et venir dans leurs cages.

« Vous voulez dire le sac contenant la tête d'Anne ? demanda la comtesse.

— Dans le canot, nous avons croisé d'autres chaloupes remontant le courant. Un homme tenait un flambeau allumé et je ne voulais pas qu'on voie mes mains ensanglantées. Craignant que la grosse femme dans mon canot ne les remarque, je les ai laissées traîner dans l'eau pour que les flots de la Tamise lavent cette saleté de sang.

— Pas même le tombeau du grand-père de Neptune avec tous les flots de l'océan... »

Rebecca se dressait dans l'entrée.

« ... ne pourrait laver la souillure de ce tas de fumier. »

Elle s'avança vers le prêtre, ses yeux noirs lançant des éclairs dans la lueur du flambeau du hallebardier Jones.

« Ce dont vous parlez avec tant de dégoût était le sang de ma plus chère amie, vermine méprisable ! »

Farquhar se retourna pour lui faire face, sa hache tournoyant toujours dans les airs. Tandis qu'Alpiew se précipitait sur la comtesse pour la mettre hors d'atteinte, il leva les bras. Rebecca se jeta dans l'arc de la hache tournoyante et, tendant les deux bras, poussa le prêtre de toutes ses forces. Il vacilla un instant mais l'élan de la hache le déséquilibra. Reculant de deux pas, il tomba à la renverse contre la cage d'un lion.

Rapide comme l'éclair, une grande patte sortit et saisit l'homme par le bras. Le lion rugit en plantant ses dents dans l'épaule du prêtre. Tandis que le révérend Farquhar hurlait de douleur, le hallebardier Jones s'élança vers la cage, agitant son flambeau devant le mufle de l'animal. Mais une lionne bondit vers les barreaux pour se joindre à la curée. En quelques secondes, le couple de lions avait entraîné le corps du prêtre à l'intérieur de la cage pour le mettre en pièces.

Bien qu'il fût minuit, le lieutenant de la Tour et trois hallebardiers accompagnèrent la comtesse et son entourage jusqu'à la demeure du juge Moore, à Cheapside. Il était vital que les formalités juridiques soient complétées avant l'aube, avant que Valentin Vernish ne parte pour son long trajet en charrette jusqu'à l'échafaud.

« J'espère que vous n'êtes pas membres des infâmes Tityre-tus, jeune homme, dit le juge en désignant le ruban de Rebecca. J'entends très bientôt les frapper d'un coup féroce. On me dit que par leur faute, il y a eu beaucoup de corruption en haut lieu : je compte mettre un terme à ces pots-de-vin avec du thé et d'autres articles de contrebande. J'en ai déjà parlé au roi, au lord maire et au lord chef des juges. Giles Rakewell – et tous les vils coquins qui le soutiennent – subiront bientôt la terrible colère de l'État. Croyez-moi, bientôt le port du ruban rose ne sera plus une garantie d'impunité face aux pénalités de la loi !

— Je suis désolée, votre honneur, je ne suis pas un Tityre-tus. »

Rebecca leva la main à son visage et arracha sa moustache.

« Je répétais simplement un rôle.

— Diantre ! »

Le juge fixa Rebecca bouche bée.

« N'est-ce pas... ? N'êtes-vous pas... ? Pas Roxane ! Ma parole, vous êtes mon actrice préférée. »

Il sautilla sur place d'excitation dans sa chemise de nuit.

« Ah, mais je vais tout de suite éveiller ma femme ! Quelle émotion, Rebecca Montagu est dans mon propre salon ! Je n'arrive pas à y croire. »

14
Rire

Il y a une passion qui n'a pas de nom,
mais qui se manifeste
par une contorsion du visage qu'on appelle
le RIRE, qui est toujours de la joie;
quoi que ce soit qui provoque le rire,
ce doit être nouveau et inattendu.
Les sourcils en arc au-dessus des yeux, avec les extrémités
baissées. Les yeux presque fermés, la bouche ouverte
et montrant les dents. Les commissures des lèvres
tirées vers les oreilles et relevées, dessinant des plis
dans les joues. Le visage rouge, les yeux souvent
humides et versant des larmes – mais celles-ci
sont très différentes des larmes de chagrin.

Pendant qu'elles attendaient devant la prison de Fleet que Vernish soit libéré, Rebecca leur raconta l'histoire de Sarah. Elle avait tiré la jeune fille du caniveau, lui avait enseigné à lire et à écrire (même si son orthographe était toujours consternante). Rebecca savait qu'elle s'était mise à fréquenter un prêtre, mais elle croyait que c'était comme directeur spirituel et non comme amant clandestin.

« C'est terrible. Mon âme sera toujours désolée car j'ai perdu ma meilleure amie. Tout cela parce qu'elle a emprunté mon manteau. Quand Jemmy et Valentin m'ont dit qu'ils l'avaient vue dans ce manteau vert, j'ai compris. Je me suis dit que quiconque l'avait tuée avait dû la prendre pour moi. Personne n'aurait jamais voulu tuer Anne, elle était trop douce et bonne. Mais quant à moi... Puis, le billet est arrivé : "Ça aurait dû être toi", alors j'en ai été certaine.

— Mais vous vous êtes trompée en croyant que le billet vous était destiné, intervint Alpiew.

— Il avait été porté chez moi.

— Oui, mais le "toi" en question, c'était Sarah. La comtesse en a reçu un, elle aussi, après la mort de Sarah, lui disant de se mêler de ses affaires. Elle a cru qu'il s'agissait de l'un des puzzles infernaux de Godfrey et l'a brûlé. Mais quel est le lien entre vous et les Tityre-tus ?

— C'est évident, dit la comtesse en se tournant vers Rebecca. Vous aviez le sentiment d'être responsable de la mort d'Anne. Et parce que sa mort laissait son mari et son fils sans aide ni argent, vous vous êtes chargée d'en trouver.

— Ça, c'est venu en cours de route. Mais Anne et moi avions ourdi le plan toutes les deux. C'était l'été dernier. Nous étions assises à une terrasse de la piazza en train de boire de la bière beurrée. Anne était furieuse parce que Rakewell venait d'être acquitté du meurtre d'un garçon qui était acteur stagiaire dans notre compagnie. Elle voulait venger sa mort, puisque la loi avait failli à sa tâche. À partir de ce que mes parents m'avaient appris du rôle de Rakewell dans le commerce illicite du thé, j'avais aisément compris qu'il avait acheté son immunité avec des articles de contrebande. J'ai proposé à Anne de le défier en déjouant ses plans. Elle était ravie. Et nous nous sommes mises à comploter ensemble. Avec ce que je savais et mes amis il fut facile de devancer chacune de ses manœuvres. »

Rebecca haussa les épaules.

« Je connaissais tous les cargos et leur date d'arrivée, la valeur de la cargaison, et je connaissais assez de marins pour m'aider dans mon entreprise. J'ai découvert que Rakewell avait prévu une livraison durant la conférence sur les Passions et une autre le soir de l'anniversaire d'Anne. C'est alors qu'elle a décidé de louer la *Folie* pour y donner une fête. »

La lèvre de Rebecca se mit à trembler. Elle essuya une larme.

« Parlez-nous du soir de la conférence sur les Passions. Quel était votre plan ?

— Nous avons intercepté la livraison. »

Alpiew s'appuya au poteau où était attaché le cheval de Rebecca, qui lui renâcla dans l'oreille.

« Comment vous y êtes-vous pris ?

— Mon père s'est déguisé en douanier et les a suivis à bord d'une petite vedette. Paniqués, les hommes de Rakewell ont déchargé leurs caisses de thé et de brandy de contrebande dans le fleuve. La marée a fait échouer la plupart des caisses sur la plage donnant sur l'écluse d'York. Le rôle de M. Vernish était de surveiller l'arrivée des caisses et de les sortir de l'eau, puis de les transporter dans le fiacre.

— Mais pourquoi était-il nécessaire d'interrompre la conférence ?

— S'il y avait du monde sur la promenade, nous nous sommes figuré que les gars de Rakewell ne jetteraient pas l'ancre sur la rive nord de la Tamise. Tout ce qui échouerait sur la berge serait donc à nous. Nous nous sommes dit aussi qu'un vendeur itinérant et un cocher chargeant un fiacre dans une rue pleine de monde, près d'un quai achalandé, attireraient moins les soupçons que si cela se passait au milieu de la nuit. Alors Anne est sortie pour prévenir Jemmy d'approcher le fiacre, mais aussi pour s'assurer que Valentin avait récupéré toutes les caisses de la plage. C'était là que son rôle dans l'affaire s'achevait. Mais alors... elle... »

Rebecca ne put retenir un sanglot.

« Pourquoi portait-elle votre manteau ?

— Je ne sais pas. J'imagine que, parce que la journée avait été douce, elle n'avait pas songé qu'il allait faire si froid le soir. Sarah avait apporté le manteau. Je me souviens qu'elle l'avait suspendu près de l'entrée des artistes.

— Sarah ne s'attendait pas à ce que vous la renvoyiez chez vous, dit Alpiew, connaissant les usages des soubrettes. J'imagine qu'elle s'est précipitée chez vous, qu'elle a vite mis quelque chose au feu et qu'elle s'est hâtée de revenir aux York Buildings, trop tard pour son rendez-vous.

— Elle est sûrement revenue ce soir-là, dit la comtesse, car vous aviez votre chien avec vous dans la loge des musiciens.

— Et au lieu du révérend, elle a dû trouver mon manteau par terre près de la station hydraulique. »

Rebecca avait tiré un mouchoir de sa poche et se tamponnait les yeux.

« Le soir de la *Folie*, dit la comtesse. Racontez-nous.

— La razzia de Rakewell devait avoir lieu juste avant que la *Rosamund* ne jette l'ancre au quai des douanes. Notre plan était d'arriver quelques minutes avant lui.

— Pourquoi avez-vous mené la razzia quand même, malgré la mort d'Anne ?

— Sa mort était une horreur. Non seulement parce que j'avais perdu une amie, mais parce que sa pauvre famille était ruinée. Nous avions toujours prévu de partager nos gains et d'utiliser une grande partie des sommes pour secourir les nécessiteux.

Après la mort d'Anne, j'ai su que je *devais* continuer afin de gagner assez d'argent pour que son pauvre mari et son fils ne manquent de rien.

— Mais comment Rakewell s'est-il retrouvé sur la *Folie* ? Était-il au courant de vos projets ?

— J'imagine que si je pouvais découvrir les siens, il pouvait en faire autant pour moi. Il s'est insinué auprès de Rich pour obtenir une invitation. Quand je l'ai vu à bord, j'ai paniqué.

— Et c'est pour cela que vous avez joué le jeu du faux mariage… »

Alpiew se rappela comment Rebecca avait paru tantôt participer à la farce, tantôt s'en désintéresser.

« Vous vouliez l'éloigner du pont au moment crucial, ajouta-t-elle.

— Oui. Jemmy et Valentin chargeaient la marchandise. Je me rends compte maintenant qu'il savait parfaitement ce que nous faisions et qu'il avait un meilleur plan. Car en m'épousant, il pensait s'emparer de tout ce qui m'appartenait.

— Il va falloir dénouer ce nœud-là, dit la comtesse en contemplant Rebecca dans la lumière vacillante du flambeau. Et dites-moi, pourquoi ont-ils tourmenté ce pauvre M. Vernish ?

— Je suis convaincue que Rakewell avait toutes sortes de gens à sa solde : sergents, huissiers, juges. Ils devaient retrouver tous ceux qui avaient été sur les lieux du crime, afin de boucler cette histoire et d'empêcher les membres honnêtes des forces de l'ordre de fouiner du côté de l'écluse. Le racket du thé est une affaire très lucrative.

— Et qui a fait de nombreuses victimes, soupira la comtesse. Alors M. Lucas est dans votre famille à Limehouse, n'est-ce pas ?

— Évidemment ! Le garçon à Bedlam, c'était vous…. ? s'exclama Alpiew.

— Oui, répondit Rebecca en arrachant le ruban

rose de son gant et en le jetant par terre. Et c'est moi qui finance l'éducation de Jack à l'hôpital du Christ. Oui, je sais que son père est vivant et que l'enfant n'est pas orphelin. Mais j'ai fait remarquer aux gouverneurs que le pauvre M. Lucas a encore plus besoin de parents que le garçon. Pour moi, c'est comme si le petit Jack était orphelin, et après que j'eus fait une importante donation à l'hôpital, ils ont abondé dans mon sens ! »

La grande porte trembla et s'ouvrit. Frottant ses poignets libérés de leurs chaînes, Valentin Vernish apparut. Rebecca lui tendit les bras et il s'y précipita.

« Tu as un peu tardé, ma beauté, dit-il en l'embrassant passionnément. Quand elles m'ont dit que tu étais morte... »

Il grimaça.

« J'ai cru que tout était fini pour moi. Si tu n'étais plus là, ils auraient bien pu me prendre, ça m'était égal. À quoi bon vivre sans toi ? »

Alpiew et la comtesse échangèrent un regard. Quel coup de théâtre ! Rebecca et Valentin Vernish étaient manifestement plus qu'amis.

« Mais ensuite, elles ont dit qu'elles avaient vu le spectacle de Punch et Judy. Je me suis rendu compte que tu étais la seule à savoir où je rangeais les marionnettes. Alors j'ai su que tu étais vivante.

— J'ai fait deux spectacles par jour, au fait. En glissant quelques répliques croustillantes sur les acteurs de Drury Lane, qui m'ont valu plus de rires que je n'en ai jamais eu sur scène. Et le kiosque était une excellente cachette. »

Rebecca se tourna vers la comtesse.

« Il voulait que je me dénonce pour la contrebande. Comme si cela pouvait le disculper du meurtre !

— Le vrai meurtrier a récolté ce qu'il avait semé. »

La comtesse frémit. Elle avait bien failli être la troisième victime.

« Et grâce à Alpiew et vous, j'ai survécu pour le raconter.

— Je crois que nous avons de nombreuses raisons de nous réjouir, dit Rebecca en serrant la main de la comtesse entre les siennes. Je sais que vous avez eu une journée éprouvante, mais voudriez-vous venir chez moi pour prendre un dernier verre ? Mes parents sont là. Ils sont en train de disperser le butin de ce soir. Jemmy est parti devant pour leur apprendre les dernières nouvelles. Je vous parie une guinée que ma mère aura préparé une casserole gigantesque de salmigondis ! »

La comtesse grimaça et Alpiew déglutit.

« Oh !

— Pourquoi pas ? »

Jake Zuniga prit la comtesse par les coudes pour lui souhaiter la bienvenue.

« Mais qu'est-ce que vous avez, vous et votre femme, à faire la gigue chaque fois que vous serrez la main à quelqu'un ?

— Cela, madame, s'appelle “la poignée de main du marin”. Nous le faisons tous par habitude. Non pas que j'en aie eu besoin ces dernières années, car je suis heureux en ménage avec Sal et je n'ai pas besoin des charmes de belles étrangères.

— Quel rapport ?

— Regardez ! »

Jake fit la démonstration.

« Quand on prend la fille par les coudes, on tâte des pouces pour voir s'il y a des glandes gonflées à l'intérieur de la jointure – c'est le symptôme d'une infection. C'est comme ça que les marins se préservent quand ils batifolent dans les ports étrangers.

— Quel indice ! dit Alpiew. Le révérend Farquhar ne nous a-t-il pas saluées ainsi le jour où Cibber nous l'a présenté à la Tour ?

— Ohé, là ! Ce sont les deux bonnes dames qui viennent d'accoster ! »

Sal tendit deux bols fumants à la comtesse et Alpiew.

« Le meilleur des salmigondis, tout frais de ce soir. Comme vous voyez, j'ai adapté la recette au froid de la nuit londonienne. C'est chaud. Prenez des cuillères et dégustez ! »

Elles humèrent le plat malodorant et échangèrent un regard.

« Évidemment, dit Alpiew en scrutant la pièce, quand on a besoin de ce foutu chien, il n'est pas là ! »

Le petit salon était bourdonnant de monde : les Zuniga, le Signior Lampone, Mme Leigh et Jack. Alpiew remarqua que Godfrey était là aussi, dans un coin, en train de bavarder gaîment avec Nickum, pâle mais heureux, le bras enveloppé d'un gros pansement.

« Tout le monde est là ?

— Oui, acquiesça Jake. Une fois qu'on a eu la nouvelle, on a envoyé notre Jemmy faire la ronde avec le mousse, Tim, pour rassembler tous les gens qui ont joué un rôle dans cette histoire. Mais mangez, mangez ! Avant que ça refroidisse !

— Tim est votre fils aussi ? »

La comtesse cherchait à gagner du temps.

« Mais oui, dit Jake fièrement. Né sur la route de Zanzibar. C'est son arrivée surprise qui nous a décidés, Sal et moi, à nous mettre en cale sèche un bout de temps.

— Et votre "pensionnaire", c'était M. Lucas ? »

Jake hocha la tête.

« Il est ici maintenant, endormi dans ma chambre, intervint Rebecca. Quand nous lui aurons trouvé un logement tranquille, Mme Leigh recommencera à s'occuper de lui. Ah, mais vous n'avez pas de cuillères ! Je vais aller vous en chercher. »

Mme Leigh était près d'elle, en train de dévorer son salmigondis fumant. Elle sourit à Alpiew.

« Je suis désolée de vous avoir faussé compagnie hier matin, ma chère, mais Rebecca m'avait bien recommandé de cacher la visite du petit Jack à son père à Limehouse. »

Rebecca leur remit à chacune une cuillère.

« Pas de Cibber ? demanda la comtesse en remuant le mélange.

— Pas d'acteurs ! »

Rebecca glissa un regard vers Valentin Vernish, en grande conversation avec Lampone, affichant force mimiques.

« Sauf Valentin, ajouta-t-elle.

— Valentin est acteur ? demanda Alpiew qui soufflait sur son bol.

— Il était à Drury Lane avec moi, mais il a quitté la compagnie l'an dernier. Nous en avons assez du théâtre londonien. Il est aussi ennuyeux qu'un après-midi de février. Les vieux grands acteurs sont tellement occupés à jouer leurs propres personnages qu'ils en sont ridicules et les nouveaux doivent se mesurer à des concurrents comme l'Hercule du Kent. Si Rich faisait à sa tête, n'importe quel phénomène de foire capable de sauter à travers des cerceaux enflammés ou de marcher sur un fil de fer en tenant un singe serait le prochain Betterton ou Bracegirdle. Le singe sera peut-être la nouvelle Mme Barry ! »

Alpiew se souvint du jour où Rich lui avait proposé un travail et, baissant les yeux, s'aperçut que Rebecca n'avait pas les qualités nécessaires.

La comtesse posa son bol toujours intact de salmigondis sur une table.

« Vous allez vous retirer de la scène ?

— En tous cas, en Angleterre. Quand une telle infection a déjà gagné autant de terrain, comment savoir jusqu'où elle ira ? Alors nous allons recommencer à zéro.

— Elle part avec nous pour le Nouveau Monde, leur apprit Jake. Elle et Valentin.

— Nous allons fonder un théâtre en Amérique, ajouta Rebecca en regardant autour d'elle. Nous partirons sur le prochain navire. »

Red apparut sous la chaise de Godfrey et se dandina jusqu'à Rebecca.

Alpiew s'assit et tenta de poser son bol par terre. Le chien montra les crocs et gronda.

« Gentil chien, susurra-t-elle.

— Attention, Alpiew, il lorgne votre salmigondis ! pouffa Rebecca. Allez ouste, Red. Laisse cette pauvre femme manger en paix. »

Elle remarqua que leurs bols étaient intacts et sourit.

« Ça ne vous plaît pas, c'est ça ? Je dois dire que c'est un goût acquis. »

Elle glissa les deux bols sous la table pour que Red s'en repaisse.

« Maintenant, venez avec moi. »

Elle prit la comtesse et Alpiew par la main et leur chuchota :

« Je vous dois plus que je ne peux dire. Rien de ce que je pourrais vous donner ne suffirait jamais à rembourser ma dette. »

Les deux femmes suivirent Rebecca dans sa chambre.

M. Lucas était lové dans le grand lit en plumes, profondément endormi. Tim était assis au bord de la fenêtre et balançait les jambes, chuchotant avec Jack, qui jouait avec la tête en cire.

« Donne-moi un coup de main avec ceci, Tim, puis déguerpis. »

Tandis que Tim écartait les draperies, Rebecca se pencha et tira un coffre de sous le lit. Elle se tourna vers la comtesse.

« Ceci est pour vous.

— Plus de thé ?

— Tout est vendu, dit Rebecca en éclatant de rire. Ce bon vieux Tim est venu un soir et a emporté toute la marchandise de contrebande. Rakewell est venu faire une razzia le lendemain, pendant que j'étais réfugiée à Limehouse, mais il est arrivé trop tard. Il a éventré mon lit et il est parti.

— En nous faisant mourir de peur, dit la comtesse en fixant la tête en cire.

— En tous cas, comtesse, ce ne sont pas les hommes de Rakewell qui ont chambardé votre maison, précisa Tim en remettant la tête à Rebecca, car le thé y était toujours quand nous sommes arrivés. J'ai vérifié. »

Les deux enfants gambadèrent hors de la chambre.

« Ce devait être le révérend, expliqua Alpiew. Rappelez-vous, milady, vous avez dit à Cibber que nous étions au courant pour Sarah. Il a dû le raconter au prêtre, qui était déjà alarmé par notre enquête et qui a envoyé le hallebardier à German Street avec un billet, pour vous attirer à la Tour. »

Rebecca plaça la tête en cire sur la cheminée.

« Pourquoi avez-vous parlé à Cibber ? »

Elle tira une clé de sa poche.

« Je le soupçonnais, dit la comtesse. Il m'avait menti.

— Comment saviez-vous qu'il mentait ?

— Il a raconté que Sarah lui avait emprunté quelque chose, répondit Alpiew. Alors que tout le monde sait à quel point il est radin.

— Il n'a pas parlé d'argent, Alpiew. Il a parlé d'une "bagatelle".

— Je parie que c'était lui qui lui avait procuré les préservatifs, dit Alpiew.

— Sarah avait des préservatifs ? grimaça Rebecca. Je sais que Cibber en gardait dans la loge des hommes. Il les offrait constamment – en se faisant une bonne marge.

— Alors voilà la nouvelle morale qu'il espère insuffler à l'art dramatique, trancha la comtesse. J'ai hâte de l'interroger là-dessus quand nous lui demanderons l'argent de ses réclames.

— Colley vous a demandé de “souffler” pour lui ? ricana Rebecca. Il ne vous paiera jamais, vous le savez ?

— Eh bien, M. Rich nous doit aussi de l'argent.

— Je serais encore plus stupéfaite qu'il vous paie, celui-là ! »

La comtesse et Alpiew soupirèrent. Tous ces efforts pour rien !

Rebecca ouvrit la serrure du coffre.

Il était rempli à moitié de fards : fond de teint, crayons, poudres et laine d'Espagne. L'autre moitié était pleine de bouteilles de brandy. Une bourse était posée dessus. La comtesse la ramassa, répandant les pièces d'or par terre à ses pieds. Alpiew s'agenouilla pour les ramasser.

« Mais madame, il doit bien y avoir cinquante guinées !

— Et franchement, ce n'est pas assez, s'excusa Rebecca en essuyant une larme. Je ne vous repayerai jamais assez de tout ce que vous avez fait pour moi. Vous et ce cher Patte-folle. Il a été très gentil avec mon chien, vous savez. Et il s'est fait un ami de cet étrange fanatique qui me suivait partout. Ils ont combattu Rakewell ensemble, me disent-ils. Maintenant, ils vont former une association de fanatiques. Nickum semble presque normal sous la tutelle de Godfrey.

— Un fan club ? » dit Alpiew, s'émerveillant d'une telle idée.

Rebecca fouilla dans le coffre.

« J'ai acheté un nouveau râtelier au vieux bonhomme.

— De grâce, je vous en supplie, souffla la comtesse en l'agrippant par le bras, donnez-le à quelqu'un d'autre. C'est un spectacle trop affreux à contempler le matin au petit déjeuner. Je ne serais plus jamais capable d'avaler une bouchée ! »

15

Joie

Une émotion agréable de l'âme,
consistant en la jouissance
d'un bien dont les impressions sur le cerveau
provoquent une merveilleuse délectation de l'esprit.

Le front est calme, les sourcils immobiles et arqués.
Les yeux ouverts et souriants,
avec des pupilles brillantes et claires.
Les commissures des lèvres un peu retroussées,
le teint limpide,
les lèvres et les joues rosées.

La comtesse et Alpiew étaient assises sur leurs lits, en train de fouiller dans la boîte de merveilles offerte par Rebecca. L'aube allait se lever, mais elles n'avaient pas dormi.

Godfrey avait raccompagné Nickum, pour « rencontrer la petite femme ».

« Je suis ravie que Godfrey se soit fait un ami, dit la comtesse en se contemplant dans un miroir, tout en jouant avec un petit pot et un pinceau.

— Quand je l'ai pris à part pour lui expliquer ce qu'il allait trouver en arrivant, sourit Alpiew en inspectant un petit godet de fard noir pour les yeux, il s'est contenté de hausser les épaules en disant que vivre avec une femme empaillée valait mieux que de vivre avec deux femmes vivantes.

— Je pensais à cet Italien – tu sais ce que son nom veut dire ?

— Le Signior Ruggiero Lampone ? Je ne sais pas madame. Je ne parle pas les langues étrangères.

— Ça veut dire M. Roger Framboise. »

La comtesse agita les mains pour sécher le fond de teint qu'elle venait d'appliquer et cacha son visage derrière le couvercle du coffre.

« Le nom lui convient, tu ne trouves pas ?

— S'il vous plaît, milady, soupira Alpiew en lorgnant la boîte à merveilles, je peux encore jeter un coup d'œil ?

— Dans un instant, ma chère. Je n'ai plus qu'à... »

La comtesse eut un petit gloussement et s'enfouit plus profondément dans le coffre. Puis elle se redressa :

« Eurêka ! »

Alpiew la fixa, inquiète.

« Vous vous sentez bien, madame ? »

La comtesse avait l'air ébahi.

« Votre visage est l'image même de la Passion – c'est la Stupéfaction à l'état pur, dit Alpiew. Bouche légèrement entrouverte, yeux un peu plus grands que d'habitude et quant à vos sourcils... »

Elle laissa la phrase en suspens, car tout d'un coup elle s'était aperçue que les sourcils étaient à la source du problème. La comtesse avait collé une paire de nouveaux sourcils en fourrure de souris à mi-hauteur de son front et par conséquent, semblait avoir subi un choc sévère.

« Ils ne te plaisent pas ? »

La comtesse sourit coquettement, exposant ses dents jaunies.

« Je croyais qu'ils me donnaient un charme juvénile ?

— Je suis persuadée, dit Alpiew en tentant de faire preuve de tact, qu'en fouillant bien, nous pourrions trouver quelque chose qui vous convienne mieux. Laissez-moi jeter un coup d'œil.

— Alpiew, toi et tes coups d'œil ! »

Sans prévenir, la comtesse rejeta les couvertures et se leva d'un bond, les bras en l'air, affichant une expression de pure horreur.

« Pepys ! s'écria-t-elle. Je lui ai encore fait faux bond ! J'ai complètement oublié son rendez-vous !

— Ah, bon, soupira Alpiew. Ça lui fera toujours quelque chose à écrire dans son journal.

— Es-tu folle, Alpiew ? brailla la comtesse. Samuel Pepys, tenir un journal ! Pouah, mais la vie de cet homme n'est qu'une ronde monotone de néant. Que trouverait-il bien à écrire dans son journal ? "Debout le matin. Allé à l'Amirauté. Parlé de bateaux. Au théâtre. Fait de l'œil à une actrice. Rentré. Dîné. Au lit."

— Milady, Pepys peut attendre, soupira Alpiew en dégustant une gorgée de brandy de Nantes tout en se calant confortablement dans son lit. Parlons de choses plus importantes.

— Comme par exemple ? »

La comtesse s'enfonça dans ses oreillers.

« Comme par exemple, qu'allons-nous faire de tout cet argent ?

— Ah, Alpiew... – la comtesse remonta ses couvertures jusqu'à son menton – nous y songerons demain ! »

Remerciements

Je remercie
Julia Wisdom et sa magnifique équipe
Clare Alexander et la sienne
Ainsi que le docteur Wolfgang Wallat pour ses renseignements sur les symptômes de la syphilis tertiaire et la « poignée de main du marin ».

Table

Imprimé en Espagne par LIBERDUPLEX
Barcelone
Dépôt légal Éditeur : 86383 – 05/07
Édition 01